그해 여름의
이상했던 경험

차호일 소설집

청어

그해 여름의 이상했던 경험

차호일 소설집

발 행 처 · 도서출판 청어
발 행 인 · 이영철
영   업 · 이동호
홍   보 · 천성래
기   획 · 남기환
편   집 · 방세화
디 자 인 · 김영은 | 이수빈
제작이사 · 공병한
인   쇄 · 두리터

등   록 · 1999년 5월 3일(제1999-00063호)

1판 1쇄 발행 · 2020년 1월 10일

주소 · 서울특별시 서초구 남부순환로 364길 8-15 동일빌딩 2층
대표전화 · 02-586-0477
팩시밀리 · 0303-0942-0478

홈페이지 · www.chungeobook.com
E-mail · ppi20@hanmail.net
ISBN · 979-11-5860-724-1(03810)

이 도서의 국립중앙도서관 출판시도서목록(CIP)은 서지정보유통지원시스템 홈페이지
(http://seoji.nl.go.kr)와 국가자료공동목록시스템(http://www.nl.go.kr/kolisnet)
에서 이용하실 수 있습니다.(CIP제어번호: CIP2019050415)

차례

가이사의 것

　죽음에 관한 보고서를 한 번쯤 써보는 것이 어떠하겠냐는 전화를 받은 것은 내가 마약 중환자실에서 음독자살을 기도한 젊은 여인의 위를 세척 하고 나온 때였다.

　"어때 김 박사, 다음 달 우리 잡지에 죽음을 컨셉으로 특집을 꾸미려고 하는데 의사의 입장에서 본 죽음은 어떤 것인지 혹 경험 중에 기억될만한 사건이 있다면 한 번 소개해줄 수 없겠나?"

　그는 내 대학 선배로 이름을 대면 알만한 작가이자 출판인이었다.

　"글쎄 죽음이라니요? 제 주변이 워낙 많은 죽음이 있어서 제 생각이 둔해질 정도인데."

　"맞아. 그래도 가장 인상에 남는 것이 있지 않겠나 그런 것을 한번 소개해보게."

　그러면서 그는 내 청탁 여부와 관계없이 간단히 전화를 끊어버렸다. 자신의 부탁을 거절할 수 없게끔 만들어버리는 고도의 수법이었다. 노련한 편집인임을 느끼게 했다. 정말 중환자실에 근무하는 의사들의 입장을 몰라서 하는 부탁이겠거니 하면서도 나는 선배인 박 작가의 부탁을 매몰차게 거절하지 못하고 한동안 그 자리에 멍하니 서 있었다. 딴

5

가이사의 것

은 박 작가의 그 말을 들었을 때 떠오른 한 얼굴이 있었기 때문이었다. 죽음이 무엇인지 사람은 왜 죽는지 그런 것에 대한 철학적 사유를 갖게 했던 남이가 문득 생각났던 것이었다.

　연구실에서 글을 쓰고 있는데 갑작스럽게 호출을 당했다. 응급환자가 발생했다는 것이었다. 나는 학회에 보고하려던 논문을 쓰다 말고 급작스럽게 응급환자실로 가보았다. 환자를 보는 순간 나는 담박 그가 백혈병임을 알았다. 창백한 얼굴과 간간 신열에 들떠 내는 신음 소리, 그리고 빠른 맥박 등은 백혈병의 전형적인 증세였던 것이었다. 지방병원에서 올라온 소견서를 보니 아닌 게 아니라 그쪽 의견서에도 바로 그렇게 되어 있었다. 창백하다는 것을 빼면 구김살 없는 얼굴을 가진 총총한 눈매의 소년이었다. 맑은 얼굴이었지만 속으로는 암세포들이 무차별적으로 공격하고 있어서 소년은 아마 수없이 고통 속에 휘말렸을 것이었다. 그리고 그때마다 진통제로 이어온 듯했다. 왜 이 지경이 되도록 내버려두었을까. 지방병원의 느슨한 대응 탓에 화가 나기도 했다. 소년의 이름은 남이었고 11살이었다. 그렇게 우리 병원에 오면서 남이와의 생활은 시작되었던 것이었다.

　소년은 병원에 오자마자 그 영민함과 총명함으로 곧 소아병동의 주인공으로 등장했다. 자기 또래와 동생 형 누나들은 물론 아이답지 않은 겸손함과 밝은 인사성으로 여러 간호사들과 주치의인 나, 그리고 다른 동료들에게도 귀여움을 독차지했다. 때로는 어려운 질문 같은 것도 곧잘 해서 우리를 당황케 한 적도 있었다. 그러나 그런 것도 얼마 되지 않아 뚝 끊어지게 되었는데 그의 병이 매우 심각하게 진행되고 있었기 때문이었다. 그의 죽음을 느껴가는 얼굴을 볼 때마다 조금만 일찍 알았더라면 충분히 고칠 수 있는 것을 하며 안타까워했다. 경험상 잘해야 그가 버틸 수 있는 기간은 6개월 정도라고 생각했다.

"선생님, 오늘 감나무에서 감나무 여는 소리를 들었어요. 촌에서는 봄비가 한번 오면 감나무에서 우르르 감이 떨어지고는 했는데 작은 감이 떨어진 것은 아깝지 않았는데 조금 큰 감이 떨어진 것은 어찌나 아깝던지. 그래서 그것을 주워다 소금물에 담가 두고는 두고두고 먹고는 했어요."

병동 앞에 감나무가 있었다. 병원이 시작되었을 때는 작은 묘목이 어느덧 3층 높이까지 자라 있었다. 아이가 매일 병원에만 있는 것이 심심했던지 감나무와 친했던 모양이었다.

"그래 집에 감나무가 있었던 모양이지?"

"네 감나무가 두 그루 있었어요. 나무가 커서 감이 많이 열렸어요. 누나가 그 감을 자주 주웠어요."

"그래 고향이 어딘데?"

나는 소년이 밑에서 올라왔다는 이야기를 듣고 있었지만 소년과의 말을 이어가기 위해 소년이 관심을 끌 만한 이야기를 물었다.

"물금 서부동이었어요. 낙동강과 낙동강 건너 작은 마을이 보이는 그림 같은 곳이에요."

"물금(勿禁) 알지 그래 그곳에서 무얼 했는데?"

"엄마 아빠는 재첩을 잡고 누나는 노래를 불러주었어요. 지금은 재첩 잡는 곳이 없어졌지만……"

"그래 좋은 가족 두었네."

"그런데 지금은 하나도 좋지 않아요. 그냥 모든 것이 쓸쓸하게만 보여요. 하룻밤 자고 나면 그때마다 저 하늘이 저 나무가 저 꽃이 있다

가이사의 것

는 것이 신기할 뿐이어요."

그렇지만 소년이 말하는 것은 내가 알고 있는 것과 너무나 달라 있었다. 그는 천애의 고아였던 것이다. 그는 무궁애원이라는 곳에 있었다. 그곳에서 자라다가 이곳 병원까지 오게 된 것이었다. 시설이다 보니 아이 하나하나에 신경을 쓰지 못했고 아이가 인근의 병원에 들렀을 때는 깊은 골병이 든 상태였다. 예산이 없던 시설원장은 알음알음으로 도움을 청했고 밀알 복지 재단의 도움으로 우리 병원까지 옮겨오게 된 것이었다. 그런데 소년은 거짓말을 하고 있었다.

처음 우리 병원에 왔을 때 남이와의 대화는 주로 남이는 내게 '우주 밖에는 무엇이 있을까?' '선생님, 사람은 왜 병에 걸리나요?' '이 다음 병이 나으면 시인이 되고 싶어요' 와 같은 장래 희망이나 그 또래가 생각할 수 있는 질문을 했다. 그러나 시간이 갈수록 남이는 차츰 철학적인 질문을 해 나를 당황케 만들었다.

늦봄 햇볕이 매우 따가웠던 어느 날이었다. 남이는 내게 불쑥

"선생님, 사람이 죽으면 어떻게 되나요?"

하고 날카로운 질문을 했다. 나는 뜻밖의 질문에 당황했다. 남이는 호기심 어린 눈으로 나를 바라보며 하나도 놓치지 않겠다는 표정을 지었다.

"글쎄다, 잘 모르겠는데 직접 겪어보지 않아서."

나는 잠시 망설이다가 답했다.

그러나 남이는 답답하다는 눈빛으로

"그래도 선생님은 나보다 더 많이 알고 있을 것 아니에요. 나보다 더 책도 많이 읽고 들은 것도 많을 것 아니에요?"

남이는 재촉하듯 말했다.

"글쎄 천당과 지옥이 있다지만 그래도 내가 보지 못했으니 알 수 없지."

"선생님도 차암 어떻게 세상을 그렇게 경험만으로 알아요. 경험을 안 해도 그냥 적절한 판단으로 알 수 있는 것도 있잖아요?"

"글쎄다, 너는 무어라고 생각하는데 네 생각부터 말해 보거라. 꼬옥 내가 선생님 앞에서 시험 보는 것 같구나."

"글쎄요, 내가 알고 있다면 괜히 선생님한테 물어보겠어요. 모르니까 물어보지."

"글쎄다, 나도 모르는 것을 어떡허니?"

"그래도 괜찮아요. 나는 선생님은 무엇이든 알고 있다고 생각했는데."

남이는 나를 위로하는 표정을 지었다.

"글쎄 나라고 별 거겠니? 그런 거라면 너와 다름없지. 그런데 갑자기 왜 그런 걸 묻니?"

"요즘 제가 너무 아파요. 전에 없이 정신을 차릴 수가 없을 때가 많아요. 전에 없이 몸에 힘이 빠지고 머리가 아파요. 이상해요. 자꾸만 내가 죽을지도 모른다는 생각이 드는 거예요."

사실 그랬다. 남이 또래의 환자가 있으면 부모들은 밤낮으로 자식을 걱정하며 늘 함께 할 것이다. 천애고아였던 남이에게는 찾아오는 사람도 없었고, 시설 무궁애원의 엄마와 아빠 되는 사람도 저 밑에 있어서 처음 남이를 데리고 왔을 때 보고는 더 이상 관심을 갖지 않았다. 나는 간호사에게 특별 부탁하여 남이와 자주 말동무를 해주기를 부탁했다. 환자들이 고맙다며 가져다주는 과일과 음료수들은 남이가 있는 병실 냉장고에 가득 채워놓았다. 더러 남이가 와서 간호사들과 함께 먹도록 하기 위한 것이었다.

그러나 남이의 병세가 그렇게 나빠진 것만은 아니었다. 남이가 처음 우리 병원에 오던 날 나를 비롯 우리 의료진들은 남이의 상태를 보다 더 확실히 하기 위해 종합검사를 시도했고 그리고 그 중세에 나타난 암 상태에 따라 집중치료를 시도했다. 예상대로 남이의 중세는 만성적인 백혈병이었다. 그런 만성적인 병이 병의 치료시기를 늦추는 바람에 급성으로 변해가고 있는 중이었다. 우리 의료진은 그런 남이를 위해서 그에 맞는 처방과 투약을 지속했고 이것이 어느 정도 지나자 처치가 제대로 되었는지 남이의 병이 호전되었다. 얼굴에 복숭아 빛 같은 화사한 기운이 돌고 눈망울이 밝아지는 것이었었다. 그런데 그것은 우리의 착각이었다. 양호한 병원의 환경으로 인해 일시적으로 전보다 더 나아진 것일 뿐 남이의 병세는 호전된 것이 아니었다. 그러나 일단은 남이가 좋아하니까 우리 의료진은 기뻤다. 어린 소년이 얼마나 병마에 시달렸을까 백혈병에 대해 잘 알고 있는 우리들은 남이의 중세가 완화된 것을 보며 고맙게 생각할 뿐이었다.

　　천애 고아였던 남이에게 찾아오는 손님은 거의 없었다. 남이가 있었던 시설의 원장이 남이를 처음 이 병원으로 데려온 것이 그 전부였다. 그런데 그 남이를 찾아온 사람이 있었다. 궁금하기도 해서 한 번 알아보니 남이가 어린 시절 돌보았다는 위탁모였다. 어떻게 알고 왔을까? 남이는 엄마 품이 그리웠던 것일까? 위탁모를 보자마자 남이는 '엄마' 하고 불렀다. 여자는 그런 남이를 껴안고 눈물을 흘렸다. 그러나 나는 무언가 이상하다는 느낌을 받았다. 진정으로 반가운 표정이 아니었다. 그것은 남이에게서도 느껴지는 것이었다. 그날은 그렇게 돌아가는 것 같았다. 여자는 나에게도 와서 남이의 상태가 어떠한지 그리고 백혈병이라는 것이 어떤 병이며 그것이 신체의 다른 기관 이를

테면 신장, 간, 눈 이런 것에 어떤 영향을 미치며 나중에는 남이가 얼마나 살 수 있는지 그런 것을 물어보았다. 아니 나중의 말은 나에게도 심한 거부감을 돋게 했다. 여잔 노골적이었다.

"선생님, 남이가 살 수 있을까요?"

남이를 걱정하는 듯한 말이었지만 내게는 오히려 남이가 죽었으면 좋겠는데 하는 식으로 들렸다. 남이를 둘러싸고 무슨 문제가 있는가 싶기도 해 혹 남이의 친부모가 나타나 남이에게 재산이라도 물려주었는가 여겨지기도 했다. 그렇지 않고서야 벌써 몇 년 전에 위탁모로서의 역할이 끝났는데 위탁모의 방문은 조금 이상하다는 느낌이었다. 그 뒤에도 여자는 자주 찾아왔다. 부산서 서울까지 웬만한 수고와 비용을 들이지 않고는 엄두도 못 낼 일이었다. 그렇지만 여자는 남이의 위탁모로 행사하려고 들었다.

여자는 여러 차례 소아 암병동을 찾아왔다. 그리고 와서는 남이와 재미있게 놀다 가고는 했다. 나는 남이가 위탁모에게 스스럼없이 마음을 여는 모습을 보자 처음과는 달리 여자에게 남이의 상태를 자세히 일러주었다. 아무래도 오래 버티지 못할 것 같다는 말과 남이가 가족을 무척 그리워한다는 것, 그리고 지금 남이에게 필요한 것은 무엇보다 엄마의 따뜻한 품이라는 것을 일러주었다. 내 말의 영향을 받았음일까. 여자는 일주일을 멀다하고 올라왔다. 그리고 때로는 병동에 이틀씩 머물며 남이를 돌보아주고는 했다. 그러던 어느 날, 나는 남이로부터 충격적인 말을 들었다.

"선생님, 저 살 수 있나요? 제가 죽어도 영혼은 살아있나요?"

나는 혹 남이가 자신의 죽음을 이미 예감하고 있는 것은 아닌가 싶어 그의 표정을 조심스럽게 살펴보았다.

가이사의 것

"왜 갑자기 그런 질문을 하지. 누가 무슨 말을 하든?"

나는 순간적으로 남이의 위탁모를 의심했다. 내가 남이에 대해 말한 것은 그녀밖에 없었기 때문이었다.

"아니에요. 그냥 혼자 있으려니 별별 생각이 나서 말하는 거예요."

"글쎄다. 나는 의심스러운데 남이가 갑자기 그런 말을 하니 말이야."

"그래 저 살 수 있나요? 살고 싶어요."

남이는 눈물을 글썽이며 말했다.

"그래 너 살 수 있어. 이 아저씨가 의산데 그까짓 것 못하겠니?"

"그래도 의사들도 못하는 것도 있잖아요. 하나님의 것 말이에요. 하나님의 것을 어떻게 사람들이 훔쳐 올 수 있어요?"

"하나님의 것? 글쎄 하나님의 것이 무엇인지 모르겠구나. 내가 의산데 내가 서울대를 나온 의산데 무얼 못하겠니?"

"아무리 그래도 하나님의 것은 훔쳐 올 수 없는 거래요."

"글쎄 나는 하나님의 것이 무엇인지 알 수 없어. 그렇지만 나는 의사, 너는 환자 나는 너를 고칠 수 있고 또 너를 고쳐야 할 의무도 있어. 그런데 너는 무엇을 걱정하니?"

"자꾸만 아파요. 자꾸만 죽을 것만 같은 생각이 들어요. 혹 내가 죽거든 내 몸을 필요로 하는 사람들에게 기증해 주었으면 해요."

나는 그날 남이에게 무슨 일이 있었는지 간호사에게 소상히 물어보았다. 남이의 위탁모가 다녀갔다는 것이었다. 나는 남이가 위탁모로부터 무슨 이야기를 들었다는 것을 직감할 수 있었다. 그리고 그것은 다음날 무엇인지 밝혀지고 말았다.

이튿날 내가 회진을 할 때 남이는 내게 다시 물었다.

"선생님, 제가 죽으면 제 몸을 다른 아이들한테 기증할 수 있나요?"

"왜 네 몸을 기증하니? 그리고 누가 죽는다고 해 너는 살 수 있어."

"거짓말하지 마셔요. 누가 모를 줄 알아요. 나도 다 안단 말이에요."

"뭘 안다는 거니?"

"제가 얼마 살지 못한다는 거요."

"글쎄 누가 그런 소릴 하든. 나는 너에게 그런 말을 한 적이 없는데 도대체 너는 누구에게 그런 말을 듣고 그런 이야길 한단 말이니?"

남이는 대답이 없었다.

"정말 섭섭한데 남이에게 내가 이렇게밖에 안 되는 존재였나?"

그러자 남이는 말할 듯하면서도 종내 입을 열지 않았다. 나는 역시 남이의 위탁모를 의심했다. 내가 남이에 대해 말한 것은 그녀밖에 없었기 때문이었다. 그리고 나의 이런 추측은 맞았다.

"엄마도 말씀하셨어요. 엄마도 남이를 잊을 수가 없을 거라구요. 저하고 오래도록 같이 이 세상에 있고 싶다구요. 그래서 생각했어요. 엄마하고 오래도록 이 세상에 같이 머물고 싶어요. 그래서 제 눈을 엄마의 큰아들에게 기증하기로 했어요."

나는 소스라쳤다.

"아니 그게 무슨 말이니? 누구한테 무얼 기증한다고?"

뻔질나게 다니는 것이 그제야 알 것 같았다. 남이의 눈을 시각장애인인 자신의 아들에게 이식시키려는 생각을 위탁모는 오래전부터 계획해온 것 같았다. 나는 단숨에 남이에게 그것은 불가하다고 했다. 어떤 경우라도 남이는 남이이어야지 남을 위한 존재가 아니라고 따라서 남을 위해 남이의 눈을 기증할 수는 없는 것이라고 이야기했다. 설령 남이가 생각하는 대로 살아날 수 없을지라도 그것은 있을 수 없다고 했다. 남이는 내가 갑자기 단호한 모습으로 불가하다는 것을 말하자 놀란 표정으로 나를 바라보았다.

"왜 안 되나요? 제가 이 세상에 나와서 할 수 있는 것은 그것뿐인데."

"아니야 너는 살 수 있어. 그리고 너가 이렇게 온전히 살아있는데 네가 죽은 다음을 가정한다니 그것은 옳지 못한 태도라고 생각드는구나. 그것은 엄마도 그렇고 남이도 잘못 생각한 거야. 그리고 누가 너가 죽는다고 그러든?"

"그래도 저는 느껴요. 제가 보다 죽음에 가까이 있다는 것을. 괜히 선생님은 저를 위해 애태우거나 속이실 필요가 없어요. 선생님이 그러시면 제가 오히려 불편해요."

"얘야, 이상한 생각을 하고 있구나. 내가 속이다니? 그렇다면 의사가 하는 일이 무어니? 환자를 위해 애태우고 최선의 방법을 찾고 의학적 처치를 강구하고 그것을 괴롭게 생각하는 의사가 어디 있니? 그리고 그런 것이 부담스럽다면 의사 노릇을 그만두어야지."

"그래도 저 때문에 선생님이 애쓰시는 것 같아서 저는 죄송해요. 제가 전에는 살고 싶다는 생각을 했는데 제 몸이 나아지는 것 같지가 않아요. 왜 그런지 모르겠어요. 전에 없이 자꾸만 탈력감이 오고 어지럽고 토할 것 같아요. 선생님 저 살 수 없지요. 그렇다면 솔직히 말씀해주셔요. 저도 사람인데 이 세상에 와서 해놓고 싶은 것이 있단 말이에요."

"아니야, 너는 여지껏 잘 견디어 왔어. 항암 치료도 잘 받아왔고 경과도 그렇게 나쁜 게 아니야. 이것은 내가 확신할 수 있어."

그러나 나는 지금 거짓말을 하고 있었다. 남이는 남이가 생각하는 것처럼 나빠지고 있었다. 몸이 망가지고 있었다. 두 차례 어린아이가 견딜 수 없을 정도의 항암치료를 했지만 더 나아진 것은 없었다. 남이의 말대로 남이가 자신의 운명을 예감한 것에 자신 있게 아니라고 말할 수 없었다.

그날은 그렇게 지나갔다. 나는 남이를 어떻게든 살려야겠다고 생각을 했지만 뜻대로 되는 것이 아니라는 것에 내 한계를 느끼고 있었다. 내가 할 수 있는 것은 경험적으로나 의학적으로나 가능한 처치를 남이에게 적용하는 것이었다. 그런 방법이 남이에게 맞는 것인지 알 수 없었지만 그 외 다른 방법이 더 있는 것도 아니었다. 그러나 생각할수록 그 위탁모가 괘씸했고 그 후 한 차례 더 위탁모가 면담을 요청했지만 나는 바쁘다는 핑계로 거부했다. 그녀는 남이는 기왕 저렇게 되어가는 것이고 자기가 안고 있는 또 다른 자식을 걱정하고 있었던 것이다. 그녀가 품고 있는 또 다른 자식이 역시 위탁 자녀인지 아니면 친자녀인지는 모른다. 여하튼 그녀는 줄기차게 남이를 찾아왔고 찾아와서는 남이에게 세뇌를 하는 것 같았다. 나는 그녀의 접근을 남이로부터 차단시켰다. 그녀는 안과에도 자주 드나들었던 것 같았다. 동료인 안과에 있는 친구가 남이의 상태를 내게 물어본 적이 있었다. 그녀는 남이가 죽으면 남이의 망막을 기증받을 생각인 것이었다. 어쩌면 그녀가 현실적인 판단을 한 것인지도 모른다. 안타까운 자식의 모습을 보다 못해 그녀가 생각해낸 고육책인지도 몰랐다.

남이의 상태는 그 후에도 여러모로 좋지 않았다. 남이는 백혈병을 앓는 아이들의 모든 특징을 골고루 나타내고 있었다. 이를테면 빈혈, 탈력감, 두통, 구토 등 전형적인 백혈병 증세라고 할 수밖에 없는 일들을 호소하였고 옆에서 지켜보는 나와 간호사들은 어떻게 해줄 수가 없어 발만 동동 구르는 형편이었다. 남이 또래의 아들을 둔 간호사들은 눈물을 흘리며 남이 옆에서 밤새 간호했다. 다른 아이들의 부모가

가이사의 것

항의를 할 정도였다. 남이가 천애고아라는 사실이 내 마음을 울렸고 간호사들의 공감도 얻었기에 각별히 신경이 쓰이는 것은 어쩔 수가 없었다. 이런 처치로는 분명 일반 아이들 같으면 호전되었을 것인데 왜 남이에게는 듣지 않는 것일까?

우리 병원에 온 지 다섯째 되던 달 때부터는 남이의 상태가 매우 심각해졌다. 정말 하루하루가 남이가 어떻게 될지 모른다는 생각이 엄습해왔다. 때때로 심장이 멎기 시작했고 그럴 때면 한창 고통에 떨다가 잠시 정신이 돌아오고는 했다. 그때마다 남이는 엄마를 찾았다. 나는 그 모습이 너무도 가련해서 눈물을 짓고는 했다. 이런 죽음을 많이 접했음에도 나는 내 감정을 주체치 못했다. 냉혈한인 내 가슴에서 울음이 솟아나게 된 것은 어쩔 수가 없었다.

자다 깨면 남이는 계속 고통을 호소했다. 남이는 그 고통을 참을 수 없다는 듯

"선생님 차라리 저를 죽여주세요. 이렇게 고통 속에 살밖에는 죽는 것이 낫겠어요."

하고 호소했다.

남이는 엎드리며 울었다. 혼수상태가 몇 시간씩 계속되고 있었다. 그래도 용케 그 순간을 견디어내면 다시 살아나 내게 기쁨을 주기도 했다. 내가 그런 고통 속에 있는 남이에게 해줄 수 있는 말은

"그래 이겨내야 해 이겨내야 해."

하는 참으로 공허하기 짝이 없는 말이었다. 이겨내라니? 그 고통을 어떻게 이겨내란 말인가? 내가 남이를 위해서 해줄 수 있는 것이 아무것도 없다는 데에 실망도 하고 외롭다는 생각이 들기도 하였다. 정녕 남이의 저런 모습이 하늘의 뜻인 것일까? 남이의 말대로 하늘의 것인

가? 그렇다면 내가 할 수 있는 것은 무엇인가? 정해진 운명대로 하늘의 뜻대로 그냥 보고 있어야만 하는 것일까? 나는 남이를 보면서 갑질을 하는 하늘에 반기를 들었다. 그러다가 하늘에 기대어보기도 했다. 내 어찌 이런 일이 있을 줄 알았을까?

'하나님, 살려 주시옵소서. 남이를 살려 주시옵소서.'

나는 최초로 손을 모으고 하나님께 기도했다. 그것은 실로 나도 놀랄 일이었다. 내가 이렇게 남을 위하여 하늘에 기도를 하면서 매달려본 적이 있었던가. 여지껏 나는 냉혈한이라면 냉혈한이라 할 만큼 잔인한 사람이었다. 안 되는 것은 안 되는 것이고 되는 것은 되는 것이다. 나 같이 의학적인 태도에 충실한 사람이라면, 아니 모든 의사들이라면 이 같은 생각을 가질 것이었다. 그런데 그런 내가 무릎을 꿇고 하늘에다 빈 것이었다. 남이를 살려달라고 그러면서 남이를 조금만 더 일찍이 우리 병원으로 데려오지 못한 시설의 원장을 원망하기도 했다. 위탁모의 알량한 양심도 증오했다.

"선생님 제가 죽으면 어떻게 되는 거지요? 천당과 지옥이 있다는데 그게 사실일까요? 설사 천당에 간다고 해도 죽음이 두려워요. 선생님, 살려주세요."

남이는 의식이 돌아오면 내 얼굴을 보고 울었다. 살고 싶다는 어린아이의 소망을 의사인 내가 들어주지 못하는 것이 나는 정말 원망스러웠다.

"그래 내 의학적인 방법을 총동원해볼 게 너는 대신 살아야 한다는 의지를 강하게 가져야 해 결코 생명줄을 놓아서는 안 된다."

사실 나는 남이를 위해서 지금의 처치가 왜 남이에게 해당되지 않는 것일까 생각하며 나름대로 외국의 사례를 찾아보기도 하고 혹 그것

이 남이에게 도움이 될 수 있는 거라면 마다 않고 남이의 경우에 적용
도 해보았다. 그러나 남이의 경우는 이미 너무 늦어 기울어진 것을 바
로 잡을 수는 없는 처방이 많았다.

그러던 어느 날, 정신이 좀 맑은지 남이가 내게 불쑥 말했다. 그러
나 그 한 마디는 내 가슴을 송곳 파듯이 파고들었다.

"선생님 하나님은 정말 있는 것일까요? 왜 내가 이런 고통을 당하
냐 말이에요. 하나님이 원망스러워요. 물릴 수 있으면 백혈병에 걸리
지 않았던 때로 물리고 싶어요."

그리고 마지막에 그는 살고 싶다는 강력한 의지를 내비쳤다.

"살고 싶은데 저는 살고 싶은데 저는 아직 해야 할 일이 있는데 엄마
도 찾아야 하고 그런데 왜 왜 제가 이 고통을 당해야 한단 말이에요?"

녀석은 말해 놓고 울었다. 나도 눈물이 핑 돌며 눈물을 보이지 않으
려고 고개를 돌렸다.

또 한번은 남이는 자기가 병에 걸린 것이 죄가 많아 그런 것이 아닌
가 말했다.

"선생님, 저는 잘못한 일이 많아요. 이렇게 병에 걸린 것이 바로 하
나님 앞에 죄를 많이 지었기 때문일까요? 저는 작년 3학년 때 시험을
보다가 친구 것을 컨닝한 적이 있어요. 일부로 그런 것은 아닌데 고개
를 돌리는데 우연히 옆 친구 답안지가 보여서 그대로 답을 적어 내었
어요. 또 학교에서 오른쪽으로 걸으라고 했는데 왼쪽으로 걸었어요.
쓰레기도 길거리에 버리지 않아야 하는데 들고 가기가 귀찮아서 아무
렇게나 길거리에다 버린 적이 있어요. 또 누군가 돈을 떨어뜨리고 가
는 걸 나도 모르게 그 돈을 주워서 도망치고 싶었어요. 주일학교에서
는 남의 재물을 탐내지 말라고 했는데 또 원장 엄마가 동생을 잘 돌보

라고 했는데 잘못해 동생이 거울을 깨뜨렸어요. 그래서 할 수 없이 제가 깨뜨렸다고 거짓말을 했어요. 원장 엄마는 거짓말을 하는 사람을 제일 싫어했는데 그래서 제가 벌을 받나 봐요."

남이는 말해 놓고 자기가 저지른 죄에 대해 하나님께 용서를 구했다. 그러나 사실 남이의 죄란 것은 우리 누구나가 저지르는 일상적인 것에 지나지 않았고 그런 것이라면 우리는 남이보다 훨씬 악한 놈일 것이다. 그리고 11살짜리 꼬마가 죄를 지어야 얼마나 지었을 것인가? 사실 우리는 또한 그런 것에 죄의식을 느끼지 않고 살고 있지 않은가? 그러나 남이는 자신이 병에 걸린 것이 그런 소소한 죄들에 대한 대가인 듯 말하였다.

"글쎄다. 남이야, 그렇지만 병이란 것은 그런 것 때문에 일어나는 것이 아냐. 네가 죄를 지었다고 하나님이 그 벌로 병을 앓게 했다면 나는 벌써 죽고도 남았을 거야. 나는 남이보다 훨씬 못된 놈이었어. 아예 그런 것을 죄라고 생각하지도 않았어. 누구나 하는 그런 것을 죄라고 할 순 없어 생각해봐. 세상에 그런 소소한 규칙을 지키지 않는 사람이 얼마나 많니? 그리고 네가 동생들을 위해서 거짓말을 했던 것은 그것은 칭찬 받을 만한 것이지 결코 죄라고 말할 수 없어 남이는 너무 생각에 깊게 빠져 있어 그곳에서 빨리 빠져 나와야 해."

"그냥 혼자 있다 보니 앞날은 생각나지 않고 자꾸 과거만 생각나고 그래요. 선생님, 정말 제가 살 수 있을까요?"

이후의 남이와의 시간은 매우 빨라졌다. 골수 검사를 해보아도 역시 나아진 기미는 보이지 않았고 백혈구 수치의 급격한 감소는 남이의 앞날이 밝지 못하다는 것을 여실히 보여주었다. 이상했다. 남이 진료기록을 아무리 살펴보아도 잘못된 것은 없어 보였다. 그런데도 남이에게는 전혀 차도가 없었다. 남이가 그렇게 되다 보니 공연히 나를 만나 그렇게 된 것 같고 그래서 동료 의사에게 물어보기도 하였다. 혹 내 처치가 잘못된 것은 아닐까? 의사에게 가장 기쁜 일은 맡은 환자가 자신의 처치로 병이 나아 아프기 이전의 상태로 퇴원하는 것이었다. 그런데 남이를 두고는 내 마음이 편치 않았다. 정말 저러다가 죽기라도 한다면 어쩐단 말인가? 그렇다면 나는 정말 두고두고 죄책감을 느끼며 살아가야 할 것 같았다.

남이에게 가능성이 없다고 판단된 어느 날 진통제를 맞고 고통이 좀 멎었는지 남이는 또다시 놀라운 질문을 내게 던졌다.

"선생님, 선생님은 하나님의 것이 무엇이고 가이사의 것이 무엇인지 아셔요?"

놀라운 일이었다. 11살 어린 꼬마가 가이사의 것과 하나님의 것이라는 말을 하다니?

"글쎄다. 잘 모르겠는데 그런데 너는 가이사의 것과 하나님의 것이라는 말을 어떻게 알게 되었니?"

"아이 선생님도 그것도 몰라요? 성경 말씀에 나오잖아요."

"네가 그 성경 귀절을 읽었던 말이지?"

"아니요. 아픈 제가 어떻게 성경 귀절을 읽었겠어요? 매주 교회에서 오는 위문음악회 목사님이 기도에서 그런 것을 말해 주잖아요."

"그렇다면 가이사의 것은 무엇이고 하나님의 것은 무엇인지 너는 알겠구나. 나한테 설명 좀 해줄 수 없겠니?"

"그래요 제가 아는 대로 말해 볼게요. 사람의 목숨은 사람이 어떻게 할 수 없잖아요. 살고 싶다고 사는 게 아니고 죽고 싶다고 죽는 게 아니잖아요. 그런 걸 보면 하나님의 것이 어떤 것인 줄 알겠는데 가이사의 것은 정말 모르겠어요."

"글쎄다. 나는 하나님의 것이나 가이사의 것이나 무엇인지 다 잘 모르겠구나. 그런데 한 가지 아는 것은 아이나 어른이나 천재나 바보나 태어나는 것은 순서가 있는데 세상을 하직하는 것은 순서가 없다는 거야. 어떤 규칙이나 원칙이 있다면 나는 하나님의 것을 믿겠는데 하나님의 것이라고 네가 생각하는 것은 실은 네가 하나님의 것이라고 생각해서 그렇지 실은 하나님의 것이 아닐 수도 있는 것이 아니겠니?"

"그렇지 않아요. 하나님의 것은 하나님의 것이지 무슨 법칙이 있겠어요. 그렇지만 정말 가이사의 것은 어떤 것인지 알 수가 없어요."

나는 남이한테 한방 먹은 느낌이었다. 그러다가 다음날 내가 회진할 때 남이는 다시 말했다.

"아 알겠어요. 가이사의 것은 바로 선생님과 같은 사람을 말하는 것일 거예요. 하나님이 나를 뺏어가려면 그것을 뺏어가지 못하게 지키는 것 그게 가이사의 것인 것 같아요. 그렇지만 가이사가 제아무리 힘이 강해도 하나님만큼 당하겠어요. 그래서 두려워요. 하나님이 가져가겠다는데 가이사가 어쩌겠어요. 그래도 저는 지금은 하나님보다 가이사에게 더 기대고 싶어요. 희망 사항이에요."

남이는 그 말을 힘들게 말해 놓고 눈을 감았다. 눈물방울이 옆에서 흐르고 있었다. 나는 남이에게 다시 진정제를 놓아주었다. 가이사의 것을 추리한 남이의 발상은 정말 어른들도 생각 못할 놀라운 것이었다. 스스로 얼마 가지 못할 거라는 것을 알고 있는 남이가 오죽 생각했을까? 가이사의 것에 기대보겠다는 그의 생각이 한편으로는 고맙기도 하고 기특하기도 했지만 나는 너무 늦었다는 변명밖에 할 수가 없었다.

21   가이사의 것

남이의 병이 깊어감에 따라 마치 남이와 내가 죽음을 두고 스무고 개를 하는 것 같은 말들을 주고받는 날이 많아졌다. 남이의 질문은 더욱 날카로워졌다. 어린 나이에 어떻게 저렇게 죽음에 대한 생각을 했을까 싶은 정도로 남이의 생각은 깊었다. 한편으로는 어린 아이답지 않은 생각에 안쓰럽기도 했다. 어느 날은 또 남이가 이런 말을 했다.

"선생님, 제가 간밤에 죽음의 계곡을 다녀왔어요. 제가 죽음을 두려워하니까 꿈속에도 죽음이 나타나는가 보아요. 다리를 건넜는데 정작 제 모습을 보니까 고통에 시달리다 결국 죽어있는 제 모습을 보게 된 거예요. 이상한 것은 인간의 영혼과 육체는 같은 것이 아닌 것 같았어요. 두 개가 다 다른 것 같았어요. 몸은 죽어도 혼은 살아 이 세상을 떠도는 것이었어요. 죽어있는 제 모습을 보며 깜짝 놀랐어요. 그러다가 곧 죽은 제 몸은 저와 하나가 되어 다시 깨어나게 되더군요. 참 이상한 꿈이었어요. 그런데 한 가지 느낀 것은 죽음 뒤에는 다른 세계가 있는 것인가 없는 것인가 하는 고민이 사라졌다는 거예요. 죽음 다음의 세계는 내가 꿈에서 경험해보니 있는 것 같더라구요. 그런데 그것이 천당과 지옥이 아니라 그냥 지금 세상과 똑 같았어요. 거기서도 논 갈고 밭 갈고 밥해 먹고 구경 가고 학교 다니구 취직하고 다만 다른 것이 있다면 착한 사람만 보이더라구요. 그냥 아무런 걱정 없이 살아가는 것 같았어요. 선생님, 죽음의 세계와 죽음이 아닌 세계, 그 사이에 다리가 있어서 죽음이 아닌 세계에서 죽음의 세계로 건너가는 것 그것이 죽음인 것 같아요. 그냥 이쪽에서 저쪽으로 건너갔다고 생각할게요."

그 소릴 듣자 나는 속이 철렁했다. 남이는 이미 자신이 살지 못할 것을 알고 있었구나.

그 이후의 남이의 삶은 처절한 죽음과의 투쟁이었다. 나는 남이가 말한 가이사의 것을 최대한 끌어올리려고 하였고, 하나님과의 줄당기기에서 지지 않아야 한다고 생각했다. 그렇지만 그것이 그렇게 쉽게 될 일이겠는가? 내가 내 의학적 처치에 발악을 하면 할수록 남이의 몸은 내 바람과 반대로 점점 악화되어 갔다. 미치고 환장할 노릇이었다. 대체 왜 안 된다는 말인가? 의학서나 경험에 의한 처방으로 일관했는데 왜 남이에게는 먹혀들지 않는단 말인가? 남이에게 맞는 의학적 처치가 따로 있다는 말인가? 아무리 그렇다라도 일부라도 남이에게 맞는 부분이 있을 것이 아니겠는가? 그렇다면 남이가 이렇게 악화일로로만 달려갈 것이 아니잖겠는가? 나는 내 의학적 한계에 절망했다. 정말로 남이의 말대로 남이의 목숨은 하나님의 것이란 말인가? 그렇다면 의사인 내 역할은 무엇이란 말인가?

　'하나님 도와주소서!'

　나는 생전 믿지 않는 하나님 앞에 다시 나의 교만을 고백하였다.

　'남이만 살릴 수 있다면 나는 내 인생 당신을 위해 살겠습니다. 당신의 커다란 은혜 앞에 순종하며 당신의 어린 양들을 위해 봉사하는 삶을 살겠습니다.'

　냉혈한인 내가 어찌 이런 기도를 하게 될 줄 알았을까? 나는 거기에 덧붙였다.

　'진실로 진실로 당신을 위해 당신이 가라고 명령하신다면 따르겠나이다.'

　나의 이런 기도는 남이를 볼 때마다 계속되었다. 밀려드는 환자에 쫓겨 잠시 남이를 놓치는 순간도 있었지만 나는 남이를 살려달라고 진심으로 기도했다.

23

남이가 죽기 며칠 전, 나는 거의 뜬 눈으로 남이 곁에 있었다. 내 것 밖에 모르고 내 역할에서 한 치도 덜도 더도 안하려는 내 이기주의가 어찌 남이를 살려 달라고 기도를 할 정도로 변했을까. 남이는 아이이면서 어른인 나를 깨우치고 있었다.

병원에서의 생활이라는 것이 바깥에서 보는 것처럼 그렇게 선망적인 것이 아니었다. 너무 바빠 하루 한번 회진하는 것도 쉽지 않았다. 그래서 남이한테 가보지 못한 날은 대신 나는 간호사로부터 남이에 대한 근황을 자세히 전해 들었다.

"그 어린 것이 자기가 가지고 있는 게임기와 테블릿피시를 자기가 있었던 시설에 가져다주었으면 좋겠다고 하고 그리고 자기 눈은 저를 길러주신 위탁 어머니의 아들에게 기증하고 싶다는 말을 하더군요."

말하면서 간호사는 아이처럼 내 앞에서 엉엉 소리 내어 울었다. 나는 남이 곁으로 가지 않았다. 울어버릴 것 같아서였다. 간호사에게 남이를 잘 부탁한다고 말하면서 나는 간호사가 나가자 내 연구실에서 처음으로 소리 내어 울었다. 세상에 내 자신이 이렇게 무력할 줄이야 내가 수 십 년을 공부해 걷어 올린 지식이 정말 보잘 것 없다는 것에 나는 자괴감이 들었다. 이깟게 뭐람 남이 하나 구할 수 없다니.

남이는 거의 생사를 구분할 수 없을 정도로 눈두덩이가 부어 있었다. 그것은 나 역시 마찬가지였다. 남이는 간밤 죽음을 예감하고 울었을 것이었다. 얼마나 고통이 심했으랴 그 마지막 갉아먹는 암세포의 고통에 남이는 제대로 고통조차도 느끼지 못했을 것이었다.

남이는 마지막 순간에 말했다.

"살고 싶지만 그렇지만 살 수 없다면 고통 없이 어느 순간 나도 모르게 그 무한대 속으로 그냥 가버렸으면 좋겠어요. 그동안 감사했어요. 혹 저를 위해 특별한 일을 하지 마셔요. 죽음이 특별한 일이 아닌 것 같아서요."

"미안하다. 네게 아무것도 해줄 것이 없어."

"아니에요. 선생님은 정말 고마운 분이셨어요. 선생님을 통해 저는 죽음을 앞두고도 나를 위해 애쓰고 있는 사람이 많다는 것을 깨달았어요. 결코 마음이 외롭지 않았어요. 그리고 무엇보다 제가 조금 앞서간 다는 것뿐이라는 것도 깨달았어요. 사람은 누구나 죽는 것 오는 순서는 정해져 있지만 가는 순서는 정해져 있지 않다는 것 선생님 말씀이 잖아요."

남이는 그런 말을 하고 난 후 심한 고통과 신음에 들떴고 혼수상태가 계속되었다. 그리고 사흘 후에 이 세상에서의 삶을 다했다. 그동안 나는 남이 곁을 지키면서 남이가 하던 말을 생각했다. 하나님의 것은 인간이 어찌 할 수 없는 것이라던 남이, 나는 남이의 살고 싶어 했던 그 간절한 소망을 저버리게 했던 하나님의 것이란 것이 도대체 무엇일까 생각했다. 그는 이처럼 간절하게 살고 싶어 하는 한 소년의 목숨을 마음대로 할 수 있다는 말인가? 나는 그가 너무 잔인하고 갑질한다고 생각했다. 그게 왜 하나님의 것이란 말인가? 그것은 바로 남이의 것이 아닌가? 왜 남이의 것을 마음대로 빼앗아가는 것일까?

남이가 죽던 날 병실에는 그동안 나를 비롯 남이를 간호했던 간호사와 위탁모 그리고 시설원장이 모여 지켜보았다. 간호사의 얼굴에도 내 얼굴에도 눈물이 쉴 새 없이 흘러내렸다. 가이사의 것이란 무엇인가? 이렇게 인간이 무력할 수 있단 말인가? 아아, 나는 저 소년 하나를 살릴 수 없는 나의 무능과 오늘날 의학의 한계에 눈물겼다.

남이의 시신은 위탁모의 희망대로 안구기증이 있었고 나머지는 시설원장이 화장했다. 남이의 마지막을 배웅하고 돌아온 나는 내 연구실 책상에다 얼굴을 묻고 통곡을 했다. 녀석이 너무 가여웠다. 이 세상 조그맣게 왔다가 떠나가 버린 남이, 어린 나이에 어울리지 않게 죽음을 이야기했던 아이, 내게 죽음이란 것이 무엇인지를 사유케 했던 아이, 처음으로 의사로서 내 자신을 돌아보게 했던 아이, 내 냉혈한적인 마음을 뜨겁게 녹였던 아이, 나는 그 후 환자를 앞에 둘 때마다 내 최대의 목표를 가이사의 것을 조금 더 늘려보려는 쪽으로 늘 생각해왔다. 그것은 의사로서 또 내가 이 세상에 온 사명이라고 생각했다. 죽은 남이에게 축복 있으라.

아내기

성 교수의 부음을 받았던 것은 내가 마악 강의를 시작하려 들어가려는 무렵이었다. 조교가 내게 오더니 내 수신함에 편지가 있길래 가져왔다며 전해주는 것이었다.

아니나 다를까. 내 짐작대로 동창회에서 온 부고였다. 이즈음 그런 것으로 학교로 편지가 배달되는 경우가 종종 있었다. 그러나 뜻밖에도 그 부음의 주인공이 성 교수라는 데에 나는 놀라지 않을 수가 없었다.

'결국……'

다행인지 아니면 슬픔인지 모를 한숨이 내게서 쏟아졌다. 그리고 순간적으로 아내의 얼굴이 떠올랐다. 성 교수의 죽음으로 아내와의 관계도 다시 한번 생각해 보아야 한다고 나는 생각했다. 우리의 관계는 무엇이란 말인가?

'아내가 사랑한 남자'

그를 둘러싸고 많은 좋은 표현이 있었을 터이지만 그럼에도 불구하고 나는 그를 그렇게 정의했다. 고향과 모교를 빛낸 그를 두고 일개 남녀 간의 그렇고 그런 인물로만 바라보는 것이 잘못이라는 생각이 아니 드는 것은 아니었지만 아내와 관련하여 그의 처음부터 끝까지 잘 알고 있었던 나는 그를 그렇게 정의할 수밖에 없었다.

경남의 가지산 배내는 그와 내가 고추자지 내놓고 자란 마을이었다. 이런 배내는 원동(院洞)에서 1시간 언양(彦陽)에서 1시간 들어가는 분지 마을이었다. 해발 1000여 미터까지 올라갔다가 다시 500여 미터쯤 내려오는 산으로 빙 둘러싸인 분지 마을이었다. 이 마을이 그래도 산이 좋아서 그런지 오지 산골인데도 장군이 나고 변호사가 나고 병원장이 난 것을 보면 풍수지리라는 것을 무시 못 할 것 같았다. 비근한 예로 근처에서 가장 큰 면인 이웃 면의 경우 악산 밑에 자리 잡고 있어서 그런지 내세울 만한 변변한 인물이 없는 것을 보면 풍수와 인물과의 관계는 상관관계가 전혀 없다고 말할 수 없는 것 같다.

대학교만 달랐을 뿐 그와는 초·중·고를 같이 다닌 죽마고우였다. 벌써 그 배내 골짜기를 서로가 떠나 온 지 오십여 년이 가까웠고, 그는 서울에서 나는 지방 도시에서 서로 대학교수라는 직함을 가지고 살아온 지도 많은 세월이 흘렀건만 역시 알 수 없는 것은 사람의 마음이었다. 삼십 이후에는 친구가 아니라 라이벌이라는 말이 사실이기나 한 것일까. 웬일인지 그를 만날 때마다 껄끄럽게 대해지는 것은 어쩔 수가 없었다.

성 교수에게 나는 조조라는 별명을 붙여주었다. 그를 잘 알고 있는 나는 그 말이 조금도 어색한 것이 아니었다는 것을 알고 있었다. 언제나 해가 비치는 곳으로만 머리를 두고 있는 그의 향일성적인 행각을 지켜보면서 나는 그래도 그것은 그로서는 어쩔 수 없는 선택이겠거니 하는 생각을 하였다. 그것은 생래적인 것이라기보다는 시대가 만들어 낸 것이었다고 생각했기 때문이었다.

내가 최초로 그의 그 총명함을 본 것은 초등학교 4학년 무렵이었다. 당시 그는 3, 4학년을 함께 수업하는 곳에서 반장이었는데 어찌나 똑똑했던지 선생님들은 모두 그가 이 산골 구석에서 한 인물할 것이라고들 생각하였다. 동네 사람들뿐만 아니라 군의 군수가 신동 소문을 듣고 찾아올 정도였다.

성 교수의 집은 배내골 제일 끝에 조개처럼 엎드려 있었다. 그 집 부모가 어떤 사람이라는 것을 알고 있는 사람들은 저런 부모 밑에 어떻게 성 교수 같은 아이가 태어났는지 놀라운 일이라고 했다. 그러나 그렇게 알고 있는 마을 사람들은 잘못 알고 있는 것이었다. 그의 아버지는 원래 이곳 배내골에 바탕을 둔 시골 무지렁이가 아니라 일제 강점기 징용을 피해 숨어들어 온 사람이었고 공부를 꽤나 한 사람이었지만 자기가 가지지 못한 만큼 마을에서 알아주지 않고 있을 뿐이었다.

조그만 시골 학교에서 그의 뚜렷함은 단연 수재 소리를 들었다. 그 당시 일제고사라는 것이 있었는데 그가 관내 전체에서 1등 점수를 얻었기 때문이었다. 그것도 한번이 아니라 일제고사를 볼 때마다 번번이 전체 수석을 놓치지 않는 것을 보며 선생님들은 그에 대한 기대의 끈을 놓지 않았다. 그것은 개교 이래 처음 있는 일이기도 했다.

성 교수가 똑똑했던 것은 그해 가을에 또다시 드러났다. 한번은 운동회 때문에 학년별 책·걸상을 모두 운동장에 내놓아야 하는 경우가 있었다. 책·걸상을 이용하면 마을 사람들과 학생들이 조금 더 편하게 운동회를 할 수 있다는 배려 차원에서였다. 그런데 마을 사람 중에는 책·걸상을 하나씩 몰래 가져가는 경우가 있어 운동회가 끝나고 잘 챙기지 않으면 나중에 어느 학년에서 책·걸상이 한두 개씩 비는 경우가 있었다. 워낙 면에서 멀리 떨어진 오지였는지라 유리가 깨지거나 책·걸상이 없어지면 그것을 맞추는 일이 여간 어려운 것이 아니었다.

아내기

아니나 다를까. 그해에도 모든 학년에서 책·걸상이 비는 일이 있었다. 그런데 놀랍게도 그가 반장으로 있는 우리 3, 4학년 교실만은 책·걸상이 비는 일이 없었다. 이런 일이 있을 줄 알고 그는 운동회가 마치자마자 즉시 아이들과 함께 교실로 책·걸상을 옮기기 시작하여 30개의 책상과 60개의 걸상을 교실에 완벽히 챙겨놓은 것이었다. 그의 놀라운 리더십이었다. 여하튼 우리는 그 덕분에 책걸상을 완벽히 갖추어 다음날부터 공부하는데 아무런 지장이 없었다.

그런 것은 사회에 나와서도 마찬가지였다. 그의 첫 번째 놀라움을 본 것은 그가 3공화국 시절 여당의 연사로 박정희 대통령을 도운 것이었다. 그의 집안이나 그의 성향으로 보아 그는 결코 공화당 선거를 도울 인사가 못되었다. 그를 좋아하는 많은 사람들은 그가 거침없이 쏟아내는 혁명 정부에 대한 비판과 칼럼으로 그를 좋아했는데 그는 대통령 선거에서 오히려 공화당 편에 서서 지원을 했다. 그가 그동안의 입지를 바꾸어버린 것에 대해 당시 많은 사람들은 욕했지만 선거 후에 그는 중심 국립대학교수로 임용되는 감격을 맞았다. 사람들은 그가 선거와 모종의 커넥션이 없고서는 불가능한 일이었다고 생각했지만 그가 워낙 실력이 뛰어났기에 더 이상 그를 비난하는 일은 없었다. 나는 그가 그런 시류에 빠져들지 않아도 그의 머리와 능력으로 그가 원하는 바의 대학 임용에 문제가 없다고 생각했는데 그런데도 그가 굳이 변신했던 것에 대해 이해할 수 없었다.

그의 또 한번의 놀라움은 전두환 정권 때의 일이었다. 그가 해왔던 것으로 보아 그는 5공의 편에 서야 했다. 그러나 그는 누구보다 완강히 전두환 씨와 척을 이루어 싸웠던 것이었다. 전 대통령 측도 감히 대학의 실력 있는 교수로 성장한 그를 어쩔 수 없을 정도로 그의 대한 민국에서의 위상은 커져 있었다. 같은 고향이고 같은 길을 걷고 있기에 나는 그의 행적을 낱낱이 꿰고 있었다.

그런 그였기에 때로는 친구로 경쟁 상대로 그에 대한 관심은 계속되었고 그도 나를 의식하고 있는지 동창이나 모임 같은 데에서 주도권을 쥐려는 일은 한동안 계속되었다. 사실 경쟁이란 얼마나 불편한 일인가 그럼에도 그와 나는 서로를 바라보며 웃고 떠들고 하다가도 일단 논쟁이 붙으면 서로 지지 않으려 했다. 그러나 옳고 그름을 떠나서 그는 항상 옳았다. 그가 가진 대학 이름이 나의 그것과는 게임이 되지 않았기 때문이었다.

내가 그에게 조조라는 별명을 불러주었던 것은 나의 이런 그에 대한 열등감도 없지 않았다. 다른 친구들에게도 이런 별명이 통하는 것인가 하면 그렇지 않았다. 조조라는 것은 내가 그에 대해 갖고 있는 별명이었을 뿐이지 다른 친구들에게는 그렇지 않았다. 다른 친구들은 그가 성실한 친구이며 그런 그를 친구로 두고 있다는 것에 자긍심마저 가지고 있는 것이었다. 만일 누군가가 그에게 그런 별명을 부른다고 하면 오히려 화를 내고 그를 위해 변명을 했을 것이었다.

내가 그가 영면해있는 서울대학병원 영안실을 찾은 것은 오후 6시 무렵이었다. 서울과의 거리가 있었기 때문에 나는 오전 강의를 마치자마자 아내에게 연락해 성 교수의 부음을 전하고 다녀올 것을 말하였다. 내가 그의 소식을 전하자 아내는 금세 울먹이며 원인은? 장지는? 가족은? 등 여러 가지를 따질 듯이 물었다. 그도 그럴 것이 같은 마을 한 해 후배였던 그녀는 그를 좋아했고, 그를 따르는 고향의 또 다른 후배에게 성 교수를 앗기자 눈물을 흘리며 애태웠던 것을 알고 있었기 때문이었다.

아내의 집안은 인동의 갑부였다. 울주 밀양 양산을 통틀어 그만한 재산을 가진 사람이 없을 정도로 아내의 집안은 부자였고, 소위 일제 강점기 소설 속에서 나오는 처가의 땅을 밟지 않고는 집으로 갈 수 없을 정도라는 수식이 붙는 실제의 주인공 이기도 했다. 이런 그녀가 공부를 잘하고 인물 좋고 실력 있는 성 교수를 좋아한 것은 어쩌면 당연한 일일 것이었다.

성 교수의 아내는 인근에 살았던 가난한 독립투사의 딸이었다. 성 교수가 이런 독립운동가의 딸을 처로 얻은 데에는 그 나름의 이유가 있었다. 성 교수의 아버지와 성 교수의 아내인 선영이네 아버지가 막역한 관계였고, 이런 관계는 자연스럽게 두 사람을 맺어지게 하였다. 또한 양처가 예뻤고 똑똑하고 또 무엇보다 독립투쟁가의 딸이라는 점은 아버지가 공산주의 운동을 했다는 치명적인 약점을 가지고 있는 성 교수가 마다할 수 없는 이유이기도 했다.

사실 말이지만 아내는 갑부의 딸이긴 했지만 부잣집에서 곱게 자라서 그런지 같은 여자끼리의 투쟁력이나 질투 이런 면에서 부족함이 있었다. 어떤 때는 자기만을 아는 지나친 고집 때문에 여러 번 트러블을 일으키기도 해 아내에 대해 불만이 없는 것은 아니었다. 그렇지만 아내는 지금의 나를 일으켰고 그리고 보란 듯이 성 교수에게 과시하고 싶어 하는 아내의 행복을 내가 막을 수는 없었다.

그러나 어쨌건 내가 성 교수의 부음을 알렸을 때, 나는 그녀에게서 그녀가 아직도 성 교수를 지극히 사랑하고 있다는 것을 느낄 수 있었다. 아내는 나와 살고 있었지만 언제나 첫사랑인 성 교수를 못 잊어했다. 보란 듯이 나와 잘살고 있다는 것을 과시하고 싶어 하는 것도 그만큼 성 교수에 대한 아쉬움 때문이라는 것도 알고 있었다. 그렇다고 그런 아내에 대해 내가 미워하거나 이혼을 요구할 입장도 아니었다. 사실 따지고 보면 이나마 지금 이렇게 지방대학이지만 교수 자리를 얻고 있는 것은 전적으로 아내의 덕이었고 그리고 처가의 재산의 힘이었음을 나는 부인할 수 없었다.

나는 서울대학병원 영안실에 도착하자마자 그의 빈소를 찾았다. 그가 크게 사회적 위치를 지니고 있었기 때문인지 입구에서부터 조화가 나열된 것이 실로 수 십 미터에 달할 정도였다. 그 조화를 유심히 보아가던 나는 한순간 낯익은 이름을 발견하고는 권투선수가 공격하여 들어가다가 정확한 잽을 한 대 맞고 흠칫거리듯 멈칫거리지 않으면 안 되었다.

'삼가 고인의 죽음을 애도합니다'

거기까지는 같았는데 그 옆 날개에 '주식회사 홍익 대표이사 김국수'가 있었다. 아니 국수라면 바로 그 국수라면 우리 반에서 가장 힘이 세고 아내를 집요할 정도로 쫓아다녔던 그 친구가 아니었던가.

내가 유달리 국수를 기억하고 있는 것은 아내를 두고 이상한 삼각관계의 한 축을 형성하고 있던 친구였기 때문이었다. 아내가 성 교수를, 국수가 아내를, 그런데 성 교수는 지금의 아내인 선영이를 좋아했던 것이다. 국수가 아내를 얼마나 좋아했던가 하는 것은 그가 나를 통해 아내에게 여러 번 편지를 전해달라고 했던 사실에서 알 수 있었다. 나는 아내가 성 교수를 좋아하고 있다는 것을 알고 있었지만 모른 척 아내에게 국수의 편지를 전해주었다. 옛날 신파극 같은 것이 아닌 실제의 일이었다. 그러나 아내는 늘 국수를 모른 척했다. 여하튼 그런 관계였기 때문에 나는 국수를 기억하고 있었다.

말이 나온 김에 이야기지만, 그 골짜기 배내에서 50년대에 삼십 명

남짓한 6학년 졸업생 가운데 대학을 10여 명이나 내었던 것은 김장수 (金張洙) 당시 6학년 선생님 덕분이라는 것을 말하고 싶다. 당시 그 산골 오지에서 중학교 전체 진학이라는 것과 그리고 진학한 학생들 중 대학진학을 10여 명이 했다는 것은 당시로는 사건이라 아니할 수 없었다. 이 모든 것은 당시 산골 학교로 전근 오신 김장수 선생님 덕분이었는데, 선생님의 훈화는 우리에게 하나하나 폐부를 찔러오는 감동을 주었다. 우리에게 대학을 가야 하는 꿈을 지니게 했던 것이었다. 그 결과 우리는 면내 중학을 거쳐 인근 대도시의 인문계 고등학교로 진학을 하였고, 학교가 좋다 보니 대학을 진학하는 것은 당연한 것으로 알았다. 당시 선생님은 우리에게 감동을 많이 주었다. 가르치는 것도 그랬지만 내가 왜 공부를 해야만 하는 것인가에 대한 목표의식을 길러주고 공부하는 길만이 이 가난한 시골에서 벗어날 수 있다는 것을 말하였다.

국수는 선생님의 눈에 별로 들지 못한 아이였는데, 그가 선생님과 가까워져 대학까지 진학할 수 있게 된 것은 참외 서리 덕분이었다. 국수가 참외 서리를 하다가 들켜 화가 난 주인이 그냥 국수를 면의 지서로 데려간 것이었다. 국수 부모는 국수가 워낙 말썽을 피우니까 혼 좀 나보라고 내버려 둔 상태였다. 그때 지서까지 가서 국수를 빼내온 것이 바로 선생님이었던 것이다. 그 사건 이후로 국수는 말썽 많은 소년에서 선생님 말이라면 죽는 시늉도 낼 정도로 모범 학생이 되었다.

여하튼 아내를 둘러싼 주변은 이런 형국이었다. 아내는 명랑하고 구김살 없고 여성스러운 성격이었다. 한편으로는 외골수의 성격도 지니고 있어 하나에 집착하면 거기서 헤어나기를 힘들어했다. 아내는 그럴 때마다 어디서 그런 용기가 솟는지 스스로 헤쳐 나왔고 그리고 고통을 극복하고 나면 빠르게 평정심을 가졌다. 그러나 성 교수와의 사랑만은 어쩌지 못했던 것 같았다. 정말 이 세상의 사랑이라는 단어가 갖는 가장 원초적이고 순수한 의미로서의 사랑의 감정을 아내는 성 교수에 대해 갖고 있었건만 사랑은 한쪽만의 것이 아니었다. 아내는 모두에게 주목받았지만 그녀는 오직 한 사람 성 교수에게만은 주목받지를 못했다. 성 교수에 대한 사랑의 실패는 승리밖에 모르던 아내가 겪은 첫 패배였던 것인지도 몰랐다.

아내가 이토록 성 교수에 대한 집착을 놓을 수 없었던 것은 여자라면 정말 놓치고 싶지 않을 정도로 성 교수는 출중한 능력과 외모를 가지고 있었기 때문일 것이다. 그 시골 학교에서 성 교수는 시골아이 같지 않았다. 말이나 행동이 반듯했고 같은 학년이나 저학년의 여학생들이 다른 아이들에게는 '머스마'니 '가시나'니 비속한 말을 하면서도, 성 교수 앞에서는 정말 '오빠, 오빠' 하며 잘 보이려고 했던 것을 나는 알고 있었다. 아내가 성 교수에 빠지게 된 것은 우연이 아닐 것이었다. 성 교수에 빠지게 되면서 그녀의 일상은 늘 성 교수에 대한 사랑으로 일관하였다. 그녀의 삶 자체가 성 교수에 대한 생각에서 시작해서 성 교수에 대한 생각으로 끝나고는 했다.

능력과 외모 면에서라면 성 교수 못지않게 아내도 마찬가지였다. 아내는 그 작은 학교에서 지금 기억하거니와 다른 계집애들과는 달랐다. 그녀는 첩의 딸이었다. 근동의 갑부였던 김 처사가 대학을 다니는 독립운동가인 친구의 딸을 후원하게 되었고 그러다가 그녀와의 사이에 갖게 된 딸이었다. 그녀 엄마는 김 처사의 첫째 부인이 일찍 죽고 나자 김 처사의 정식 부인으로 들어서게 되었다. 그녀는 엄마를 닮아서 그런지 미모와 재능이 뛰어났을 뿐만 아니라 공부도 잘했다. 어려서부터 결핍을 모르고 살아서 그런지 해맑고 순수했다. 그래서 우리 중에 아무도 그녀를 싫어하지 않았다. 일부 학부모들이 그녀가 첩의 자식이라는 것을 알고는 질시하였지만 그것도 김 갑부의 재력 앞에서는 무용지물이었는지 오래지 않아 그들은 그녀를 칭찬하기에 바빴다. 아무튼 그녀는 우리들 또래에서 정말 보기 드문 소녀였던 것이었다. 그런 그녀가 이런 시골구석으로 들어오게 된 것은 그녀 어머니 때문인 것으로 알고 있다. 자신이 첩이었다는 것을 아무도 모르는 곳에서 살고 싶어 했던 그녀 엄마가 이 배냇골로 들어와 살기를 원했기 때문이었다. 젊은 그네의 엄마가 20대에 50대인 김 처사를 만나서 예쁜 딸을 두고 살고 있는 것이었다.

그런 그녀이기에 그녀는 어려서부터 그녀가 할 수 있는 모든 것을 할 수가 있었다. 50년대 그 당시 그 배내 골짜기에서 있어 보아야 무엇이 있겠냐마는 그래도 외제 필구류라든가 36색깔의 크레파스라던가 하는 것은 그녀만이 갖고 있었던 것이었다. 그런 그녀에게 성 교수는 정말로 그녀가 빠져들 수밖에 없을 만큼 훌륭한 대상이었을 것이었다. 별과 바람과 달밖에 볼 수 없는 시골에서 그녀에게 성 교수는 정말 신선한 충격이었을 것이었고 그녀가 처음 느꼈을 만한 사랑과 존경의 대상이었을 것이었다.

성 교수는 생각이나 행동이 우리와 다르면서도 잘 동화하였다. 우리 중 아무도 성 교수를 미워하거나 싫어하지 않았다. 그는 다르면서도 우리와 잘 어울렸고 아이들은 그의 명석함과 뛰어남 때문에 잘 따랐다. 그는 리더십이 있었던 것이었다. 그러니만치 아내가 그에게 빠지고 있는 것은 당연한 것이었을 지도 몰랐다. 그리고 또한 그 산촌 벽지에서 그를 좋아할만 한 상대는 아내밖에 없었을 것이었다. 중학교에 진학하고서도 그들을 지근거리에서 살펴볼 수 있는 위치에 있었던 나는 실제로 그들을 연결시키는 중간 역할을 했던 것이었다.

고등학교로 진학하게 되면서 아내는 관심을 갖지 않는 성 교수에게 편지를 전해달라고 부탁했다. 그렇지만 그 편지를 받아 든 성 교수가 한 번도 편지를 아내에게 전달해달라고 부탁한 적은 없었다. 어쨌거나 아내는 편지를 전해주고는 성 교수가 답장을 해줄 것을 기대했는데 성 교수는 결코 그녀에게 답을 주지 않았다. 나는 그 모습이 안쓰러워 직접 성 교수에게 영란이가 너를 좋아한다는 이야기를 한 적이 있었다. 그러나 성 교수는 애써 못들은 척 무관심한 척했다. 아내가 마음에 없는 것 같았다.

그리고 몇몇 아이들이 대학을 똑같이 서울로 지원하고부터 아내의 성 교수에 대한 사랑은 더욱 집념에 가까운 것으로 진화해갔다. 아내는 나에게 자신에 대해 결코 일언반구도 없는 성 교수에 대한 근황을 자주 물었고 또 성 교수가 있는 하숙집을 물어 그쪽으로 자신의 거처를 옮기며 일부러 우연인 것처럼 그와 부딪히기를 원했지만 그녀의 불행일까 그런 일은 결코 없었다. 여하튼 아내가 성 교수에 대한 관심은 집착에 가까운 것이었다. 아내는 모든 것을 할 수 있었지만 성 교수에 관해서는 어느 것 한 가지도 어쩌지 못하고 있었다.

이런 아내가 성 교수를 접은 것은 성 교수가 배냇골 인근의 지역 인사였던 독립운동가의 딸, 아내도 잘 아는 후배인 선영이와 결혼할 것이라는 소문이 돌고 나서였다. 물론 아내는 중학교를 같이 다녔기 때문에 선영이와도 잘 아는 처지였다. 언젠가 아내는 나한테 혼잣말처럼 말했다.

"독립운동가의 딸이라는 것만은 내가 결코 어떻게 할 수 없어."

아내기

근동 갑부로서 지탄을 받았던 아버지와 비교해서 아내가 고백처럼 하는 말이었다. 그런 것을 보면 그녀도 성 교수가 자신을 떠났다는 것을 알고 있는 것 같기도 했다. 사실 아내의 아버지인 김 처사는 결코 친일을 하거나 동네 사람들에 대해 모질게 굴었던 것도 아니었다. 그러나 해방과 함께 우리 사회가 가진 사람을 의심의 눈초리로 바라보는 것은 예나 지금이나 마찬가지였다.

　아내는 자기가 선영이와 비교해 보잘 것이 없다고 생각하는 것 같았다. 미모로 보나 집안의 재력으로 보나 또 학력으로 보더라도 아내는 선영이와 비교해도 나으면 나았지 모자랄 것이 없었다. 그러나 성 교수의 마음을 사로잡는 데에는 선영이를 당해내지 못한 것이었다. 성 교수와 선영이에 대해 계속 이상한 소문이 들자 아내는 나를 통해 이를 물었고 나 역시 관심 있는 일이어서 확인한 바를 전해주었다. 그것이 사실이라는 것, 아마 내년쯤에 결혼할 것이라는 성 교수의 마음을 확인한 이상 나는 아내에게 빨리 이 사실을 알려 아내도 제 갈 길을 가야 한다고 생각했다.

　사실 나는 아내의 편지를 전해주면서도 성 교수로부터 아무런 소식을 받아가지고 오지 못하는 것에 대해서 얼마나 노심초사했는지 모른다. 혹 내가 둘 사이를 방해해서 일부러 편지를 전해주지 않은 것은 아닌가 하고 아내가 생각하면 어쩌나 하면서 괜히 나 홀로 마음 조려했다.

　이 모든 것은 성 교수가 아내에 대해 관심을 가져만 주었다면 아무런 문제없이 쉽게 지나갔을 것이었지만 성 교수가 아무런 소식이 없었기 때문에 나는 내 일이 아니면서도 괜히 내 일처럼 신경이 쓰였다. 성 교수가 아내의 고집적인 사랑을 모를 리가 없을 것이었다. 그런데도 아내에 대해 가타부타 말이 없었다. 성 교수도 그렇지 그 좋은 아내를 왜 성 교수는 외면한 것일까?

그러나 앞서도 말했지만, 나는 이것을 한참 지나서야 알았다. 성 교수의 아버지가 일제 징용을 피해 배냇골로 숨어들어왔다고는 했지만 실제로는 당시 일본 유학을 마치고 공산주의 운동에 몸담고 있었던 성 교수의 아버지는 일제의 검거령을 피해 배냇골로 들어왔던 것이었다. 겉으로 드러나지는 않았지만 해방이 되고나서도 성 교수의 아버지가 사상적으로 위험한 인물이라는 사실은 정부에서도 파악하고 있는 것 같았다. 그러나 광복 혼란기와 전쟁을 거치면서도 성 교수의 아버지가 어떤 활동도 없이 조용히 지내자 더 이상 성 교수의 아버지에 대해 요주의시 하는 일은 없어진 것 같았다.

성 교수가 아버지의 이런 행각을 모를 리 없을 것이었다. 당시 혁명 정부는 반공을 국시로 삼을 만큼 반공 이데올로기는 사회적 전반을 지배하고 있었다. 성 교수는 반공을 국시로 삼고 있는 사회에서 뻗어가기가 쉽지 않았을 것이었다. 성 교수는 자신의 치명적인 약점이었던 아버지가 정부의 요주의 인물이라는 사실을 극복하기 위한 어떤 안전장치가 필요했을 것이었다. 이런 상황에서 독립운동가의 딸인 선영이는 정말 아내로서 더할 나위 없이 좋은 조건이었을 것이었다.

결국 성 교수의 마음을 되돌릴 수 없다는 것을 안 아내는 많이 울었던 것 같다. 어려서부터 아내가 얼마나 성 교수를 좋아했던가를 잘 알고 있었던 나는 아내의 그 쓰라린 마음을 알고도 남았다. 아내는 어느 날 내게 오며 결정적인 이야기를 하였다. 대학 졸업반인 아내가 나아가야 할 길은 한 가지였다. 당시 여자의 23살이란 나이는 결코 무시할 수가 없는 것이었다.

"금호 씨, 결혼할 생각 왜 안 해. 왜 나와 진구 씨 주변을 맴돌기만 해. 국수도 그렇고 많은 남자들이 나를 좋아하는데 왜 금호 씨는 관심이 없어. 내가 금호 씨에겐 여자로 보이지 않나 보지?"

그렇게 말하는 그녀의 눈동자에 눈물이 맺혀있었다. 그녀가 얼마나 성 교수를 좋아하고 있는 줄 알고 있었기 때문에 사실 성 교수만큼 모든 면에서 부족한 나는 감히 그녀에게 어떻게 해보겠다는 생각을 가지지 못하였다. 더욱이 그녀가 국수의 처절한 구애에도 모른 척 했다는 것을 알고 있었기 때문에 나 역시 그러려니 생각하고 있었던 것이었다. 게다가 우리 집은 아내네 집의 과수원지기였다. 나는 솔직히 그녀의 상대가 되지 못했다. 두 사람이 잘 되기를 진정으로 빌었던 이런 내가 어찌 그녀에게 사랑한다는 말을 해볼 생각을 해보았겠는가?

그녀의 말에 나는 아무 말 못하고 고개만 숙이고 있었다. 언뜻 보니 내 눈에 눈물이 맺혀 있었다. 나도 사실은 그녀가 좋았던 것이었다. 아내에게 마음은 있으면서도 그 말을 못해 늘 주변만 맴돌고 있었던 것이었다. 나는 그녀에게 눈물을 보이지 않으려고 외면했지만 그러나 자꾸만 젖어가는 눈만은 어쩔 수가 없었다. 그렇게 성 교수의 결혼 소식과 함께 아내는 내게 적극적으로 구애했고, 나는 그녀의 구애를 놓치지 않고 받아들였다. 그러면서 한편으로는 어쩌면 이 자리는 국수의 것이어야 했을 것이라 생각하기도 했다. 국수는 대학을 마치고 군 면제를 받아 이익의 반을 나라에 바치는 반관영 협화실업(協和實業)이라는 아버지가 운영하는 회사에서 일을 하고 있었다. 당시로는 꽤 큰 회사였다.

지금도 알 수 없는 것은 여러 남자가 있었음에도 불구하고 아내는 왜 굳이 나를 택한 것일까 하는 것이었다. 성 교수처럼 뛰어난 능력을 가진 것도 아니고 그렇다고 국수와 같은 배짱과 용기를 가진 것도 아닌 언제나 앞에 나서지 못했던 나를 아내는 왜 택한 것일까? 결혼은 동정이 아니다. 똑똑한 여자는 강한 수탉 같은 남자를 택하는 법이다. 그런 면에 비추어 보았을 때 하나도 수탉과 닮은 것이 없는 나를 아내가 택한 것은 아내의 마음속으로 들어가 보지 않은 이상은 정말 알 수 없는 일이었다.

아내와 결혼을 하고서도 나는 그것이 늘 궁금했지만 그러나 그렇다고 호기 있게 왜 많은 사람을 놓아두고 보잘 것 없는 나를 택했느냐고 물어볼 수 있는 성질의 것도 아니었다. 아내에겐 그것은 쓰라린 감정이었을 것일 테니까 말이다. 한 번도 먼저 아내에게 먼저 말을 걸어본 적이 없을 정도로 소심하고 나 자신에 대한 자존감이 없었던 나는 사실 그녀가 해놓은 계획에 그냥 따라만 가면 되는 것이었다. 우리의 결혼생활은 나는 소위 잘한 것이었지만 아내에게는 손해 보는 결혼이었다.

그러나 아내와 결혼하고 나서 아내가 성 교수를 사랑하고 있다는 것을 깨닫는 데에는 오래지 않았다. 아내의 성 교수에 대한 사랑은 한 남자만을 사랑했던 여자의 순애보가 거의 그대로 드러난 것이었다. 그 사랑이 아내의 일방적인 것이라 할지라도 성 교수를 향한 아내의 사랑은 감히 어느 누구도 할 수 없는 진실한 것이었다. 어느 정도 시간이 가면 지워지겠지 했지만 그러나 그런 생각은 잘못이었다. 아내의 성 교수에 대한 사랑은 그렇게 순간적일 수 없는 것이었다.

그때 왜 나는 그런 아내를 박차고 나오지 못했을까? 나의 소심함, 용기 없음이 아내와의 이런 미지근함을 유지하도록 한 것은 아니었을까? 나는 그런 생각을 하며 한때 심각하게 아내와의 관계를 다시 생각해 보려고 한 적이 있었다. 항의하고 싶었던 것이었다. 항의를 한다는 것은 아내와의 이혼을 전제로 말하는 것은 아니었다. 어디까지나 그녀와의 보다 더 단단한 차원의 결합을 위한 것으로 나는 내가 아내의 껍데기와 살고 있다는 것을 정식으로 제기하려 했던 것이다. 나는 아내에게 무어란 말인가? 나는 어떻게 이 문제를 해결해야 하는 것일까?

내가 이런 문제로 고민하고 있는 것을 아내는 짐작이나 하고 있을까? 한 남자에 지극히 빠져있는 여자가 자기의 남편이 어떤 생각을 하고 있다는 것을 알 여유를 가지고는 있는 것일까? 자기도 사람인데 사람인 이상 왜 알아차리지 못하는 걸까? 아내는 그러나 아무런 내색도하지 않았다. 그것이 나를 더욱 아프게 했다. 아내와 이혼을 해야 하는 것일까? 이혼을 한다면 이 가정은, 자라고 있는 아이들은 어떻게 될까? 엄마를 따를까? 또 지금 내 위치에 오른 것이 내 능력이나 노력에 의한 것이었다고 할 수 있을까?

사실 아내는 나의 성공을 위해 아니 내가 이 자리에 올라서도록 자기가 가진 능력과 재력을 쏟아붓기를 저어하지 않았다. 아내는 대학을 졸업하고 내가 군대에 있는 동안에도 나의 살길을 위해 진학을 권유했다. 물론 그동안의 집안 살림은 모두 아내가 담당했음은 물론이었다. 그때는 공부만 하는 길이 아내를 위한 것으로 알았고 그래서 공부를 했고 지방대학이지만 그나마 대학교수로 자리를 잡을 수 있었던 것은 그녀와 그녀의 집안이 가진 막대한 재력에 의한 것이었음을 나는 고백한다. 그녀의 힘이 아니었다면 아니 그녀와 결혼하지 않았더라면 나는 평범한 교사로 그냥 생을 마감했을 것이었다. 유약하고 소심한 성격 탓에 승진은 꿈에도 꾸지 못했을 것이고 내가 좋아하는 그림 그리는 일에나 매달렸을지도 모를 일이었다. 그러니만치 내가 아내를 비난한다는 것은 나로서는 생각 못할 일이었지만 그러나 아내의 껍데기와 살고 있다는 생각은 나를 비참하게 만들었다. 차라리 그런 사실을 몰랐더라면 나는 이다지 고통에 시달리지는 않았을 텐데 알고 나니 참으로 괴로운 것이었다. 아내는 알까? 그때나 지금이나 내가 얼마나 심각한 고민에 빠져 있다는 것을.

성 교수의 명성에 걸맞게 장례식장은 발 디딜 틈이 없을 정도로 복닥거렸다. 흔히 발 디딜 틈이 없다는 것은 예식장에서나 쓰는 표현이지 결코 장례식장에선 쓰는 것이 아님을 알고 있다. 그러나 그의 경우는 달랐다. 그가 우리 사회에서 얼마나 큰 위치를 가지고 있는 인물이었는가를 알게 했다. 분향을 하는 것도 줄 서서 기다려야 할 정도로 많은 사람이 문상을 왔다. 게 중에 지방에 있는 나로서는 익히 알고는 있지만 그들은 나를 알지 못하는 그런 사람들도 많았다. 장관을 비롯해 정부의 내로라하는 실력자들의 얼굴이 언뜻언뜻 보였다. 일개 지방 대학교수라는 것은 정말 그 자리에서는 하잘 것 없는 존재라는 것을 알았다. 내 차례가 오자 나는 향을 피워 향 가루를 한 줌 집어넣었다. 순간이나마 싸한 향내가 코끝을 자극했다.

성 교수는 두 줄이 그어진 영정 사진 속에서 화안히 웃고 있었다. 아내가 그렇게 사랑했건만 아내에게 눈길을 결코 주지 않았던 잔인한 친구였다. 아내가 그런 그를 그의 마음 속 깊이 품고 사랑했다는 사실이 나를 또 다른 생각에 얽매이게 했다. 아내가 아내로서 의무를 저버렸다거나 성 교수 생각에 자신이 해야 할 일을 소홀히 했다면 나는 오히려 아내를 편하게 대했을지도 모른다. 오히려 아내는 그런 면에서 나에 대해서도 또 부모로서의 역할에 대해서도 충실했다. 오히려 역할이라는 면에서 보면 우리는 여느 부부보다도 더 훌륭한 결혼생활을 해왔다고 할 수 있다. 적절한 시기에 적절하게 결혼을 하고 적절한 뒷받침으로 적절하게 성공적인 사회생활을 해왔다. 적절하게 자식을 키우고 적절하게 늙어갔다. 그런데 우리의 결혼생활은 어딘가 부족한 것이 있었고 그것은 늘 미지근한 상태로 미지근하게 이어져 왔다. 나는 보다 확실히 이 문제를 해결해줄 수 있는 무엇이 있는 것일 줄 알았다. 그러나 그런 것은 수십 년이 지나도 없었고 우리의 어정쩡한 관계는 이제는 서로가 필요에 의해 우리가 부부라는 것이 유지될 뿐 그이상도 이하도 아니었다.

이 미지근함이 지금 성 교수의 죽음으로 인해 다시 나의 중심으로 떠오르고 있는 것이었다. 나는 무어란 말인가? 성 교수를 진정으로 좋아하는 아내와의 수십 년의 결혼생활, 그것이 행복한 결혼생활이었다고 말할 수 있는 것일까? 아내와의 사이에 흘렀던 이 수십 년의 무미건조함, 내가 내일에 눈코 뜰 새 없이 있는 사이에 아내는 아내대로 옛 첫사랑이자 마지막 사랑이기조차 한 성 교수에 대한 생각으로 우리는 그렇게 미지근한 결혼생활을 해왔던 것이었다.

아내가 그녀가 사랑했던 성 교수를 지금까지 그의 품에 들고 있던 이유는 무엇일까? 집착일까? 아니라면 말로 설명할 수 없는 그 무엇이 아내에게는 있다는 것이란 말인가? 아내는 왜 성 교수를 잊지 못하는 것일까? 성 교수가 첫사랑이라고 할지라도 결혼을 한 여자가 지금의 남편보다도 그 옛날 사랑했던 한 남자에게 그가 죽을 때까지 사랑할 수 있다는 말인가? 아니 아내의 사랑 방식은 그런 것일까? 한 남자를 사랑하면 끝까지 그 남자를 사랑하는…… 그렇다면 나와 아내의 관계는 무엇이란 말인가?

성 교수의 영정 앞에서 나는 순간적으로 별의별 생각이 다 났다. 아내의 남자였기 때문에 나는 성 교수의 일거수일투족을 알고 있었고 또 그가 우리 배내골이 낳은 저명한 인사였기에 그에 대한 관심은 놓치지 않았지만 죽음은 그 모든 것이고 죽은 사람은 아름답게 포장되기 마련이었다. 아니 그렇지 않더라도 진정 성 교수는 그의 능력답게 훌륭한 일생을 보여주었다.

나는 그의 장성한 아들과 아내를 마주 바라보지 못했다. 하나는 결혼을 하였지만 또 하나는 아버지 뒤를 이어 공부를 계속하는 통에 결혼이 늦어졌다고 했다. 그의 아내 독립운동가의 딸인 그녀는 역시 아버지의 몸체를 물려받아서인지 옛날 내가 알고 있는 그녀 그대로 곧고 자상함이 그대로 얼굴에 나타나 있었다.

그의 제단 앞에서 나는 두 번의 큰절을 했다. 그리고 또 유가족에게도 맞절을 했다. 이제 성 교수와 독립운동가 아내의 집안은 가난했던 그때가 아니라 어느 가문보다도 튼튼했다. 빈 자리가 없어서 나는 서 있다가 그냥 나왔다. 혹시 국수도 만날 수 있으려나 살펴보았지만 보이지 않았다.

성 교수의 초상에 참여하고 돌아가는 길은 무엇보다도 질척한 진흙을 걷는 느낌이었다. 무언가 말끔한 것이 아니라 오히려 속 시원해야 할 일에 더 걱정이 붙는 그런 느낌이었다. 이제는 아내와의 그동안 미지근한 갈등이 계속되어온 것에 혹시나 어떤 실마리가 되어 속 시원히 풀어질 수 있는 것일까 했지만 그런데도 미지근함이 끝없이 남았다.

거리는 차들의 불빛과 네온사인 등으로 너울을 이루고 있었다. 내려갈 시간에 맞추어 서울역으로 향했다. 서울에서 대학을 다니기 위해 많은 시골의 학생들이 이 길을 이용했다. 옛날의 낯익은 거리 여전했다. 서울은 옛날과 달리 많이 변해 있었지만 그 본바탕은 여전히 익숙한 것이었다.

아내와의 미지근한 관계를 어떻게 하겠다는 아무런 생각도 없이 나는 밤 기차를 탔다. 밤 깊어 집에 도착할 것이다. 성 교수로 인해 나는 아내와의 관계를 다시 생각해 보지만 돌아가면 아내는 아내대로 또 나는 나대로 연구와 학교 일로 바빠 이런 생각은 못할 것이다. 부부란 무엇일까? 우리의 부부관계에 대해서는 이렇게 한 번씩 생각해보다가 또 그냥 한없이 미루어둘 것이다. 그만큼 우리의 미지근함도 또 이어질 것이다.

<h1>우인대표</h1>

"동희는?"

작가는 먼지가 뽀얗게 눌러 붙은 역(驛) 다방 앞에서 강사에게 물었다. 몇몇 사람들이 함께 모여 있는 그들을 힐끗 쳐다보며 지나갔다. 그들은 누가 먼저랄 것도 없이 하양리(下陽里)를 향해 걸었다.

"오늘 대수술이 있다고 오지 못한다고 했어. 일부러 전화를 주더라."

강사가 말했다.

"그래, 정말 용기 있는 애야."

전도사가 말했다. 모두가 마다하는 외과의(外科醫)를, 그것도 여자가…… 해숙이의 해산 때에도 동희가 곁에서 자리를 지키며 직접 받아내었다는 이야기를 들은 적이 있다.

그들은 모두 신랑 집을 향해서 걸었다. 길가의 플라타너스는 여전했다. 작가는 문득 이 길이 수십여 년 전 그들이 초등학교를 다닐 무렵 만들어진 것을 기억해 내었다. 혁명 직후 장군 출신의 국회의원은 자신이 실세임을 과시하기라도 하듯 군청 소재지도 아닌 이곳에 아스팔트를 깔아놓았다. 그 이후로 이 길은 수십여 년째 방치되어 있었다. 도로는 달 표면처럼 여기저기 패어 있었고 간밤에 내린 비 때문인지

물이 고인 곳도 있었다. 비 갠 하늘은 유리창만큼이나 투명했다. 작가는 갑자기 기분이 좋아졌다. 작가는 문득 쫑알거리고 싶어졌다. 그는 옆에 있는 회계사에게 말했다.

"여전해 그 아가씨……?"

"……"

그는 대답 대신 웃었다.

"잘 지내 봐."

"……"

회계사는 또다시 웃었다. 그는 자신을 측은히 생각하는 것 같았다. 남자라면 저 정도는 돼야지. 그가 회계사로 있는 도시의 시장 딸이 그를 열렬히 사모하고 있었다. 만나자. 점심 먹자. 영화 보러 가자. 음악회에 가자. 공원에 가자 마치 공놀이라도 하듯 그를 가만 내버려 두지 않았다. 여자는 유능한 친구를 따르기 마련이었다. 그 집안 또한 마찬가지였다. 유능한 남자를 딸의 남편으로 사위로 두려고 했다.

그들은 걸어가면서 동창들의 이야기를 했다. 누구 누구가 결혼을 했고 누가 죽고 누가 약관의 나이로 집을 샀고, 아내 덕을 많이 보고 있는 친구가 누구라는 것, 한 마디로 시골 출신들은 사연이 많았다. 뱀에 물려 죽은 친구, 물에 빠져 죽은 친구, 쥐약 먹고 죽을 뻔한 친구 어렸을 적 일이라 억지로 쥐어짜도 슬픈 감정은 나오지 않았지만 이렇게 한 번씩 모이면 으레 그런 얘기가 나오기 마련이었다. 세월이 빠른 것인지 그렇게 생각해서 그런 것인지 문득 돌이켜 보니 세월은 저만치 지나 있었다. 지서(支署) 앞을 지났다. 그러자 갑자기 작가는 가슴이 쿵쿵거렸다. 조금 더 가면 로터리가 나타나고 그리고…… 작가는 그 다음이 생각나지 않았다. 전도사가 그런 작가의 모습을 눈치 채고 수

선을 떨었다.

"세상에 말이야. 여자란 동물은 없느니만 못해. 도무지 믿을 상대가 아니란 말이야."

로터리 앞에서 전도사는 한 번 더 수선을 떨었다.

"내가 믿는 하나님이지만 제길헐 불만스러울 때가 한두 번이 아니거든, 도대체 하와가 무엇 때문에 태어났는지. 여자 문제 하나만이라도 정통했다면 이렇게 괴로워하진 않았을 텐데……"

로터리를 조금 더 지나자 전도사는 점점 더 흥분해서 말했다.

"여자는 갈대와 같애. 그래서 남자란 동물은 항상 그 변동을 준비해야 하거든."

모두들 전도사의 속내를 알아차리고 가만히 걷기만 했다. 작가는 그 집을 지나칠만해서 가만히 옆을 돌아다보았다. 문이 반쯤 열려 있었다. 그 틈을 통해 슬며시 안을 엿보았다. 옛날 모습과 변함없었다. 있다면 그 옛날보다 세월의 흔적 같은 것이 더 켜켜이 앉아 있다고나 할까, 꽃 많고 나무 많은 것도 여전했다. 이제 주인도 바뀌었을 텐데…… 작가는 어린 시절 이 집을 한번 들어가 본 적이 있었다. 지방의 높은 어른이 살고 있는 이 집은 담벼락이 높아서 감히 들어갈 엄두를 내지 못하였다. 그러다가 작가는 어느 날 우연히 꼭 한 번 그 집에 들어가는 행운을 가진 적이 있었다. 심방 가는 교회 집사님을 따라서였다. 어른 심방 길에 작가가 같이 갈 만큼 특별한 이유가 있었던 것도 아니었다. 안으로 들어서자 배나무 두 그루가 그를 반겼다. 그 배나무 위로 하얀 배꽃이 학처럼 겹겹이 날개를 접고 앉아 있었다. 더 안으로 들어가자 온실의 유리창들이 햇빛을 받아 눈부시게 빛나고 있었다. 온실에는 학교 온실 속에서 본 꽃보다도 더 많은 꽃들이 그를

우인대표

반기고 있었다. 작가는 신기한 나라에 온 듯 호기심으로 두리번거렸다. 그러다가 한순간 작가는 화들짝 놀라 그 자리에 우뚝 멈춰 서지 않으면 안 되었다. 눈을 크게 뜨고 그를 바라보고 있는 한 소녀를 보았기 때문이었다. 소녀는 아까부터 그의 그런 행동을 보고 있었다는 듯 눈이 마주치자 작은 웃음마저 내보였다. 순간 작가는 꼼짝 할 수가 없었다. 잠깐이나마 현기증으로 비틀거리기조차 했다. 작가는 그날 이후 며칠 동안을 헛소리를 하며 앓아누웠다. 아마 그때부터였을 것이었다. 작가는 세상에는 그녀 이외에는 여자는 없는 것으로 알았다. 그녀 말고는 다른 여자들은 알지도 못했고 생각해 보지도 않았다. 그녀는 점점 나이가 들면서 점점 여자로서 주변의 주목을 받아갔다. 그가 군대에 갈 무렵에 그녀가 대학에 들어왔다. 그리고 복학을 하고 같은 학년이 되어 다시 만났다. 그러나 작가는 이제는 감히 말을 건넬 수가 없었다. 엄청나게 변해버린 그녀에게 감히 만나자고 할 용기가 나지 않았다. 그렇게 작가는 아쉬움 속에 그리움만으로 남은 대학 1년을 보냈다. 대학을 졸업하자 작가는 그가 꿈꾸어왔던 대로 교사가 되었다. 그리고 작가가 되었다. 작가는 꼭 그녀와 결혼할 것으로만 생각하였다. 그녀도 또 그렇게 생각하고 있을 것이라고 믿었다.

우연히 작가는 그녀 자매를 소재로 글을 써야겠다는 생각을 하게 되었다. 마침 그것을 구실로 그녀의 집을 또다시 들어가 볼 기회를 가지게 되었다. 그것이 두 번째 들어가 본 기회였다.

작가는 아무렇지도 않다는 듯 뒤를 돌아다보았다. 대문이 옛날보다 낡았지만 대문 위로 넝쿨장미는 여전했다. 이끼가 덮인 고풍스런 일식 지붕도 여전했다. 작가는 같이 걷는 강사를 바라보자 자신의 속생각을 들키기라도 한 듯 머쓱해서 물었다.

"집사람은 좀 괜찮니?"

언젠가 작가는 강사에게서 아내가 병약해서 늘 걱정이라는 얘기를 들은 적이 있었다.

"이즈음 덕분에 많이 나아졌다. 자기도 미안했는지 병을 나으려는 의지가 대단해."

"암튼 다행이다."

작가는 진정 고마운 일이라고 생각했다. 강사의 아내는 그의 지도 교수의 딸이었다. 그 시대에 이미 아버지를 따라 유학을 다녀올 정도의 보기 드문 재원이었다. 그렇지만 신은 공평한 것인지 그녀에게 자주 작지 않은 고통을 주었다. 처음에는 암을, 두 번째는 유산의 아픔을, 세 번째는 다시 암의 재발을 그녀의 재주만큼 아끼지 않았다.

그들이 가는 길 앞으로 방앗간 건물이 보이고 전봇대가 보이자 작가는 잠시 흠칫했다. 전봇대 위에 아직도 그때의 낙서가 남아 있었기 때문이었다. 언제부터인지 모르게 작가와 그녀는 자주 만났다. 누가 누구를 먼저 어떻게 만나게 된 뚜렷한 기억도 없었다. 다만 둘이 자주 만나게 되었고 그것은 모든 것을 자연스럽게 이어주었다. 그녀는 작가가 연신 종알대지 않는다고 종알대었다. 무슨 남자가 공자 같은 얘기만 한다고 그랬다. 언젠가 작가는 이 정미소 뒤 전봇대가 서 있는 곳에서 그녀를 꼭 한번 가슴에 품은 적이 있었다. 그녀가 질겁을 했다. 그러나 작가는 빠져나가려는 그녀에게 더욱 힘을 주었다. 그녀의 입술을 덮쳤다. 오히려 그녀는 그가 그런 용기가 있어주기를 기대한 것 같았다. 과외 수업 가는 꼬마들이 손전등을 비추지 않았다면 그와 그녀는 한없이 그렇게 있었을 것이었다.

그날 그는 정미소에 있는 전봇대에다 아주 조그맣게 '약속'이라는 말을 조금 힘주어 써놓았다. 어디서 그런 용기가 있었던 것인지……

그것이 아직까지 지워지지 않고 남아 있는 것이었다. 작가는 그때 일을 생각하며 웃었다. 그런 그녀가 결혼을 한 것이었다. 작가는 전도사에게서 그 소식을 들었다. 작가는 그 순간 하늘이 무너져 내려앉는 것 같아 갈팡질팡했다. 자신이 발을 딛지 못하고 허공에 떠있다고 생각했다. 아무 데나 몸을 내던졌다. 무언가를 잡고 끌어당겨도 잡혀지지도 않았고 당겨지지도 않았다. 그는 불현듯 길거리를 쏜살같이 달려가기도 했고 하늘을 멍하니 바라보고 있기도 했다. 이게 웬일인가, 이게 웬일인가. 신들린 사람처럼 가슴을 치며 헐떡거리기도 했다. 수없이 부정했다. 웬일인가, 웬일인가. 거짓말이다. 그렇지, 전도사, 너 이 새끼 나한테 거짓말 할래, 거짓말하지 마. 목사가 거짓말해도 되는 거야. 거짓말하지 마. 어서 꺼져.

비 오는 날이었다. 우산을 나란히 받치어오던 그녀를 만났다. 그보다 그녀가 더 웃었다. 얼굴도 더 고와지고 화장도 진했다. 작가는 그저 멍하니 서 있었다. 갑자기 와락 눈물이 쏟아져 내렸다. 어금니를 물고 참았다. 빗물이 그의 뺨을 아무렇지도 않게 덮어주었다. 그렇지 않았다면 그는 그녀 앞에서 한없이 눈물을 흘리기라도 했을 것이었다. 남자는 작가보다 머리 하나 만큼 컸다. 건강한 얼굴, 잘 생긴 얼굴, 구김살 없는 표정 그것만으로도 작가는 기가 죽었다. 고개를 숙였다.

"오빠, 나 사랑해. 그럼 앞만 보아. 사랑은 앞만 보는 거래. 옆을 보면 안 된대. 옆을 보면 측은한 생각이 든대. 사랑은 측은한 것이 아니래."

그녀는 자기 혼자 떠들고 말하고 웃었다. 작가는 그녀가 하는 대로, 그녀가 시키는 대로 했을 뿐이었다. 작가는 멍청하게 서서 낯선 듯 그들을 바라보았다.

'아니 사랑이란 것은 감상이 아냐. 돈이 있어야 하고 키도 커야 하고 얼굴도 잘 생겨야 하고 건강해야 하고 그리고…… 감히 나 같은 게……'

작가는 그런 생각을 하고는 갑자기 비감해졌다.

전도사가 말했다.

"내가 목사님만 아니었다면 뺨이라도 한대 올리는 건데 같은 교회에 있다는 것이 후회스럽기만 하더라. 나쁜 계집애."

작가는 여자 문제 하나만이라도 정통해야 했어야 했다고 생각했다.

"나쁠 것 없어. 어차피 두려웠던 거였어."

작가는 대학을 나오고 취직을 못한 대부분의 사람들이 그렇듯이 발령을 받지 못한 1년간을 소심하고 용기 없는 사내로 지낸 적이 있었다. 고귀한 그녀를, 우아한 그녀를…… 아무리 생각해도 작가는 그녀를 행복하게 해줄 자신이 없었다. 한편으론 오히려 잘 된 것인지도 모른다고 생각했다. 오랫동안 누르고 있던 해결할 수 없는 문제가 해결된 것이라고 자위도 했다. 작가는 별안간 콧마루가 시큰해오는 것을 느꼈다.

하늘의 모습은 방금 한숨 자고 일어난 아이의 얼굴 같았다. 작가는 걸어가면서 어쩐지 오늘 결혼식이 잘 될 것만 같은 생각이 거푸 들었다. 날씨며 친구며 그리고 걷는 길까지 화창한 것이었다. 석곡리(石谷里) 고향에서 농사를 짓는 친구는 이번이 세 번째 결혼이었다. 첫 결혼은 그가 스무 살이 되던 때였다. 나이 든 아버지의 손에 끌려 어쩔 수 없이 그는 결혼을 하지 않으면 안 되었다. 그 아내가 결혼한 지 채 반년도 못되어 죽었다. 친정에 다녀오던 길에 폭풍우 속에 버스가 벼랑 아래로 굴렀다고 했다. 두 번째 결혼은 사기결혼이었다. 여자는 남편

우인대표

이 있는 유부녀로 그의 재산을 노리고 계획적으로 접근했다. 재산을 몽땅 빼가는 바람에 논밭만 빼고 모든 재산이 송두리째 날아갔다. 결혼에 대해 환멸감을 느끼고 있는 그에게 이번에는 그의 노모(老母)가 적극 나서서 결혼을 서둘렀다. 손(孫)이 급하다고 했다. 서둘러서 그런지 신부에 대해서는 깊이 아는 것이 없었다. 신부 동네인 하양리가 워낙 골짜기이기도 했지만 신부가 대부분 하양리를 떠나 있었던 탓이기도 했다.

갑자기 강사가 말했다.

"참 그 연희 씨 부산(釜山)에서 한 번 보았다. 옆에 있는 친구는 모르지 않겠더라. 왜 그 시설 이사장 아들…… "

"그래."

작가는 아무렇지 않게 받았다.

"더러는 여기로 올라오는 모양이지?"

"그런 모양이야. 고향이니까."

"아는 체 하더라. 아니꼬와서, 네 생각이 나서 거칠게 한 마디 해주었다."

"앞으로 그러지 말어. 난 괜찮으니까."

"너 여전하구나. 그 허약한 성격. 그러니까 만날 그 꼴 아니니?"

"과분했어."

"과분이 뭐니?"

그들은 분교(分校) 앞을 지날 때까지 말이 없었다. 일곱 개의 낮 그늘은 모두 걷는다기보다는 추억을 더듬고 있었다. 이 길은 그들이 나고 자란 때부터 같이 다니던 길이었다. 작가는 작년 이맘 때 고시를 패스한 친구를 위한 자리에 참석하기 위해 이 길을 걸은 적이 있었다.

그때는 역에서 가까운 분교까지 가는 길이었지만 오늘은 족히 몇 마장은 되는 하양리까지 완전히 걸어가야 하는 것이었다. 갈림길에서 그들은 갑자기 한꺼번에 서로를 쳐다보았다. 갑자기 과장이 보이지 않았기 때문이었다. 과장은 아까부터 그들 사이에 말이 없었다. 오늘도 만일 그들이 데리고 오지 않았다면 과장은 오지 않았을 것이었다.

"어디로 샌 거야? 또."

강사가 벌컥 화를 냈다. 강사가 화를 내는 것을 보자 모두는 웃었다. 학교 시절 꼭 그대로였다. 그 둘은 무얼 하든, 사랑에 있어서도, 결혼에 있어서도 또 공부에 있어서도 한 번도 상대에 대해 자기가 못하다는 것을 인정하지 않았다. 무얼 하든 우월한 것일 뿐 못한 것이 없었다. 강사의 우수한 머리, 피나는 노력. 그리고 물불을 가리지 않는 적극성으로 그는 명문대학 박사까지 되었지만 아직도 자리를 잡지 못하고 여기저기 보따리를 싸들고 옮겨 다니고 있었다.

"잠깐 아는 집에라도 들른 모양이지."

전도사가 말했다.

"말을 해야 할 게 아냐, 말을."

강사가 핏대를 올렸다. 또다시 모두 웃었다. 화를 내는 표정이 하나도 변하지 않았다. 옛 모습 그대로였다.

"우리 잠깐 쉬었다 가자."

작가가 말했다. 그들은 창선리(昌善里) 입구에서 잠시 서성거렸다. 소를 몰고 가는 그들보다 늙어 보이는 사내가 부러운 듯 그들을 쳐다보았다. 그들은 모두가 정장을 하고 있었다. 그들은 모두가 대처에 나가 취직을 했다. 그것만으로도 이곳 사람들에게는 소위 출세한 사람들이었다. 금빛 햇살이 그들 머리 위로 쉴 새 없이 내렸다. 물기 머금은 가로수 잎들이 반짝 반짝 빛났다. 들판이 한결 짱짱해 보였다. 추억의 옛 동산이 그들을 내려다보고 있었다. 작가는 이때나마 한데 모일 수 있는 것이 마치 좋은 제목(題目) 하나를 발견했을 때처럼 기뻤다.

그때 저만치에서 과장이 나타났다. 그의 두 손엔 무언가 잔뜩 들려 있었다. 은행원이 쫓아가 한쪽을 받아들었다. 오늘 결혼하는 친구에게 줄 선물 꾸러미였다. 그제야 그들은 그의 비상한 추리에 혀를 내둘렀다. 학교에 다닐 때도 그는 독특한 생각을 잘해 선생님들로부터 곧잘 칭찬을 받았다. 강사에겐 그것이 못마땅한 모양이었다. 잘난 척 한다는 것이었다. 특히 과장은 그의 잘생긴 외모 때문에 여학생들이 곧잘 따르기도 했다. 고등학교를 졸업할 무렵이었다. 학교에 웬 미모의 여학생이 찾아왔다. 그녀는 오자마자 잘생긴 과장을 찾았다. 아이들이 과장의 주변을 둘러쌌다. 여학생은 그에게 달려들어 진한 키스 세례를 퍼부었다. 어렸을 적 이민을 갔다가 다시 역이민을 온 펜팔 친구라고 했다. 미국 물을 먹은 여학생은 감정 표현이 매우 솔직했다. 그 모습을 보고 있던 우리는 모두 질시하면서도 과장을 부러워하지 않을 수 없었다. 그 나이 때엔 누구나 영화 속 주인공 신드롬을 가지고 있었던 때가 아니던가. 모두 건장하고 잘 생긴 인근 대도시 명문고 청년들이 아니던가.

그들은 잠깐 담배를 한 대 피울 만큼의 시간만큼 지체했다가 다시 걸었다. 그들은 다시 신부 집을 향해서 걸어갔다. 보이는 것마다 낡고 오래되었지만 싫지 않았다. 중학교만을 달리했을 뿐 줄곧 초등학교에서부터 고등학교까지를 같이 다닌, 모르는 것 빼고는 다 아는 불알친구였다. 초등학교 때 은사들은 말은 하지 않아도 그들을 비교해가며 바라보았다. 자기가 가르친 아이들이 더 잘되기를 고대하면서.

"참 고릴라가 암 투병 중이라는구나."

강사가 말했다. 그제야 그들은 새삼 고릴라의 생사가 궁금했다. 코가 굴뚝이었다. 비라도 떨어지면 그의 숭숭한 굴뚝으로 직행할 것만 같았다. 볼 품 없이 큰 입은 진화가 덜 된 것 같았지만 그래도 그 입에서 나오는 말은 명확하고 가슴을 콕콕 찔렀다. 그가 담임했다. 낮짝은 그래도 열성만은 보통이 아니었다. 한창 대학이 술렁거릴 때 덩달아서 그들 고등학교에서도 술렁거렸다. 그때 고릴라는 또다시 그 거대하고 막돼먹은(?) 입을 열었다. '더 이상의 기회는 없다. 지금이야말로 우리 학생들이 무언가를 보여주어야 할 때다.' 그의 나지막한 설득은 꽤 호소력을 불러 모았다. 아이들은 교문을 박차고 나갔다.

"교직을 놓았다더구나."

"그때 그 데모 때문이라던데."

은행원이 말했다.

"집이 엉망으로 망가진 모양이야."

강사가 말했다.

"안 됐어. 한 번 찾아뵙지 못하구."

회계사가 말했다. 당신은 그 시대, 그 상황에 침묵하고 있는 다수의 일탈을 경고했을 뿐인데 그것을 왜곡한 한 제자가 앙심을 품고 그를 고발했다는 것이 일반적인 풍문이었다. 교직을 놓지 않았어도 될 것을 제자가 고발한데 대한 충격이 당신에겐 더없이 견딜 수 없었던 모양이었다. 작가는 무언가에 쫓기듯 시계를 보았다. 식이 시작되는 11시까지는 신랑 집까지 대고도 남을 것 같았다. 그래도 작가는 왠지 우울했다. 제자가 스승을 고발하는 사태…… 작가는 괜히 그 생각을 떠올렸다고 생각했다. 그 고발했던 친구가 자기도 미안했음인지 아예 친구들과는 연을 끊고 이름마저 바꾼 채 멀리 고향을 떠나 교편을 잡고 있었다. 스승을 고발한 친구가 아이러니컬하게도 교사가 되다니…… 작가만이 알고 있는 사실이기도 했다.

일곱 사람은 한동안 말없이 걸었다. 그들은 좁은 길을 따라 한 줄로 늘어섰다. 그들이 가는 앞으로 여우비가 살짝 흩뿌리다 그쳤다. 비가 개인 뒤의 들판은 푸르다 못해 유리처럼 선명했다. 선명치 못한 것은 그들뿐이었다. 그들 모두는 마지못해 온 것이었다. 전도사가 만일 그들에게 연락을 하지 않았다면 그들은 한 사람도 오지 않았을 것이었다. 작가 역시 그랬다. 전도사가 축사를 읽게 하지 않았다면 작가 역시 밤차로 내려오지 않았을 것이었다.

"꽤 멀다."

상말(上里) 둑길로 접어들면서 공무원이 말했다.

"이런 곳에 뱀이 많아."

작가가 말했다. 작가는 문득 뱀에 물려 죽은 친구를 생각했다.

"문옥이 안 됐어. 그게 아마 중학교 때였지."

"맞어. 중학교 2학년 여름방학 때였어."

은행원이 맞장구를 쳤다. 그들은 한동안 또 뱀에 물려죽은 친구를 생각하고 쓸쓸히 걸었다. 작가는 다른 친구보다 그 친구와 가깝게 지냈다. 집이 가깝기도 했거니와 그보다는 작가의 일을 자기 일처럼 도와주는 바람에 작가는 그가 더욱 좋았다. 성격이 소탈하고 꾸밈이 없었다. 촌티가 다른 애들보다 더 났다. 그래서 친구들 가운데서는 그와 함께 있기 싫어하는 애들도 있었다. 그렇지만 작가는 그가 좋았다. 4학년 때이던가. 작가는 고구마 밭 옆을 지나다가 황당하고 기막힌 일을 당한 적이 있었다. 밭주인이 나타나서는 다짜고짜 두 사람의 머리를 움켜잡고 우악스럽게 머리통에 충격을 가하는데 순간 별 몇 개와 함께 하늘이 노랗게 변했다. 머리가 자기 것이 아니었다. 게다가 고구마 서리를 했다고 실토하라고 윽박질러대는 데에는 참 이게 어느 나라 법인가 싶었다. 이때 작가를 구해준 것이 바로 그였다. 황당하고 난감해 아무 말도 못하고 있는 작가와 달리 그는 당차게 그 밭주인에게 따졌다. 잘못한 것이 없는데 왜 때리느냐? 정말 고구마 서리를 하는 것을 보았느냐? 보았다면 증거를 대라. 왜 알지도 못하면서 고구마 서리를 했다고 하느냐. 정말 보았으면 같이 지서에 가서 따져보자. 실로 초등학교 학생이라고는 믿기 어려운 말들이 그의 입에서 거침없이 나왔다. 그런데 그 친구가 지금은 없다.

은행원과 나란히 걷다가 작가는 뒤에서 걷던 공무원이 부르는 바람에 공무원과 나란히 걷게 되었다.

"어머니는 좀 어때?"

효자도 그런 효자가 없었다. 아버지를 일찍 여읜 탓이기도 했지만 그의 어머니에 대한 효성은 인근에 소문이 자자할 정도였다. 그는 고교 때 벌써 국전(國展)에 입선할 만큼 재주꾼이기도 했다. 작가는 그의 모친이 병으로 몇 차례 수술을 받았다는 소식을 친구들로부터 전해 듣고 있었다. 수술비용 때문에 집을 내놓고 시골집에 내려 와 있다는 소식도 듣고 있었다. 아이가 벌써 둘이었다.

"많이 나아졌어. 수술 이후 무척 기력이 쇠한 것 같은데 여엉 내색을 하지 않아서…… 이즈음은 불안하기조차 해."

"그 어머니에 그 아들이지."

멀리 선(線)처럼 보이는 신작로에서 차가 지나는 소리가 예까지 들려왔다. 잠깐 서있는 사이 공무원이 문득 생각난 듯 끼어들었다.

우인대표

"너도 이젠 생각을 바꾸어야지. 네 나이를 생각해봐. 그 나이가 적은 나이니?"

"글쎄, 생각 없어. 아무리 노력해도 안 되는구나. 빈 공허뿐이야."

"할 말 없다. 내가 백 번 말해야 무슨 소용이니. 네가 그 모양인데."

"옳아, 내가 이 모양인데……"

갑자기 분위기가 이상해지는 것 같아서 작가는 일부러 발걸음을 빨리했다. 향교말(鄕校里)을 지나 하양리로 접어들면서 그들은 신부에 대한 이야기로 꽃을 피웠다.

"신부가 누구인지 모르겠어?"

"글쎄, 알만도 할 텐데 면내(面內)에 있다면 말이야."

"신랑 측에서 바짝 서두르는 모양이지."

"안 됐어. 걔도 두 번씩이나 실패하고."

"세 번째야 별일 있겠니?"

"혹 이번에도 잘못되는 건 아닐까?"

"재수 없는 소리 하지 마."

공무원이 급하게 말을 막았다. 그러나 그 세 번째라는 말이 주는 뉘앙스가 묘했다. 저마다의 가슴에 조그만 의구(疑懼)가 없는 것이 아니었다.

마을은 생각 이상으로 자연 속에 갇혀 있었다. 아직 이런 동네가 있는가 싶을 정도로 마을은 옛 풍경화 속에서 벗어나지 못하고 있었다.

"군(郡)에서는 무얼 하는 건지……"

공무원이 마치 자기 일이라도 되는 듯 빈정거렸다. 그들이 가는 길옆으로 초가집 두어 채가 조개껍데기처럼 묻혀 있었다. 그 뒤로는 당산나무와 돌무덤이 있었고, 그 둘레에 숯이 달린 새끼줄이 쳐 있었다.

작가는 당산나무를 보자 갑자기 머릿속에 무언가 떠오르는 것이 있었다. 수첩을 불현듯 열고 '당산나무', '결혼식', '우인대표' 그런 것을 써놓았다. 아직 익지는 않았지만 무언지 이야기가 잡혀가는 것 같고 그렇지만 그 끝은 불행할 것만 같은 생각이 들었다. 전도사가 길을 안내하기는 했지만 하양리가 이곳이라는 것만을 알 뿐 신부 집은 알 턱이 없었다. 날이 덥기도 하고 그 더위로 얼굴 꼴이 말이 아니고 해서 그들은 전도사만 제외하고 나머지 사람들은 당산나무 앞에서 쉬면서 기다리기로 했다. 전도사가 이집 저집 전도하듯 기웃대는 것을 쳐다보고서 그들은 키들거렸다. 작가는 또다시 주머니 속에서 접은 축사를 만지작거렸다. 내색은 안했지만 조바심이 쳐졌다. 시간은 이미 아홉 시를 넘어서고 있었고 잘못하다가는 결혼식에 늦을지도 모를 것 같다는 조바심이 밀려왔다. 갑자기 목에 용이 쓰였다. 헛기침을 했다. 여름 햇빛이 당산나무 아래를 빽빽이 들이밀었다.

"들리는 소문으로는 일부로 농촌 아가씨를 구했다지."

"두려웠을 거야. 사람이."

은행원이 묻고 작가가 답했다.

"그래서 일부러 시골 아가씨를 구했다고 하잖아. 어머니가 죽기 전에 씨를 보겠다구. 그 성화인 모양이야."

전도사가 말했다.

"시골, 시골 하지 말어. 이즈음 시골 아가씨들이 더 빳친다구. 얼마나 영악하다구."

"미친 소리."

그들은 당산나무 그늘 아래에서 작지 않은 시간이 흘렀다는 느낌이 들었을 때야 겨우 전도사를 볼 수 있었다. 전도사는 코에 땀방울을 매달고 미안한 표정으로 그들을 바라보았다. 그리고 숨이 급한지 말더 듬이처럼 말했다.

"마을에 결혼하는 집이라고는 없어."

"그래?"

그들은 이구동성으로 소리쳤다. 그러자 전도사는 더욱더 더듬거리 며 말했다.

"분명히 편지엔 이곳으로 되어있는데……"

전도사가 낭패라는 듯 말했다.

"너 잘못 안 거 아니지?"

강사가 대들 듯이 말했다.

"그럴 리가 없어."

전도사가 미심쩍은 듯 다시 청첩장을 꺼내보였다. 하양리 신부 자 택이 틀림없었다.

"틀림없는데 신부 자택도 맞고."

회계사가 낚아채며 불안한 목소리로 다시 확인했다.

"마을 사람들한테 한 번 물어보지."

그들은 마을 안으로 힘없이 걸어가면서 왠지 불안감을 떨칠 수 없 었다. 날씨 때문에 맑았던 기분이 우울해지는 것을 느꼈다. 작가는 마 음이 심란했다. 전도사가 앞장을 섰고 조교가 그 뒤를 따랐다. 마을의 낙후한 모습에 모두가 혀를 내둘렀다. 이 개명된 세상에 여긴 낮잠만 자고 있었나. 마을 안길이 겨우 한두 사람 지날 정도여서 전도사가 가 는 대로 따라 가지 않으면 안 될 정도였다. 그들은 어귀에 있는 첫 집 을 찾아 들어갔다.

"계십니까?"

누가 먼저랄 것도 없이 여럿이 함께 물었다.

"뉘고?"

그러나 소리는 뒤쪽에서 났고 그들은 모두 뒤를 돌아다보지 않으면 안 되었다. 얼굴이 청자같이 갈라진 주름살이 자글자글한 노파가 햇빛에 눈이 부신 듯 손을 이마에 대고 서 있었다.

"할머니, 혹시 김예분이라는 사람 이 집에 살고 있지 않나요?"

조교가 말했다.

"……"

노파는 어디 다녀온 모양으로 그들 말에 대꾸는 하지 않고 마루에 털썩 소리가 나게 앉았다.

"할머니, 김예분이라는 사람 여기 살지 않나요?"

은행원이 다시 부드럽게 말했다. 그러나 노파는 귀가 어두운지 우리말을 잘 알아듣지 못했다.

"밥 좀 달라구? 밥 없어."

노파는 그러면서 여위고 주름 잡힌 손을 내밀어 이 더운 날 귀찮으니 어서들 나가라고 손을 내저었다. 그들은 서로 마주 보았다. 낮잠을 즐기던 개가 그제야 그들을 보고 낯설게 짖었다. 그들은 낭패감에 젖어 또 다른 집으로 들어갔다. 땅따먹기를 하던 아이들 서넛이 그들의 침입을 보고 갑자기 두려운 표정을 지었다. 전도사가 그들에게 물었다.

"여기 결혼식 하는 집 없니?"

"모르요? 잘 모르요. 우리 엄마 도망갔시오. 서울로 식모살이 갔시오."

말해놓고 아이는 담벼락에 숨으며 울어버린다.

"너도 모르니?"

63

공무원이 물었다.

"몰라요."

그러면서 아이도 역시 또 담벼락으로 숨었다. 나머지 아이들도 그를 따라 숨어버렸다. 그들은 또다시 얼굴을 마주 쳐다보았다. 그들은 서로의 얼굴에서 낭패감을 읽고 한동안 담배만 신경질적으로 피워댔다. 우울한 친구 방문길이었다. 여기까지 걸어오는데 지치기도 했다. 짜증이 나기도 했다. 끈기 있는 은행원이 앞장서서 다른 집으로 들어갔다. 그러나 그곳에서도 그들은 자고 있는 아기만 볼 수 있었을 뿐 사람다운 사람은 볼 수가 없었다. 파리 떼가 자고 있는 아이 코 주변에 까맣게 모여 있었다. 작가는 자는 아이 얼굴이 너무 평화스러워 저도 모르게 손을 놀려 파리를 날려주었다. 다음집도 또 그 다음집도 역시 사람을 볼 수가 없었다. 마을이 끝나갈 때에야 그들은 간신히 새참을 머리에 이고 가는 아낙을 만나 다시 물어 볼 수가 있었다. 그녀가 해괴망측한 소리를 했다. 여기가 맞긴 맞는데 지금 서울에 있다는 것이었다. 그들이 그 아가씨 오늘 결혼하는 줄 모르느냐 하니까 아낙은 펄쩍 뛰며 놀랐다. 누가 그러더냐고 그랬다. 그 아가씨는 읍내 중학교를 나와서는 집에서 놀다가 서울 애인 따라 재작년인가 서울로 올라갔다고 그랬다. 벌써 몇 달 전의 이야기라고 했다. 집이 어디냐고 물으니까 바로 옆의 낡은 집을 가리켰다. 그들은 그 집을 바라보았다. 오래된 초가지붕과 허물어진 담장은 한눈에 보아도 초라하고 구차해 보였다. 얼핏 드러난 방 안도 역시 어둡고 지저분했다. 낯선 사람들의 침입에 놀란 닭이 마루에 똥을 싸고 달아났다.

"원 세상에 새마을 운동도 하지 않나?"

공무원이 또 혀를 내둘렀다. 산으로 빼곡하게 둘러싸인 마을은 보기에도 이제껏 보아온 낮익은 광경과는 사뭇 달랐다. 그들은 낭패감에 젖었다. 이런 골짜기에서 아무 소득도 없이 다시 걸어 나갈 생각을 하니 기가 막혔다. 그러나 그것보다도 그들은 신부의 알쏭달쏭한 정체에 더욱 기가 막혔다. 이번 결혼이 또다시 잘못된 것이란 말인가?

"재수 없는 소리 마."

공무원과 친한 강사가 또다시 빽 소리 질렀다.

"글쎄 그렇다면 오죽이나 좋겠니?"

"집은 분명 여기가 맞는데, 허참."

은행원이 말했다.

"그러나 저러나 어쩌지 또 걸어 나갈 일이 아득해."

"택시도 없구."

"할 수 없지. 걸어 나갈 수밖에."

작가가 말했다. 그들은 느티나무 있는 곳에서 다시 멈추어 섰다. 농익은 태양이 그들의 속살마저 익히려 들었다.

"아무래도 석곡리(石谷里)로 가보아야겠어. 뭐가 잘못되어가고 있는 것 같은데."

전도사가 말하자 작가는 오늘 아침에 있었던 우울한 일들이 생각났다. 부랴부랴 축사를 쓰고 구두를 신는데 그만 구두끈이 끊어져버렸다. 다시 구두끈을 사다가 고쳐 신고 있는데 부엌에서 찌개 타는 냄새가 났다. 어머니가 그의 거친 원고를 들여다보다가 그만 주변을 놓아버린 것이었다. 마음에 들지 않은 원고 때문에 작가는 새벽 내내 안절부절못했다.

그들은 왔던 길을 도로 나가며 석곡리를 향해 걸었다. 이 하양리는 워낙 시골이어서 밖과 소통하는 길은 이 길밖에 없었다. 석곡리는 들

우인대표

어온 만큼 나가서 반대쪽으로 다시 들어온 만큼 들어가야 했다. 그들은 빨리 걷기 시작했다. 벌써 시간은 식 예정시간을 지나있었다.

작가의 예감은 맞았다. 결혼식장은 하양리가 아니라 석곡리였다. 신랑 집에서도 신랑이 땀을 흘리며 서있는 것을 보지 않았더라면 혼례식이 있다는 것을 알 수 없을 정도로 마을은 한산했다. 이번이 세 번째라 신비감을 잃었기 때문일까. 그나마 참석한 사람들도 축하라기보다는 의무감에서 참석한 것 같았다. 하여튼 조금은 이상한 결혼식이었다. 그러나 결혼식에 정작 있어야 할 사람이 없었다. 그들이 갔을 때는 훨씬 시간이 지나 있었음에도 불구하고 아직 신부가 보이지 않았다. 신랑은 오랫동안 서있었는지 얼굴에 작은 땀이 송글송글 맺혀있었다. 하양리 신부 댁에 갔을 때부터 무언가 이상하다는 생각이 들긴 했지만 혹 이번 결혼도 잘못된 것은 아닌가? 순간 저마다 부정했던 작은 의구심이 부쩍 현실로 다가오는 것을 느꼈다. 신랑은 연신 땀을 훔쳤다. 작가는 아까부터 자신을 눌러오는 알 수 없는 불안감으로 어깨가 무거워오는 것을 느꼈다. 작가는 멀찍이서 신랑을 측은한 시선으로 바라보았다. 작가는 다시 수첩을 꺼내어 이어서 '신랑', '이상한 신부', '측은'이라는 말을 덧붙여 썼다. 그렇게 탈 많은 지루한 시간이 지났다. 그러나 아직까지도 신부는 나타나지 않고 있었다. 신랑이 땀을 흘리고 서있는 모습을 보고 여기저기서 소리가 새어나왔다. '신부 어디 간 거야?' '신랑 들여보내라.' 그런가하면 '세 번짼데 그런 고생쯤은 해봐야 해' 하는 소리도 들렸다. 가뜩이나 미안해하는 신랑이 땀을 흘리고 있는 모습을 보자 그들은 스스로가 애가 쓰였다. 11시에 예정된 식이 12시가 지날 때까지 아무런 일이 없으니 참석한 사람들도 난감해하기는 역시 마찬가지였다. 답답한지 주례 선생님은 아까부터 연신 헛기침만 하며 시계를 들여다보았다.

손님들이 기다리다 지루했는지 떠나갔고 초조해진 신랑의 얼굴에 우울이 깃든 것은 그로부터 시간이 더 지나서였다. 급기야는 의자에 앉아 있던 신랑의 노모가 갑자기 더위에 못 이겨 앞으로 고꾸라졌다. 사람들은 그런 노모를 안고 부랴부랴 방으로 들어갔다. 그때까지 지루하게 앉아 체면만을 지키고 있던 사람들이 한두 사람씩 빠져나가고 이제 마당엔 신랑만이 혼자 남아 이 한낮에 썰렁하게 서 있었다.

"분위기가 이상한데."

작가가 말했다.

"신부가 여태껏 오지 않는 것이 이상해."

"또 곶감만 빼먹고 달아난 것은 아닌지……"

강사가 조심스러운 표정으로 말했다.

"그러게 말이야."

"그러나 아직 일러 좀 더 두고 봐야지."

그들은 누가 먼저인지 모르게 술을 기울였다. 작가는 이 상황에서 취하지 않으면 견딜 수 없을 것 같았다. 머릿속에는 자꾸만 이상한 생각만이 들고 그 생각들은 이윽고 그림을 보는 것 같이 선명해졌다. 아기를 안은 그녀의 모습이 자꾸만 연상되고 깊은 늪에 빠져 나오지 못해 허우적대는 자신이 떠올랐다. 작가는 술을 한잔 더 입에 대었다. 단숨에 비우고 땀으로 범벅된 손으로 입을 다셨다. 그는 알고 있었다. 이런 불행한 일을 바라보고 또다시 이런 사실을 소설로 써야 하는 것은 자신에게는 괴로운 일이라는 것을.

신랑이 결혼 예식을 연기하고 남은 사람들을 돌려보낸 것은 오후가 되어서였다. 그동안 몰려왔던 사람들은 어느덧 빠져나가고 남은 것은 그들뿐이었다. 신랑이 주례선생님을 비롯해 참석 손님들에게 사죄하는 모습을 그들은 얼핏 바라보았다. 신부 측 부모들은 그새 어떻게 된 셈인지 보이지 않았다. 신부 마을로 찾아갔을 때 신부 측 마을 사람들이 신부가 결혼하는 것을 모르고 있는 것도 이상했다. 공무원이 위로했다.

"너무 불행하다고 생각지마. 살다보면 그런 일도 있는 거니 생각해."

"그래 그래 살다보면 그런 일도 있어. 산다는 것이 얼마나 어려운 일인데 작가가 살아있는 것 좀 봐."

강사가 신랑을 향해 일부러 큰소리로 말했다.

"그래 그래, 우리 술이나 마시자."

작가는 마음에도 없는 말을 애써 하며 신랑의 세 번째 불행을 지우려 했다. 가지고 온 술병을 마저 풀었다. 먹지 못하는 술을 작가는 억지로 억지로 삼켰다. 그녀가 아기를 안고 와 자신을 측은히 바라보는 모습이 떠올라서 작가는 무작정 무작정 취할 때까지 마셨다.

남편이 바람을 피웠다. 10여 년을 같이 산 남편이, 그것도 내 고등학교 후배와 함께.

남편을 용서할 수 없었다. 생각하고 또 생각해도 남편을 용서할 수 없었다. 내 후배인 그 동창도 그렇지만 나는 남편을 더 용서할 수 없었다. 그렇게 내가 좋아하고 저 남자 아니면 나는 존재 이유가 없다고 생각할 정도로 매달렸던 그 남자가 바람을 피우다니.

나는 눈물을 흘렸다. 실망하다가 분노하다가 체념하다가 그러다가 마침내는 눈물을 흘렸다. 남편의 바람도 그렇지만 십여 년을 넘게 산 우리의 애정이 이 정도밖에 되지 않았다는 사실에 나는 경악했다.

그렇게 사랑했던 남편이, 옛날의 그 오빠가 바람을 피우다니 생각하고 또 생각을 해보아도 분노를 억누를 수가 없었다. 얼마나 사랑했던 남편인데.

남편이 이상하다고 느낀 것은 이 몇 달 전의 일이었다. 매일 정시에 들어오던 남편이 언제부턴가 조금씩 귀가가 늦어졌다. 너무도 성실한 사람이었기에 나는 그냥 무슨 일이 있거니 생각하고 무시했다. 더욱이 늦을 때마다 남편은 늦는다는 이유를 말했고 그리고 늦게 와서는

69   고래의 꿈

더욱 아이들과 가깝게 놀아주었다. 그러나 그것으로 끝났으면 좋으련만 이상하게 남편은 회사 일이라며 자주 집을 비웠고 거짓말인 줄 아는 변명도 많아졌다. 교회에도 일이 있다며 핑계를 대고 나가지 않았다. 나에 대한 말수도 줄어들었다. 처음엔 내가 무얼 잘못한 것이라도 있는가 싶어 나는 더욱 그에게 애교를 떨어보기도 하고 일부로 명랑한 척 웃으며 말하기도 했다.

혹 회사가 잘 돌아가지 않는 것일까 아니면 혹 남편에게 권태기가 온 것일까 의심했지만 그러나 나는 결코 남편이 바람 핀다고는 생각지 않았다. 다른 사람은 몰라도 내 남편은 그런 사람이 아니라고 철석같이 믿고 있었기 때문이었다. 더욱이 남편은 신앙심이 돈독한 사람이었다. 하나님 앞에 간음할 수 없다고 생각했던 것이다. 그래서 잠시나마 남편을 의심한 것도 미안하게 생각하고 있었다.

나는 전업주부였기 때문에 집에 경제적 보탬은 주지 못했다. 그래서 대신 집안을 명랑하고 화목하게 가꾸어야 한다는 생각을 가지고 있었다. 가정의 화목은 사랑하는 남편에 대한 예의이고 나의 임무라고 생각했다. 그러나 나의 이런 바람과 달리 남편의 미심쩍은 행동은 계속되었고 그리고 마침내 남편의 바람을 아는 언니로부터 직접 듣고 확인했을 때 나는 잠시 그 자리에서 비틀거려야 했다.

"얘가 왜 이래?"

남편과 그 후배가 함께 나오는 호텔 앞에서 언니는 쓰러지려는 나를 가까스로 지탱해주었다. 의심으로만 여겼던 그래서 남편에 대해 미안한 마음까지 가지고 있었던 그것이 사실로 드러났을 때 그 충격이란……

남편이 바쁘다면서 집을 비웠을 때 남편은 바로 그 후배와 함께 호텔에서 뒹굴고 있었던 것이었다. 남편이 나 아닌 다른 여자와 잠을 자다니 용서할 수 없었다.

어린 시절 남편은 내게 꿈의 백마 탄 남자였다. 남편과는 이웃에 살았기 때문에 자연스럽게 나는 그를 오빠라고 부르며 따랐고 남편은 그런 나를 동생처럼 아껴주었다. 고등학교를 다니면서부터는 남들이 부러워할 정도로 오빠와 나는 붙어 다녔다. 남녀공학 대학을 진학했지만 나는 남자라고는 오빠 이외에는 없는 것으로 알았다. 부모님들 서로가 아는 분들이라 자연스럽게 결혼이야기가 나왔고 서로 좋아하기 때문에 대학을 졸업하자마자 우리는 자연스럽게 결혼하게 되었다. 남편은 나름대로 튼실한 중소기업에 둥지를 틀었다. 가정과 직장에 두루 충실한 사람이었다. 나는 그의 성공에 방해가 되어서는 안 된다는 생각에 가정 일에 혼신을 다했다. 그런데 그런 남편이 바람을 피운 것이다.

나는 잠을 이룰 수가 없었다. 어떻게 남편이 나를 두고 다른 여자와 바람을 피울 수 있단 말인가. 그것은 내 상식으로는 이해가 가지 않았다. 앞으로 어떻게 해야 하나 몇 날 며칠을 생각해 보았지만 뾰족한 수가 없었다. 이혼을 해야 하나. 그런 불결한 남편과 한 침대를 같이 써야 하다니 도저히 내가 불결해서 견딜 수가 없었다. 다른 여자와 함께 잔 그 몸으로 내 몸 위를 올랐단 말인가. 그런 생각이 들 때마다 나는 몸이 뻣뻣해지며 굳어갔다. 밤중에 불떡 불떡 일어나 거실에 나앉고는 했다.

남편은 내가 이런 고민을 하고 있다는 것을 알까. 옆에서 때로 가늘게 코를 골며 자는 것을 보자 나는 내 자신이 측은해서 견딜 수가 없었다. 이혼을 해버릴까. 그러나 그 다음이 문제였다. 그 다음엔? 아이들은? 그럴 때마다 생각이 복잡해졌다. 나는 우울증에 걸릴 지경이 되어버렸다. 남편은 이제 피곤하다는 이유로 내 곁에 오지도 않았다.

내가 집을 가출하기로 결심한 것은 그즈음의 어느 날이었다. 겨울이었다. 십 년 만의 추위다 아니다 하면서 사람들이 입방아를 찧던 그런 추운 겨울이었다. 이 문제를 어떻게 풀어야 하나 어디로 간다는 생각도 없었다. 그냥 무작정 가방을 들고 밖으로 나왔다. 아이들에게 만큼은 엄마가 좀 다녀올 데가 있어서 일주일 아니 그 이상 집에 못 올지도 모른다고 귀띔을 해뒀다. 남편한테는 아무 말도 하지 않았다.

일요일의 서울거리는 뜸했다. 그 한산한 거리를 무작정 걷다가 나는 문득 제주도를 생각했다. 제주에 어떤 인연이 있었던 것은 아니었다. 그냥 앞으로 걷다가 '제주 흑돼지'라는 간판을 보고 순간적으로 제주도를 떠올린 것이었다. 고등학교 때 수학여행을 가본 이후로는 한 번도 가본 적이 없었다. 나는 김포 공항에 들러 비행기 티켓을 끊고 탑승했다. 제주까지 가는 한 시간여 동안 그동안 있었던 온갖 일들이 한꺼번에 떠올랐다. 무엇보다 남편이 내게 했던 무수한 달콤한 말들을 그 후배에게도 했을 것이란 생각이 들자 이혼을 해야겠다는 생각이 또 다시 들었다. 너무도 사랑했던 남편이었기에 도저히 그의 부정을 용서할 수 없었다. 그러다가도 그 다음엔? 하는 문제에 들어서면 생각을 잃었다. 이혼? 우리 두 아이는? 그리고 이혼 후에는? 머리가 복잡해졌다. 또 이혼 후 시부모님과의 관계는? 주변에서 덕망 있는 분들이었다. 교회 어른이기도 했던 시부모님은 은행을 은퇴하고 교회 일에 전념하고 있었다. 그분들과의 관계는? 모르겠다. 될 대로 되라. 그런 한편으로 이번 제주도여행이 그런 문제에 극명한 해답을 해줄 것을 바랐다.

멀리 구름과 때때로 보이는 바다 위의 흰 점 같은 배들을 본 것밖에 없는 것 같았는데 벌써 제주에 도착했다. 제주 공항은 내가 고등학교 때 보았던 공항과는 조금 달라 있었다. 공항 밖의 모습도 변해 있었다. 고교 시절의 제주는 한라산과 용두암 만장굴 3개의 폭포 이런 것이 전부였는데 그것이 제주에 있다는 것만 알뿐 구체적으로 어디에 있다는 것은 알지 못했다.

어떻게 해야 하나. 이런 무작정 행동은 제주에 내리자마자 나를 질리게 하였다. 나는 안내소에서 제주 관광지도를 하나 얻었다. 유심히 살펴보니 내가 옛날 보았던 관광지가 서귀포에 몰려 있다는 것을 알았다.

나는 그냥 무작정 걸음을 옮겼다. 애초에 어떤 목적이 있어서 온 것이 아니었기 때문에 당황했다. 공항에 처음 오는 버스에 무조건 올라타고 보았다. 가는 대로 가다 도중에 내리고 싶은 데에 내려야겠다는 생각을 했다. 조금 지나자 용두암이라는 이정표가 보였다. 그냥 무조건 내렸다. 여학교 시절 수학여행 때 제일 처음 본 것이 용두암이었다. 용두암 주변도 변해 있었다. 그 앞의 가게들이 새롭게 난 것도 그랬다. 용두암의 모습만 여전히 하늘을 향해 머리를 치켜들고 있었다. 겨울이었는데도 용두암 주변에는 관광버스가 줄지어 있었다.

용두암을 뒤로하고 무작정 버스를 타고 갔다가 다시 내린 곳은 제주도 서쪽에 있는 삼방굴이었다. 꼭대기까지 오르는 것이 부담이 되었지만 수학여행 때 와본 곳이 되어서 한 번 더 보고 싶은 마음에 올랐다. 이렇게 열심히 걷다 보면 모든 생각으로부터 벗어 날 수 있다는 생각을 했다. 아닌 게 아니라 여자가 걷기에는 힘든 거리였지만 나는 남편의 배신을 잊는다는 생각으로 악을 써가며 올랐다. 밑으로 절이 생겨있었다. 또 삼방굴 안의 부처님도 여전했다. 다만 다른 것은 겨울이라서 그런지 사람의 발길이 뜸했다는 것뿐. 위에서 내려다보는 겨울 바다는 유리처럼 맑았다.

저렇게 바다는 맑은데 왜 내 마음은 이렇게 어둡지. 제주에 와서도 생각은 온통 남편에 대한 원망이었다. 생각하고 또 생각해도 남편이 괘씸해서 견딜 수가 없었다. 바다가 잘 내려다보이는 곳에서 한동안 앉아서 바다를 내려다보았다.

그날, 나는 서귀포에 와서 하루를 묵었다. 다음날, 나는 기억에 있었던 천지연 폭포로 향했다. 천지연 폭포를 말없이 바라보았다. 이상하게 마음이 놓이는 것을 느꼈다. 멀찍이 앉아서 하염없이 떨어지는 물을 바라보았다. 남편에 대한 미운 감정이 풀어지는 것도 같았다. 아니 폭포를 보고 있노라면 잠시 내 소유한 것들로부터 멀어지는 느낌을 보았다. 그 순간만큼은 온전히 나 혼자만의 것일 수 있었다. 아무런 생각이 없었다. 그냥 멍하니 천지연폭포 앞에 앉아 떨어지는 물을 바라보았다.

"안녕하세요. 폭포엔 처음이신가요?"

나는 놀랐다. 목소리가 남자라는 점에 나는 다소는 경계를 했지만 이내 풀어버렸다. 여자들이라면 놀랄 만큼 멋진 선글라스를 낀 사내가 내 옆에 웃으며 서 있었기 때문이었다. 나는 나도 모르게 벌떡 일어나 엉거주춤

"네."

하고 말해버렸다.

"저는 세 번째 입니다만 서귀포란 데가 오면 올수록 매력적인 곳이 돼놔서 서울 발령을 받고 생각나면 오게 되었습니다."

그는 소년처럼 하얀 이를 드러내놓고 밝게 웃었다.

나는 그의 모습을 보자 공연히 가슴이 두근거리는 것을 느꼈다. 그런 감정은 처음이었다. 물론 남편도 처음엔 내게 그런 감정이었다. 남편은 첫 남자이고 마지막 남자였지만 늘 가까이 있어서 그런지 지금 같은 감정을 느끼지는 못했다. 그런데 남자는 처음이었음에도 내 가슴을 사로잡은 것이었다. 세상에 이런 남자도 있다니? 선글라스를 낀 모습과 사기 같은 하얀 이를 드러내며 밝게 웃고 있는 남자를 보며 나는 소녀적 감성을 감추지 못한 채 그의 모습에 반해버리고 말았다. 세상에 세상에 이 나이에 내 마음을 설레게 하는 남자가 있다니.

그는 자연스럽게 내 옆에 앉으며 자신을 소개했다. 미국 회사의 한국지점장으로 와있다고 했다.

"한국 생활이 벌써 3년째 접어듭니다만 생각나면 이 제주에 와서는 이렇게 폭포를 느끼고 가곤 합니다. 우선 폭포를 바라보면 그냥 모든 것이 떨어지는 폭포처럼 아래로 가라앉습니다. 물 같이 살자는 말도 좋구요. 그래서 제주에 자주 오는데 그때마다 이렇게 폭포를 보고는 합니다."

그는 고등학교 1학년 때 부모를 따라 미국으로 갔다고 했다. 미국이란 나라가 좋은 것 같아도 경쟁이 치열해 그렇게 좋은 곳이 아니라고 했다. 무엇보다 인간관계가 팍팍해 적응하기에 힘들었다고 했다.

"우선 피부색이 다르다 보니 거기에서 오는 인종차별이 심했어요."

더구나 부모님이 남부주로 이민을 해서 남부에서의 인종차별은 우리가 생각하는 것보다 훨씬 심했다. 그때 학교에서 북쪽 나이아가라 쪽으로 수학여행을 갔다고 했다. 그때 떨어지는 폭포의 물을 보자 이제껏 쌓여왔던 불만이 싸악 없어지더라고 했다. 그런 경험이 있고 나서 그는 시간이 있을 때마다 폭포들을 찾아다니고는 했다고 했다. 그러나 그런 폭포들은 웅대하고 스릴이 있고 위대했지만 그것뿐이라고 했다. 서귀포의 폭포는 그런 웅대함은 없지만 나름대로 소박하고 아담하고 차분함이 있다고 했다. 그런 면에 이끌려 자주 제주를 찾는다고 했다. 그의 폭포론에 끌려 우리는 같이 그의 차를 타고 또 다른 폭포인 정방 폭포를 함께 갔다. 어찌나 말을 부드럽고 정감 있게 하는지 나는 그의 말에 그냥 흠뻑 빠져 들어갔다. 남편에게서는 볼 수 없는 남자만의 매력이었다.

어떻게 이곳에 오게 되었는지 그는 묻지 않았다. 내가 남편 있는 유부녀인지 자식이 있는지 나이는 얼마나 되었는지 아예 그의 관심의 대상이 아닌 것 같았다. 다만 그는 폭포를 좋아했고 폭포를 하염없이 바라보고 있는 내가 마음에 들었던 모양인 것 같았다.

"집이 서울이신가요?"

"네."

"그렇게 보였습니다."

"그런데 왜 혼자 오셨어요?"

내가 물었다.

"그냥 혼자 있는 게 좋아서 혼자 왔습니다. 미국에서야 흔히 있는 일입니다."

나는 그가 혼자라는 말에 괜히 설레었다. 내가 유부녀란 사실은 여기서 중요한 것이 아니었다. 그에게서 풍기는 매력과 사근사근한 말투, 그리고 충분히 잘생긴 그의 외모와 좋은 직장은 여자가 끌리지 않을 수 없는 것이었다.

정방폭포에서 우리는 나란히 서서 바다로 떨어지는 폭포를 바라보았다. 천지연폭포를 보았을 때처럼 하염없이 바라보았다. 마음이 환해졌다. 폭포를 좋아한다는 그의 생각이 이해될 것 같았다. 그가 어느 순간 내 어깨에 손을 얹어왔다. 나는 그냥 가만히 있었다. 이것은 남편과 발리로 신혼여행 갔을 때 지는 해를 바라보며 남편이 아주 자연스럽게 하던 동작이었다. 남편과 비슷한 체격을 가진 그는 이내 내 손을 잡았다. 조금도 이상해하거나 이것이 죄악일까 하는 생각은 들지 않았다. 그 순간 남편도 아이도 부모님도 시댁 어른들도 교회도 예수님도 나를 간섭하고 있지 않았다. 이것이 잘못된 행동이라거나 남편에게 떳떳치 못한 행동일거라는 생각은 조금도 들지 않았다.

우리는 다음으로 천제연폭포로 갔다. 수학여행 때 보았던 천제연폭포는 많이 변해 있었다. 천지연, 천제연 그때는 혼돈을 불러일으켰는데 지금은 명확했다. 두 호수의 특징까지도 그의 설명을 듣고는 알게 되었다.

"점심을 먹을까요? 시간이 됐네요."

그는 내가 아침을 먹지 않은 것을 알고 일찍 점심을 챙겼다. 그런 그가 좋았다. 오래간만에 남편에게서 받아보지 못한 듯한 대우를 받고 나는 마음이 의외로 편안해지는 것을 느꼈다. 서울을 떠나올 때는 무척 많은 문제를 가지고 수심이 가득 찬 얼굴을 가지고 왔다. 남들이 보기에도 불만을 주었을 얼굴이라고 생각했다. 그러나 지금은 내 얼굴이 그런 것이 아닐 거라고 생각했다. 아닌게 아니라 그는 내 이런 기분을 짚기나 한듯이

"얼굴이 밝아지셨어요. 복숭아 같아요."

하고 말했다. 나는 한 손으로 뺨을 가져다 대었다. 보지 않아도 붉은 홍조가 있을 거라 생각했다.

고래의 꿈

"고마워요. 선생님은 선생님이 그 자리에 있는 그 자체만으로도 남들을 밝게 하는 재주를 가지셨어요."

"과찬이십니다. 그렇지만 모든 근심 걱정을 없애고 늘 밝게 살려고 해요. 치열한 생존경쟁 끝에 터득하게 된 것이지요."

그의 밝은 미소, 눈부실 정도로 강렬한 그의 눈빛이 나를 설레게 했다. 모든 여자가 로망이라고 생각하고 있는 모습을 그는 가지고 있었다. 그를 싫어할 여자가 없을 것 같았다. 우리는 근처의 식당으로 향했다. 그는 이곳 지리를 잘 아는 듯했다. 우리는 이름이 남국의 식물원을 닮은 레스토랑으로 향했다. 식당에서도 그는 의자를 내어주며 앉으라고 했다. 여자들이 좋아하는 것을 그는 알고 있는 듯했다. 여자들은 작은 것에 무척 감동한다. 나 역시 그의 이런 작은 배려가 감사했다. 식사를 하면서도 그는 늘 자기보다도 나를 더 챙겼다. 다 먹고 나서는 우리는 인근 카페로 가 커피를 마셨다.

"서귀포가 이국 같아요."

나는 그냥 멋쩍어서 한 마디 했다.

"이국적으로 느껴졌다면 야자수가 있는 바닷가를 따라 형성된 도시라서 그럴 거예요. 저도 처음 서귀포를 밟았을 때 느꼈던 감정이 그랬는데 그런 걸 보면 우리는 어딘가 통하는 것 같군요."

그는 그가 아는 한의 이야기를 아주 매력적으로 꺼내었다. 그것이 어찌나 맑던지 의심스러운 구석이 없어지고 그냥 모든 것이 편해졌다.

"한국에서 하는 일이란 것이 어떤 종류의 것인가요?"

나는 그가 건네준 명함을 생각하며 그가 한국에서 하는 일이 궁금했다.

"지점장이란 것이 그래요. 아침에 출근해서 직원들 챙기고 모임을 갖고 본사 지시내용을 설명하고 감독하고 한국 판매망을 뚫고 모든 책임을 지는 것이지요. 이런 얘기하기 싫은데요. 여기까지 와서 회사 일을 이야기한다는 게."

"죄송해요 워낙 바깥일을 몰라놔서."

"왜 혼자 왔냐는 것을 묻지 않았네요. 대답하기 싫으면 그만 두셔도 됩니다."

"그만 두고 싶네요. 저야말로 여기까지 와서 집안 이야기를 한다는 게."

우리는 다시 마음이 통해서 카페를 나와 길을 따라 그냥 걸었다.

"취미가 무어세요?"

"걷는 것 이렇게 세상을 한없이 걷는 거."

그러자 나는 그동안 남편과 아이들 때문에 바깥에 나와 본 적이 없다는 것을 깨달았다. 어렸을 때는 그렇게 걷는 것이 좋았다. 그냥 어디든 걸으면 속에 있는 울분 절망 우울 같은 것 다 풀어졌다. 혹 걷다가 바다 같은 곳이 있어서 그 바다를 한없이 바라보노라면 바라보는 것만으로도 마음이 고요해지고 평화로워졌다. 옆의 사내가 폭포에 애착을 갖는 것과 같았다.

"세상에 걷는 것을 취미로 하는 사람이 있다니?"

그가 웃으면서 말했다.

"세상에 폭포를 바라보는 것이 즐거움이라는 사람도 있다니?"

내가 웃으며 말했다. 그러다가 우리는 한꺼번에 웃었다. 왠지 그와 영원히 함께 있어도 좋을 것만 같았다. 그와 함께 서귀포의 바다를 바라보았다. 매일같이 이렇게 좋은 바다만 바라보며 사는 사람들은 얼마나 행복할까 싶었다.

우리는 이젠 바다를 보며 걸었다. 그는 키가 좀 컸으나 내 발길에 맞추어 작은 걸음으로 걸었고 어느 틈에 그가 다시 내 손을 잡았다. 나는 모든 것을 다 잊어버리고 현실에만 충실하자고 생각했다.

"무슨 생각을 하셨드랬어요? 심각히 바다를 숫제 노려보고 계시 던데."

"네 그냥 모든 문제를 잊고 지금 이 순간에만 충실하자 뭐 그런 생각을 했어요. 실은 내려올 때 많은 문제가 있었거든요. 그 문제들을 어떻게 하나 고민을 했었는데 지금은 그냥 현재에만…… 뭐 그런 생각을 했더랬어요. 선생님은?"

"저 아무 생각 않았어요. 그냥 멍하니 바다를 바라보는 그것만으로 좋았어요. 모든 것을 다 잊고 이렇게 나와 있는 것."

우리는 서로가 다르지 않은 생각을 하고 있다는 것을 알았다. 다음 문제는 생각지 말자. 현재에만 충실하자는 생각은 비단 나만이 가진 것은 아니었다. 제주는 관광의 섬이었다. 모든 자연 심지어는 구멍 숭숭한 화산 돌조차 관광 상품이 되고 있었다. 사각사각 걷는 소리마저 관광인 것 같았다. 바다에는 큰 배가 두엇 있었다. 작은 배도 두엇 있었다.

"선생님, 우습지요. 저라는 여자 갑자기 이렇게 외간 남자와 여행을 하고 손을 잡고 마치 쉬운 여자처럼."

나는 바다의 배를 보자 갑자기 내 문제를 토해낼 것 같은 충동에 사로잡혀 그를 바라보며 말했다.

"뭐가요? 하나도 저는 우습지 않은데요. 같이 있는 것이 부담이 되신가요? 그렇다면 혼자 여행을 하도록 하셔요. 보니까 집에만 계셨던 것 같아요."

"제 말은 그런 뜻이 아니라 이렇게 나오니 세상이 아름답고 즐거운 것이 많은데 왜 세상을 좁게만 살아왔을까 하는 후회 때문에 하는 말이에요."

"보기 나름 아닐까요? 후회하지 마셔요. 사람들은 우리 연희 씨처럼 순수하고 맑고 신선한 것을 부러워하는 사람들도 얼마나 많은데요. 생각해 보세요. 모든 사람들이 밖이 좋다고 밖으로만 나돈다면 어떻게 되겠어요? 그것처럼 무서운 일은 없을 거예요. 가끔 한 번씩 나오는 것이 좋지 늘 나와 바깥에서만 생활한다고 생각하면 그것은 즐거움이 아니라 끔찍한 일일 거예요."

그의 말에 감격해서 나는 그가 이끄는 대로 따라갔다. 아무런 생각도 나지 않았다. 심지어 남편의 바람기 같은 것도 하찮게 보여졌다. 이 남자 안에서는.

우리는 길을 따라 걷다가 다시 차를 타고 이중섭 거리로 옮겼다. 이중섭 미술관을 들렀다. 가족을 중심으로 한 그림이 재미있었다. 아내와 남편과 그리고 아이가 있었다. 그들은 모두 함께 모여 있었다. 사람들이 저렇게만 살 수 있다면…… 그의 그림을 보면 사람들은 저절로 가족의 소중함을 깨닫게 될 것 같았다. 이중섭 거리를 지나 이어진 시장을 돌아보았다. 어느새 어둠이 와 있었다. 겨울 해는 짧았다. 우리는 또 식당을 생각했다. 이름이 근사한 레스토랑으로 들어가 와인 한 잔씩을 시켜 마셨다.

"아직 호텔로 들어가기엔 이른 시간이네요."

"네 겨울 해가 너무 짧아요."

시내에는 네온사인 불빛들이 치정스럽게 돌고 있었다.

조금 아쉽다는 생각은 했지만 어차피 맺어질 인연이 아니었다. 우

고래의 꿈

리는 바닷가에 면한 고급호텔까지 왔다. 내가 그 호텔로 들어가자 그는 예약해둔 호텔이 있다면서 나를 내려놓고 방향을 틀어 갔다. 생애 처음인 호텔은 5성급이었다. 이런 곳을 와보지 못한 내 자신이 후회스럽기조차 했다. 돈이 아깝다는 아줌마 같은 생각이 들었지만 그냥 아무 생각 없이 카드를 긁었다. 호텔에 혼자 있으려니 집 생각이 났다. 남자와 헤어지면서 남편도 참 멋있는 사람인데 생각하다가 나는 다시 치솟는 분노에 치를 떨었다. 용서할 수 없다는 생각을 했다. 사랑했던 그가, 처음이자 마지막 남자라고 생각했던 그가 바람을 피우다니.

핸드백을 열어 폰을 열어 보았다. 역시 아이들의 메시지가 와 있었다. 그러나 남편의 메시지나 전화는 없었다. 이혼을 해야겠다는 생각이 더 강경해지기 시작했다. 남편의 바람을 모른 채 감쪽같이 속아간 멍청이 같은 내가 싫었다. 이리저리 뒤척이다가 이튿날 아침 깨보니 아홉 시가 지나 있었다. 이튿날 아침이 되도록 어떤 결론이 나지 않았다. 다만 확신되어진 것은 남편에 대한 증오심뿐이었다. 생각하고 또 생각하여도 남편에 대한 증오감을 거둘 수 없었다. 어떤 결론은 없고 증오만 깊어져 나는 창문을 열고 바다를 하염없이 바라보았다. 저 끊어치는 고혹감, 신기루 같은 등대, 아케론 강을 건너는 것 같은 분위기, 모두 나를 위한 저주 같았다.

10시쯤에 체크인을 하고 나는 호텔을 나왔다. 웬 여자가 혼자 호텔에 드나드나 프론트에 있는 사람 모두가 날 보는 것 같았다. 호텔을 나섰지만 어디로 가겠다는 생각이 딱히 나지 않았다. 겨우 생각한 것이 고등학교 수학여행 때 보았던 곳을 돌아보겠다는 생각이었다. 내가 갈 곳은 어디인가 나는 무조건 걸었다. 안내도를 하나 구해두었던 것이 여간 다행인 것이 아니었다. 그냥 수학여행 때는 어디에 무엇이 있는지도 모르고 따라갔을 뿐이었다. 지도를 보니 이제 어디쯤에 무엇이 있는가 하는 것은 알 수가 있었다. 그러다가 이내 나는 무언가 허전하다는 생각이 들었다. 여행이란 혼자도 좋지만 역시 좋은 사람과 함께 하는 것이 즐거운 것이구나 하고 생각하였다.

중문단지 안에는 여러 관광객의 눈길을 끌 만한 것들이 아침부터 소리를 내며 관광객을 유혹하고 있었다. 겨울인데도 서귀포는 달랐다. 그렇게 춥지 않았다. 한라산 너머 제주와 또 달랐다. 햇빛 나는 곳마다 관광지에서 흔히 볼 수 있는 오락거리가 있었다. 그들을 그냥 지나치려다 나는 내 눈을 끄는 것이 있어 잠깐 눈길을 주었다. 테디베어였다. 두 곰이 꼭 끌어안고 있는데 심히 내 눈을 자극했다. 남편과 연애할 때는 저런 것이 결코 눈에 들어오지 않았다. 저것보다 더 남편에 대한 사랑을 확신했기 때문이었다. 남편은 정이 많은 사람이었다. 나역시 그랬다. 남편만을 알았고 남편 이외에는 남자라고는 없는 것으로 알았다. 그런데 그런 남편이…… 그런 생각을 하며 가다가 나는 그 자리에 주저앉았다. 두 손으로 얼굴을 가리고 울었다. 남편이 어떻게 나한테 이럴 수 있을까 이럴 수 있을까.

단지를 빠져나오며 누가 내 꼬락서니를 보고 있는 것은 아닐까 둘레를 살펴보았다. 윈도우에 비친 중년 여자의 혼자 떠도는 꼬락서니가 도저히 제대로 된 여자의 모습이라고는 느껴지지 않았다. 내가 도대체 무얼 하고 있는 거지 그런 생각이 들 때마다 쭈뼛하며 뒤를 돌아다보았다. 아무렇지 않다가도 남편을 생각하면 또 소나기가 되었다. 나는 고개를 흔들었다. 지금 바로 여기 현실에 충실하자. 옛날에 와보았던 외돌개가 생각났다. 택시를 탔다.

갑자기 외돌개 주변이 소란스러웠다. 관광버스가 관광객을 풀어놓고 가버린 것이었다. 중년의 여자가 벤치에 혼자 앉아있으려니 그들이 보기에 이상하다고 여겼는지 나를 힐끔힐끔 쳐다보며 지나갔다.

문득 고래불해수욕장이 기억났다.

고래고래 소리 지르는 고래불해수욕장, 고래가 없어도 고래불해숙욕장이라고 자랑한다. 빨간 모자 옥분네 가게처럼 아직은 우리에게 향수로 남을 만큼 멀리 있지만 딸 바보 아빠가 딸을 기다리는 것만큼 생각할수록 정겨운 곳, 나를 위해 아내는 공들여 씻고 화장을 하고 속옷을 갈아입고 아이들은 그림을 그리고 노래를 부르는, 고래는 없어도 부부 싸움 같은 어깃장이 있어 좋은 고래불해수욕장, 넓은 뱃사장이 이 여름 외로운 것은 아직 고래불에 고래가 돌아오지 않았기 때문. 밭이랑 같은 모래톱이 고래가 놀다간 흔적이라고 믿어도 좋은, 서른이 되면서 잃어가고 있던 낭만을 다시 찾을 수 있을 것 같은 고래불해수욕장이 영덕(盈德)에 가면 있다.

시인인 친구가 가지고 있던 것이라며 남편이 들려준 시이다. 그래서 얼마나 좋길래 하며 내가 즐겨 생각하던 곳이었다.

그 시에 끌려 언젠가 우리 가족이 그 고래불 해수욕장엘 갔다. 그때 문득 든 생각이 바로 그런 거였다. 나는 남편을 위해 공들여 씻고 화장을 하고 속옷을 갈아입고 아이들은 그림을 그리고 노래를 부르고 더러는 부부 싸움의 어깃장도 부리는 고래 가족 같은 그런 행복을 꿈꾸었는데 이젠 다 끝이었다. 아마 고래불에 고래가 없었던 것처럼 고래의 꿈은 애초부터 없었던 것이었는지도 몰랐다.

별일을 찾지 못하고 있다 보니 생각나는 것이 또 남편이었다. 남편은 내가 갖지 못한 매력을 다른 여자들에게서 발견한 것이었을까. 내가 그들보다 매력적이지 못했단 말인가 곰곰 생각해 보았다. 남편은 나를 좋아하고 나 또한 남편이 좋아서 한 결혼이었다. 있다면 수수한 나와 달리 남편은 많은 여자들로부터 도전을 받을 정도로 매력적이었다는 것이었다. 그래서일까 남편 주위에 끊임없이 여자가 맴돌았다. 잘난 남편 인물 값하는 것일까. 그래도 좀 이상했다. 남편은 기독교인이고 또 시부모님도 저렇게 신앙이 출중하신 분인데 어떻게 남편이 바람이 났다는 말인가? 아무리 보아도 이해가 가지 않았다. 성경에서는 간음하지 말라고 했는데 그러나 어쨌거나 남편은 지금 바람이 나 있다. 아이들과 남편은 모른다. 내가 왜 제주도에 왔는지.

"또 만났군요."

내가 말없이 한숨에 잡혀 외돌개를 바라보고 있자 낯익은 목소리가 들려왔다.

"네, 안녕하셔요?"

"제주라는 데가 뻔하군요?"

"관광지라는 데가 그렇잖아요?"

그는 내 옆에 아주 자연스럽게 앉았다. 해가 외돌개 바로 위를 비추고 있었다. 외돌개 주변의 물빛이 은빛 반짝이를 풀어놓은 것 같았다.

"언제 올라가시나요?"

"아직 생각해보지 않았습니다."

나는 갑작스런 질문을 받고 속을 들킨 것처럼 당황해 말했다.

"저는 며칠 묵을 생각입니다만 상황에 따라 다르겠지요. 회사에도 그렇게 조치해 놓았으니까요. 직원이라고 해보아야 스무 명도 안 되고 부지점장이 나보다도 나이가 많으니 그분한테 맡겨두고 왔죠."

"퍽 좋으시겠어요. 자기가 오고 싶은 때 제주에 올 수 있다는 것은 정말 행운일 거예요. 그런 사람이 몇 사람이나 될까요? 우리나라에."

"아니 제주도도 마음대로 오지 못한단 말입니까? 어쩜 집에 매어있는 주부라면 그럴 수도 있겠군요. 그렇지만 제주도도 마음대로 올 수 없다면 현대를 사는 주부 같지는 않군요."

"제 말은 그런 뜻이 아니라 오기야 얼마든지 올 수가 있겠지요. 그렇지만 주부가 없는 집을 한번 생각해보셔요. 아이들은 또 남편은?"

"그런 거 걱정할 필요 없어요. 어차피 처음 조금 불편해할지 모르지만 없으면 또 없는 대로 적응하게끔 되어 있어요. 우리 주부들의 큰 잘못은 자기가 마치 집안의 기둥인 듯 자기가 없으면 집안이 돌아가지 않을 것처럼 생각하는 것이에요. 아마 2, 3일만 지나보셔요. 아이들과 남편은 조금은 불편해 할망정 결코 연희 씨가 생각하는 것처럼 생각하지 않을 거예요. 우리 주부들은 많은 착각 속에서 살고 있는 것 같아요."

정말 그럴지도 모른다고 나는 생각했다. 아이들은 차치하고라도 남편은 나를 찾지 않을 것이다. 어쩌면 얼씨구나 좋다고 그 후배와 함께 놀아날 것이 아닌가. 그 소리를 듣자 더 불안하고 초조해지는 느낌이 들었다. 2, 3일 지나서 내가 돌아가지 않는다면 남편은 진즉에 후배와 함께 떳떳하게 돌아다닐 것이다.

이래저래 더욱 머리가 복잡해지고 이런 시험에 들고 있는 나 자신이 싫었다. 그런데 이 남자는 어떻게 이렇게도 잘 알고 있는 것일까. 내가 생각하고 있는 것보다도 한발 앞서 말을 이어나가고 있는 것을 보면 이 남자에게도 어떤 사연이 있을 것만 같았다.

"외돌개 아름답지요. 뭐라 할까 무한한 외로움 같은 것, 그 외로움 속으로 한없이 빠져 들어가면 결코 다시 나올 수 없다는 생각이 드는 것⋯⋯."

"네, 저도 그렇게 느끼고 있어요. 마음을 품어주기는커녕 오히려 깊게 늪 속으로 빠지게 해 헤어나지 못하게 한다는 느낌, 바다가 보고 싶어 바다로 왔는데 오히려 바다가 더 내 마음을 혼란스럽게 하고 있는 것 같네요."

"고민이 있으신가 보군요. 혹시 제가 도움이 될 수 있을지 모르겠네요?"

"아, 네."

나는 뜸을 들이다

"아, 아녜요."

하고 단호하게 말해버렸다. 그러다가 또

"아, 아니에요. 바다가 하도 반짝거려서 잠시 혼란을 일으켰어요."

하고 엉뚱한 말을 해버렸다. 내가 겪고 있는 해결할 수 없는 이 문제를 풀려고 나는 서귀포 행을 결심했던 것 아닌가? 그런데 오히려 남자가 자신의 문제를 내게 먼저 말하기 시작하는 것이었다.

"실은 이번 제주여행은 제 문제를 해결하기 위한 것이었어요. 폭포를 하염없이 바라보았던 것도 일부러 명랑한 척 했던 것도 다 본심이 아니었어요. 아내와의 갈등이 이번 여행의 시발이었어요. 아내는 서울 모 저명 대학의 교수입니다. 아내 유학 중에 만났는데 결혼 전에는 정말 조신하고 사랑스럽고 바라만 보아도 웃음이 났던 여자였는데 결혼을 하고 나니 도저히 아내이기를 포기한 여자 같았어요. 저를 남편이나 가장으로 대하는 것이 아니라 하나의 남자로 사회인으로 대하는데 정말 가정에 온기라고는 하나도 없는 것이었습니다. 늘 부모님의 따뜻한 사랑이 그리웠던 제게 아내는 저와 생각이 다른 여자였습니다. 그렇다고 아내를 비난하는 것은 아닙니다. 다만 아내는 아내대로의 삶이 있다고 생각할 뿐입니다. 냉정하고 이성에 충실한 여자, 한국 페미니즘의 가장 앞에서 활동하고 있는 여자, 저와는 생각이 맞지 않을 뿐입니다. 그래서 가족이면서 늘 겉돈다는 생각이 들었고 그것은 결국 제가 이곳으로 오게 하는 계기를 만들었습니다. 외롭다는 생각이 들 때마다 와서는 하염없이 폭포를 바라보고는 하였지요."

그는 마치 내게 어떤 도움을 바라는 듯 말했다. 내가 가지고 있는 인생 지식을 꺼내달라고 하는 것 같은 태도였다. 그러나 나 역시 어떤 해답을 말해줄 수 없었다. 내가 이런 상담에 관한 전문가가 되어서 이런 문제를 풀어내 줄 수만 있다면 얼마나 좋겠는가? 나는 한참 있다가 말했다.

"고마워요. 선생님, 별것도 아닌 저한테 이런 이야기를 해주시니 그렇지만 제가 도울 수 있는 것은 아무것도 없네요. 경험도 없고 집에서 살림만 하던 여자라 선생님의 그 말씀을 듣고 잠시 혼란에 조차 빠졌습니다. 세상은 참 완전한 것이 없구나. 누구나 하나의 문제는 가지고 있구나 하는 것을 느꼈어요. 정말 고맙고 죄송해요. 선생님."

"아니에요. 죄송하기는 지금까지 이런 이야기 아무한테도 안했어요. 아내가 저명한 교수여서 혹 아내에게 누가 될까 싶어 여지껏 누구한테도 말하지 않고 있었는데 비로소 연희 씨를 보는 순간 갑자기 이런 이야기를 해도 괜찮겠구나 하는 생각이 들었거든요. 그렇지만 내 속을 드러내니 그만큼 마음이 홀가분해지는 느낌이에요. 누구나 고민이 있다면 남에게 드러낸다면 가벼워진다는 것을 확인한 것 같아요."

우리는 외돌개 앞 바다를 바라보다가 다시 함께 걸었다. 서귀포 이쪽으로는 해안이 쭈욱 이어졌다. 바다를 보며 우리는 걸었다. 걸으면서 나는 내 이야기를 했다. 내가 한 남자의 아내라는 것과 두 아이의 엄마라는 것, 이번 여행은 선생님 못지않게 저 역시 남편의 바람 때문에 괴로움에 빠져 왔다는 것, 이 문제를 어떻게 해야 하나 지난 밤 한숨 자지 못하고 고민했다는 것, 그리고 이혼을 고민하고 있다는 것까지 말해버렸다.

그는 내가 하는 이야기를 가만히 듣고 있었다. 내가 그랬듯이 그리고 아무런 조언도 생각도 말하지 않고 그냥 묵묵히 듣기만 했다. 그러나 그렇게 말을 하고 나니 비로소 나도 내 속이 풀리는 것을 느꼈다. 어떤 해결책을 발견해서가 아니라 그냥 속에 든 것을 말해버림으로써 무언가 막혀있던 가슴이 뻥 뚫리는 느낌이었다. 내가 왜 이렇게 내 속을 남자에게 열게 되었을까?

나는 그게 무얼까 곰곰 생각해보았다. 남자가 주는 편안함, 상대방의 작은 것에라도 민감하게 반응하는 것, 외돌개 앞바다가 주는 그 설명치 못할 느낌 그리고 무언가 말하지 않아도 서로에게 통하는 게 있어 남자가 먼저 자신의 속을 열게 되었다는 사실 아마 그런 것 때문이 아닐까 생각하였다.

어느 순간 남자가 어제처럼 내 손을 잡았다. 나는 말없이 그에게 내 손을 내주었다.

"방금 생각한 것인데 연희 씨, 오늘 저녁 비행기로 서울로 올라갈 생각을 했어요. 낯선 사람에게 여지껏 한 번도 열지 않은 제 속을 여니 한결 마음이 가벼워지는 것 같기도 해서요. 어떻게 하겠다는 생각이 있는 것은 아니에요. 그냥 이렇게 서귀포에 와서 연희 씨와 함께 하며 제 속을 여니 답답한 마음이 확 풀어지는군요. 집에 돌아가면 어쩌면 우리 부부는 여전히 똑같은 일상을 계속할 거예요. 아이 없이 아내는 한국 페미니스트로서의 생각을 철저히 무장한 고집쟁이로 또 저는 그 페미니스트의 남편으로 늘 다감한 가정을 꿈꾸는 남자로 돌아가겠지요. 어쩌면 우리는 이런 평행선을 가진 채 일생을 마칠지 모르겠습니다. 여지껏 그래왔듯이 아내는 언제든지 이혼을 요구해오면 이혼을 해줄 것처럼 이야기를 합니다만 저는 아내만큼 모질지 못합니다. 우리 부부는 이렇게 평행선을 그으며 갈 것 같습니다만 그러나 한번 이렇게 나와서 연희 씨와 함께 속을 여니 정말 마음이 가벼워져서 돌아가는 것 같습니다. 일주일을 예상하고 왔습니다만 3일째인 오늘 그냥 올라가려고 합니다. 남자는 내 손을 잡고 걸으며 자신의 감정을 연속적으로 쏟아내었다. 고마웠다. 이렇게 나 같은 일개 주부에 지나지 않는 속 좁은 여자에게 자신의 속을 드러내 주었다는 것이 여간 고마운 것이 아니었다.

"선생님, 그런 이야기 제게 해준 것 정말 고맙게 생각해요. 세상에 저만큼 불쌍하고 분노에 차 있는 여자가 없다고 생각했는데 선생님과 함께 제 이야기를 나누고서는 그동안 갑갑했던 속이 뚫리는 것을 느꼈어요. 이렇게 누군가에게 내 속을 열어 보이니 마음이 편해지는군요. 더 생각해 보아야 하겠지만 어쩌면 저도 선생님처럼 갑자기 생각이 나서 당장 서울로 올라갈지도 모르겠어요."

우리는 주차장이 있는 곳에서 헤어졌다. 그는 제주로 가서 바로 공항으로 가겠다고 했다. 우리는 거기서 헤어졌다. 멀어져가는 그의 차가 보이지 않을 때까지 나는 서서 바라보았다.

그와 헤어지고 나서 나는 무작정 걸었다. 바닷가 근처 횟집에서 회를 시켜 늦은 점심 대신 먹었다. 바다가 보이는 이 층 한 찻집에서 한

참 동안 바다를 바라보았다. 몇 개의 섬이 떠 있었다. 속은 조금은 가벼워진 것 같았으나 어떻게 해야 할지에 대해선 결론이 나지 않았다. 우리 부부는 이렇게 문제를 안고 평생 살아가야만 하는 것일까? 그러나 남편에 대한 원망 미움 같은 것은 더 이상 생각나지는 않았다. 내 자신 한 단계 성숙해졌다는 느낌이 들었다고나 할까? 이제껏 남편만을 바라보며 살아왔던 내가 바보 같았다. 남편도 남편과 바람 핀 후배도 다 하찮게 여겨졌다.

그러나 한편으로는 아쉬운 생각도 들었다. 그렇게 사랑했던 남편이었는데 괜히 사람을 의심해서 착한 남편을 나쁜 사람으로 만드는 것은 아닐까? 혹 아이들에게 훌륭한 아빠로 자리 잡고 있는 그를 의심해서 바람이나 피우는 하잘 것 없는 아빠로 만들고 있는 것은 아닐까? 딴에는 나 자신에 대한 반성도 무척 많이 했는데…… 이제는 남편을 그 정도의 인물로 밖에 생각하지 못하게 된 내 자신이 서글퍼졌다. 나는 고개를 숙이고 한동안 눈물을 흘리다가 고개를 들었다. 남편에 대한 끈을 놓아버렸다.

창밖으로 바다가 달려오고 있었다. 저 멀리 망망대해 하얀 파도 그리고 섬이 나를 부르고 있었다. 이층 찻집에서 바다를 바라보다가 나는 불현듯 오늘 저녁 비행기로 서울로 올라가야겠다는 생각을 했다. 인생은 결국 혼자이구나. 오직 나, 나를 대신할 것은 아무 것도 없다. 남을 사랑 말고 온전히 나를 사랑하자. 사랑하고 존경할 대상을 잃고 나니 내가 오히려 강해지는 느낌이 들었다. 파도가 부서지면서 강해져라 강해져라 하고 외치고 있는 것 같았다. 잠깐이나마 나를 옥죄고 있던 브래지어를 벗어던지는 것 같은 해방감이 느껴졌다. 나는 불현듯 그 겨울의 서귀포 2층 찻집을 나왔다.

무인도

군데군데 나무가 섰지만 한쪽으로는 깎아지른 절벽이었고, 그 밑은 바다였다. 그래서 시낡은 버스는 한층 더 느린 것 같았다.

쿰쿰한 갯냄새가 먼지와 함께 들이켜졌다.

나는 창선리(昌善里)가 가까워 올수록 점점 가슴이 시려오는 것을 느꼈다.

"그래서 마을에서도 그 노인의 연고가 되는 사람이 없어서 망설이고 있는 모양이더라고."

"누가 아니래, 어디 사람인지 어디서 흘러 왔는지 토옹 말이 없었으니께."

기사 뒷좌석에 앉은 노인의 말에 밀짚모를 쓴 노인이 받았다.

"공부도 꽤 많이 헌 것 같았어. 양놈의 글도 막히지 않고 척척이더라고. 왜 젊은 지서장이 와서 배우고 가지 않던 게벼."

"많이 배웠으믄 들해, 배웠으믄 나가서 출세를 흐야지. 이 구석에 들어오긴 뭇하러 들어와. 틀림없이 무슨 사연이 있구마이."

나는 몹시도 그들이 시끄럽다고 여겼다. 그들은 내가 버스를 처음 탔을 때부터 계속 얘기였다.

"어디까지 가나?"

그들이 얘기가 뜸한 사이 갑자기 옆의 노인이 물었다.

"창선리까지요."

노인은 전형적인 촌노의 모습이었다.

"누구 아는 사람이라도 있더랑가?"

그는 마치 창선리 일을 훤히 다 알고 있으니까 자기에게 물어도 괜찮다는 표정을 지으며 말했다.

"아닙니다. 좀 아는 노인이 있어서."

나는 그 정 씨(鄭氏) 노인을 이제 조금 있으면 만날 것을 생각하며 무심코 말했다.

"누구를?"

그러자 노인은 바싹 다그치며 나를 쳐다보았다.

나는 다소 불쾌했지만 빨리 노인으로부터 벗어나고 싶어서

"아니 그저 아는 노인……"

하고 말했다.

"그럼 혹 정 씨 노인 아닌지 모르것네."

노인은 거의 단정적으로 말했다.

"아니?"

순간 나는 소스라쳐서 노인의 얼굴을 빤히 쳐다보았다.

"문상객인줄 알았지."

노인의 말은 나를 더욱 어리둥절하게 하였다.

"아니, 문상객이라니요. 누가 죽기라도 했단 말입니까?"

나는 역시 노인의 얼굴을 빤히 쳐다보며 물었다.

"그럼 젊은인 그 정 씨 노인이 죽었다는 것을 아직 모르능가?"

노인은 도리어 내가 의아스럽다는 듯이 말하였다.

"아니 정 씨 할아버지께서 돌아가셨단 말씀이십니까?"

"어제 사리에 세상 베렸어."

순간 나는 소스라치고 말았다. 그럴 리가 싶었다. 나는 믿기지 않는 표정으로 연신 노인을 쳐다보았다. 노인은 그만큼 그런 내가 오히려 이상하다는 듯 빤히 쳐다보았다.

나는 노인에게 거듭 확인을 하고서야 정 씨 노인의 죽음이 사실이라는 것을 믿을 수 있었다.

나는 한동안 멍하니 차창 밖을 바라다보았다. 인생무상이라는 생각과 함께 정 씨 노인의 죽음이 마냥 가슴을 아리게 했다.

그 당시 나는 우리 대학의 연구팀의 일원으로 남해안의 천연자원을 조사하고 있었다. 우리는 남해안의 폭이 좁고 사람이 잘 닿지 않는 절벽 등에 서식하고 있는 생물들을 조사 채집하는 것이 주요 임무였는데, 우리 연구팀은 최남단인 이곳 창선리까지 오게 되었던 것이었다. 우리는 단순히 마을 사람들에게 이곳의 진기한 생물 서식처 같은 것을 물었을 뿐인데 대신 마을 사람들은 창선리 앞 약 서너 마일쯤 떨어져 있는 무인도를 가리키며 그곳에 전혀 사람의 발길이 닿지 않았다는 말을 전해주었다. 그만큼 희귀한 생물이 있을지도 모른다는 뜻이었을 것이다.

우리 연구팀은 그곳으로 사람과 배를 사서 가보았다. 그러나 우리는 별다른 것을 발견해내지 못하였다. 그래서 돌아가기로 작정하고 다시 배를 타려는데 그때 우리 중에 누군가가 한 작은 비를 발견하고 우리의 발걸음을 멈추게 하였던 것이다. 비는 작은 언덕받이에 비바람에 씻겨 거의 알아볼 수 없을 정도로 초라하게 서 있었는데 자랄 대로 자라버린 잡초에 묻혀 눈여겨보지 않으면 모를 정도로 숨어 있었다. 비는 풀을 걷어내자 그 모습이 선명한 채로 드러났고 우리들 중에 누군가가 비문을 읽기 시작하자 우리는 그 소리를 들으며 또다시 속으로 읽고 있었다.

사랑하는 아내 여기 잠들다.

우리는 이 무덤 속에 잠들고 있는 사람은 누구인지 모르지만 어지간히도 행복한 여자라고 여겼다. 얼마나 사랑했으면 아무도 감히 침범할 수 없는 이런 곳에다 그의 아내를 모셔 놓았을까. 우리는 그런 생각을 하며 거룻배를 타고 다시 마을로 돌아왔다.

그때 우리 연구팀은 더 이상 찾아볼 것이 없다는 측과 그래도 계속 서해안을 따라 올라가며 조사해보자는 측으로 나뉘어져 있었다. 서로들 옥신각신하다가 우리는 서울에서 재회하기로 하고 뿔뿔이 흩어졌다. 나는 계속 조사해보자는 편에 속했으므로 이곳에 남기로 하였다.

대원들이 떠난, 그리고 남아서 계속 답사해보자는 측도 각각 그들 계획대로 떠난 이튿날 나는 또다시 사람과 배를 사서 그 섬으로 가 보았다. 만은 어제 보았던 그 묘비명이 내게 쉽사리 넘겨버릴 수 없는 호기심으로 다가왔기 때문이었다. 아마 이렇게 무인도에 묘비가 섰다는 것은 전에 이곳에 사람이 살았다는 증거이고 그렇다면 그것은 사랑하는 아내와 남편이었을 것이라는 생각이 부쩍 내 머리를 스치고 지나갔기 때문이었다.

나는 또다시 그 묘비가 서 있는 앞에 가서 섰다. 그리고 다시 한번 그 묘비명을 읽어보았다.

사랑하는 아내 여기 잠들다.

나는 이번에는 그 주변을 둘러보았다. 잡초가 무성하여 알아볼 수 없었지만 그곳에는 과연 매년 잡초를 깎아 준 흔적이 남아 있었고, 그 앞뒤로 평평해져 있는 것은 사람의 발길이 자주 닿았다는 것을 의미하고 있는 것이었다. 이렇게 매년 무덤을 가꾸는 주인은 누굴까. 나의 머릿속은 또다시 비약하였다. 그렇다면 이즉이 이곳에 살았던 어떤 흔적이 있지 않을까. 나는 거의 단정하다시피 그런 확신을 가지게 되었고 이윽고 사람들을 시켜 이 근방을 샅샅이 뒤져보게 했다. 무엇인가 있을 것만 같다고 나는 여겼다. 불에 타다 남은 숯 조각이라던가 아니면 움막을 짓던 터, 또는 동굴 같은 것이 있을 것이라고 나는 생각했던 것이다.

이런 나의 예상은 적중하였다. 바로 비가 서 있는 왼쪽으로 50여 미터 되는 곳에 바위 뒤에 가려진 작은 동굴이 하나 있었다. 나는 지체 않고 그곳으로 가보았다. 아니나 다를까? 그곳에는 타다 남은 숯 조각과 낡은 그릇이 있었다. 그리고 편편한 바윗돌 두 개가 상처럼 놓여 있었다.

나는 한순간 벌어진 광경에 놀라고 있었다. 그러나 그렇게 놀라고만 있을 수는 없었다. 그 주변을 살피던 주민 한 사람이 문득 수첩 같은 것을 주워서 나에게 건넸기 때문이었다.

나는 불현듯 그 수첩을 받아서 펼쳤다. 그러나 수첩은 벌레가 슬어잘 알아볼 수가 없었다. 나는 주변을 몇 번 더 살피다가 곧장 마을로

97

돌아왔다.

그날 저녁때였다. 나는 그 수첩을 꺼내며 그 수첩 속에 남긴 내용을 알아보려고 바싹 호롱불빛에 다가가 앉았다. 그러나 수첩의 글씨를 분간하기엔 너무 낡아 있었다. 그래도 알아 볼 수 있는 글자들을 호롱불빛에 이리저리 굴려가며 살펴보고 있을 때 그때 바로 정태웅(鄭泰雄) 노인이 나를 찾아 왔던 것이다. 그는 백발이 성성한 채 이곳 사람답지 않게 깊은 위엄을 지니고 있었는데 집주인은 마을 어른이라고 소개하는 것이었다.

나는 노인에게 아랫자리를 내드렸다.

그는 내가 그 무인도를 다녀왔다는 말을 듣자 깊은 우수의 표정을 지으면서 한순간 고통 속에서 헤어나지 못하는 것 같았다. 나는 처음 본 노인이 왜 이러는가 싶었다. 그 우울한 표정에 기분이 다소 나쁘기도 하였다. 그렇지만 노인의 그런 인상은 알 수 없는 위엄을 주었기 때문에 나는 아무 말도 할 수가 없었다. 노인의 우울이 끝나기를 기다릴 뿐이었다.

노인은 그런 우수 속에서 한참 동안 헤어날 줄 모르는 것 같더니 이윽고 고개를 들었다. 그리고 문득 나에게 말했다.

"서울에선 요즘도 강간, 살인 사건이 자주 일어나우."

나는 노인의 질문이 하도 뜻밖이었기 때문에 한동안 얼떨떨해 하다가

"네."

하고 말했다. 그러나 노인의 질문이 하도 엉뚱했기 때문에 대답을 하고도 한동안 멍해 있는 것은 마찬가지였다. 웬 뚱딴지 같은……

내 말을 듣자 노인은 또다시 벗겨진 이마에 깊은 주름살을 만들었

다. 고통 속을 헤매는 것 같았다. 나는 다소 지루한 느낌이 들어 등잔불의 심지를 돋우었다. 방 안이 한결 밝아지는 것 같았다가 또다시 침침해졌다. 갑자기 노인이 깊은 한숨을 내쉬었다. 그리고는 문득 나를 바라보았다.

"젊은인 나이가 몇이오?"

"스물일곱입니다."

"그럼 알만도 하니 내 얘기하오만."

그러면서 노인은 천성인 듯한 깊은 우울 속에 또 다시 빠졌다. 그 바람에 나 역시 우울에 빠지고 말았다.

그러나 다음 순간 나는 눅눅해 있던 정신이 화들짝 깨어나는 것을 느꼈다. 노인이 무겁게 입을 열었기 때문이었다.

"그 무인도에 가보았다면 아마 무덤과 비도 보았겠군요."

"네, 그리고 그곳에서 사람이 살던 동굴과 또 수첩도……"

나는 노인의 말을 앞질러 말하였다. 그렇지만 노인이 정확히 그 섬의 사정을 알고 있는 것에 놀라고 있었다. 주민들 말로는 아무도 살지 않는다고 했는데.

그러자 노인은 한동안 피할 수 없는 사태를 만난 듯 더욱 깊이 고개를 숙였다. 노인은 무엇인가 망설이는 것 같았다. 그러다가 이윽고 결심을 하는 것 같더니 다시 무겁게 입을 열었다.

"젊은인 내가 보기에 무척 숙성한 사람 같아 뵈니 이런 불순한 얘기를 해도 화를 내지 않을 것 같아 내 말하오만……"

그러면서 노인은 한 번 더 천성인 듯한 깊은 우울을 얼굴에다 띠웠다.

"에, 그러니까 그 섬에 얽힌 전설이지요, 젊은이."

노인은 차근차근히 한사코 전설이라고 강조하면서 말해 나갔다. 노

무인도

인의 이야기를 듣고 있던 나는 순간순간마다 깜짝깜짝 놀라지 않을 수가 없었다. 정말 영화 속에서나, 아니면 단지 그렇더라는 이야기 속에만 들었던 일이 실제 내 앞에서 벌어지고 있었기 때문이었다.

일제의 탄압이 못 견디도록 우심(尤甚)해 가자 우리의 우국지사들은 대륙으로, 미국 등지로 망명길을 찾아 떠나거나 또는 깊은 산골짜기로 또는 섬으로 피신을 다녀야만 했다. 그러다가 발각되면 살인적인 고문과 고통을 당하다가 형장의 이슬로 사라지고는 했다.

이 가련한 한 우국지사에게도 그것은 비켜 갈 수가 없었다. 그는 일본에까지 가서 공부를 한 높은 학식과 지성을 겸비한 사람이었다. 그는 조국으로 돌아오자 그가 평소에 품고 있던 조국의 독립과 계몽을 위한 일을 하나하나 심어가기 시작하였다. 구국을 위한 강연을 했고 해외에 있는 독립투사를 위해 독립자금을 모으기도 하였다. 그는 어느덧 일제의 요시찰 인물이 되어 있었다. 그를 쫓고 있는 형사가 생기고 그의 집을 감시하고 있는 끄나풀들이 생겼다.

어느 날, 그는 더 이상 조국에 남아 있다가는 목숨이 위태롭다는 것을 깨닫고 몰래 조국을 떠나 먼 중국으로 망명의 길을 떠났다. 그때까지만 해도 행복하기만 했던 이 가정의 불행은 이 투사의 망명 이후로 문쥐 떼처럼 꼬리를 이었다. 이 우국지사에게 숙성한 딸이 있는 것을 안 일제의 앞잡이들은 이 우국지사의 활동을 종식시키기 위해 우국지사를 자수시키든지 숙성한 딸을 정신대로 보내든지 택일을 하라고 협박했다. 일제순사보다 같은 동포의 일제앞잡이들이 더했다.

가정은 이내 우울한 분위기에 휩싸이고 말았다. 딸을 사랑했던 엄마는 딸이 정신대로 끌려가 뭇 사내에 짓밟힐 것을 염려한 나머지 드디어는 자기가 대신 정신대로 자원할 것을 결심하고 딸을 머언 친척뻘 되는 사람에게로 보냈다. 딸은 어머니에게 수차 아버지가 있는 북쪽으로 찾아가자고 말했지만 어머니는 자기들 때문에 아버지의 활동에 지장을 주어서는 안 된다고 한사코 반대하면서 그날 이후 딸처럼 보이기 위해 화장과 단장하기를 게을리 하지 않았다. 어머니의 결심이 흔들리지 않는 것을 안 딸은 어머니의 말대로 먼 친척 집에 가서 은신해 있었다.

드디어 그날이 되어 마을 앞길에 트럭이 도착했을 때, 어머니는 딸과 남편을 생각하며 망설임 없이 그 트럭에 올랐다. 멀리서 지켜보던 딸은 가슴이 미어지는 것만 같았다. 그러나 딸은 멀리 트럭이 사라질 때까지 가슴만 미어할 뿐 자신이 할 수 있는 일이 어떤 것도 없다는 것을 알고는 눈물만 흘리고 있었다.

노인은 여기서 짐승 같은 깊은 신음을 내었다. 그리고 한동안 눈을 감고 뜰 줄을 몰랐다. 그러다가 또다시 눈을 뜨며 '전설이오, 전설에 불과한 것이오' 하고 다짐을 두었다.

보나마나 뻔한 노릇. 엄마는 남양 군도(南洋群島)의 어느 섬에 가서 육신이 찢어지도록 뭇 사내의 성노리개가 될 것이었다. 그렇지만 어머니는 딸이 커서 아버지같이 나라를 구하는 한 사람이 될 것을 바라는 마음으로 우국지사의 부인다운 면모를 보였다.

이런 일이 있고 어느 날, 머언 이국에서 임시정부의 일로 잠깐 숨어 들어왔던 이 우국지사는 가족이 너무도 그리운 마음에 고향엘 잠깐 들렀다. 그러나 풍비박산이 난 집을 보고 그만 망연자실한 나머지 실신해버리고 말았다. 너무나 변해버린 가정과 고향의 모습에 그는 문득 회의에 빠져버렸다. 도대체 나라의 독립을 위한다는 것이 무엇이란 말인가? 이렇게 집은 쑥밭이 되고 아내와 딸은 뿔뿔이 흩어졌는데 그래 나라를 위한다는 것이 이거란 말인가? 이런 꼴을 보려고 내가 망명을 하고 조국 독립에 투신했단 말인가?

그는 그만 자기의 일을 망각, 임시정부로 돌아가지 않고 그곳에 주저앉아버렸다. 내까짓 한두 사람이 이런 독립운동을 해보았자 무슨 성과가 있겠는가. 그는 지금껏 죽을 뻔한 고비를 몇 번이고 넘겼던 자신을 생각해 보았다. 그렇다. 그렇게 죽을 뻔한 고비를 몇 번이고 넘기면서 과연 그가 해낸 것은 무엇이었던가. 오히려 일본제국은 더욱 기세충천하여 전 태평양을 손아귀에 넣으려고 하지 않는가. 차라리 내 여기에 눌러 앉아 가정이나 제대로 지키리라. 안타깝게도 이 불쌍한 비극의 주인공은 서릿발 같은 독립에의 염원이 녹기 시작하였고 그것은 그의 사명을 망각케 하고 주저 앉아버리게 하고 마는 결과를 가져왔다. 생각하면 기막힌 회의였다.

소문은 빨랐다. 어느새 냄새를 맡았는지 그를 잡으려는 손길이 여기저기서 느껴졌다. 그는 그들을 피해 여기저기로 숨어 다녔다. 그는 처음에 농촌으로 들어갔다. 그러나 그것도 잠시 농촌도 그가 있을 만한 곳이 못되었다. 일제의 끄나풀들이 그곳에도 있었기 때문이었다. 더욱이 일제고등 경찰이 마을을 한번 다녀간 이후로는 그는 더 이상 그곳에 있어서는 안 되겠다고 생각했다. 또다시 산골 마을로 피해 갔다. 그러나 그곳도 그가 있을 만한 곳은 못되었다. 이번에는 그곳에 있는 같은 동포들이 그를 이상한 눈으로 바라보기 시작한 것이었다.

원래 농사일과 같은 힘쓰는 일과 멀게 자랐던 그는 악조건 속의 노동이 서툴렀고 그것은 곧 마을 사람들 사이에서 이상한 소문이 돌게 하였다. 그는 자신의 신분이 탄로 날지도 모른다는 불안을 느꼈다. 급기야는 그가 가장 우려했던 대로 그가 순사의 눈을 피해 다니는 독립군이라는 소문까지 나돌기 시작한 것이었다. 주변의 시선이 나아지지 않고 심지어 위험한 상태까지 이르게 되자 그는 또다시 딸을 데리고 이번에는 한 작은 어촌으로 피해갔다. 그러는 사이에 딸은 그가 처음 보았을 때와는 달리 몰라보게 숙성해 있었고 그렇게 숙성해 뵈는 딸이 그의 아내를 닮아가자 그는 아내 생각으로 더 없는 비애를 느꼈다.

그는 딸과 함께 살 생각으로 집을 짓고 고기를 잡아 연명할 생각으로 남해안의 깊숙한 외진 곳으로 들어갔다. 여력이 있으면 농사도 지을 생각이었다.

그러나 그가 찾으려고 했던 이 작은 행복도 그나마 신께서는 부정하는지 그곳에서도 차츰 사람들이 들어와 살기 시작하였다. 그러자 사람들은 또다시 이상한 눈으로 그들을 보기 시작한 것이었다. 저렇게 장성한 딸이 있음에도 시집을 보내지 않은 것을 사람들은 의아해했다. 그리고 그 소문은 엉뚱하게도 그것은 그가 젊은 아내를 데리고 산다는 것으로 비약하였다. 영문을 모르는 사람들은 그를 볼 때마다 이상한 눈으로 바라보았고 그런 눈길은 딸에게도 예외는 아니었다. 모른 척 해주고 있는 딸이 고마울 뿐이었다.

그는 괴로웠다. 이것을 어떻게 마을사람들에게 설명해 주어야 한다는 말인가. 벗어나자 이곳을 벗어나자. 그는 마을에서도 살 수 없음을 알자 이번에는 아무도 살지 않는 무인도로 가서 살기로 결심하였다. 그곳에서는 누구의 간섭도 없이 자신의 뜻대로 살 수 있으리라. 그곳에서는 더 이상의 방황 없이 딸과 함께 행복하게 여생을 마칠 수 있으리라. 그는 여러 궁리 끝에 마을에서 멀리 떨어진 한 작은 섬을 생각하게 되었고 배를 마련하기 시작했다. 그리고 어느 날 밤 그는 딸을 데리고 이 마을을 벗어나 이제는 아무도 그들을 구속할 것이 없는 그곳을 향해 노를 저었다.

여기서도 노인은 크게 숨을 들이켰다가 내놓았다. 깊은 시름에 또다시 젖는 것 같았다. 그리고 또다시 '전설이오 전설' 하면서 굳이 전설이라는 것을 강조하였다.

그들 부녀가 그 섬에 도착하였던 것은 달이 훤히 밝을 새벽녘이었다. 그는 우선 그가 싣고 온 거룻배의 물건들을 섬으로 옮겨놓고 섬에 도착해서는 타고 온 배를 다시 타고 나갈 수 없게 침몰시켰다. 그는 섬에 닿자 우선 그가 거처할 집을 찾게 되었고 멀지 않은 곳에 동굴이 있음을 알고 그곳에다 싣고 온 단순한 물건들을 옮겼다. 그는 섬 주위를 돌며 고기를 잡고 한편으로는 땅을 갈아 씨를 뿌렸다. 아버지가 조개와 고기를 잡아오는 것으로 그들 부녀는 그럭저럭 목숨을 부지해갈 수 있었다.

그러던 어느 날, 일을 마치고 돌아오던 그는 동굴 속으로 들어가려다 말고 흠칫 놀라 머뭇거리고 말았다. 딸아이가 전라(全裸)의 몸으로 옷을 갈아입고 있는 것이 아닌가? 위에서 아래까지의 매끈한 곡선, 젖무덤께에서 뭉클 솟아올랐다가 쑥 들어가면서 펑퍼짐하게 벌어져 있는 배, 그리고 그 밑에 드러난 거웃…… 컴컴한 동굴이었지만 그것은 동판화처럼 뚜렷했다. 어둠 속에 더욱 밝았다.

그는 들어가려다 말고 화들짝 놀라 황급히 비켜서고 말았다. 그런데 이게 어찌된 일이란 말인가? 그의 가슴 속에 그보다도 훨씬 작은 사람이 들어와서 방망이질이라도 하고 있단 말인가? 가슴은 마구 두근거리고 그리고 이제껏 거의 느끼지 못하고 있던 그 무엇인가가 그의 배꼽 밑에서 꿈틀거리는 것이 아닌가? 그리고 그것은 거의 직선적으로 불끈 솟구치는 것이 아닌가? 왜일까? 왜일까?

그것은 그때 그가 아내를 쫓아다니던 때에 경험했던 것과 같은 것이었다. 그 옛날 아득한 시절, 그는 계집아이들이 깔깔대며 냇가에서 물장난을 치는 것을 숨어서 엿보던 일이 생각났다. 계집아이들의 통통한 엉덩이가 하얗게 빛나고 있었다. 그러나 그의 시선은 오직 한 아이에게만 쏠려 있었다. 그 애는 바로 얼마 전 경성(京城)에서 아버지를 따라 할아버지 댁으로 내려왔다는 아이였다. 얼굴도 촌 계집애들보다도 훨씬 예쁘고 장단지도 쪽 곧았다. 공부도 잘했다.

그는 숨어서 그 아이를 지켜보았다. 소녀의 가슴과 그 밑의 그것이 일직선으로 똑바로 와 닿는 순간 그는 그의 밑에 있는 것이 갑자기 꿈틀거리는 것을 느꼈다. 그는 입이 말랐다. 계집애들은 그렇게 물장난을 하며 한참동안을 깔깔대다가 나왔다.

그는 계집애들이 멀리 사라질 때까지 멍하니 그곳에 있었다. 그 하얗던 엉덩이와 다리가 쪽 곧은 그 애의 모습은 그의 머릿속에서 지워지지 않았다. 그날 이후 그는 거의 실성한 소년이 되어버렸다. 그의 머릿속에 하이얀 소녀의 얼굴과 엉덩이, 쪽 곧은 장단지가 한없이 아른거려 잠을 이루지 못하게 하였다. 그는 밤에 헛소리 내는 일조차 생기게 되었다.

비로소 그는 그것이 무엇인지를 알자 그는 이번에는 걷잡을 수 없는 괴로움에 시달렸다. 그동안 쫓겨만 다니느라 잊었던 욕정이 시도때도 없이 용암처럼 꿈틀거렸다. 그리고 그것은 어느 순간 자기가 속박 받아야 할 아무런 이유가 없다고 비약하기까지 했다.

그는 한참동안을 밖에서 서성거리다가 딸이 옷을 완전히 갈아입었다고 생각 들자 헛기침을 하며 안으로 들어갔다. 그러나 아뿔사 그는 또다시 실수를 하고 말았다. 그가 옷을 다 갈아입었다고 생각한 것은 그의 생각일 뿐 그 바람에 그는 못 볼 것을 보고 말았다. 딸은 당황해 했으나 당황한 것은 오히려 그였다. 딸이 저녁을 한다며 황급히 밖으로 나가자 그는 또다시 가슴이 쿵쿵 울리기 시작하였다.

한번 불붙기 시작한 불꽃은 꺼질 줄 몰랐다. 그는 날이 갈수록 욕정의 불길이 꺼지지 않는 자신이 안타까웠다. 그는 때때로 참을 수 없는 충동을 느꼈다. 그럴 때면 바다로 가서 고기를 잡기도 하지만 그렇다고 한번 불붙은 충동이 사라지는 것은 아니었다. 그보다는 오히려 괴로움만 더해 올뿐이었다. 억제하려고 하면 그것은 더욱 참을 수 없었다.

그는 문득 딸아이를 범하고 숫제 저 먼 바다로 가서 빠져 죽어버린다면 하는 생각을 하였다. 이 무인도에 무슨 법이 있고 윤리가 있단 말인가? 내가 만드는 것이 바로 법이고 도덕이 아니겠는가? 아니 내가 내 마음대로 못할 바에는 무엇 때문에 사람들의 눈을 피해 이런 무인도까지 왔단 말인가?

그는 지난 날 그의 아내와 달밤에 만나는 일이 많아지면서 욕정에 못 이겨 몸을 요구하였다가 보기 좋게 딱지맞던 일이 생각났다. 그때의 무안스러움. 그러나 그 뒤 그는 그 무안스러움을 극복하고 결국에는 맑고 보석 같은 아내의 몸을 정복하고 말았다. 첫날밤에 아내가 수줍어하며 잘 익고 탱글탱글한 하얀 몸을 그에게 아낌없이 내놓았을 때, 그는 처음에는 황홀하여 당황해하다가 이내 아내를 껴안으며 짐승처럼 포효하던 일이 생각났다.

그렇다. 오직 딸과 나만이 살고 있는 이곳에 무슨 법이 있고 윤리가 있고 도덕이 있단 말인가? 이 무인도에서 세상의 온갖 윤리와 도덕을 벗어버리고 산다고 누가 간섭을 한단 말인가?

이 세상 어딘가에 그의 아내가 살아있을지도 모르건만 이 불쌍한 우국지사는 그만 불쌍한 욕정의 포로에 사로잡혀 걷잡을 수없이 비약하고 말았다.

개가 되리라, 아니 차라리 개였다면…… 아, 아 참을 수 없는 이 욕정…… 그러다가 그는 또 다시 비약했다. 자신의 고통을 딸에게 말하면, 어쩌면 딸은 들어줄지도 모르리라. 이깟 윤리, 이깟 윤리, 그는 자기를 구속하고 있는, 아니 최소한의 인간임을 보여주는 구속마저도 비웃었다. 그러나 막상 정신을 차리고 보면 자신의 추악함에 몸서리쳐지고 그러다가는 다시 욕정이 끓어오르고 그는 극과 극을 반복했다.

잠자리에 들면서 그는 오늘은 딸에게 자신의 고통을 말하리라, 말하리라 다짐했다. 딸이 잠자리에 눕고 역시 얼마 되지 않자 그는 또다시 욕정에 견딜 수 없었다. 그는 스스로 개라고 생각했다. 딸을 깨웠다. 그러나 다음 순간 그는 소스라치고 말았다. 딸이 고개를 들며 정염으로 붉게 물든 요염한 눈으로 그를 바라보고 있었기 때문이었다. 그것은 의외로 그가 더 놀라웠던 일이었다. 순간 그는 딸도 자기와 같은 고통 속에 있었다는 것을 알아차렸다. 딸도 괴로웠던 것이었다. 딸도 이 시원의 공간에서 원초적 욕망에 괴로웠던 것이었다.

실제로 딸의 표정이 그런 것인지 몰랐건만 불쌍한 욕망에 사로잡힌 이 비극의 주인공은 자기가 편리한 대로 생각한 것이었다.

그는 조용히 밖으로 나왔다. 그런 그에게 달님이 소리 없이 다가와 맞아주었다. 그는 걷잡을 수 없는 회의에 시달렸다. 딸도 나에게서 이성을 느꼈다는 말인가? 어떻게 하면 좋을까? 나는 딸을, 딸은 나를…….

그는 오리나무 숲 사이로 흐르는 작은 개울을 따라 만들어진 오솔

길을 달빛에 더듬어가며 걸었다. 이 길을 한없이 걸어가면 거기에는 아무런 욕망도 고통도 없는 낙원이 있을 것 같았다. 이미 동굴에서 먼 거리에 와있는 자신을 느끼고 그는 무심코 뒤돌아다보았다. 우뚝한 산허리가 뚝 끊어진 해안 절벽이 그의 눈에 성큼 와 닿고 있었다. 그는 나이답지 않게 왠지 울고 싶어졌다. 그는 그렇게 달밤을 서성이며 번민하다가 돌아왔다.

그날 밤, 아빠와 딸은 꼬옥 붙어 잤다. 물 떨어지는 소리가 그의 귀를 때렸다. 코에 흠뻑 받혀지는 산의 향기가 속까지 깨끗하게 씻어주고 있었다. 멀리 지나가는 밤 배가 통통 소리를 내었다.

이튿날, 아버지가 고기잡이하러 나갈 때 그는 딸이 딸로 보이지 않았다. 하나의 여성으로 젊은 아내로 그의 눈에는 비쳤다. 아니 그의 눈에는 그의 아내가 살아 돌아 온 것으로 느껴졌다. 딸은 전보다 더욱 열심히 일을 했고, 저녁때는 일찍 들어와 정성껏 음식을 차렸다. 아버지 역시 전보다 희망에 차서 하는 일들이 즐거웠고 딸을 범하기 전에 가졌던 추악한 생각들 대신 남성으로서의 책임감을 느꼈다.

처음 서먹서먹해 했던 그들은 날이 익어가자 윤리와 도덕이라는 굴레를 벗어버리고 순수한 아담과 이브로 변해갈 수 있었다. 그는 머무르고 싶었다. 이 태양, 이 햇빛, 청명한 하늘, 행복, 윤리니 뭐니 아무것도 거칠 것 없는 이 순간에 영원히 머무르고 싶었다. 이 시간을 영원히 잡아두고 싶었다.

이때 노인의 얼굴에는 깊은 미소가 번지는 것 같았으나 다음 순간 더욱 얼굴이 경직되고 깊은 우수를 만들었다.

그러나 이런 비윤리를 신은 용서할 수 없었던 것이었을까? 조국이 광복되고 자유를 찾았다는 것을 그가 꿈에도 그리던 태극기를 달고 섬을 지나는 배를 통해 알 수가 있었을 무렵, 어느 날 서울에서 내려왔다는 일단의 대학생들이 이 섬에 학술조사차 왔다간 뒤로 이 무인도는 이제 그들만의 것이 아니었다. 그들은 이들 부녀를 신기하게 바라보았고 한국판 로빈슨 크루소라도 만난 것처럼 신기하게 여겼다.

그들이 다녀간 뒤로 나이 많은 남편은 근심거리가 하나 생겼다. 한 대학생의 딸에 대한 열렬한 구애였다. 처음에는 그저 그런 거니 했는데, 그는 다른 대학생들이 다들 올라간 뒤에도 계속 마을에 남아 딸과의 사랑을 놓치지 않으려고 했다. 특히 딸이 그 대학생의 생명을 구해준 뒤로 그의 구애는 적극적이었다. 원래 헤엄을 칠 줄 몰랐던 대학생이 마을에서 거룻배를 타고 오다가 섬 가까이에서 어찌된 셈인지 배가 뒤집혀 허우적거리는 것을 마침 미역을 따고 있던 그녀가 보고 구해주었던 것이다. 그런 일이 있고 학생의 딸에 대한 사랑은 적극적이었다. 그럴수록 그의 걱정은 소리 없이 더해갔다. 그리고 그것은 곧 현실이 되었다.

어느 날이었다. 그가 고기를 잡고 느지막이 동굴로 오르던 길이었다. 그때 그 학생과 딸이 석양녘을 걷고 있는 모습이 그의 눈에 비껴 들어왔다. 둘이서 두런거리는 그들의 모습이 날씨처럼 화창했다. 순간 그는 나무 뒤로 재빨리 피하며 그들을 바라보았다. 더할 수 없는 비애를 느꼈다. 불현듯 그녀가 자기에게서 너무 멀리 떨어져있다고 생각하였다.

대학생이 오고부터 그의 내부 속에서는 끊임없이 투쟁이 계속되었다. 윤리와 도덕과 자기와 딸의 관계가 그를 휩싸고 돌며 괴롭혔다. 그런 생각은 딸과 대학생이 자주 만나는 횟수가 눈에 띄게 많아질수록 더욱 그를 괴롭혔다. 그는 그들이 함께 있는 모습을 볼라치면 멀찍이

무인도

서 외면하며 돌아섰다. 그러다가는 윤리라는 문제에 또다시 부딪혔고 그때면 그는 거울을 들여다보는 것처럼 한없이 비감에 젖고는 하였다.

이튿날은 아침부터 그 대학생이 이 섬으로 왔다. 그리고는 딸에게 서울의 거리며 서울의 변해진 모습을 해 걸음이 다되도록 이야기꽃을 피우다 갔다. 딸은 그 대학생과 같이 있으면 또 다른 행복을 느끼는 것 같았다. 그러나 그는 결코 행복한 마음이 될 수는 없었다.

아닌 게 아니라 그가 생각했던 우려는 예상보다 훨씬 빨랐다. 학술 조사단이 다 떠나가고도 한 달 이상을 마을에 머물러 있던 대학생은 그가 고기를 잡으러 가려는데 언제 마을에서 왔는지 불쑥 나타나서 청천벽력 같은 얘기를 하는 것이었다. 그 대학생의 눈에는 반짝반짝 광채마저 빛나고 있었다.

"아버님께 드릴 말씀이 있습니다. 모레 서울에 올라가려는데 딸을 데리고 가겠습니다. 허락하여 주십시오."

그는 하마터면 그 자리에서 만화에서나 있을 것 같은 모습으로 벌러덩 나자빠질 뻔하였다. 바다에 가서도 그는 하루 종일 그 생각으로 해를 보냈다. 딸을 보내야 할 것인가, 말 것인가. 나의 딸에 대한 관계는 과연 무엇일까? 그는 저녁이 이슥하도록 골똘히 생각에 묻혔다가 집으로 돌아왔다.

그는 딸을 불렀다. 그녀와 마주하며 그는 학생의 얘기를 빠짐없이 얘기했다. 그러면서 그는 딸이 변해가는 표정을 빠트리지 않고 바라보았다. 그는 언젠가는 이런 사태가 있을 줄 미리 짐작하고 있었지만 너무도 일찍 찾아온 사태에 그의 가슴은 마구 뛰고 있었다. 딸과의 관계, 그리고 그가 역시 미루고 미루어왔던 인간과 윤리에 대한 갈등, 이제 이것은 그에게 피할 수 없는 것이 되어버리고 말았던 것이다.

그는 그날 밤을 하얗게 뒤척이며 자신이 행하여야 할 바를 생각해 보았다. 그로서는 감당해 낼 수 없는 문제였다. 그는 문득 밖으로 나왔다. 그날따라 밤은 고요했고 그 주변은 태고의 정적으로 숨 쉬고 있었다. 그렇지만 그는 차마 발을 내딛기가 무서울 정도로 허기와 고독감에 숨이 탁탁 막혔다. 자칫 헛발이라도 디뎌 저 아래로 굴러 떨어진다면 그것은 지옥처럼 끝이 없는 곳으로 계속 빠져갈 것만 같이 느껴졌다. 그는 그렇게 한참동안을 배회하다가 돌아왔다. 잠을 자고 있는 딸의 곁에서 그는 조용히 잠이 들었다.

그러나 아뿔싸, 이게 웬일이람? 이튿날 아침 그가 깨어보니 옆에 있어야 할 딸이 보이지 않았다. 어찌된 것이란 말인가? 순간 그는 불현듯 이불을 거두며 쏜살같이 나루 목으로 달려가 보았다. 갔단 말인가? 정녕 그 대학생을 따라 갔단 말인가? 그러나 그는 멀리 마을 쪽을 바라보아도 역시 그곳에도 배의 모습은 보이지 않았다. 그는 밭으로, 샛바위 밑으로 찾아 헤매었다. 그는 앞이 제대로 보이지 않았다. 미친 듯이 온 섬을 돌아다니며 딸의 이름을 불렀다. 그래도 딸은 보이지 않았다.

그는 오리나무가 우산처럼 둘러친 섬의 꼭대기로 가보았다. 그는 산에서 내려오는 물이 급경사를 이루는 계곡 쪽으로 가보았다. 그는 미친 듯이 섬의 이곳저곳을 돌아다녔다. 정녕 갔다는 말인가? 정녕 갔다는 말인가? 그는 조급했고 눈에 보이는 것이 없었다. 그러다가 뚝 끊어치는 바위가 병풍처럼 둘러친 절벽 아래에서 피투성이가 된 채로 쓰러져있는 그녀를 보았을 때, 그는 망연자실 그 자리에서 정신을 놓은 채 울부짖었다. 그녀는 그렇게 함으로써 스스로 자신의 선택을 보류할 수가 있었던 것이었을까? 그녀를 안고 미친 듯이 딸의 이름을 부르고 있는 그의 위로 갈매기들이 모든 것을 알고 있다는 듯 슬프게 울고 있었다.

이윽고 찾아온 대학생은 이 광경을 보고 그보다 먼저 실신해 버렸다. 그는 한동안 실성해 있다가 이윽고 딸을 안고 동굴 위로 올라왔다. 그리고 이틀을 울다가 바닷가 아무도 감히 들여다 볼 수 없는 양지 바른 언덕에 그녀를 묻었다. 그리고 '사랑하는 아내 여기 잠들다' 하는 비를 세웠다.

대학생은 동굴에서 그와 함께 이틀을 거하다가 그 길로 서울로 올라갔다. 한동안 소식이 없더니 그 후 수년이 지나 예쁜 아내와 함께 그에게 인사하러 왔다고 하였다.

그 뒤, 이 슬픈 우국지사는 뭍으로 건너와서 살고 있다고도 하고 세상 살기가 싫어 스스로 바다에 몸을 던졌다는 소리도 있다고 하였다.

말을 마친 노인은 깊은 우수를 또 다시 만들었다. 그는 중세 그림 속에 있는 우수의 천재 같았다.

노인과 나는 한동안 말이 없었다. 그는 사루어질 듯 말 듯한 심지를 여러 번 돋우고 불을 밝게 만들었다. 나는 무어라고 형용할 수 없는 깊은 신비감에 빠져버리고 말았다. 그가 얼굴에 너무도 깊은 우수를 띄웠기 때문이었다.

"할아버지 그런데 어떻게 그런 전설을 아셨습니까. 그리고 그 섬엔 사람이 살지 않다고들 사람들 간에 통하는데."

한참 만에 내가 물었다.

"허허."

순간 그는 마치 자기가 웃는 것이 아니라는 것 같게 웃었다. 그러나 다음 순간 또다시 그 천성인 듯한 우울을 얼굴에다 만들었다.

"왜 모르겠수, 젊은이."

그러다가 그는 그런 내가 갑갑하다는 듯이 말하였다. 그 바람에 나는 말길을 잃었다.

"그런데 왜 얘기 중에 굳이 전설이라고 고집하셨는지요?"

나는 문득 노인이 들려준 얘기에 일제가 나오고 해방이 나오고 하는 데에 의혹을 품으며 말했다. 전설이란 것이 그리 가깝게 있을 리 만무였다. 사실 나는 아까부터 노인의 얘기 도중에 이런 의문을 말하려고 했었다.

그는 한참동안 말을 잇지 못했다. 그러다가 다시 고개를 들며

"그렇지요. 전설 같은 이야기일 뿐이지요. 결코 전설일 수 없는……"

하고 말했다.

"그렇다면 그 얘기는 실제로 있었던 일이겠군요."

"예, 그렇지요."

역시 이번에도 노인은 한참동안 말을 잇지 못하다가 이었다.

"그럼 그 비극의 주인공도 아직 살아있겠군요."

나는 흥분되어 물었다.

"예."

"누구?"

나는 거의 실성한 소리를 내었다. 이번 수확은 큰 수확이었다. 나는 이번 수확을 학보에 기고할 생각을 하였고 대원들의 부러운 듯이 바라보는 시선이 느껴졌다.

"바로 나구료, 젊은이."

내가 올라온 것은 그리고도 일주일 이상이나 뒤였다. 나는 오자마자 내가 조사했던 내용을 다른 대원들과 함께 학보에 특별 기고했지만 그러나 생각과는 달리 노인에 대한 이야기는 한마디도 쓰지 않았다. 그것은 노인에 대한 나의 권리를 너무 주장하는 셈이었기 때문이었다.

그 후, 나는 연휴를 맞을 때면 노인을 만나러 이곳까지 오는 것이 거의 습관적이었다. 와서는 흘러 간 뒷얘기들을 노인과 함께 나누고는 하였는데 나는 이 몇 달간 노인을 만날 기회가 없었다. 군사정부 아래서 모종의 사건에 연루되어 피치 못할 행동적인 제약을 받고 있었기 때문이었다. 그러나 지난 달 그 혐의가 풀려나자 문득 노인을 생각하게 된 것이었다.

마을 앞에 버스가 멎자 노인이 살던 집 앞에 하얀 휘장이 쳐져 있는 것을 보았다. 그 휘장이 쳐진 앞으로 몇몇 늘그막 인생들이 술 대작을 하고 있었다.

노인을 발견한 것은 어제 아침 평소 자주 드나들던 객주 노파에 의해서였는데 노인은 곰팡내가 가득 핀 방에서 잠자는 것처럼 누워 있었다는 것이었다. 그리고 그 머리맡에는 하얀 종이쪽지에 유서를 남겼는데 그것에는 다음과 같이 짤막한 글이 써있더라는 것이었다.

너무도 오랜 세월 외로워서 울기도 했지만 이제 당신 곁으로 가오.

나는 그 쪽지에서 말하는 당신이 딸을 말하는 것인지 또는 정신대로 끌려간 아내를 말하는 것인지 알 수 없었지만 굳이 확인할 필요가 없다고 생각했다.

　나는 향을 피웠다. 그리고 노인의 영전에 깊은 위로를 표했다. 앞에
는 저녁노을에 휩싸인 무인도가 황홀한 그림을 연출하고 있었다.

낙엽기 (落葉期)

　아내와 내 주변으로 마른 잎새들이 무수히 내렸다. 아내는 코트 깃을 추기며 몸을 떨었다. 쏴아, 우우우으슥. 바람 소리와 함께 주변으로 낙엽이 눈처럼 날렸다.

　나는 불현듯 눈을 감아버렸다. 어쩌면 좋지, 어쩌면, 어쩌면……. 나는 나도 모르게 아내의 손을 거칠게 잡았다. 아내는 갑작스런 내 행동에 당황했는지 나를 걱정스런 눈빛으로 쳐다보았다.

　순간 나는 아내의 손을 풀며 쌍수정(雙樹亭) 쪽으로 고개를 돌렸다. 무안하였다. 쌍수정 앞에서는 일단의 대학생들이 모여 그림을 그리고 있었다. 그들은 아까부터 연신 이쪽을 바라보며 힐끗거렸다. 마치 나와 아내를 모델로 삼고 있기나 한 듯. 나는 흘깃 아내를 쳐다보았다. 아내는 내 행동이 미덥지 못한 듯 불안 속에서 건져낸 판화 속 얼굴 같았다.

　공원 저편으로 상수리를 줍던 아이들이 다시 보였다. 그들은 한결같이 앞치마를 두르고 있었다. 그들은 손이 시린지 연신 손을 입에다 대고 호호 불었다. 그 다른 쪽으로는 자전거를 탄 대학생들이 한쪽 다리를 자전거에 걸친 채 쌍수정을 바라보고 있었다.

1734년(영조10)에 관찰사 이수항이 인조를 기리기 위하여 세운 정자이다. 인조는 이괄의 반란(1624)을 피하여 공주로 피난을 와 6일간 공산성에 머물렀는데, 인조는 이곳에 서 있던 두 그루의 나무(雙樹) 밑에서 반란이 진압되기를 기다렸다고 한다. 난이 평정되었다는 소식을 듣고 기뻐한 인조는 자신이 기대고 있었던 쌍수에 정삼품의 작위를 내리고 서울로 돌아갔다. 이때부터 공산성을 "쌍수산성"이라고 부르게 되었다. 이수항이 관찰사로 부임하여 나무가 늙어 없어진 자리에 삼가정(三架亭)을 건립하였는데 이 건물이 쌍수정이다.

쌍수정을 설명하는 안내판을 읽다 말고 나는 시든 내 몸을 생각하며 또다시 눈을 감아버렸다. 변하는 것이지, 내가 이렇게 죽음을 향해 줄달음치고 있는 것도 변한 거야, 변한 거야. 아내와 처음 이 공산성을 밟던 날, 그때는 지금과 비할 바가 아니었다. 아무리 가난해도 마음은 태양이었다.

갑자기 한 차례 바람이 세차게 밀려왔다. 그 바람에 나는 생각의 끈을 놓쳐버렸다. 바람 때문에 아내와 내 주변으로 나뭇잎이 벚꽃처럼 날렸다. 쌀쌀한 기운이 속까지 부쩍 스며들어 나는 몸을 부르르 떨었다. 아내는 좀 더 코트 깃 속으로 몸을 움츠렸다.

"춥지?"

나는 아내의 창백해진 얼굴을 바라보며 말했다. 이즈음 토옹 아내의 얼굴을 의식하며 바라본 적이 없었다. 마치 내가 죽음을 향해 줄달음치고 있다는 사실을 까맣게 잊고 있었던 것처럼.

아내는 대답 대신 마주보며 웃었다. 아내는 이렇게 이곳에 다시 왔다는 것만이 즐겁다는 그런 표정이었다. 아내와 나는 한참 동안 마주

보며 웃었다. 그러다가 한 순간 나는 갑자기 떠오른 생각으로 아내를 외면하였다.

사람은 죽는다. 사고를 당하든 병에 걸리든 언젠가는 죽게 되지만 그 언제를 최대한 미루려고 노력한다. 그런데 나에게 청천벽력 같은 폐암이라는 소식이 찾아온다. 죽을 수도 있는 반에 슬퍼해야 할지 살 수도 있는 반에 기뻐해야 할지 어리둥절하기만 하다. 나는 처음에 살 수 있는 확률 쪽에 더 가깝게 느껴서인지 크게 감정의 동요를 보이지 않고 그동안 몰랐던 인생의 기쁨을 새삼 누린다. 그러다 암 병동에서 사람들이 죽어나가는 것을 목격하고 죽음에 대한 공포를 비로소 느끼기 시작한다.

내가 시한부 생명을 살고 있다는 이 엄청난 현실을 저 곱고 해사한 얼굴의 아내가 안다면? 나는 그 다음을 생각할 수가 없었다. 그것은 숫제 죄악이라고 생각했다.

아, 아 물릴 수만 있다면, 저주스럽던 그 순간이 불현듯 생각났다.

"아니, 이상한데."

그즈음 어느 날 나는 아무래도 내 몸이 부쩍 이상하다는 생각이 들었다. 내 몸의 여기저기가 무너지면서 고열이 간단없었고 생각지도 않았던 객혈이 계속되었다. 그럴 리가 하면서도, 나는 찜찜한 생각이 머리를 떠나지 않았다. 폐라면 바로 이 몇 달 전에도 검사를 받았던 것이 아닌가? 그때 나는 아무 이상이 없었다. 그럼에도 나는 왠지 불안을 떨쳐 버릴 수가 없었다.

"자네, 내게 사실대로 말해주게나. 나 말이야……. 나 죽을 병 아니지……."

닥터 최가 내 병실에 들어오자 나는 그에게 아무렇지도 않게 지나가듯이 말했다. 미심쩍었지만 그래도 내 병에 대한 자신감이 있었기 때문이었다. 나는 아무렇지도 않게 말했건만 그러나 닥터 최는 내 말에 확실히 다소 놀라는 표정이었다. 일순 그의 얼굴이 창백해졌다. 내가 무슨 눈치라도 챈 것이 아닌가 하는 모습이었다.

"이봐 자네, 나에게 솔직하게 알려주게나, 나 말이지, 나 말이지 커다란 꿈을 가지고 있다네. 살려주게……"

나는 닥터 최에게 두 손을 모아 싹싹 빌며 말했다. 그러나 닥터 최는 아무 말도 하지 않았다. 나는 그때 생각을 하며 내가 웃는 것 같지 않게 씁쓸히 웃었다. 그리고 봄이 왔다. 지난 겨울에 삭지 못하고 남아 있었던 것일까? 아니면 새로 움을 튼 것일까? 희미한 초록이 봄 신명과 함께 회색빛으로 익었던 뜨락 양지 바른 곳에서 부끄러운 듯 얼굴을 내밀고 있었다. 어느 날 나는 그 겨울 무겁게 닫혀 있는 문을 간지럽히는 햇살에 문득 문을 열고 병원 뜨락을 내다보았다. 눈이 부셨다. 그와 함께 화안히 두 눈을 찔러오던 봄 빛과 봄 내음의 향연, 나는 나도 모르게 벌떡 일어났다. 그러나 다음 순간 떠오르는 수없이 난무하는 별들이 내 앞을 가로막으면서 나는 꽁하고 나동그라지고 말았다. 정신이 들자 나는 다시 문설주를 잡고 천천히 몸을 일으켰다. 그리고 베란다를 향하여 한발 한발 조심스럽게 나아갔다.

그때 이상하게도 생각난 것은 생명에의 환희였다. 저 끈덕진 생명력, 죽음 문턱까지 다다르고 나서야 생을 바라보는 눈이 바뀌게 된 것일까? 생명과 인간 존재의 소중함이 무엇보다 크게 와 닿았다. 세상도 이전의 세상이 아니었다. 모두가 소중하고 환희롭고 살아 있다는 것만으로도 고맙게 느껴졌다.

상수리를 줍기 위해 아이들이 상수리나무를 쿵쿵 울리던 소리들도 다시 사라졌다. 저들의 저 억센 손, 발……. 순간 나는 거칠게 아내를 잡던 하얀 손을 본능적으로 움츠렸다. 하얗고 가느다란 손에 청자 빛 핏줄이 뚜렷하게 그어져 있었다. 나는 쓸쓸히 웃음을 흘렸다.

철 지난 관광객이 쌍수정 곁에서 사진을 찍었다. 그림을 그리던 대학생들이 그들 때문에 한편으로 비켜섰다. 그렇지만 공원은 쓸쓸했다. 공원은 산성 주변에 살고 있는 놀러온 아이들을 빼고는 텅 비어 있었다. 가을은 단풍이 드는가 싶으면 곧 낙엽기가 되었다. 그것은 어쩔 수 없는 자연법이었다.

내가 있는 그 병원에서도 가을은 어김없이 왔다. 자연법이었다. 나는 닥터 최가 있는 병원에서만 이태를 묵었다. 가을이 되면 병원에서는 하얀 엠뷸런스가 더욱 분주하게 움직였다.

바로 그때였던가. 닥터 최의 당황한 목소리와 함께 부산거리는 간호사의 발자국 소리, 나는 양지 바른 병동의 침대에 비스듬히 누워 해바라기를 하고 있다가 놀라 화들짝 깨어났다. 순간 가슴이 콩콩거리면서 상상의 날개가 비약했다. 아닌게 아니라 조금 있자 건너편 병실에서 호곡하는 소리가 갑자기 어떤 예감처럼 나의 귓전을 세게 와 때렸다.

그 환자는 나처럼 폐암 말기의 환자였다. 최 박사는 그 일에 몹시 상심한 듯 했다. 그는 생명을 구하지 못한 것이 자기 책임이라기도 한 듯 고뇌의 얼굴을 한 채 문기둥에 손을 짚고 멍하니 서 있었다. 그런 그가 다시 내 곁에 왔을 때 그는 또다시 내게서 죽음을 발견하였는지 한참 동안 내 얼굴을 들여다보았다. 그리고는 그 특유의 인상을 지었다. 하긴 그즈음 갑자기 허탈과 열기에 뜨는 일이 잦아진 내 몸 상태에 대해 나는 이상한 예감을 아니 느낀 것은 아니었다.

건강한 그의 이마가 물결졌다. 순간 나는 사태가 심상치 않다는 것을 느꼈다.

"여보게 닥터 최, 숨기지 말게, 나 짐작하고 있어."

닥터 최는 내가 불쑥 말을 던지자 그 순한 눈동자를 어쩔 줄 몰라 당황하더니 이내 내 곁으로 다가와 손을 만져 본다 머리를 짚어본다 다리를 만져본다 괜히 부산을 떤다. 마치 당황함을 감추기라도 하려는 듯이. 그러다가 간호사에게서 진찰기록카드를 앗듯이 받아들고 살펴본다. 그리고는 한 차례 고개를 끄덕거리고 그러다가 일순 눈을 동그랗게 뜨며 나를 힐끗 쳐다본다. 다시 청진기를 내 가슴에 대어본다. 이번에는 오랫동안 대어본다. 그러다가 말없이 나가버린다. 마치 아무 이상 없다는 듯이, 내가 신경과민이라는 듯이

"이보게 최 박사, 나 말이지. 나 말이지 석 달이면 대역작을 만들 수가 있어, 내 머릿속에는 구상까지 벌써 다 서 있다구, 난 말이지, 그것을 꼭 그려야만 해. 내가 죽기 전에 말이야, 살려주게."

나는 닥터 최가 나간 문 쪽을 향해 발악적으로 악을 썼다. 그러나 텅 빈 병실은 메말랐다.

말기암 환자, 혼자 있는 것에 대한 두려움, 얼마 남지 않은 시간이 너무도 야속하기만 하다. 어느 누구든 죽음을 비켜 갈 수는 없다. 사람들은 그런 줄 알면서도 막상 죽음에 이르면 죽음을 무서워한다. 나 역시 마찬가지이다. 사랑하는 아내와 자식을 두고 가는 것에 대한 두려움이 폭발한다. 시한부 생명을 살고 있는 난, 나는 어떻게 해야만 하나? 인생에서 가장 기억에 남는 것이나 가장 소중하다고 생각하는 것, 아내가 바라는 희망과 꿈 같은 것들, 그런 것을 하나하나 실천해 가야 할 텐데.

순간 나는 문득 낙엽기의 공산성을 생각했다. 낙엽 지는 공산성의 모습, 낙엽기의 공산성은 저만치에서는 가난한 화가가 낙엽기를 그리고, 저만치에서는 일본인 관광객이 옛날 그들의 향수를 그리워하며 사진을 찍고 간다. 바람이 한번 불면 낙엽들이 공산성 위로 눈발처럼 날리는데 그 모습은 바로 추풍낙엽이라는 표현이 있던가. 바로 그거야. 그 아래 서게 되면 나는 할 말이 너무도 많았다. 쏴우우 우슥, 쏴, 우우우으슥, 바람이 불면 낙엽이 꽃비처럼 날렸다. 아내와 나는 꽃비처럼 내리는 낙엽을 잡으려고 뛰어다녔다. 그래 바로 그거야, 그거. 내가 할 수 있는 것은 바로 그거야.

그렇게 깨닫던 순간 나는 어떤 전율에마저 부르르 떨었다. 그리자, 그려야 했다. 그것은 벌써 오래 전부터 그리고 병든 지금까지도 내가 매달려 온 생각이었다. 나는 더욱 더 악착스럽게 화폭에 매달렸다. 닥터 최는 그때마다 나에게 더 이상 그림을 그리지 말 것과 그것은 내 몸을 더욱 악화시키는 것이라는 것을 경고하였다. 그리고는 내 몸은 내가 생각한 것처럼 그렇게 나쁜 것이 아니라는 것을 마치 초등학교 아이들에게 타이르듯이 말하였다. 그러나 나는 자학적으로 화폭에 매달렸다. 나는 초조했다. 닥터 최가 그럴수록 나는 더욱 화폭에서 헤어날 수 없다는 생각을 했다. 내 병은 내 스스로 잘 알고 있다고 생각했다.

한 달 후였다. 아니나 다를까. 내 병실에서 닥터 최가 말했다. 그는 너무도 심하게 말더듬이처럼 더듬었다.

"자네 아주 몸을 무리했어. 나는 그래도 자네가 꽤 현명한 친구로 알고 있었는데 집으로 돌아가게나."

돌아서는 그의 눈에서 이슬이 반짝 빛났다. 수간호사 임정숙(林貞淑) 씨도 눈물 흘렸다. 그녀는 내 개인전에서 그림을 사준 아주 인자한 간호사였다. 나는 그러나 놀라지 않았다.

"고마워, 하지만 아내에게 이 사실을 비밀로 해주기 바라네. 만일 아내가 이 사실을 안다면 아내는 어쩌면 나보다 먼저⋯⋯."

나는 말을 맺지 못하고 흐느꼈다. 그것은 수습 못할 인생이어서가 아니라 아내에 대한 고마움을 갚지 못하고 끝내야 하는 내 인생이 가여워서였다.

다음날, 내가 퇴원하기 전에 닥터 최는 다시 내게 말했다.

"퇴원하게나, 하지만 자네에게는 해야 할 일이 있을 걸세 그림보다 더 중요한, 나는 마지막으로 자네에게 이 이야기를 해주고 싶었네."

"고마워, 하지만 나는 그림을 그려야 해. 나는 환쟁이야. 환쟁이가 할 수 있는 일이 무엇 있겠나? 그것밖에 할 줄 모르네."

그러면서 나는 또 다시 불현듯 공산성의 낙엽기를 떠올렸다. 낙엽이 물결 이루던 가을 공산성 숲속 사잇길로 걸어가면 발목이 푹푹 빠졌다. 성 밑 아이들은 커다란 돌덩이로 상수리나무를 울렸다. 소리가 크면 클수록 떨어지는 상수리도 많았다. 둘러섰던 아이들은 기다렸다는 듯 달려가 상수리를 주웠다. 저들의 손과 발, 공산성의 낙엽기를 나는 그려야 했다. 벌써 두 손가락은 마비된 채 움직이지 않았다. 남은 손가락마저 더 마비되기 전에 나는 아내와의 추억이 서려 있는 낙엽기의 공산성을 그려야만 하였다.

"아니야, 자네는 그림보다 더 중요한 것이 있을 걸세, 나는 자네가 그것을 스스로 깨닫길 바랄 뿐이네."

그는 다시는 내 병실에 들어오지 않을 듯이 텅 빈 병실에다 대고 말하며 나가버렸다. 그는 나에게서 무엇을 기대한 것이었을까? 나는 그가 말한 뜻을 전혀 이해할 수가 없었다. 그는 개인전 때마다 나의 그림을 사준 고마운 친구였다.

갑자기 아내의 손이 마주 와 닿았다. 나의 손을 꼭 잡았다. 순간 나는 눈물이 핑 돌았다. 마비되어가는 내 몸은 아내의 따뜻한 감촉을 다 감지할 수가 없었다.

쏴, 쏴, 우스슥, 작은 마른 이파리들이 '닥터 지바고' 속의 자작나무 숲처럼 헤아릴 수 없을 만큼 많은 수의 빗금을 그었다. 아내는 더욱 코우트 깃을 세웠다. 숫제 입술을 새파랗게 떨었다. 그러나 내려갈 표정이 아니었다. 이대로 죽는대도 내가 내려가지 않으면 아내는 내려가지 않을 것 같았다. 관광객들은 어느새 보이지 않았다. 상수리를 따는 아이들도 보이지 않았다. 잡상인 하나가 공원 벤치를 옮겨 가며 군밤을 팔았다. 가난에 절었음인지 얼굴이 거칠었다.

쏴아, 우스슥, 아내는 떨어지는 낙엽이 재미있는지 손으로 자꾸만 잡았다. 코스모스를 좋아하던, 언제나 코스모스 같이 연약하기만 했던 아내가 어느 날 부엌에서 들어오며 자기는 불도저로 변해 버렸다고 웃으며 이야기하던 모습이 서럽게 떠올랐다. 내가 보지 않는 곳에서 아내가 해낸 수고야말로 내가 감당 못할 부채였다. 내 오랜 투병 생활에 오죽 했을까. 몸과 마음은 만신창이가 되어 있을 것이다.

아내는 달아나는 낙엽이 재미있다는 듯 자꾸만 손을 뻗어 움켜잡으며 웃었다. 나는 아내의 그런 모습을 물끄러미 바라보았다. 우리는 얼굴이 마주치자 마주 보며 웃었다.

쏴 쏴 쏴 쏴 쏴 슥 슥 바람이 불고 나뭇잎은 눈발처럼 내리고 다시 바람은 불고 다시 나뭇잎은 눈발처럼 내리고. 아내는 떨어지는 잎 몇 개를 움켜쥐려고 노력했지만 소득이 없었다. 그러다가 나를 보고는 한번 웃고 다시 잡으려고 들고, 우리는 다시 웃고, 우리는 서로 소년,

소녀처럼 헤프게 굴었다.

이제 막 올라온 할머니와 할아버지가 우리 옆 벤치에 풀썩 소리가 나게 앉았다. 대체로 나이 많은 다른 할머니와 할아버지가 그러하듯 한 차림새인 할아버지와 할머니는 숨이 찬지 연신 숨을 가쁘게 몰아쉬었다.

쏴 쏴 쏴 쏴, 바람이 그 땀을 식혀주듯 한 차례 길게 불었다. 비처럼 떨어지는 낙엽을 뚫고 잡상인이 우리 앞까지 왔다. 나는 군밤을 사고 싶은 충동을 느꼈다. 천 원 어치를 샀다. 대학생들이 보고 웃었다. 군밤 장수가 그들에게 가자 그들은 기다렸다는 듯 군밤을 사들었다. 아내와 나는 그들을 보고 웃었다. 나는 아내에게 밤을 주었다. 나도 한 개 베어 물었다. 그러나 나는 채 한 입도 베어 물지 못하고 뱉어내고 말았다. 씹는 것조차 이제는 내 마음대로 할 수가 없다니 허망했다. 갑자기 눈앞이 푹신 젖어 오면서 허무감이 달무리처럼 번져왔다.

그 친구도 이러했을까? 이렇게 허망한 것이 인생이란 것을 알았을까? 같은 고향 친구였다. 성실한 친구였다. 가을이 되면 제법 감상적이기도 한 친구였다. 그 친구가 죽었다. 교통사고로. 얼굴도 잘 생기고 마음씨도 곱다. 공부도 잘하고 성실한 친구였다. 가을이 되면 제법 감상적인 친구였다. 어느 고등학교에 교사로 있다고 하였다.

나는 순간 눈물이 핑 돌았다. 길을 걷는다. 차가 오락가락 한다. 그는 법과 질서에 명석한 인간이었으니까 차도로 걷지는 않았을 것이다. 차가 달려온다. 갑자기 차가 무지막지하게 그의 육신 위를 누른다. 성실치 못한 나를 멸시하던 그, 아내에게 데이트를 신청하며 소년 같은 화안한 미소를 짓던 그, 그를 멀리서 보고 있었다. 동화를 보는 것 같은 도저히 들어갈 수 없는 세계를 나는 엿보고 있었다. 조금은 애태우며 조금은 질투하며 그러던 그가 죽었다. 성실하던 그가 죽었다. 그런데 나는 하나도 기쁘지 않다. 왜 일까? 그도 역시 나와 같은 외롭고 연약한 인간일 뿐이라는 생각이 들었기 때문일까?

솨 솨 솨 솻, 나는 불현듯 흩날리는 낙엽에게 물어보고 싶은 심정이 들었다. 바람개비처럼 떨어지는 낙엽을 몇 장 잡았다. 낙엽아, 내가 왜 그러니? 나는 기뻐해야 해, 그 성실한 친구를 미워해야 해, 그런데 나는 그렇게 할 수가 없구나, 왜 그렇니? 낙엽이 대답한다. 네가 인간답지 못하기 때문이야. 질투도 인간다워야 할 수 있는 거야. 나는 고개를 푹 숙였다. 그래 난 인간답지 못했어. 연민도 동정도 동류의식도 아니야, 숫제 나무나 돌로 태어났다면 난 훨씬 나무나 돌다웠을 거야. 나는 고개를 숙였다. 고개를 숙인 그 밑으로 숱한 생각들이 떠올랐다. 살아온 어느 한 순간도 제대로 된 것이 없었다.

또다시 바람이 불자 마른 잎들이 눈발처럼 날렸다. 그때마다 아내는 재미있다는 듯 손에다 마른 잎들을 올려다 놓았다. 그러다가 버린다. 아, 이 갑작스러운 시한부 선고, 누구나가 죽는다는 것을 생각하면 죽음을 앞두고 울고불고 화낼 만한 일은 아무것도 없건만 왜 이리 안타까운 것일까? 아내가 이런 사실을 안다면 나를 순순히 놓아줄까?

군밤 장수를 물끄러미 바라보았다. 그 옛날 같은 방을 쓰던 친구인 류삼상(柳三相) 군(君)과 함께 밤을 따러 간 일이 떠올랐다. 삼상 군과 함께 무작정 산을 넘었다. 어디선가 까치 울음소리가 들렸다. 산토끼도 보였다. 산토끼를 잡으려다 칡넝쿨에 걸려 넘어진 적도 있었다. 더욱 심처 속으로 들어갔다. 밤나무 냄새가 났다. 하늘을 바라보았다. 저만큼 하늘 가운데서 밤이 입을 벌리고 있었다. 나는 밤나무 위로 다람쥐처럼 올라갔다. 지게 몽둥이로 후려쳤다. 삼상군은 한 발을 밤송이에 올려놓고 뾰족한 나무 끝으로 밤을 깠다. 그날은 운 좋게도 그야 말로 주먹만 한 밤을 세 되나 땄다. 오면서 한 되쯤은 부속학교 아이 들에게 나누어주고 한 되 쯤은 하숙집 아줌마에게 삶아달라고 해서 같 이 먹었다. 한 되쯤은 감추어두고 삼상 군과 함께 며칠을 먹었다.

나는 웃음이 났다. 나는 한 되쯤 감추어둔 밤을, 또 반의 반 쯤은 따 로 감추어 두었다. 그래서 삼상 군보다 하루 이틀 더 두고 먹었다. 잊 을 수 없는 추억이었다.

공산성은 아내와의 추억과 꿈이 어려 있는 곳이기도 했다. 낙엽기 가 되면 나는 이 공산성엘 자주 올랐다. 나는 이 공산성에 올라 그림 을 그리기도 했고 낙엽이 수북이 쌓인 산성의 숲길을 걷기도 했다. 나 는 화폭 앞에 설 때마다 항상 어떤 전율에 떨고는 했다. 공산성의 이 눈부신 하늘, 낙엽, 만추, 금강, 도토리, 다람쥐……. 그러나 막상 붓 을 들면 앞이 캄캄했다. 무엇을 어떻게 그려야 좋을지 생각나지 않았 다. 그것은 지금도 마찬가지였다. 이제껏 공산성만 생각하면 나는 알 수 없는 전율에 떨어 왔지만 한 번도 공산성에 대해 그려본 적이 없었 다. 그 무엇이 나를 가로막고 있었다.

아내를 만난 것은 그 무렵이었다. 아내는 영문학도였다. 내 후배이 기도 했다. 아내는 어느새 그 미모와 재능으로 주위의 선망을 받고 있 었다. 처음 만난 곳은 이 공산성에서였다. 그림을 그리고 있는 내 작 품을 감상하고 있는 그녀와 잠깐 눈이 마주쳤는데 순간 나는 직감적으 로 그녀와 헤어질 수 없다는 느낌을 받았다. 그녀와 나는 학교 실습실 에서 자주 보았다. 그러다가 자주 만나게 되었다. 대학에서 소문이 날 정도로 우리는 서로 붙어 다녔다. 그녀는 매우 종알대었다. 내가 종알 대지 않는다고 종알대었다. 모두들 우리를 부러운 듯 쳐다보았다. 우리는 모른 척 걸었다. 공산성에 올랐다. 그녀는 풋새처럼 연신 종알거렸다. 내가 수줍어한다고 놀렸다. 내가 그림을 잘못 그린다고 놀렸다. 답하기 곤란한 질문을 해서 혼란에 빠트리기도 했다. 고호의 잘린 귀가 왼쪽인지 오른쪽인지 그것도 모른다고 핀잔을 주었다. 때로는 정말 고차원적인 질문을 해댐으로써 그녀가 이미 미술사에 관한 한 나를 뛰어넘고 있음을 보여주었다.

'인상주의라는 것 말이에요. 빛에 따른 순간순간 인상을 그 본질로 하잖아요. 그래서 빛에 따라서 대상이 달리 보여도 그 바탕은 사물의 절대성에서 벗어나지 않거든요. 보이는 대로 표현하는 것이지 사물을 주관적으로 해석하는 것이 아니잖아요. 초기 인상파 화가들은 이 원리에 충실한 것 같아요. 작품이 매우 사실적으로 보이거든요. 그런데 후기 인상주의 화가들은 빛에 따른 순간 인상보다 색채를 바탕으로 사물을 주관적으로 자유롭게 표현하는 것에 관심을 가졌어요. 그래서 그림을 보면 좀 엉뚱해요. 실제적인 것과는 차이가 나요. 그런데 우스운 것은 이즘이라는 것이 이랬다저랬다 할 수 있는 것이 아니거든요. 이 둘은 전혀 다른 흐름인데 이들을 한데 인상주의로 묶는 것이 이상하다고 생각들었어요. 선배는 어떻게 생각해요?'

실로 그 무렵 나는 그것에 대해 답할 수 있을 실력을 갖지 못했다. 그녀는 때로는 추상과 구상을 넘나드는 넓은 상식을 물어 나는 학교로 돌아가서 그 물음에 답하기 위해 책을 찾아보아야 했다. 그녀는 내 그림에 대해서도 날카로운 비판을 마다하지 않았다. 장고는 10년을 쳐야 제소리가 난다고 선배 그림은 남들이 볼 때는 흠 잡을 데가 없어 보이지만 내가 볼 때는 그냥 허점투성이야. 선배가 실력 있는 화가로 데뷔하지 못하는 것도 바로 그 허점이 전문가 눈엔 보이기 때문이라며

낙엽기 (落葉期)

나의 분발을 촉구했다.

그녀는 내가 자기가 볼 때는 그림을 잘못 그린다고 놀렸다. 추상 화가는 아무나 할 수 있는 것 아니냐고 했다. 그녀를 모델로 삼아 그녀를 그렸다. 점 하나와 미소 하나 빠트리지 않고 앞 머리카락이 약간 엷은 갈색이라는 것까지 극사실주의에 가까울 정도로 그렸다. 그녀가 깜짝 놀라는 표정을 지으며 이렇게 섬세한 그림은 아직 보지 못했다고 고백처럼 말했다. 자기의 무례를 용서해달라고 했다. 나는 자주 시간이 나면 그녀를 모델로 그림을 그렸다. 그림이 나아가지 않아 며칠 동안을 생각에 빠져 사람 같은 생활을 하지 못할 때면 그녀를 떠올리며 분발했다. 그러다 보면 이상하게 어느 순간 붓 터치가 이루어지고는 했다. 그녀는 내 그림의 전부였고 근원이었다.

학교를 쉬는 공휴일이라도 되면 옛도시의 온 시내를 헤집고 다녔다. 공주(公州)가 좀 좋은 도시인가? 공주는 소박하고 섬세한 백제의 숨결이 그대로 살아 숨 쉬고 있는 꿈의 도시, 낭만의 도시, 곳곳에는 수천 년 전 백제의 손길이 따스하게 봉우리를 잇듯 이어있고 옛 전설과 민담이 샘물 솟듯 솟아나는 문화의 도시, 공주가 좀 좋은 도시인가?

무령왕릉(武寧王陵)엘 갔다. 여지껏 도굴당하지 않고 용케 잘 견디어주어 고맙다고 기도했다. 곰나루에 갔다. 곰의 애절한 사연을 떠올리며 곰에게는 방정맞지만 우리에게는 결코 그런 비극이 일어나지 말게 해달라고 속으로 빌었다. 우금치(牛禁峙)에서는 전봉준(全琫準)의 한을 보는 것 같아 마음이 시려 풀꽃들로 모아 만든 작은 꽃다발을 제단 위에 올려놓았다.

청벽(靑璧)에서의 첫 입맞춤은 우리의 사랑을 더욱 확인하는 것이기도 했다. 햇살 맑은 5월 어느 날 우리는 청벽에 갔다. 늘 푸른 보리 같은 날씨가 우리를 가만 두지 않았다. 적벽(赤壁)에서 따온 듯한 청벽(靑壁), 그 앞은 금강이었고 그 강 건너편 우리가 있는 곳으로 모래밭과 보리밭이 이어져 있었다. 강물은 햇빛을 받아 잔잔한 은빛 파도를 쉼 없이 만들었고 우리는 무작정 그 은빛 물결을 따라 그 모래밭과 보리밭 머리를 걸었다. 과수원을 지나 근처의 조그만 초등학교가 있는 데까지 걸었다. 점심 때가 되었다. 그녀가 준비해 온 김밥을 먹었다. 그리고 무엇이 그토록 좋은지 또 손잡고 걸었다. 얼굴을 보면 그냥 웃음이 나왔고 그래서 눈웃음 지며 또 다시 걸었다. 웃는데 이유가 없었다. 좋은데 이유가 있을 필요가 없었다. 우리는 '소나기' 속의 소년, 소녀처럼 천진난만하게 웃었다. 걷다가 웃고 웃다가 손을 잡고 걸었다. 그러다가 읍내로 나오는 막차를 놓치고 말았다. 할 수 없이 우리는 걸어서 읍내까지 나오지 않으면 안 되었다. 허 생원이 달빛 아래 메밀꽃에 취해 걸었듯 우리도 밤늦도록 보리밭에 취해 헤매다가 읍내의 불빛을 보며 겨우 빠져나왔다. 달빛이 고요했다. 노랗게 핀 보리와 둥근 달빛이 우리를 에워싸고 있었다. 참을 수 없었다. 우리는 갑자기 걷던 길을 멈추고 입을 맞추었다. 사랑하는데 좋아하는데 서로가 이렇게 같이 있고 싶은데. 그녀가 더 적극적이었다. 이렇게 사랑하는데 이렇게 좋아하는데. 입 맞추면서 나는 다짐했다. 너를 꼭 행복하게 해줄게. 너를 꼭 행복하게 해줄게.

그로부터 십 수 년여가 지났다. 나는 병실에서 간간이 아내와의 추억을 떠올리며 눈물졌다. 때때로 비상한 생각이 떠오를 때면 나는 간호사에게 빨리 화폭과 붓을 준비해달라고 부탁했다. 나는 그동안 그 생각들이 떠나지 않게 하려고 눈을 꼿꼿하게 뜨고 앉아 있었다. 불현듯 화필을 잡고 떠오른 생각들을 펼치려 했다. 그러나 나는 그만 화필을 놓치고 말았다. 손에 힘이 가지 않았다. 새파란 정맥이 들여다보이는 가느다란 손목은 내가 그림을 그릴 것을 허락지 않았다.

모두가 그림처럼 눈앞에 서언했다. 좀 더 머무를 수만 있다면…… 조금만 물릴 수만 있다면……. 그러나 현실은 냉혹할 뿐 내 편이 아니었다. 바람이 불었다. 마른 잎들이 눈발처럼 날렸다. 아내는 재미있다는 듯 다시 낙엽을 손에다 올려놓았다. 그러다가 버린다.

그러나 그렇게 항상 즐거웠던 것만은 아니었다. 때로는 풀지 못할 오해로 서로가 가슴을 아파한 적이 한두 번이 아니었다. 아내는 선망의 여자였다. 아내는 모든 사람에게 호감을 받는 여자였다. 나는 늘 그 주변만을 맴돌았다. 더할 수 없는 고통이었다. 아내는 늘 내가 용기가 없다고 놀렸다. 그래서 더욱 보란 듯이 뭇 타인들의 호감을 받아들이는 것 같았다. 나는 그럴 때면 용기 없는 나 자신을 탓하며 이 공산성을 찾아와 그림을 그렸다. 아내는 지금 무엇을 생각하고 있는 것일까? 왜 말이 없는 것일까? 나는 순간이나마 불안했다. 나는 가슴이 마구 콩콩거렸다.

시간도 발이 있는 것일까? 어느덧 공원에 그림자가 걸리기 시작하면서 그나마 있던 사람들이 하나, 둘 떠나가고 이제 공원에 남아 있는 사람은 우리를 비롯해 손가락을 꼽을 정도였다. 풀죽은 햇살이 아내의 얼굴에 와 머물렀다. 이런 날씨는 해괴하다 못해 경망스럽기조차 하다.

빨갛게 노을 지는 병실 창가에 앉아서 나는 문득 닥터 최가 내게 준 말을 생각해 보았다. 낙엽기를 그리는 것보다 더 큰 일이 무엇일까? 나는 이 얼마 남지 않은 내 생애 동안 무엇을 어떻게 해야 하는 것일까? 무엇을 남겨야 하는 것일까? 내 인생에서 가장 기억에 남는 것을 하려면 어떻게 해야 할까? 나는 그때까지도 내가 마지막으로 할 수 있는 것은 이 공산성의 낙엽기를 그리는 것이라고 생각하였다. 내가 여지껏 죽 그래왔던 것처럼.

아, 생각난다. 그 오솔길, 그 낙엽기, 그 백여 칸이 넘는 층층계, 그 성큼 쥐어질듯 가까이 다가와 있는 하늘, 그 뚝 꺾어 베어 먹고 싶을 만큼 청초하고 유유한 금강, 보금자리를 찾는 산새들처럼 낙엽 쌓인 오솔길을 찾아들면 낙엽 더미에 발목이 푹푹 빠졌다. 아내와 나는 그것이 재미있어 낙엽이 많은 데만 골라 다녔다. 낙엽 속에서는 풋풋한 개암 냄새가 났다. 잘 익은 두엄 냄새가 났다. 나는 그것을 그려야 하였다. 그것이 내 남아 있는 마지막 임무였다.

그러나 나는 이내 그런 생각을 접지 않으면 안 되었다. 어느 날 문득 부엌에서 들어오는 아내를 보며 나는 여학생의 벗은 몸을 처음 본 소년처럼 화들짝 놀라고 말았다. 아내는 여자가 아니라 그대로 성자였다. 물 묻은 손을 닦는 아내의 모습은 황홀하기까지 했다. 가엾도록 일에 시달리고 있는 아내에게서 나는 문득 공산성의 낙엽기보다 아내를 위해 남은 시간을 모아야 한다고 생각했다. 그렇게 깨닫는 순간, 나는 군기 든 신병처럼 아내 앞에서 벌떡 일어나 우뚝 서버리고 말았다. 아내는 깜짝 놀라는 표정이었다.

나는 비로소 닥터 최가 한 말을 이해할 것 같았다. 나는 허약하지만 이 마지막 순간 마주하게 되는 것이 있다면 그것은 아내에게 내 자신의 인간적 면모를 전해주어야 하는 것이라고 생각하였다. 그것이 내가 주욱 생각해왔던 공산성의 낙엽기를 그리는 일이라고 생각했다. 나는 아내에게 청하여 아내와 처음 데이트를 하며 서로가 인간은 원래가 고독한 존재라는 철인을 비웃던 이 낙엽기의 공산성을 찾았다.

아내와 함께 이 옛 도시를 다시 찾았을 때, 나는 먼저 하숙집을 찾아갔다. 아내와 결혼을 하고서도 제일 처음 찾은 곳도 바로 그곳이었다. 아줌마를 찾았을 때 아줌마는 왠지 겉늙어 있었다. 내가 찌그러진 양철 문을 열자 아줌마는 서울 학생 왔다면서 펄쩍 뛰다시피 기뻐했다. 내 곁에 서 있는 아내를 보자 아줌마는 이내 알아차린 표정이었다. 그러나 이번에 아내와 함께 다시 하숙집 문을 열었을 때 아줌마는 보이지 않았다. 집주인도 바뀌어 있었다. 김치 솜씨가 그만 아니었다. 이래 봐도 일본 동경(東京) 태생이라고 여간 뻐기는 게 아니었다.

그때 하숙집 아줌마를 생각하자 나는 눈물이 나왔다. 아줌마 나이는 그때 예순이었다. 늦게 얻은 딸 애 하나만 믿고 일생을 살아왔다고 했다. 그 딸이 얼굴이 예뻐 얼굴값을 하는 건지 안하무인이었다. 아줌마는 철없는 딸아이가 불쌍해서 못 견디겠다고 했다. 아줌마는 자신의 신세를 한탄하며 내 앞에서 울었다. 그 콧대 센 아가씨, 그 도도하던 아가씨, 대학에 두 번 떨어지고 세 번째마저 떨어지더니 그만 그 도도하던 얼굴에 풀이 죽었다. 곧 죽어도 고려대 정치외교학과였다. 들리는 소문으로는 결혼하여 서울로 이사 가서 남편과 함께 장사를 한다고 하였다.

그림을 그리던 대학생들이 화구를 챙기며 떠날 채비를 하였다. 아까보다도 공원은 더욱 쓸쓸해졌다. 그들은 모두 가버린 것이다. 모두 저 갈 길을 간 것이다.

나는 흘깃 아내를 바라보았다. 아내는 추워서 파랗게 떨고 있었다. 그러나 얼굴은 행복해 보였다. 세파에 시달리고 있는 아내의 얼굴은 웅장한 큰 바위 얼굴이었다. 명작이었다. 나는 한동안 아내에게서 시선을 뗄 수가 없었다. 아내의 저 억척스런 모습, 얼굴, 아내는 어떠한

작가의 작품 보다 아름다웠다. 저 고운 자태에서 철이를 낳고 십여 년
이란 세월이 흘러갔다고는 믿어지지 않았다. 철이는 지금쯤 무엇을
하고 있을까? 흑석동(黑石洞) 가겟집 할아버지에게 갔을 테지. 철이는
늘 그 이북 출신 가겟집 할아버지에게 가고는 했다. 나에게 철이는 무
척 할 말이 많다고 했다. 많을 법도 하였다. 나는 그에게 가장으로서
아빠로서 제구실을 다 못해왔다. 철이는 환쟁이 아빠가 아닌, 병자가
아닌 그저 평범한 아빠를 고대한 것이었다. 나 역시 이 환쟁이를 벗어
나서 아내와 철이와 함께 공원엘 가고, 외식을 하고, 여행을 하고 그
런 생활인이 되기를 꿈꾸어 왔다. 그런 나를 친구들은 감상에서 깨어
나라고 했다.

　그것은 숫제 하나의 탈출기도였는지 몰랐다. 집으로부터 탈출해가기 위
한 치밀한 작전이었는지도 몰랐다. 가을이 깊어지면서 나는 때때로 이 밀
생한 거대한 도시를 벗어나 허약한 가장의 굴레를 벗어버리고 마냥 발길
닿는 대로 쏘다니고 싶다는 충동에 젖고는 했다. 아, 40대의 가장이란 얼마
나 만만한 이름인가 가장이라는 허울 좋은 이름아래 쥐뿔만한 권위도 없으
면서 이리 받치고 저리 받치고 코에 걸면 코걸이 귀에 걸면 귀걸이 온갖 책
임으로 떠맡는 허울 좋은 이름이 아니던가?
　오늘 아침만 해도 그랬다. 대문을 나서려는 내게 아내는 이제는 하도 들
어서 만성이 되어버린 큰아이의 등록금을 걱정했고 겨울 채비를 걱정했고
그녀의 친정나들이를 걱정했다. 처음에는 그 못 견딜 것 같은 목소리가 짜
증스럽기까지 했는데 그것은 어느덧 아침마다 하는 소리거니 하고 여겨지
는 것이었다.

내가 소시민적인 생활이 그립다고 하자 작가인 친구가 철없다며 던져준 작품 속에 들어 있는 글이었다. 나는 이것을 밑줄을 그어가면서 읽었다. 그러자 그 친구는 내 생각이 얼마나 감상적인지를 일러주며 '정말 죽을 날이 가까웠나보군' 하고 면박마저 주었다. 그래도 그런 소시민적인 삶이 그리웠다. 일정한 직장이 있어서 아침에 출근하고 저녁에 퇴근하고 그리고 바가지를 긁는 아내의 잔소리가 그리운 소시민이 되고 싶었다. 어쩌면 지난 투병 속의 날들은 이런 소시민적인 생활을 꿈 꾼 날들이었는지도 몰랐다. 그러나 평범하다는 것은 실로 평범한 것이 아니다. 내게서 평범한 도시인의 냄새가 물씬 풍긴 것을 기대한 것과는 달리, 그리고 시계를 자주 보겠던, 그래서 낙엽기의 도시인의 바쁜 걸음걸이처럼 바쁜 사람들에게서 풍기는 서류뭉치 냄새, 도장밥 냄새, 그 주머니에 얼만큼 들어 있는 지폐 냄새, 그런 조금은 꾀죄죄한 냄새가 나기를 기대한 것과는 달리 현실은 이렇게 비감에 젖어 아내의 무릎에 얼굴을 파묻는 나약한 인간일 뿐이다.

이제 그들도 내려갔음일까? 상수리를 줍던 아이들이 보이지 않았다. 해도 이미 서산을 넘어갔다. 바람만이 아직도 남아 있다는 듯이 좍좍 몰아쳤다. 바람이 불 때마다 아내는 코트 깃 속으로 속으로 움츠려들었지만 그만큼 추운 표정이 아니었다.

우리 맞은 편 벤치에 앉아 있던 이별을 서러워하던 할머니와 할아버지가 내려갈 채비를 하였다. 나이 든 두 연인은 연신 눈물을 훔쳤다. 서로가 위로를 하여도 외로움은 그치지 않는지 눈물은 홍수 되어 흘렀다. 아들을 따라 상경하는 할아버지는 할머니를 데리고 갈 수 없는 자신이 안타까운 모양이었다. 이제 더 이상 살아생전 그들의 만남은 없을 것이었다. 그들은 어느새 소리를 내어 아이들처럼 흐느꼈다.

아내와 나의 눈에도 눈물이 흐르고 있었다.

우리도 내려가야 한다. 그러나 아내는 지금 아무 말이 없다. 나 홀로 어떻게 하라는 것인가? 지금 나는 아내에게 죽음을 말할 만한 용기가 필요하다. 내가 죽음을 향해 줄달음치고 있다는 것을 아내에게 말할 수 있는 용기가 필요해. 그렇지만 내가 죽은 다음 아내가 감당할 고통을 생각하면 나는 더 이상 견딜 수가 없다. 내가 없는 세상은 아내에게는 무의미할 것이다. 그 고통을 덜 수 있게 아내가 충격을 덜 받을 수 있게 나는 내가 죽음을 향해서 줄달음치고 있다는 사실을 지금 말해야만 한다. 그런 용기가 필요하다. 아내에게 두 눈이 푹신 별빛에 젖을 정도로 맥주를 사줄 수 있는 용기가 필요해.

하지만 오늘도 벌써 문이 닫혔다. 악마의 혓바닥 같은 어둠은 아내와 내 주변으로 내리고 낙엽기의 공산성을 찾는 사람은 더 이상 보이지 않는다. 도시의 소음만이 멀리 들리고 성급한 네온사인 불빛만이 명멸할 뿐이다. 해가 완전히 기울자 도시의 소음들이 한결 크게 들렸다. 낙엽기를 울리는 자동차 소음들이 음산하기 짝이 없었다. 아내와 내 갈 길을 막는 것 같았다.

내일 말할까? 내일 아침에 부여(夫餘)로 가서 거기서 말할까? 아니 어쩌면 거기서 또 내일, 또 내일 이렇게 나는 한없이 미룰지도 모르리라. 아니야, 한없이 이렇게 미루어서 이 문제에 대해서 영원히 생각하지 않았으면 좋겠다. 그렇지만 죽음을 향해 가고 있는 나에게도 내일이 있다고 말할 수 있는 것일까. 그러나 다음 순간 나는 내 머릿속을 때리는 신선한 깨달음으로 휘청거렸다. 그래 아니야. 나는 결코 죽음을 향해 달려가고 있는 존재가 아니야. 닥터 최의 말대로라면 나는 내 뜻에 따라 행동할 수 있고 내 세포는 내 의지만큼 줄기차게 생명 현상을 계속하고 있다고 하지 않았는가. 그리고 아직까지 이렇게 버틸 만큼 생의 여력이 남아 있고 어쩌면 내년, 아니 그 이상까지 살아 아내와 함께 할 수 있을지도 모른다. 내게 생명이 남아 있다는 것은 내가 아직 할 일이 남아 있다는 것이고 그래서 나는 아내와 이렇게 여행을 하고 있는 것이 아닌가?

나는 이 작은 깨달음에 신선한 감명에마저 차 떨었다. 그래 이런 것이 아니었어. 오늘 이 낙엽기, 이 공산성에 올라온 것은 이런 것이 아니었어, 아내에게 내 인간적 면모를 전해주어야 한다. 그래서 갚지 못할 부채를 갚아야 하는 거야, 비감해 하지 말자, 비감은 또 비감을 낳고 비감은 또 비감을 낳고 한없이 비감에만 사로잡힌다면 아내를 두고 떠나는 내 부채는 어찌할거나? 나는 마음을 다잡고 맥이 풀린 내 손에 힘을 주었다. 아내와 함께 그 옛날처럼 자전거를 타고 영화를 보고 이름이 근사한 다방에 가서 커피를 마시고 싶었다.

우리 앞으로 내려갔을 것이라고 생각했던 상수리를 줍던 아이들이 다시 요란하게 수다를 떨며 지나갔다. 저들의 저 억센 손, 발, 거침없는 입심, 갑자기 그들을 보자 나는 내 허약한 팔뚝에 힘이 솟는 것을 느꼈다. 아내에게 나약한 모습을 보여서는 안 된다는 의지가 불끈 솟구쳤다.

개와 늑대의 울음소리가 어디선가 들리는 것 같았다. 이 무렵의 시간은 애매하고 혼란스럽다. 무엇을 해야 할지 알 수 없는 시간이다. 게다가 이런 시간은 잡스런 생각에마저 빠트리게 한다. 그러나 나는 내가 해야 할 일을 분명히 알고 있다.

바람이 불었다. 바람은 아내와 나의 어깨를 스치고 아내의 머리칼을 날리고 낙엽비를 내렸다. 눈발처럼 날리는 낙엽이 힘을 내, 힘을 내, 하며 소리치는 것 같았다. 낙엽기의 공산성에서 깨달음 하나 안고 아내와 나는 더 늦기 전에 어둑해지려는 공산성을 내려왔다. 그리고 아내와의 추억이 깃든 또 다른 도시 부여(夫餘)로 향하는 버스에 올랐다.

장로의 딸

　결국 나는 정신이 좀 어떻게 된 사람이라는 판정을 받았고 버려진 천재들만이 온다는 이 정신병동까지 오게 되었던 것이었다.

　그러나 나는 내가 정신이 어떻게 되었다는 판정에 대해서 분노나 증오를 느끼지는 않는다. 오히려 나는 그것으로 인해 이 정신병동으로 옮겨 오게 된 것을 다행스럽게 생각하고 있는 것이다.

　오늘날 현대인의 7할은 정신 질환을 앓고 있다지 않는가. 나머지 3할이 정상인이라고 한다면 나처럼 기는 사람에게는 그만큼 묻힐 수 있어 적어도 왜 미쳤느냐는 두려움으로부터는 벗어날 수 있는 것이다.

　그리고 얼마 안 되는 공간이지만 나는 내가 교사라는 신분 때문에 특별대우를 받고 있는 것을 알고 있다. 내가 있는 방은 이 정신병동의 3층 맨 끝 전망 좋은 방이었다. 그래 원한다면 언제라도 이 혼탁한 서울의 매연과 내 앞에 있는 다이아몬드 호텔의 대낮 정사장면도 심심찮게 볼 수 있었다. 서울을 지나다니는 수많은 사람들을 내려다보는 일은 실로 즐겁고 유쾌한 일이 아닐 수 없다. 심심찮게 간호사가 와서 나에게 몇 번씩 신경안정제라며 노오란 알약을 3개씩 주는 일을 제외하고는 나는 정말 내가 정신병자라고는 생각해보지 않았다.

그것도 며칠이 지나고부터는 나는 이번에는 간호사가 주는 노오란 알약을 먹지 않고 그대로 빈 봉지에 한데 모아 두었다. 한번은 내가 얼마나 그 약을 먹지 않았는가 싶어서 세어 보았더니 서른 알도 넘게 들어있었다.

내가 있는 방이 정신병동이라고 생각할 수 있는 건물 구조상의 특징은 아무 것도 없었다. 저 밑에는 문마다 쇠창살이 있어서 감방을 연상케 한다고 하지만 아무튼 이 호화스러운 호텔은 내가 일찍이 경험해 보지 못한 곳이기도 했다. 병원이라면, 정신병원이라면 뭔가 정신병원이라는 것을 보여주어야 할 구석이 있어야 하겠는데 나는 내가 하숙집 아줌마 −그녀는 교회의 집사이기도 했다.− 의 서울에 참한 아가씨가 있는데 어서 타라고 강압적으로 들이미는데 할 수 없이 따라 붙어서 와보니 정신병원 앞에 와있는 것이었고 나는 하숙집 아줌마가 소개하려는 아가씨가 이곳의 간호사 아가씨라도 되는 모양이다 하고 생각했던 것이었다. 감히 내 분수에, 내 주제에 그런 생각을 했다니…….

어처구니없게 이 병동에 들어오게 된 그 이후부터 나는 도무지 이곳이 정신병원이라고 생각 드는 것이 아니었다. 사실 나는 학교의 지긋지긋한 일을 벗어나 도피하기를 얼마나 열망하였던가.

처음에 젊은 의사는 나에게 몇 가지 질문을 했다. 참으로 우습고 유치한 질문이었다. 나는 나를 이곳으로 데리고 온 하숙집 여자를 생각해서 초등학교 1, 2학년생처럼 고분고분 대답해주었다.

"직업은?"

"초등학교 교사입니다."

"나이는?"

"스물여덟 입니다."

"결혼은?"

"미혼입니다."

처음에 그 젊은 의사는 대개 이런 상식적인 말을 물었고 내가 뜻밖에도 고분고분 대답해주자 실망했는지 아니면 내게서 문제점을 발견할 수 없었던지 그는 이틀인가 들어오고는 더 이상 들어오지 않았다.

사실 의사와 환자와의 관계는 좀 미묘한 때가 있다. 나보다 젊은 의사에게도 공손히 대답을 해야 하는가 하면 간호사에게조차 함부로 말을 놓을 수가 없었다. 그것은 그렇다 손치더라도 인턴이나 의사들이 연배의 환자들에게 심문하듯 말하는 것은 좀 생각해 볼 문제인 것 같다. 앞서의 젊은 의사도. 그는 나를 치기배 다루듯 했다.

이 뇌병원에 들어온 지 보름째 되던 날, 나는 그녀로부터 편지 한 통을 받았다. 내 다락방을 말끔히 치워놓았으며 이제는 딴 생각은 말고 병이나 잘 치료해 나오라는 내용이었다. 사실 그녀는 나를 이 정신병동에 집어넣고는 꽤 만족한 웃음을 지었는지도 모른다. 교회의 집사인 그녀는 언제나 밥을 먹을 때는 필요 이상의 기도를 올렸는데 때때로 그녀와 함께 식사를 하게 될 때 나는 그 기도 소리가 듣기 싫어 졸기가 일쑤였다. 그러다가 그녀의 눈총을 받고는 움찔하고는 했다. 그녀는 가는 사팔뜨기였던 것이었다.

내가 이 넓지 않은 일식집 관사에 하숙을 정한 것은 어느 날의 오후였다. 하숙을 옮기기 위해 나는 이 소도시의 거리를 관광객처럼 배회하고 있었는데 문득 낡은 일식관사를 발견하고는 숨 막힐 것처럼 가슴이 솟구쳐 오르는 충격을 느꼈다. 그것은 바로 내 기억 속의 집과 너무도 흡사하였기 때문이었다.

낡은 대문도 그랬거니와 그 대문 위로 줄장미가 화관을 만든 것도 그랬다. 그 집 모양도 똑같았고 그 안으로 열대 식물들이 열병식을 하고 있는 것도 그랬다.

아아, 나는 순간 갑자기 내 머릿속에 와 닿는 충격으로 휘청거렸다. 그것은 의식의 꼬투리에 감춰버린 장로의 딸에 대한 황홀한 기억이 떠올랐기 때문이었다.

내가 낡은 대문을 열고 안으로 들어가자 여자는 목욕을 하고 있다가 질겁하며 본능적으로 몸을 사렸다. 나는 급히 밖으로 나왔다. 뜰 안에 가득 핀 실비어꽃 빛깔이 내 눈을 어지럽혔다. 그러나 나는 곧 여인의 꽃뱀을 닮은 몸뚱어리가 더욱 내 눈을 어지럽히고 있다는 것을 알았다.

나는 오후 늦게 그 집을 다시 찾았고 잘 정돈된 꽃밭과 화분이 내 맘에 꼭 들었다. 나는 숙명처럼 이 집에 방을 얻어야겠다고 생각했다. 나는 여인을 간곡히 설득하여(이때 내가 교사라는 신분은 상당히 도움이 되었다) 그날 당장 짐을 옮겨버렸다.

내가 처음 이 집에 하숙을 하고 나서 느낀 것은 이상하게 이 집에 사람이 없다는 것이었다. 이 작지 않은 집에 여자 혼자 산다는 것은 이상한 일이었다. 바람이라도 부는 날은 그 큰 목조 건물이 몹시 흔들렸는데 나는 겁이 나 그런 날은 일찍 자리에 들었다. 그러나 여인은 그런 날 일수록 더욱 성경 읽는 소리를 높였다.

그날은 토요일이었다. 나는 학교에서 돌아와 버릇대로 다리를 책상 위에 올리고 누워 있었고 그러다가 잠깐 선잠에 들었다. 나는 어떤 인기척에 놀라 벌떡 일어났는데 그녀가 내 방문을 열고 있었다. 부녀회 일로 다녀 올 테니 집을 좀 보아달라는 것이었다. 나는 그녀의 일방적인 제스처에 뭐가 뭔지 어떻게 돌아가는지도 모르게 그녀가 나가는 모습만을 멍청하게 바라보고 있었다. 그녀가 뿌린 향수 내가 이내처럼 남았다.

그녀는 저녁 이슥해서야 돌아왔다. 내가 '늦었습니다' 하고 문을 여는 순간 술내가 내 코를 자극했다. 그리고 그녀가 비틀거리며 내 앞에 쓰러졌다. 나는 어쩔 수 없이 그녀의 아직도 팽팽한 유방을 만져야 했고, 내 가운데가 그녀의 유방만큼이나 팽팽하게 야구방망이가 되어가는 것을 느꼈다. 그녀는 자리에 누워서도 내 몸에서 손을 놓지 않았다.

아마 그때부터였을 것이다. 희미하게나마 그녀를 죽여야겠다고 마음먹었던 것은. 나는 그녀의 행동을 나름대로 나에게 유리하게 해석했고 나는 한 번 더 그런 기회가 오기를 기다리게 되었다.

여자는 이튿날 나를 보자 상큼 웃었다. '실수나 안했는지 모르겠네' 하며 아무렇지도 않게 말해버리는 데에는 나는 아연해지지 않을 수가 없었다. 그녀는 일요일마다 교회에 나갔다. 이 소도시에는 몇몇 큰 교회가 있었다. 그녀는 그 중에서도 제일 큰 교회에 나갔다. 그녀는 그 교회의 집사였다.

그녀가 교회 집사 일을 얼마나 열성적으로 해내고 있는가는 우선 그녀의 정열적인 기도 소리에서 알 수 있었다. 그녀는 혼자 사는 여자들이 그렇듯이 오로지 교회에만 전심 몰두하는 것 같았다. 한번은 그녀의 요청을 거절할 수가 없어서 그녀를 따라서 그녀가 다니는 교회에 가 본 적이 있었다. 그녀의 강력한 요청에 의해서였다. 그리고 그것은 또한 한 집에 사는 집주인으로서 정당한 권리이기도 했을 것이다.

수줍음과 부끄러움이 많았던 나는 사람들이 많이 모이는 곳에서는 일종의 공포심을 가지고 있었다. 교회를 들어선 순간 나는 교회의 그 밝고 명랑한 분위기에 눌려 한동안 자괴감에 떨지 않으면 안 되었다.

145

이렇게 환한 곳, 이렇게 밝은 곳이 도대체 어디란 말인가. 이곳은 전혀 내 생리와 걸맞지 않는 곳이었다. 나는 내 내부에서 거부하는 소리를 들었다. 나는 일순 뛰쳐나가야겠다는 강한 충동이 불끈 솟구쳤다. 그러나 언제나 그렇듯이 이런 내 욕망은 생각뿐, 행동으로 직접 옮겨지지는 못했다. 나는 이 두 시간만을 참으면 된다는 생각으로 그 고통의 시간을 보내고 있었다. 나는 이들 이렇게 기쁨에 충만한 사람들이 이 교회의식에 잘 적응되어 있는 관습에 따라 눈을 감고 아멘 소리에 눈을 뜨며 입술을 벙긋거렸다. 그러다가 한순간 나는 내 귀를 의심하지 않을 수가 없었다. 그것은 어디서 많이 익숙해 있던 목소리였기 때문이었다. 나는 살짝 눈을 떠서 여자들이 앉아 있는 자리를 살그머니 넘겨다보았다. 아니나 다르랴. 그곳에서는 모두들 고개를 숙이고 있는데 그녀만이 고개를 꼿꼿이 세운 채 숫제 열변을 토하고 있었다.

그녀가 교회에서 하는 일은 매우 많은 것 같았다. 그녀는 기도 말고도 전도와 이 교회의 재정을 위해서도 수고하고 있었다. 교회에서 그녀가 차지하는 비중은 매우 높았고 교회 사람들 모두가 그녀를 매우 높이 받들고 있었다. 차츰 그녀와 함께 살아가면서 나는 그녀의 노력으로 이 교회가 세워졌다는 사실도 알게 되었다. 가장 재정이 빈약했던 이 교회가 지금은 이 소도시에서 가장 재정이 튼튼한 교회로 완성되었던 것도 그녀의 헌신 때문이었다.

나는 점점 내 자신 그녀의 고결한 기품에 이끌려 가는 것을 느꼈다. 그녀의 행동 하나하나는 곧 나의 선망의 표적이었다. 그녀의 성실한 삶은 성실치 못한 내 자신의 길잡이였고 등대였다. 나는 내 자신 부끄럽고 수줍어하며 지나치게 내성적인 성격을 그녀의 성실한 삶을 생각하며 고치리라 다짐했다.

그녀의 일과는 무척 다양하였다. 그녀는 내가 아직 잠에서 깨어나지 못하고 있을 시간에 벌써 일어나 요가로 몸을 단련했다. 그 다음에는 라켓을 들고 운동장으로 갔다. 나는 그녀의 그런 건강한 삶이 두려워서 그녀와 마주치기 싫었다. 속으로는 그녀를 존경해마지 않으면서도 허약한 내 자신을 생각하고는 비참하다는 생각으로 이불을 더욱 깊게 눌러 썼다. 그것은 괴로운 일이었지만 그렇게 함으로써 나는 비겁한 내 자신을 철저하게 죽일 수가 있었다. 나는 그렇게 해야지 그렇지 않고서는 나는 제대로 세상을 살아갈 수가 없었다. 아니 그것은 패배감을 수없이 맛보며 살아가는 자들의 생존 방법이기도 했다.

그러나 나는 그녀를 보고 처음으로 나의 이런 패배감을 씻어 보려는 생각을 가졌던 것이었다. 그녀의 그 성실한 생활 자세에서 나는 건강한 삶을 배울 수가 있었고 그리고 늘 패배감만을 강요당했던 내 상처투성이의 스물여덟에서 나는 최초로 나를 일으켜 세워보려는 생각을 가졌다.

사실 나는 내가 남들보다도 중요하거나 또는 남 앞에서 칭찬을 들어본다거나 한 그런 세계와는 거리가 먼 인물이었다. 왕년에 뭐 안 해본 사람 있냐마는 사실 나는 왕년에 뭐 안 해본 유일한 사람일 것이다. 나는 내가 나서 내 기억이 닿는 한 패배만을 당해온 것을 알고 있었다. 나는 숫기도 없었고 누구나 조금씩은 가지고 있는 알량한 자존심도 없었다. 남에게 양보할 줄은 알았어도 떳떳하게 내 자신을 주장하질 못했다. 자신감이나 용기는 나의 것이 아니었다.

나도 남잔데, 나도 남들처럼 배짱과 사내다운 기질을 얼마나 바랐는지 모른다. 성이 나면 성을 풀어버리고 싶고 남들이 떠들면 같이 떠들고 싶었다. 그러나 나는 그럴 용기를 가지지 못했다. 나는 늘 그렇

장로의 딸

게 살아왔기 때문에 그런 것은 당연한 것으로 알았던 것이다.

이런 나의 생활에 그녀는 태양이 되었던 것이었다. 나는 그녀의 성실한 인생을 보고 나의 생활에도 변화가 있을지도 모른다는 최초의 생각을 가졌던 것이었다. 그런 생각을 하는 것만으로도 내 생활은 커다란 변화였다. 내 어찌 일찍이 그런 생각을 가져본 적이 있을까. 그것은 내 인생에 있어서 가히 혁명적인 것이었다.

내가 이 일식 낡은 적산가옥에 하숙을 정하고 나서 내 생활은 그녀를 따라서 조금씩 변화해가기 시작했다. 나는 아침 일찍 일어나 운동을 했다. 그녀 몰래 요가도 했다. 무엇보다 정신적으로 점점 건강한 사람이 되어갔다. 전처럼 자괴감에 젖는 횟수도 줄어들었고 그렇게 자괴감에 젖는 것이 성실한 태도가 아니라는 것을 나는 점점 생각하게 되었던 것이었다.

나는 어느덧 그녀를 사숙하게 되어 가는 내 자신을 느낄 수가 있었다. 그녀는 나의 태양이었고 나의 스승이었다. 그녀를 생각할 때마다 나는 힘이 솟았고 내가 불건전한 생각을 할 때마다 그녀는 내 앞에 나타나서 나의 길을 밝혀 주었다. 아 아, 그녀에 의해서 내 진정한 나를 다시 찾을 수만 있다면……

어쩌면 그녀에 대한 나의 지나친 사숙도 장로의 딸에 대한 연민에서 온 것인지도 몰랐다. 장로의 딸, 나는 그녀에 대한 황홀한 기억을 가지고 있었다. 그 황량하던 날들의 기억은 내 가슴을 시리게 할 뿐이었다.

장로님은 언제나 그 우중충한 일식 관사의 창틈에 앉아 성경책을 펴들고 있거나 돋보기 안경알을 입김을 불어가며 닦고 있거나 했다. 우리 고아원 원장이기도 한 그는 언제나 우리들에게 일용할 양식을 주옵시고 시험에 들지 않게 한 하나님에게 감사하라고 일렀다. 어떤 때 보면 원장은 이런 우중충한 건물과는 어울리지 않는 열대 식물로 가득 찬 일식 관사의 이국적인 정열 속에서 파리한 입술에 다갈색 파이프를 입에 물고 한참동안 말없이 창밖을 쳐다보고 있을 때도 있었다. 그는 우리가 그 사택 안으로 들어오는 것을 허락치 않았고 어쩌다가 잘못하여 유리창이라도 깨는 날이면 온종일 벌을 섰다. 그는 딸 하나와 같이 살고 있었다. 장로의 딸이었다. 그녀는 예뻤다. 나는 그녀를 따라서 단 한번 그 관사에 그녀의 방에 들어가 본 적이 있었다. 학교에서 어느 날 내 생애 처음이자 마지막인 우등상을 받는 아이들 이름에 내 이름이 들어있을 때 나는 그녀와 함께 그녀의 방에 들어갈 수가 있었던 영광을 가졌던 것이었다.

그녀의 방에는 십자가 금목걸이가 걸려 있었는데 나는 그것을 보자 갑자기 엄마 생각이 났다. 그것은 아마 저런 금 십자가 목걸이라고 기억되지만 어릴 적 엄마 등 위에서 만지작거리던 목걸이가 바로 그런 것이었다는 생각이 들었기 때문이었다.

그런 일이 있고 나는 거의 신열로 고생을 했다. 그것은 두 가지 이유 때문이었다. 하나는 그녀에 대한 사모 때문이었고 또 하나는 장로의 경멸 때문이었다. 그녀의 방에는 잘 정돈된 책장이 있었다. 나는 그것들 중 한 권을 빼어 열중하고 있었다. '고아 마리'였다. 나는 내 처지와 닮은 마리를 읽고 있으면서 조금씩 흘러내리는 눈물을 감추고 있었다. 그리고 그것은 거의 눈물의 홍수를 이루지 않으면 안 되었을 때, 나는 방문을 여는 소리에 깜짝 놀랐고 장로님을 보자 수숫대 떨듯 떨었다. 내 머릿속은 갑자기 그가 이 사택 안으로 들어오는 것을 바라지 않는다는 생각으로 꽉 메워졌다.

순간 그는 징그러운 벌레라도 본 것처럼 내게 경멸을 보냈다. 그만큼 그는 우리보다 훌륭하다고 생각하고 있었다.

그 순간 내 자신이 벌레라는 생각이 들었고 그가 나가면서 하던 말을 잊을 수가 없었다.

"천한 아이들이야. 놀지 마."

그는 신경질적으로 말해버렸다. 나는 그날 밤 신열에 들떴다. 헛소리를 질렀다. 그때부터 나는 그녀를 보면 십자가 목걸이를 생각했고 십자가 목걸이가 생각나면 그녀가 생각났다.

그런데 어느 날 그러니까 고아원의 불이 다 꺼지고 장로님이 있는 관사에서만 불이 흘러나오고 있을 때, 나는 갑자기 어떤 비명소리를 들었는데 직감적으로 그 일식관사라고 짚었다. 그 순간 나는 나도 모르게 벌떡 일어나 일식관사로 달려가기 시작했다. 일식관사는 담이 높았다. 나는 영화처럼 훌쩍 뛰어넘었다. 평소에는 감히 엄두도 못내는 곳을 나는 초인적인 능력을 발휘했던 것이다. 비명소리는 이내 신음소리고 변해갔고 그것은 이내 살려달라는 애원으로 변해가고 있었다.

나는 어떤 알 수 없는 의문을 느끼고 있었다. 그러나 이내 나는 소스라치고 말았다. 아니 그 순간은 절망했어야 했다고 해야 옳을 것이었다. 그 관사 안에서는 그녀가 발가벗겨진 채 장로님의 손에 들려진 채찍을 피하고 있었다. 장로님은 그 관사 안의 빨갛게 피던 샐비어만큼이나 정염으로 이글거리던 눈을 만들어 그녀에게 사디스트적인 학대를 가하고 있는 것이었다. 그녀는 오들오들 떨고 있었다. 그녀의 몸에서는 채찍에 맞아 붉게 피멍든 자국이 보였다. 나는 거의 지루한 상태로 그녀를 바라보았다. 마침내 그녀는 침대로 내던져졌고 장로님은 자신의 옷을 하나하나 벗어 던졌다. 그리고 어느 순간 장로님은 그녀와 하나가 되고 있었다. 나는 그만 놀란 소년이 되어 내 자리로 들어와 버렸다.

그때부터였다. 나에게는 장로님이 바로 보이지 않았다. 그는 사람이 아니라 사람의 탈을 쓴 늑대라고 나는 생각하였다. 그가 우리를 경멸한 것만큼 그도 나에 의해서 경멸되어갔다. 그때부터 아니 훨씬 그이전부터 나는 좀 멍청한 아이였지만 그런 일이 있고부터 나는 더욱 멍청한 아이가 되어버렸던 것이었다. 그녀가 장로님에 의해서 무자비하게 난도질당하던 그때 나는 내가 아니었다. 그것은 내 인생의 변화였다. 나는 그 고아원을 뛰쳐나갔다. 공업학교를 다녔기 때문에 변변치 못한 실력으로 어느 개인 기업체에 들어갔다. 그러다가 시험을 쳐서 국민학교 준교사가 되었다.

우연히 이 소도시를 배회하다가 나는 이 적산가옥을 보게 되었다. 그 순간 너무도 닮은 그 장로님의 일식관사를 생각했고 그녀를 본 순간 장로님 딸을 생각해낸 것이었다. 내 사춘기에 절대적인 영향을 끼친 그녀를 나는 잊을 수가 없었다.

나는 그녀를 보면 장로의 딸이 생각났다. 나는 그녀에게서 장로의 딸의 환상을 보는 것 같았다. 그녀를 보면 고운, 그리고 언젠가 내가 우등상을 탔다고 기뻐하며 함께 그 황홀한 일식관사 안으로 데려가던 그녀의 얼굴을 생각했다. 장로의 딸은 나보다 나이가 두 살이나 많았다.

나는 그녀에게서 장로의 딸에게서와 같은 향수를 느꼈다. 고결하고 품위 있는 그녀가 혼자 살고 있는 것만을 보아도 나는 그녀가 무척 순결한 여인이라고 생각했다. 그런 것이 건강치 못한 내 자신을 밝게 이끌어 주는 것이었다. 나는 열심히 그녀의 건강한 삶을 모방했다. 그녀를 닮으려고 애를 썼다. 그녀는 이 소도시의 부녀회에도 간여했다. 불우 아동을 위한 바자회에도 그녀는 빠짐없이 참여했다. 그녀는 또 이 소도시의 여성대표로 시정에도 간여했다. 그녀는 앞으로 보아도, 뒤로 보아도 역시 이 소도시의 인물인 것만은 틀림없었다.

그녀를 찾는 손님도 다양해서 시장 어른을 비롯해 아래로는 여자 공원들이 그들의 억울한 사연을 호소하기 위해서 이 일식관사를 드나들었다. 할 일이 없었던 나는 그녀의 방을 하루 종일 내려다보는 것이 유일한 기쁨이었다. 그녀의 건강하고 성실한 삶은 내 자신 얼마나 그런 세계를 그려왔는지 모른다. 변변치 못한 내 자신에 대한 반발이었는지도 모른다. 그러면서도 나는 내 자신의 비겁하고 용기 없는 삶 때문에 감히 내 자신의 껍질 속에서 벗어 날 수가 없었다.

나는 사실 학교에 가서도 별 볼일 없는 사람이었다. 나의 뿌리는 언제나 허약했다. 나는 이 40여 학급의 작지 않은 학교에서 있으나 마나 한 존재였고 또 있는지 없는지 조차 모를 정도로 희미한 존재였다.

나는 5학년을 맡았으므로 아이들을 보내고 나서도 제법 시간이 남았지만 이들을 위한 교재연구나 학습준비에 신경을 쓰지 않았다. 나는 7학급이나 되는 동학년 끼리의 성적경쟁에 나서지 않았다. 으레 우리 반은 제일 하위였고 무슨 일이나 내가 담임하고 있는 아이들은 고전을 면치 못했다. 나는 점점 문제교사가 되어가고 있었고, 이 문제교사라는 사실만 아니라면 정말 내 존재를 아는 선생님들도 드물 것이었다. 나는 때때로 내 자신의 어쩔 수 없다는 비참함 때문에 괴이한 작업에 몰두하는 때가 있었다.

아이들이 집으로 가버린 다음의 교실은 무덤 속을 연상하리만큼 어둡고 고즈넉했다. 내가 앉아있는 맞은편으로 방정식의 게시물이 들어와 있었고, 그 옆에는 나비의 한살이가 그려져 있었다. 커튼 사이로 들어오던 한 가닥 햇살마저 보이지 않게 되자 이 딱딱하기 그지없는 마룻바닥 교실은 뱀의 생태처럼 음침하게 가라앉기 시작했다. 하루 내내 빛이 들어오지 않았다가 해질녘에야 겨우 쥐꼬리만 하게 들어왔다가 가버리는 교실은 차라리 화장막 같은 분위기를 풍겨주었다.

갑자기 바람에 덜커덩거리는 유리창 소리에 놀라 수음을 하다 들킨 소년처럼 화들짝 놀라 문 쪽을 바라보았다. 사람의 실체가 아른거리는 것 같았다. 그리고 그는 아까부터 나의 이런 행동을 보고 있는 것처럼 느껴졌다.

"누구니, 인희니? 들어와."

나는 어느새 죽은 자를 심판하는 염라대왕처럼 침착을 되찾았다. 사실 나는 이 가로 세로 30자의 이 왕국에서 더 없는 폭군이었다. 나의 변태적인 성격 때문에 아이들은 점점 나를 싫어했고 나는 그들을 통솔하려다보니 더 없는 폭군이 되어야만 하였다. 그들이 나를 싫어하는 까닭은 또 있었다. 그것은 내가 인희를 편애했기 때문이었다. 그들은 내가 그녀를 편애하는 것만큼이나 나를 싫어했다. 그녀는 공교롭게도 그곳 교회의 장로의 딸이었다. 이름도 같았다.

"인희니? 인희면 들어와."

고즈넉한 교실에서 그것만큼 나는 공허하게 여울져오는 소리를 들어야 했다. 순간 나는 깊은 수렁 속에 빠진 절망감을 느꼈다.

내 책상 위에 놓여있는 유리병들이 나를 유혹하고 있었다. 나는 그것들 중에 아무거나 집어들고 마개를 뽑고 나서 거꾸로 세웠다. 갑자기 윙윙 소리를 내며 풍뎅이들이 요란하게 쏟아졌다. 마개를 닫아두었기 때문에 가사선상에 빠졌던 풍뎅이들은 밖으로 나오자 팔팔하게 날아다녔다. 나는 그 중에 한 마리를 잡았다. 날개를 뜯었다. 날개를

장로의 딸

뜯긴 풍뎅이는 바람개비처럼 몸체를 파르르 떨며 부채춤을 추었다. 풍뎅이는 발악적인 모습으로 발버둥 거리다가 곧 잠잠해버렸다. 나는 순간 가볍게 이는 연민의 정을 지울 수 없었다. 그러나 나는 다음에 내가 또 어떻게 하리라는 것을 잘 알고 있었다.

나는 또다시 그의 다리를 얄금얄금 뜯어갔다. 놈은 살려달라고 소리치는 것 같았다. 그러나 그만큼 나는 알 수 없는 희열로 숨 가쁘게 헐떡거렸다.

찔러! 길게 찔러! 내려막고 베어! 어디선가 총검술 소리가 들려왔다. 나는 급작이 서랍을 열었다. 실험용 주사기를 꺼내들고 놈의 밀리미터밖에 안 되는 눈을 향해 찔렀다. 놈은 아련하게 경련을 했고, 나는 나머지 눈도 바늘로 콕 찔렀다. 놈은 풀떡거렸다. 놈의 단말마가 내 눈 속에 잔인하게 들어왔다. 놈은 어느 해던가 이산화탄소 발생 실험을 하다가 염산에 닿았던 내 손만큼이나 움츠려들며 바르르 떨었다.

갑자기 인희의 얼굴이 클로즈업 되어왔다. 장로의 딸이 내 머릿속을 꽉 메웠다.

나머지 5개의 유리병 속에는 아직도 날개 뜯긴 나비의 잔해와 눈을 난도질당한 개구리의 꿈틀거림이 남아있다고 생각하자 나는 절망감으로 토르소에다 눈마저 난도질당한 놈을 잔인하게 밟아 버리고 말았다.

'뿌지직.'

마루 바닥과 내 슬리퍼 사이에서 들려오는 황량한 광물성은 나를 황홀하게 만들었다. 나는 한 번 더 발을 돌렸다. 확인 사살이었다.

살고 싶다. 살고 싶다. 장로님 살려주세요. 갑자기 나는 내 전신을 휘몰아오는 당혹감에 가슴이 시려왔다. 풍뎅이의 절망만큼 어느새 무덤 속 같은 빈 가슴은 여지없이 절망감과 절박감으로 꽉 차버렸다. 절망하는 거다. 그래 절망하는 거다. 그것만큼 절망하면 되는 거다.

나는 아직 남아있는 다섯 개의 유리병을 진기한 여자 나체 사진을 보는 것만큼 기대와 공포를 가지고 바라보았다. 이 교실에서 그것은 고독한 임금인 내가 즐길 수 있는 유일한 도박이었다.

거의 전부가 아이들이 잡아온 풍뎅이에 불과했지만 어떤 병에는 알록달록한 점들이 징그럽게 박힌 개구리가 담긴 적도 있었다. 그때면 나는 이것은 기욱, 이것은 말남이 것하고 외우고 있다가 그들의 성적표에다 10점을 더 올려주었다.

아까보다 바람이 더 불었다. 덜컹거리는 유리창 소리가 내가 하는 행동에 수치감을 일깨워주었다. 변태성욕자, 사디스트, 교사 이 어울리지 않는 말 때문에 순간 배시시 웃음이 새어나왔다. 그것과 함께 입 안에 담겨있는 꾸릿한 냄새까지 터져 나오자 나는 더없는 구역질을 느꼈다. 침을 뱉었다. 마루 바닥에 떨어지는 침의 소리는 더욱 공허하게 이 교실을 울렸다. 갑자기 귓바퀴가 커지고 나는 뱀의 숨소리까지 들을 수 있다는 착각에 빠졌다.

사실 나는 얼마나 비겁한 놈인가. 세상을 바로 보지 못하고 늘 주변자로 자괴감에 젊음을 탕진해버리는 나는.

나는 장로의 딸이 생각날 때마다 더욱 자학적으로 몰두했다. 이런 행동을 하지 않고는 나는 견딜 수가 없었다. 그것은 결코 내 의지에 의한 행동은 아니었다. 나는 무의식중에 발버둥쳤고 그녀를 생각할 때마다 인희를 생각하며 더욱 나 자신에 대해 잔인하게 굴었다. 그리고 나는 내 자신의 비참감을 또다시 맛보는 것이었다. 그녀를 생각할 때마다 장로가 우리를 벌레라고 생각할 때마다 위대하다고 느낀 장로의 그녀의 딸에 대한 사디즘과 변태가 내 머릿속을 참혹하게 어지럽히는 것이었다.

　그즈음 언제부턴가 나는 내 내부에서 솟구치는 또 하나의 장로의 딸을 보는 기이한 환상을 느꼈다. 어느 날 갑자기 성장해 있는 인희의 몸에서 나는 불현듯 장로의 딸이 내 앞에 서 있는 착각을 느낀 것이었다.

　그날은 아침부터 비가 오기 시작하였다. 셋째 시간을 마치자 우리는 신체검사를 하기로 되어 있었다. 나는 여학생의 가슴둘레를 재기로 되어 있었다. 여학생들은 수줍음을 많이 탔다. 남자보다 깨끗한 몸이었지만 그래도 몸을 닦지 않아 역겨운 아이도 있었다. 그렇지만 아무리 더러워도 부스럼과 때가 켜켜로 내려앉았던 우리 원생들의 그때보다는 깨끗했다. 내 자신이 깨끗하지 못했기 때문에 나는 그런 것에 별로 개의치 않았다.

　나는 사실 어른이 되어도 그렇게 깨끗한 몸이 못되었다. 열등한 내 몸을 바깥에 드러내는 것이 싫기도 했지만 이런 빈약하기 짝이 없는 내 신체를 남이 보고 있다는 수치감은 더욱 견딜 수가 없었다.

　내가 가르치는 아이들은 별로 웃거나 수줍음을 타는 아이는 없었다. 그들에게는 복종이 있을 뿐이었다. 그들은 내 앞에서 얌전하게 밋밋한 가슴을 들었고 여성을 나타내는 성징이 뚜렷치 않았다. 나는 무감각하게 손을 놀렸고 기계적인 동작만을 반복했다. 그러다가 내 앞에 서있는 인희를 바라보았을 때, 나는 문득 장로의 딸이 내 앞에 서 있는 착각을 느꼈다. 그리고 인희는 자신이 이제는 아이가 아니라 여자라는 것을 과시하듯이 갑자기 벌어진 두 젖무덤을 내밀고 있는 것이었다. 나는 순간 장로의 딸이 내 앞에 와있다고 여겼다.

　인희의 가슴은 엄청나게 솟아있었다. 나는 가슴둘레를 재면서 슬쩍 그 젖무덤을 만져보았다. 아, 선생님 하면서 인희는 자지러졌다. 이제

인희는 여자구나. 나는 인희와 장로의 딸을 혼동하기 시작했다. 장로가 그의 딸을 품에 안고 헐떡거리는 모습이 생생하게 떠올랐고 그와 함께 인희의 깊은 곳에 빈약한 성기를 들이밀며 황홀해하는 개기름이 번지르한 내 얼굴이 떠올랐다.

인희가 갑자기 그녀로 보이기 시작한 것은 그때부터였다. 나는 인희를 자주 내 방에 데려다가 심부름을 시켰다. 그녀를 상대로 장로의 딸에 대한 착각을 느꼈다.

그녀는 만화책을 몹시 좋아했다. 나는 인희에게 만화책을 사주었다. 어떤 때 인희는 내 방에서 그녀가 손수 밥을 짓기도 했고 그것을 정성스럽게 상을 차려 놓기도 했다. 그리고 둘이 마주앉아 밥을 먹었다. 나는 그녀가 인희인 줄 알았고 그녀가 지금 내 앞에 내 아내가 되어 있는 것이라고 착각했다. 너는 내 아내라고 가만히 뇌어보았다. 인희가 내 방에서 자고 가는 날은 나는 인희가 잠들면 그녀를 가슴에 으스러지도록 껴안아보기도 하고 그녀의 젖무덤을 풀어 만져보기도 했다. 너는 왜 브래지어를 하지 않았니? 죄악감과 함께 정염으로 달아오른 내 육신의 욕망이 갈팡질팡했다.

어떤 날 죄악감에 몸부림치며 인희의 사타구니에 내 발기한 빈약한 성기를 삽입해 보려고 시도했을 때의 추악함은 두고두고 나를 죄악감에 시달리게 했다. 인간이 근본적으로 동물에 속한다는 사실을 여지없이 보여 주고 있는 것이었다. 나는 그 이후로 추악함과 죄악감에서 빠져나올 수가 없었다. 갑자기 장로의 딸이 내 앞에 나타나서 커다란 눈으로 나를 바라보고 있었다. 나는 머리를 쥐어뜯었다. 내 자신이 추악하고 더러워서 견딜 수가 없었다. 얼굴을 파묻고 한참동안 자괴감에 떨었다.

그 후, 나는 인희에 대한 추악함이 머리에 떠오를 때면 내 육신은 산산조각이 되고 정신은 분열되는 추상적 병을 앓아야 했다. 나는 하숙을 옮기기로 했다. 내 방이 갑자기 불결하게 느껴지고 자주 목욕을 하지 않으면 견딜 수가 없었다. 나는 곧 이 일식관사로 하숙을 옮겼다. 그리고 집사의 건전한 생의 자세에 나는 비로소 내 삶을 바꿔보겠다는 혁명적인 생각을 하게 되었던 것이었다. 그것은 가히 혁명적인 사건이었다. 내게는.

그러나 나는 얼마 후 그녀를 살해하지 않으면 견딜 수 없다는 난해감에 빠져버렸다. 그녀를 살해해야 할 특별한 이유가 없었다. 그러나 그녀를 살해하지 않고는 이 불안한 나를 건질 수가 없을 것 같았다. 그녀를 죽여야 해. 그녀를 살해해야 해.

왜 내가 그런 생각을 가지게 되었을까. 내가 거의 열정적으로 흠모하던 여인이 아닌가. 그녀의 건강한 삶은 내 형편없는 생각에 가히 혁명을 주었던 것이 아닌가.

그런데 나는 그녀에 대해서 살의를 느끼고 있었다. 언제부턴가 그녀를 죽이지 않고는 견딜 수 없다는 불안감에 시달렸다. 나는 그녀를 죽여야만 한다는 강박관념에 시달리게 되었고 그때마다 나는 가끔 간질 발작 충동을 느꼈다. 갑자기 내 앞이 노래지고 꽁하고 나동그라졌다. 그녀를 보는 순간에는 갑자기 살의의 충동이 왈칵 치밀어 올랐다.

'그녀를 죽여야 해, 죽여야 해.'

딱히 꼬집어 말하면 내가 이런 충동을 느끼게 된 것은 어쩌면 그녀의 금 십자가 목걸이 때문인지도 몰랐다.

어느 날이던가. 이 적산가옥 감나무에 까치가 와서 울던 날, 외투를 꺼내 입어야만 했던 늦가을의 추위가 성큼 다가왔을 때, 일요일 아침 빨간 털외투를 입고 나가는 그녀의 목에서 반짝거리는 십자가 목걸이를 본 순간 나는 적잖은 충격을 받아야만 했다. 빨간 외투 차림으로 나가는 그녀를 보자 장로의 딸이 내 앞에서 걸어가고 있다는 충동을 느꼈다. 갑자기 그녀의 얼굴이 확대되고 내 앞을 가로막았다. 나는 내 몸을 부들부들 떨고 있었다. 요의를 느꼈다. 그리고 갑자기 그녀를 죽여야 한다는 생각에 사로잡혔다. 그것뿐이었다. 저렇게 성실한 여인에 살의를 느끼다니. 나는 내가 백 번, 천 번 죽일 놈이라고 생각했다. 저렇게 성실한 여인을, 그것도 혼자 사는 여인을……

그런 충동은 꼭 그녀를 내 손으로 죽이지 않고는 견딜 수 없다는 생각을 갖게 만들었다. 그녀와 마주칠 때마다 나는 알 수 없는 괴로움으로 시달려야 했다. 왜 나는 그녀를 죽여야겠다는 생각에서 벗어나올 수가 없는 걸까. 내가 왜 이러는 거지. 그러나 그녀를 죽여야겠다는 것은 한결같이 피할 수 없는 것이라고 생각했다.

이제 내가 살인을 하게 되나 보다. 더럽고 오욕과 멸시와 열등감으로 가득 찬 내 스물여덟의 인생을 마무리 짓나보다. 그녀를 죽이게 되면 나는 별다른 이유 없이 살인을 했다는 뫼르소 같은 이유로 사형선고를 받겠지. 그것은 지극히 당연한 것으로 하등 이의가 있을 수 없다. 내가 그녀를 살해하겠다고 결심한 것은 그렇게 비롯된 것이었다. 내 그 결정은 거의 확정적이었다. 이제 행동으로 옮기는 일만이 남아 있을 뿐이었다.

내가 그녀를 살해하겠다고 결심한 날은 크리스마스이브 전날 밤이던가 그랬다. 딱히 그날을 정할 이유는 없었지만 웬일인지 그녀를 생각하면 크리스마스가 생각났고 크리스마스가 생각나면 장로의 딸이 연상되었다.

장로의 딸

크리스마스 날만 되면 나는 오직 유일하게 그녀의 손을 잡을 수가 있었다. 나는 종이었고 그녀는 공주였다. 나는 감히 대사를 외울 수가 없었다.

이 소도시의 거리가 크리스마스 축제로 한층 들떠 있을 때, 그녀는 부지런히 교회를 위해서 분주했고 내게도 교회에 나오라고 권했다. 그녀의 중후한 인격은 나이에 어울리지 않게 탄력이 있었고 가슴도 팽팽했다. 찬송과 기도 소리가 끊이지 않았다.

나는 곧 작업을 시작했다. 그녀를 숫처녀를 농락하듯이, 어린 아이의 목을 슬그머니 조르듯이 그렇게 죽여야 한다고 생각하였다. 넥타이 끈 세 개를 준비했고 밤이 되기를 기다렸다.

나는 술을 했다. 그것은 내 인생의 처음이었다. 나는 이때껏 술이 무엇인지 몰랐다. 그런 면에서조차 나는 남자답지 못했다. 나는 얼큰히 취해오는 것을 느꼈다.

이미 그녀의 방에서는 수면등만이 켜져 있을 뿐이었다. 늘 생각해 오고 있던 그녀의 방, 거기에는 내가 어렸을 때 장로님 딸의 방에 어설프게 들어가서 전혀 우리 생태와는 어울리지 않던 고귀하고 정돈된 방에서 보았던 수많은 장식품과 빨간 털외투가 걸려 있을 것이라고 나는 생각하였다.

나는 그녀의 방으로 다가갔다. 장로의 딸이 와서 나를 저지하고 있었다. 그러나 순간 나는 그녀를 피해버렸다. 성실한 그녀를 죽여야 했다. 죽이지 않고는 질식해버릴 것만 같았다. 나는 내가 쥔 세 개의 넥타이에 힘을 주었다. 나는 위기일발의 팽팽한 긴장감을 맛보았다. 내가 이 질식에서 빠져나올 수 있는 절호의 기회다. 죽여야 한다. 그러나 나는 이내 절망감에 빠지지 않으면 안 되었다. 도무지 발길이 떨어지지 않았다. 이래서는 안 된다 다잡아야 한다. 그러나 아무리 다잡으려 들어도 발길이 떨어지지 않았다. 내 실행 없는 생각뿐인 태도로 나는 한참을 그 자리에서 옥신각신해야만 했다.

나는 결국 그녀를 죽이지 못했다. 아니 못한 것이었다. 장로의 딸은 내 앞에서 나를 계속 저지했고 그리고 나는 갑자기 모든 것이 두려워지기 시작하였다. 내가 살인을 하고 있다는 절박감이 갑자기 나를 엄습해왔다. 나는 조용히 내 방으로 왔다. 나는 남았던 알코올을 마저 마셔버렸고 그리고 술기운과 피로감 때문에 홍건히 그 자리에서 뻗어버렸다. 얼마나 잤는지 모른다. 내가 깨어보니 다시 저녁이었고, 그날 밤은 이브였기 때문에 교회마다 찬란한 성가가 메아리치고 있었다. 나는 그 환하고 밝은 세계가 두려워 이불을 더욱 뒤집어썼다. 그러나 이불을 덮어 써도 써도 두려움은 가시지 않았다.

내가 경찰서로 달려가 자수를 한 것은 그리고 닷새가 지난 연말이었다. 내가 이 소도시의 경찰서로 찾아가니까 그들은 연말 사범을 처리하느라 바빴고 내가 그 중 한 사람을 잡고 내가 살인을 하려고 했다니까 그는 의아해 했다. 나를 정신병자라도 생각한 모양이었다. 나는 심각하게 말했지만 그는 대수롭지 않게 생각했고 마침내는 조소하기까지 했다. 나는 그의 웃음을 보자 더욱 절망감에 빠져버렸다. 여기서도 내 의지대로 할 수 없다니…… 나는 더욱 그에게 제발 나를 살인자로 몰아서 철창 안에 가두어 달라고 사정을 했다. 그러자 그는 상관에게 보고를 하는 것 같았고 나는 곧 그의 앞에 불려갔다. 그는 나를 보더니 직업과 성명 나이를 물었고 내가 다니고 있는 학교에도 전화를 넣어 확인하였다. 그녀에게도 전화를 넣었다. 이윽고 그녀가 달려왔다. 그녀는 대신 보증을 서고 나를 빼앗듯이 택시에다 태웠다.

내가 이 정신병동에 들어온 것은 그로부터 이틀 후였다. 그녀는 내게 좋은 말로 구슬렸고 그녀에 대해 약한 나는 쉽게도 멍청하게 그녀를 따라서 이 병동에 오게 되었던 것이다.

나는 갑자기 목이 칼칼해졌다.

열등감에 관한 보고서

나는 고민이 하나 있었다. 그것은 내가 자꾸만 남보다 못하고 뒤지고 열등하다는 생각이었다. 이런 것은 나에게 스트레스를 주었다. 나는 점점 열등감에 빠지지 않으면 안 되었는데 무슨 일을 해도 자신감이 없었고 남보다 못하다는 생각 때문에 기를 펴지 못했다. 나이도 많다면 모를까 이제 초등학교 6학년이 이러니 내가 생각하기에도 참 내가 한심한 생각이 들 때가 한두 번이 아니었다. 괜히 아이들이 나를 왕따시키는 것 같다는 생각이 들고 그래서 그런지 혼자 있는 때가 많았다.

어떻게 하면 이 고통을 벗어날 수 있을까 한번 잘못된 생각으로 빠져 드니 헤어나기는커녕 걷잡을 수 없이 그 길로 빠져들었다. 그것은 정말 이상했다. 마음의 작용이라 할까 고치려고 하면 할수록 더 고집적으로 고쳐지지 않는 것이었다. 다른 아이들도 이럴까 나처럼 이렇게 열등감에 빠져서 늘 나에게만 사로잡혀 이렇게 고민을 하는 것일까 모든 것이 싫었다. 해보았자 안 된다는 생각이 내 가슴을 가로질렀다.

한번은 수정이와 같이 말도 걸고 사귀고도 싶어서 수정이와 말 걸 기회를 기다리고 있었다. 수정이의 성격이 밝고 이야기를 잘하고 자주 웃는 얼굴이 보기에도 좋았고 예뻤기 때문이었다. 나는 몇 개의 시나리오를 준비하고 수정이와의 거리가 좁혀지기를 기다리고 있었다. 그러나 나는 그러지를 못했다. 어느 날 수정이가 많은 아이들 가운데 둘러싸여서 재미있게 웃고 떠들고 있는 모습을 보자 그 화안한 세계에 내가 들어가지 못한다는 생각이 문득 든 것이었다. 이상했다. 내가 왜 이런 다지 정말 왜 이런 다지 나는 속으로 기도했다. '하나님 도와 주셔요 이 불행의 구렁텅이에서 빠져나오도록 용기를 주셔요.'

남들은 나의 이런 이야기를 들으면 그냥 웃음으로 넘길지 모르지만 그러나 나에겐 정말 심각한 문제였다. 어째 나는 이런 걸까. 나는 왜 미리 겁부터 먹고 피해갈 생각부터 하는 것일까. 내 성격이 왜 이렇게 변해가는 거지. 지난날을 돌아다보았다. 정말 나는 괜찮은 소년이었다. 나는 휘파람을 잘 불고 시도 잘 짓고 우울할 때면 나 홀로 노래를 부를 줄도 아는 소년이었다. 5학년 때는 혼자 일본 여행을 다녀올 정도로 용기 있는 소년이었다. 언젠가 TV 속에 나오는 일본 오오사카 성을 보다가 그냥 무심코 '와 일본에 이런 멋진 곳도 있었나. 일본에 한번 가보고 싶다.' 그냥 무심코 한 말이었는데 엄마는 그 말을 놓치지 않고 있다가 비행기 표와 자유여행 일정표를 내게 건네주었다. 엄마는 혼자서도 할 줄 알아야 한다며 내가 길을 잃었을 때 어떻게 해야 한다는 기본적인 사실을 숙지시킨 뒤 혼자 일본여행을 다녀오게 했다.

그런데 언제부턴가 나는 내 자신 속으로만 빠져들었다. 모든 것이 남보다 못하다는 생각이 들게 되었다. 내가 왜 이렇게 된 것일까. 곰곰 생각해보았는데 이렇게 된 특별한 이유가 없는 것 같았다. 있다면 반 친구들이 쑥쑥 발전해가는 모습이랄까. 나는 그들을 보며 그냥 부럽고 한편으로 어쩌면 저렇게 될 수 있을까 하는 생각을 하고는 하였다. 그런 생각은 학년이 바뀌어져도 마찬가지였다. 새로운 친구들을 만났지만 그들을 볼 때마다 나는 그들의 자신만만함과 패기에 기가 죽었고, 많이 뛰놀면서도 우수한 활동을 하는 그들을 보며 작은 일에도 쩔쩔 매는 나를 생각하고는 심한 열등감에 시달렸다.

그때 생겨난 헛소리가 '하나님, 도와 주소서. 내게 용기를 주소서.' 하는 것이었다 하도 그런 '도와 주소서' 하는 말을 많이 했기 때문에 절에 가면 '부처님, 도와 주소서.' 성당에 가면 '마리아님, 도와 주소서.' 하는 식으로 자연스럽게 변해 말하게 되었다. 그렇다고 그런 소원이 들어질 리가 있겠는가. 소원을 빌 때마다 그것은 입버릇일 뿐 한 번도 하나님의 도움을 받은 적은 없었다.

그런데 그날 내가 오봉산(五峯山)으로 올랐을 때의 일은 좀 신기했다. 나는 그날 산신령을 본 것이었다. 그날 특별한 일이 있었기 때문에 경감암(鏡鑑庵)이 있는 오봉산을 올랐던 것은 아니었다. 혼자 있는 것을 좋아하게 되고부터 가지게 된 버릇, 그냥 산으로 올랐던 것이었다. 오봉산은 봉우리가 여러 개 있지만 비교적 큰 곳만 다섯 개가 솟아 있다고 해 오봉산으로 불렀다. 그렇지만 실은 봉우리들이 고만고만해 어떤 것 다섯 개를 말하는지 몰랐다. 내가 보기에는 여섯 개로 보이기도 하고 일곱 개로 보이기도 하고 심지어는 열 개로 보이기도 하였다.

산길은 언제보아도 마음에 들었다. 산에 가면 나는 남들이 할 수 없는 것을 느낄 수가 있었다. 나는 풀벌레 소리를 들을 수 있었다. 풀벌레 소리는 아무리 잘 들으려고 해도 사람들은 잘 듣지 못했다. 또 작은 동물들이 움직이는 소리, 새들이 웃는 소리, 또 우는 소리, 웬 웃는 소리고 우는 소리냐고 하겠지만 새들도 똑같이 사람처럼 울고 웃고 하는 것이다. 소리를 낼 수 있는 동물들은 다 감정표현을 하였다. 나는 그런 것을 들을 수 있었던 것이다.

경감암에는 사람들이 많이 놀러와 있었다. 토요일이어서 그런지 아이들도 여럿 보였다. 아이들은 뛰놀고 웃고 엄마 아빠의 손을 잡고 경감암의 이곳저곳을 둘러보며 연신 밝은 웃음을 흘렸다. 나는 그런 아이들을 물끄러미 그냥 바라만 볼 뿐 그들과 같이 어울리지 못했다. 아니 어울려지지 않았다. 이상했다. 저들의 화안한 세계가 마냥 부러울 뿐 그것이 내 세계가 아니라고 생각 드는 것이었다. 그 세계와 내가 있는 세계는 다른 세계라는 생각만 들었다. 내가 왜 이럴까. 내가 왜 그랬을까 하면서도 쉽게 그 세계를 벗어날 수 없었다. 그러다가 나는 아예 '나 같은 게 뭘' 하는 나 자신을 비하하는 지경에까지 이르게 되었다.

내가 이 세계를 벗어나야겠다는 생각을 한 것은 바로 방과 후 글짓기 선생님으로부터 관찰자 시점을 배우고 나서였다. 관찰자 시점이란 객관적인 태도로 대상을 관찰하고 사실을 묘사하는 것이었다. 관찰자 시점은 나를 객관적으로 보게 하였다. 나를 대상으로 열심히 관찰하는 거다. 그래야 나를 알 수 있다. 나를 알아야 나에 대한 글을 제대로 쓸 수 있다. 선생님도 그렇게 말씀하셨다.

그렇게 나를 객관적으로 바라보게 되니 자연 내가 무슨 문제를 가지고 있는지 알게 되었다. 그러나 문제는 알았지만 도무지 그 원인이 무엇인지 알 수 없었다. 문제가 있다면 원인도 있을 텐데. 그렇다면 내가 이렇게 된 원인이 어디 있을까. 그 원인을 알아야 그 문제를 해결할 수 있을 텐데. 그런 생각을 하다보면 나중에는 '에라 모르겠다 될 대로 돼라' 하는 생각을 하게 되었고, 그러다가 또다시 나는 나도 모르게 '하나님 도와주소서, 내게 용기를 주소서.' 하는 실없는 말을 하게 되었다.

나는 경감암을 한 바퀴 돌고 절 뒤편으로 해서 고개로 올라갔다. 경감암 뒤 고개를 넘으면 장기면(長機面)이 되었다. 나는 경감암을 지나 오봉산 넘어 장기면으로 갔다가 지하철을 타고 올 생각이었다. 사람들은 이런 길을 택하지 않았다. 그냥 경감암으로 올랐다가 바로 내려가는 경우가 많았다. 오봉산은 우리 동네의 뒷산이나 다름없었다. 조금 떨어져 있다 뿐이지 중간 중간에 별장 같은 집도 있어서 그렇게 위험한 산이 아니었다.

나는 무작정 뒷산인 오봉산으로 올랐다. 가다가 멧비둘기, 동박새, 까마귀를 보았다. 하늘은 맑고 구름 한 점 없는 그야말로 유리 같은 날씨였다. 단풍은 이제 막 들기 시작했고 세상은 마술에 걸린 것 같았다. 나는 가을 빛을 따라 가을 냄새를 맡으면서 걸었다. 가을빛이 있다면 아마 이랬으리라.

가을빛은 주황색 그보다 조금은 연하게, 아니 그보다 조금 진하게, 아니 무슨 색인지 표현할 수 없는 알쏭달쏭한 빛, 검은 빛은 아닌데 그런데도 검은 빛이 조금은 섞여 있는 것 같은, 소녀의 노란 외투에 검은 주머니를 달고 있는 보색대비 같은, 가을의 빛깔은 외로움이 묻어나는 풋풋한 생명 같은 빛, 그런 빛깔로 만든 도자기 빛 같은, 아니 그려낼 수 없는 빛 너머의 빛깔, 아니 그 무슨 빛으로도 나타낼 수 없는 무한대의 빛, 흔들리는 내 마음 따라 수없이 변하는 진행형 같은 빛, 가을빛은.

내가 마악 산봉우리를 넘으려고 했을 때였다. 고개를 경계로 넘으면 장기면이었고, 이쪽은 우리가 사는 동네였다. 성급한 들국화가 숨어 있다가 고개를 내밀었다. 나무 사이사이로 기어가는 개미들이 눈에 들어왔다. 길가에 있는 도토리, 단풍잎, 나무뿌리, 돌멩이, 벌레 무엇이든 주워 바라보면 반갑다고 인사할 것 같았다. 나는 그들에 팔려 시간이 가는 줄 몰랐다.

이윽고 고개에 올랐다. 그러나 오봉산 뒤쪽은 내 예상과 전혀 달랐다. 고개를 하나 넘으면 장기면이 있을 줄 알았는데 실상은 그게 아니었다. 고개 위에서 저쪽을 바라보자 제법 깊은 풀숲이 나타나는 것이었다. 숲이 우거지고 고개가 낮아서 그런지 저 밑 동네가 보이지 않았다. 그래도 길 따라 가면 되겠지 싶어 길을 따라 갔는데 웬걸 조금 지나자 여러 갈래의 길이 나오면서 나를 혼란스럽게 하고 있었다. 나는 되도록 큰 길 쪽으로 그리고 같은 큰 길이면 될수록 낮은 쪽으로 걸었다. 그러나 조금 가다보면 또 다른 갈래 길이 나타나서 갈수록 당황스러워지는 것이었다. 모험심을 발동할 일이 아니었다. 게다가 날은 어두워지고 있었고 어디가 어딘지 알 수가 없었다.

나는 비로소 내가 무모했다는 것을 깨닫지 않으면 안 되었다. 도로 고개 너머로 돌아갈까도 생각했지만 돌아가기에는 너무 늦었다고 생각했다. 그러는 사이 날은 점점 어두워졌다. 나는 급했다. 걸음을 빨리 했다. 그래 조금만 가자 조금만 더 가면 장기마을이 나타날 것이다. 조바심이 쳐졌다. 시계는 아직 다섯 시가 되지 않을 것 같았다. 산에서의 다섯 시는 아래에서의 다섯 시가 아니었다. 호주머니를 뒤졌다. 핸드폰을 가지고 오지 않았다는 것을 비로소 알았다. 점심을 먹지 않았다는 것도 생각났다. 그러나 그런 것은 지금 문제가 아니었다. 당장 어둡기 전에 마을로 내려가야 한다. 그런 초조감으로 잔뜩 긴장한 채 나는 걸음을 좀 더 빨리 했다. 그런데 어찌 된 셈인지 마을로 가는 길이라고 확신했던 길이 조금 지나자 또다시 세 개의 길로 갈라지는 것이었다. 이번에는 정말 헷갈리는 것이었다. 두려움이 다가왔다. 어디로 갈까 어쩌면 좋을까.

'산신령님, 도와 주소서. 산신령님, 도와 주소서.'

나는 나도 모르게 저절로 그런 소리가 입에서 흘러 나왔다. 그렇게 잠시 망설였던 사이였을까. '금도끼 은도끼' 동화와 같은 일이 내게 순식간에 일어난 것이었다. '이 토끼가 네 도끼냐' '아닙니다. 그것은 제 것이 아닙니다' '그러면 이 은도끼가 네 것이냐' '아닙니다, 제 도끼는 쇠도끼입니다'

"그 길로 가거라."

갑자기 누군가 나타나서 명령처럼 말하는 것이었다.

"네? 아, 네에, 그런데 누구셔요?"

"나, 네가 외우던 산신령이다."

너무도 급작스러운 일이라 나는 주변을 둘러보았다. 그 산신령은 내가 어느 길로 갈까 망설이는 갈래 길 한 가운데서 불쑥 나타났는데 그는 흰옷을 입고 긴 수염을 기르고 백발에다 지팡이를 지니고 있었다. 동화 '금도끼 은도끼'에 나오는 산신령의 모습 그대로였다.

"세상에 산신령이라니요. 지금 세상에 산신령이 어디 있어요. 그런 거짓말 하지 마셔요. 어린이라고 함부로 거짓말 하면 안 되어요."

나는 그가 산신령인척 하면서 나를 잡아다가 다른 곳으로 팔아넘기는 조직의 일원일지도 모른다고 생각하면서 잔뜩 경계하는 목소리로 말했다.

"어허, 세상에는 있을 수 없는 일이 일어나는 경우도 많고 있을 수 없는 것 같은 사람도 허다해."

내가 거짓말 하지 말라며 대꾸하자 그는 아주 여유만만하게 말했다. 그러자 나는 더욱 공포스런 생각이 들었다. 그의 여유만만한 말투가 나를 더욱 두렵게 한 것이었다. 동화책에서 나오는 산신령과 같은 차림새에 있는 저 노인이 진짜 나를 잡아다가 엉뚱한 곳에 팔아넘기면 어쩌나. 요즘 같은 세상에 산신령이 어디 있을까. 그런 생각이 들자 나는 그가 더욱 의심스러워졌고 학교에서 들은 개구리 소년이야기까지 생각나서 잔뜩 그를 경계했다. 여차하면 도망갈 생각도 했다. 그가 어른일지라도 내가 죽기 살기로 달리면 그 노인쯤 피할 수도 있을 것도 같았다.

"내 이 길로 가는 것이 맞다고 하는데 너는 무엇 때문에 그렇게 의심하는 거지?"

그 산신령이라는 노인이 재촉했다.

"그걸 누가 믿어요. 이즈음 세상에 산신령이 어디 있어요?"

"어허 속고만 살았구나. 조그만 녀석이, 하긴 요즈음 세상이 하도 흉흉해서 너 같은 애들한테 당부하는 것이 많겠지. 그렇지만 아까도 말했지 않니, 세상에는 있을 수 없는 일도 많다구. 지금 네가 처한 상황이 바로 그런 것이라고는 생각 들지 않니?"

"그렇지만 저는 아직 할아버지를 믿을 판단이 서있지 않아요. 그래서 좀 더 고민해 보구 할아버지 말을 따를 게요."

"원 녀석 고집도, 어린 네가 고민을 해보아야 얼마나 하겠니. 뭘 아는 것이 있어야 고민할 게 아니냐?"

"그런 말 마셔요. 내가 얼마나 고민이 많은데."

"그래 그 고민 한번 들어나 보자."

"아니 산신령이라는 사람이 그것도 몰라요. 산신령은 상대를 보면 상대가 무슨 고민이 있는 걸 척 알 수 있어야 산신령이지요. 산신령이 아니라는 것이 표가 나네요."

"그건 동화 속에서나 있는 이야기구 실제로 산신령은 남의 속까지 잘 몰라. 산신령은 그 산의 산신령이지 전 세계의 산신령이 아니거든. 전 지구를 다 아는 사람은 아마 하나님밖에 없을 거야, 하늘에 사니까. 마찬가지야. 나는 이 산에서 일어나는 것은 잘 알아. 하지만 너처럼 다른 곳에서 온 아이의 마음은 잘 몰라. 왜냐하면 나는 오봉산의 산신령이니까."

"그렇다면 오봉산에서 일어나는 일은 잘 안다는 말인가요?"

"그래 어디 네가 궁금한 것 있으면 물어 보렴."

"그럼 오봉산을 왜 오봉산이라고 그래요. 내 눈에는 봉우리가 일곱 개 여덟 개로 보이더구만."

"응, 말 잘했다. 이 오봉산은 네가 말한 대로 칠봉산, 팔봉산도 돼. 멀리서 보게 되면 봉우리가 열 개도 넘게 보여. 이때 중요한 것은 봉우리를 어떻게 보느냐 하는 거야. 언덕만한 봉우리도 봉우리라 하면 봉우리라 할 수 있지. 그런데 사람들은 예부터 다섯 개의 봉우리만을 택해서 화봉, 수봉, 목봉, 금봉, 토봉이라고 이름을 붙였어. 그러니까 봉우리 이름이 다섯 개야. 다른 봉우리가 아무리 높아도 봉우리 이름이 없으면 봉우리로 치지 않는 거지. 그래서 오봉산이라 불렸던 게야."

"그럼 여기 있는 이 길은 어느 봉우리와 어느 봉우리 사이에 있는 고개에요?"

"이것은 수봉과 목봉 사이에 있는 고개지."

나는 내 물음에 막히지 않고 말하는 그가 신비로웠다. 그래서 그의 얼굴을 다시 한 번 쳐다보았다. 수염이 길고 머리를 풀었고 흰옷을 입

열등감에 관한 보고서

고 지팡이를 들고 주변이 화안히 빛나고 있는 것을 보면 그가 정말 산신령인지도 모른다고 생각했다.

갑자기 그를 믿고 싶은 생각이 드는 것이었다. 그러나 아무리 그래도 요즈음 세상에 산신령이 어디 있는가 싶었다. 산신령이라니 말도 안 되는 소리였다. 그러나 또 한편으로 산신령이 말한 세상에는 있을 수 없는 일이 일어나는 경우도 얼마나 많은가 하는 생각도 났다. 조금씩 그에 대한 경계가 무너져갔다.

"신령님은 사는 곳이 어디에요?"

"나는 이 산 어디에나 산단다. 내가 자주 있는 곳은 저 토봉 제일 높은 곳에 자주 있어 자주 그곳에 올라 하늘과 교통하는 수행을 하지."

"교통한다는 것이 무슨 뜻이에요?"

"서로 주고받는다는 거지. 도를 열심히 닦다 보면 저절로 모든 것이 보여 특히 귀신을 잘 볼 수 있어."

"정말 귀신도 볼 수 있단 말이에요. 그럼 세상에 귀신이란 것이 정말 있다는 말이네요?"

"그럼 이 세상엔 귀신이 얼마나 많다고. 도를 닦으면 그 귀신이 보여. 너무 작아서 잘 안보이지만 가만 있자. 네 옆에도 무엇이 하나 있는데…… 어, 애기 귀신 아냐. 혹 너 정말 무슨 근심 걱정이라도 있는 거 아니니? 그렇지 않고서야 네 몸에 애기 귀신이 붙을 리가 없을 텐데."

"네에?"

나는 그의 명확한 추리에 깜짝 놀랐다. 내가 걱정거리를 가지고 있다는 것을 어떻게 알고서 그런 소리를 하는 것일까 나는 내 몸 여기저기를 둘러보았다. 아무것도 보이지 않았다.

"그 근심 걱정을 핑계로 너를 타락시키려고 애기 귀신이 꽈악 붙어 있는 거야. 그 꼬마 귀신을 빨리 떼어내지 않으면 안 돼. 귀신은 점점 자라니까 나중에 어른 귀신이 되면 떼어내기 힘들어."

나는 그의 말을 듣자 가슴이 덜컥 내려앉았다. 내가 이 꼬마 귀신을 떨어내지 않으면 이 꼬마 귀신과 함께 평생 생활하겠구나, 그런 생각이 들자 갑자기 내가 가지고 있는 고민을 이 산신령에게 말해버리고 싶은 충동이 일었다.

"그럼 산신령님은 언제부터 여기 오봉산에서 사신 거예요?"

"산신령의 수명은 일반사람들보다 2배 정도 더 살아. 그러니까 잘하면 200살까지 산다고 보면 되겠지. 여기서 산 지는 오십 년쯤 돼 그 전에는 가지산(伽智山)에서 살았어."

"그럼 사람과 산신령의 차이점도 아시겠네요?"

"산신령도 사람과 똑 같아 사람이 도를 닦으면 신령이 되거든. 너는 교회에 나가니? 교회에 나가면 하나님을 믿겠구나. 산신령은 도를 믿는 거야. 도를 닦기도 하고 도를 많이 닦으면 속이 맑아져서 오래 살 수 있어. 너도 속을 맑게 하면 신령이 될 수 있어."

"속을 맑게 하려면 어떻게 해야 하나요?"

"마음속에 있는 모든 것 이를테면 고민, 불만, 불안, 질투, 복수 이런 것을 다 내려놓아야 해. 누구나 할 수 있는 거지만 그게 그렇게 누구나 쉽게 할 수 있는 것이 아니란다. 너는 무슨 고민이라도 있니? 그렇다면 빨리 털어내 내가 도움이 되는지 모르겠구나."

나는 그 말에 감동해서 내 고민을 그에게 털어놓기 시작했다. 날은 어둑해졌지만 나는 산신령과 함께 있다는 생각으로 별로 무섭다는 생각이 들지 않았다. 어떻게 말해야 할까. 언제부턴가 내 마음 속에 그늘처럼 자리 잡은 그 열등감이라는 괴물을 어떻게 말해야 할까.

그러다가 나는 국어 시간에 배운 기사문 쓰는 방법을 생각했다. 기사문 쓰기를 할 때는 5W 1H 방법으로 해야 한다는 말이 문득 생각난 것이었다.

"언제부턴지 모르게 제 마음 속에 그늘이 드리워지기 시작했어요. 원인도 모르겠고 딱히 어느 때라고 정확히 짚어 말하기도 어렵고 그런데 하여튼 어느 땐가부터 제 마음 속에 열등감이라는 그늘이 드리워지기 시작했어요. 자꾸만 자신감이 없어지고 기가 죽고 남들보다 못하다는 느낌이 들고 움츠러드는 것이었어요. 이상했어요. 내가 이래서는 안 되는데 안 되는데 하면서도 그러면 그럴수록 더 열등감의 늪으로 빠져드는 것이었어요. 언젠가는 이 늪으로부터 벗어나려고 친구도 만나고 운동도 하고 했지만 그러나 내 마음은 그럴수록 더 외로워지고 밝은 것이 싫어졌어요. 혼자 있는 것이 더 좋았어요. 명랑하고 화안한 세계가 내 것이 아닌 것 같았어요. 왜 그런지 원인도 알 수 없고 뚜렷이 내가 잘못한 것도 없는데 자꾸만 그런 생각이 들다보니까 이젠 세상에 나가는 것마저 싫어졌어요. 엄마 아빠도 나의 이런 변화를 눈치채지 못했어요. 그저 나만이 끙끙 앓고 있는 거예요. 신령님 어떻게 하면 좋아요 도와 주셔요."

나는 내가 '하나님 도와 주셔요' 하고 입버릇처럼 말하던 것을 생각하며 그에게 도와 달라고 애절하게 말했다. 그는 내 말을 심각히 듣더니

"어렵긴 한데 그럼 내 말을 잘 따를 수 있겠니?"

하고 물었다.

나는 절박했으므로 거침없이

"네."

하고 대답했다.

"자신감이나 열등감은 모두 자기 믿음과 관련하여 나타난 현상이야. 자신감은 너무 많이 자신을 믿고 열등감은 너무 자신을 믿지 않고 하다 보니 생겨난 거야. 너는 아까도 보았지만 너무 남을 믿지 않고 있었어. 남을 믿지 않는다는 것은 그만큼 너 자신을 믿지 않는다는 것을 나타내고 있는 거야. 늘 자신을 방어하고 자신이 피해를 입지 않을까 걱정하고 그런 것 모두 너를 부정적으로 만들게 하고 있어. 모두 놓아 버려 너무 자신감도 가지지 말고 그렇다고 너무 위축감도 가지지 말고 그냥 '나야 나' 하고 생각해봐, 그러면 한결 마음이 가벼워질 거야."

그렇지만 그의 말은 무슨 뜻인지 잘 이해가 되지 않았다. 잘 이해가 되지 않았기 때문에 그냥 아무 말도 않고 있었다. 그는 내가 아무 말이 없자 또 말을 이었다.

"내 말은 지금 너는 너무 꽈악 너를 억누르고 있다는 거야. 무얼 한 가지 하더라도 그걸 자신과 관련시켜 이것이 나와 어떤 관련이 있을까 생각하고 너의 생각을 너로부터 한 발자국도 떼어놓지 못하고 있어. 그걸 벗어나야 해. 모든 걸 그냥 놓아버려. 네가 하는 행동 하나하나를 늘 너와 관련시켜 생각하면 얼마나 피곤하고 짜증 나겠니. 그러니까 잘하면 잘하는 대로 못하면 못하는 대로 그냥 두는 거야."

그래도 나는 그것이 내게 와 닿지 않았다. 내 문제를 해결하기 위해서 이렇게 해라 저렇게 해라 하는 것에 익숙해온 나는 산신령도 그렇게 말해야 이해할 것 같았다. 내가 다시 그냥 멍하니 있자 그는 또다시 말하기 시작했다.

"그런 다음 너를 객관적으로 바라보는 거야. 내가 잘하는 것이 무언가 생각해 봐. 또 못하는 것은 무언지 생각해 봐. 너는 무엇이 재미있구 무엇을 잘 할 수 있니?"

"전 저 혼자 생각하구 관찰하구 남들이 들을 수 없는 풀벌레 소리, 개미 기어가는 소리, 풍뎅이 날개 흔드는 소리 이런 것을 들을 수 있어요. 또 그런 것을 잘 표현할 수도 있어요."

내가 한참동안 머뭇거리다 말하자 그는 기다린 듯 바로 말이 이어져 나왔다.

"바로 그거야. 네가 잘하는 것에 집중을 해 봐. 네가 못하는 것은 생각할 필요가 없어 네가 못하는 것은 그냥 생각지 말고 네가 잘하는 것 그것을 집중해서 하는 거야. 내가 볼 때 너는 글짓기를 잘할 것 같아. 냄새를 잘 맡고 소리를 잘 듣고 남들이 볼 수 없는 것을 잘 볼 수 있을 정도로 관찰력이 뛰어난 너는 틀림없이 글짓기를 잘 할 거야."

그리고 보니 나는 내가 평소 책을 읽고 글쓰기를 좋아한다는 것을 새삼 알았다. 그냥 책을 읽고 있으면 그리고 글을 쓸 때는 모든 것이 나로부터 벗어나 집중할 수가 있었다. 그때는 내가 위축되거나 자신감이 없다는 생각이 들지 않았다.

"맞아요. 내가 글쓰기를 할 때는 그런 열등감이 생각나지 않았어요. 그냥 그것에 푹 빠져서 다른 것은 생각하지 못하였어요."

"바로 그거야. 네가 좋아하고 잘하는 것 재미있는 것에 집중을 해. 그러면 그런 고통에서 벗어날 수 있을 거야. 어때 내가 말하는 뜻 알 것 같아. 그리고 내가 말하는 대로 할 수 있겠니?"

그러나 나는 쉽게 '네' 하고 대답할 수 없었다. 언제나 맺고 끊음이 모자랐고 이것도 저것도 아닌, 이랬다 저랬다 우물쭈물하는 내 성격이 생각났기 때문이었다. 이런 것은 내가 자신감이 없는 데에서 기인하는 것이라고 생각했다. 나는 사실 판단력이 둔했다 판단을 내릴 수는 있지만 그것이 결과적으로 자꾸만 나쁜 결과를 가져왔다. 그래서 판단을 내리면 지레 이번에도 또 잘못된 결과가 나오는 것이 아닌가 하는 생각에 쉽게 판단을 내리지 못하고 망설이는 경우가 많았다.

"왜 대답이 없니?"

그는 내가 대답을 못하고 우물쭈물한 채로 있자 놓치지 않고 나를 향해 웃으며 재촉했다. 그래도 내가 아무 말이 없자 또 다시

"그래 대답할 수 없다면 쉽게 대답하지 마 그게 또 네 장점이야."

하고 말했다.

네? 나는 눈을 감았다 뜨며 반짝거렸다. 아니 내가 제일 싫어하는 것이 이렇게 망설이고 선택을 앞에 두고 갈등하는 것인데 그리고 선택을 하게 되면 엉뚱한 결과를 돋게 하고 그래서 내 성격의 단점이 이런 흐리멍덩한 것이라고 생각하고 있는데 이런 것이 내 장점이라니?

"나의 단점이 내 흐리멍덩한 것이라고 생각했는데 이것을 장점이라고 하다니요. 거짓말 하시는 것 아니에요?"

"아니 네가 생각하는 그 단점이 남들에게는 꽤 장점이라고 생각하는 사람이 있다는 거지. 쉽게 생각하고 쉽게 대답하고 쉽게 어기기를 잘하고 아마 네 또래의 많은 아이들은 그럴 거야. 그런데 너는 그렇지 않잖아. 매우 신중한 거야. 그런 네 성격을 부러워하고 있는 아이들도 얼마나 많은데. 실제로 사회에서는 너와 같은 그런 신중한 생각을 가진 사람이 필요해. 너는 정말 대견스런 아이야."

나는 산신령이 한 그 말을 듣자 이제껏 내가 품고 있었던 열등감에서 벗어나 속에서 힘 같은 것이 솟는 것을 느꼈다. 산신령의 말처럼 내 모습을 어쩌면 내가 다른 아이들을 부러워하듯이 그들도 나를 부러워하고 있을지도 모른다고 생각한 것이었다.

　　　　　　　　　　　　　열등감에 관한 보고서

"그 말 들으니까 정말 제가 뭔가 잘못 생각한 것은 아닌가 하는 생각이 들어요. 여지껏 그런 말 누구한테서도 들어보지 못했는데."

"아니야. 넌 네 주변 사람들로부터 많이 들었을 거야. 다만 네가 마음의 문을 닫고 너 자신에게만 한정시키고 있었기 때문에 그런 소리에 둔했을 뿐이야. 이 시간 이후로는 네 닫힌 마음을 열어 세상은 네가 어떻게 바라보느냐에 따라서 달라지는 것이지. 세상이 너를 어떻게 하지는 않아. 참 너는 나를 아까 의심했지만 지금은 내 말을 따른다고 했지, 꼭 내 말을 따라야 해. 이제 너무 늦은 것 같다. 내가 가리킨 그 길을 따라 가 봐 조금만 더 가면 마을이 나타날 것이고 또 마을 앞에 바로 장기 전철역이 있을 거야. 꼬마 친구, 안녕."

내가 잠시 그가 가리킨 길을 바라보다가 다시 그를 보았을 때, 그는 내 눈 앞에서 감쪽같이 사라지고 없었다. 이상했다. 분명 조금 전까지만 해도 바로 내 앞에 있었는데. 나는 사방을 둘러보았다. 그러나 그는 역시 보이지 않았다. 나는 이것이 꿈인지 생시인지 몰라 내 뺨을 한 대 때려보았다. '아야' 현실은 현실이었다. 나는 이리저리 그 산신령이 어디로 갔는지 둘러보다가 더 이상 지체할 수 없어 산신령이 점지해준 그 길을 따라 마을로 내려왔다. 그리고 전철을 타고 집으로 왔다.

그 후, 나는 내가 보았던 산신령에 대해 관심을 가지기 시작했는데 문제는 그때 내가 보았던 할아버지가 정말로 산신령일까 하는 것이었다. 산신령은 정말 있는 것일까. 산신령을 만났을 때, 나는 이것이 꿈인지 현실인지 싶어 내 뺨을 때린 적이 있었다. 뺨이 아팠다. 그렇다면 이것이 분명 현실이었는데 그러나 현실이라고 믿기엔 정말 어딘가 미심쩍은 부분이 한두 가지가 아니었다. 요즈음 세상에 산신령이라니?

내가 본 것이 산신령이 아니라면 그렇다면 도대체 그는 누구인가?

교회에서 말하는 간구(懇求)한 기도 속에 소원을 들어주기 위해 산신령으로 변해서 나타난 하나님일까 만일 하나님이라면 하나님이라고 하지 굳이 산신령이라고 할 필요가 없지 않을까. 그가 흰 옷과 백발과 긴 수염과 환한 빛이 나오는 가운데 나타났다는 것도 의문이었다. 그는 여러모로 보아 산신령임에는 틀림없는 것 같았지만 그래도 확신을 할 수가 없었다. 그것을 증명하려 해도 내가 보고 들은 것 이외에는 아무것도 없었다. 도서실에서 책을 읽어보고 백과사전을 찾아보고 인터넷을 뒤지고 하였지만 산신령에 대해서는 어떤 뚜렷한 결론을 내리지 못하였다. 궁금증이 풀리지 않았다.

나는 너무도 내가 겪은 이야기가 신기하고 궁금한 나머지 선생님에게 먼저 내가 겪은 이야기를 이야기하고 내 의문점에 대한 답을 구하기로 했다. 물론 내가 겪은 이야기를 할 때는 기사문 작성하는 방법으로 말하였다. 내 고민을 산신령에게 이야기할 때는 이런 방식이 다소 서툴렀으나 이번에는 내가 산신령을 만난 내용과 장소 시간 방법 등을 상세히 알 수 있었기 때문에 이야기하기가 훨씬 수월하였다. 내 이야기를 듣더니 선생님은 놀라는 투였다. 선생님은 한참 생각하시더니 '아마 하나님이 네가 교회에 다니니까 너의 기도를 들어주시기 위해 잠깐 산신령의 모습으로 나타나신 것이 아닐까' 하시며 웃었다. 그리고 하나님이나 산신령은 본인 말고는 아무에게도 보이지 않는다고 말씀하셨다. 선생님의 말씀은 도움은 되었지만 내 의문을 채우지는 못했다. 나는 분명 산신령을 보았다. 그리고 그에게서 내 열등감의 해결책을 들은 것이었다.

나는 마음속에서 의심을 지우지 않고 있다가 마을 이장님에게 내가 겪었던 오봉산 산신령에 대한 이야기를 했다. 마을에 오랫동안 사셨던 분이니만큼 마을에 대해 모르는 것이 없는 이장님은 아마 오봉산 산신령에 대해서도 알고 있을지도 모르겠다고 생각한 것이었다. 그러나 그는 내가 겪은 일에 대해 무 썰 듯 단칼에 잘라버렸다.

"야 임마, 요즈음 세상에 산신령이 어디 있어? 네가 잠깐 앉아서 졸았겠지. 그래 그 꿈속에서 산신령이 나타난 거겠지 또 설사 산신령이 있다고 해도 저렇게 조그맣고 나지막한 오봉산에 무슨 산신령이 있겠니. 오봉산에 산신령이 산다는 것은 네가 처음 하는 이야기야."

하고 내가 고민한 것과는 달리 너무 쉽게 말하였다. 나는 정말 생각하고 또 생각해서 이장님한테 말한 것인데.

그래도 나는 의문이 줄어들지 않아 이번에는 목사님에게로 달려갔다. 목사님은 알고 계시겠지. 그러나 목사님은 선생님이 하신 이야기 이상의 답은 주지 않았다. 대신 그는 혹 내가 이상해진 것은 아닌가 싶어 내 머리에다 손을 얹고 기도를 해주었다.

"하나님 저희는 죄인입니다. 저희의 죄 때문에 예수님께서 대신해 십자가에 못 박혀 죽으시고 예수님의 피 공로로 저희의 죄가 용서되고 천국까지 가게 될 수 있음에 감사합니다. 예수님 부디 저희의 마음속에 들어오셔서 저희의 주인이 되어주시고 귀신 들리지 않게 하여주시고 영원토록 함께 해주시기를 예수님의 이름으로 기도 드립니다, 아멘."

나는 참 기분 나빴다. 어른에 대해 이렇게 기분 나쁘기는 처음이었다. 이렇게 말하는 나를 귀신 들린 듯, 귀신들릴 것 같은 듯 취급하는 것 같아서 정말 기분 나빴다.

나는 끝으로 엄마에게 물어보았다. 산신령이 정말 있는지 나는 내가 산신령을 만났던 것을 이야기하며 정말 간절하게 엄마의 답을 기다렸다. 그러자 엄마는 깜짝 놀라며 왜 그런 것을 엄마에게 말하지 않았느냐, 엄마는 뭐 허수아비였느냐며 산신령이 있긴 무엇이 있겠냐며, 왜 그런 고민을 엄마한테 먼저 이야기하지 않고 산신령이 먼저 알았느냐며 오히려 나를 꾸중하였다. 엄마의 관심은 오로지 아들의 고민을 왜 나보다 산신령이 먼저 알았느냐는 것에 있었다. 나는 단지 산신령이 있고 없음을 물어본 것이었는데 엄마는 산신령이 아니라 아들의 모든 문제를 자기가 먼저 알고 있어야 한다는 듯이 나를 숫제 윽박지르고 있었다. 다음에 또 이런 문제가 있어 봐라 있어도 말하지 않을 테니.

어른들은 참 이상했다. 나는 분명 산신령을 보았는데 그들은 내가 겪은 이 사건에 대해 듣기는커녕 처음부터 부정하려고 들었다. 어른들 사고로는 산신령은 절대 없으며 내가 실제로 겪은 것도 아예 믿지 않으려고 했다. 나는 정말 어른들의 태도가 실망스러웠다. 나는 분명 산신령을 보았는데 어른들은 자기가 가진 생각으로만 이야기하고 있으니 숫제 모르면 모른다고 할 것이지 어른들과는 이야기가 되지 않았다.

그러다가 나는 다시 한 번 그곳을 찾아가보기로 했다. 그곳에서 다시 산신령을 만날 수 있으려나 만나면 이번에는 확실히 그의 존재를 알아야겠다고 생각했다. 한 달쯤 지난 어느 토요일 나는 경감암에 올랐다. 역시 수봉과 목봉 사이의 고개를 넘고 장기로 가서 다시 전철을 타고 집으로 돌아올 생각을 했다. 너무나 신기하고 궁금했기 때문에 나는 다시 그를 확인하고 싶었던 것이다. '정말 산신령이 맞습니까 그러면 왜 동화 속 그림처럼 지팡이 든 다른 손에 산삼을 들고 있지 않으십니까' 하고 묻고 싶었던 것이다. 금빛 광채, 흰 옷, 지팡이, 긴 수염, 허연 머리 이번에 만나면 두 눈을 똑바로 뜨고 보리라. 그리고 그때는 내가 지치고 피곤해서 그리고 길을 찾아야 한다는 절박감 때문에

　　　　　　　　　　　열등감에 관한 보고서

그를 잘 보지 못했는데 이번에는 확실히 분명히 보고 싶었다. 그리고 내가 보았던 산신령의 존재를 분명히 확인하고 내가 본 산신령의 존재에 대해서 말하고 싶었던 것이다.

산속의 가을은 깊어 있었다. 낙엽이 진 산속은 스산하기만 하였다. 발걸음을 옮길 때마다 낙엽 밟는 소리가 서걱서걱 났다. 내 발자국 소리를 듣고 작은 짐승들이 숨는 소리가 재미있었다. 작은 풀벌레가 기어가는 소리도 들었다. 나는 고개 마루까지 단숨에 올랐다. 고개에 오르자 이제는 한산한 경감암의 모습도 보였다. 경감암 치미 위에 올라와 앉아 있는 매 한 마라기 외로워 보였다. 길이 낙엽으로 덮여 있어 산길이 잘 보이지 않았지만 나는 기억을 더듬으려 한 발자국 씩 내디뎠다. 한번 지나왔던 길이었지만 그때마다 상황이 달라서인지 쉽게 구분이 되지 않았다. 특히 갈림길에서의 혼란은 나를 여러모로 갈등을 일으키게 했다. 침착과 기억을 더해서 헤매며 찾다가 나는 드디어 내가 뚜렷이 기억하고 있는 산신령을 만났던 그 갈림길까지 왔다. 나는 거기서 그때 내가 길을 잃었을 때처럼 상황을 연출하며 산신령이 나타나길 기다렸다. 그러나 내가 그때만큼의 시간에 맞추기 위해서 기다리며 주변을 열심히 둘러보았지만 그리고 '산신령님, 제발 도와주소서 도와주소서' 하고 쉴 틈 없이 내뱉었지만 결코 산신령은 나타나지 않았다. 더 기다려도 산신령은 나타나지 않을 것 같아 나는 장기 역에서 전철을 타고 다시 집으로 돌아왔다.

정말 산신령은 있는 것일까? 그때 내가 보았던 사람은 정말 산신령일까? 그 의문은 끝내 풀지 못하고 나는 겨울방학을 맞았다.

그 후, 나는 내가 열등감에 빠져 고민을 해본 적은 없었다. 열등감 같은 것은 생각나지 않았고 아니 생각나더라도 그런 것을 심각하게 받아들이거나 지난날처럼 내 생각에만 갇혀 얽매이지는 않았다. 나는 책을 읽고 글을 쓰는 것이 너무 재미있었고 또 그런 활동으로 바쁘기도 해 그런 열등감에 빠져들 시간이 없었기 때문이었다. 어떻게 해서 그 위기의 순간에 산신령이 나타나서 내가 그런 말을 듣게 되었는지, 또 그가 산신령이 정말 맞는 것인지 그것은 정말 수수께끼였다. 그러나 나는 산신령을 만나 내가 못하는 것은 생각 말고 잘하는 것에 집중하라는 말을 들었고 그리고 그 말을 믿고 내가 좋아하는 것을 하니까 세상은 점점 달라지고 그와 함께 열등감 같은 것은 생각나지 않는 것이었다.

냉장고

화창한 공휴일 아침이었다. 뜨락에 심어놓은 상추와 아욱, 쑥갓 같은 채소는 물뿌리개로 뿌려놓은 물을 받아 금방 물속에 들어갔다 나온 아이처럼 싱싱함이 뚝뚝 들었고 한쪽에 널어놓은 빨래에서는 여름 하늘의 푸름만큼이나 싱그러운 김이 모락모락 올랐다. 마루의 괘종시계가 여덟 시 반을 가리키며 점을 하나 찍어놓았다.

아내는 힘겨운 싸움 끝에 들여온 냉장고가 몹시 흡족한지 연신 웃음을 참지 못하고 혼자 미소를 흘리며 닦고 또 닦았다. 냉장고의 겉은 아내의 손길이 지나갈 때마다 구슬처럼 빤짝빤짝 윤이 났고 나는 길고 고운 손으로 냉장고를 닦으며 행복해하는 아내를 바라보며 '철없는 아내 같으니' 하고 속으로 면박을 주었다.

아내는 무엇이 기쁜지 연신 냉장고 문을 열어보고 닦고 또 웃음을 흘리지만 그러나 나는 그럴 때마다 깜짝깜짝 내 전신을 훑어 내리는 알 수 없는 소름으로 우두둑 떨고는 했다.

사실 냉장고를 사지 못한 것은 내 의지라기보다는 아버지의 완강한 반대 때문이었다. 아버지는 내가 아내와 결혼한 지난 10여 년 동안 과히 나쁘지 않은 시아버지로서의 처신을 흔치 않게 해 온 자상한 분이셨다. 때때로 아내 속을 헤아리고 적당히 위로할 줄 알았고 네댓 평 뜨락에 아내가 따로 시장에 가지 않아도 될 정도로 채소를 사철 끊어지지 않도록 가꾸어 놓아 불편함이 없도록 했다. 그러나 그런 자상한 당신에게도 꼭 한 가지 아내가 싫어하는 점이 있었으니 그것은 결코 아버지가 냉장고를 집안에 들여놓는 것을 허락하지 않는다는 것이었다.

아내는 여름이 다가오자 또 냉장고 없이 보낼 일이 끔찍스러운지 이번에는 아주 적극적으로 내게 바가지 긁기 작전을 폈다. 필시 나를 사주하여 아버지로 하여금 냉장고를 들여놓도록 허락을 받아내어 오라는 것인 줄 왜 모를까. 속이 뻔히 들여다보이건만 나는 시종 무관심으로 일관하였다. 아내는 그러자 공연한 일을 가지고도 괜히 트집을 잡고 신경질을 부렸다.

아내는 매년 냉장고를 들여놓기 위해 연례행사처럼 여름이면 철없는 아이처럼 칭얼대었다. 그러나 그런 의도는 번번이 이유 없는 아버지의 반대로 좌절감을 맛보아야 했고 그것은 며느리와 시아버지 간의 끈적끈적한 개운치 않은 갈등으로 남고는 했다.

"냉장고만은 안 돼."

내가 아내의 사주를 받아 그런 말을 언뜻 비추기라도 할 때면 아버지는 진한 오뇌와 원망마저 서려 있는 음성으로 단호하게 자신의 의지를 내보였다. 아내는 밤마다 내게 주절주절 불평을 늘어놓았고, 풋고추와 상추, 아욱을 밭 뜨락에다 심어놓는 자상한 아버지에 대한 흠모는 어느덧 아버지에 대한 노골적인 비난으로 변하는 것이었다.

아내가 결혼하던 해부터 여름이면 신경질적으로 바가지를 긁으며 아버지에 대한 화풀이를 내게 소나기 같은 융단폭격을 하며 잠자리도 같이 않을 정도로 고집을 피우던 원흉이었던 그 냉장고를 올 여름 떠억 들여놓았으니 아내가 저렇게 깨끗한 냉장고를 닦고 또 닦으며 기뻐하는 것도 무리는 아니었다. 며칠 전, 아버지의 허락을 받아놓았으니 알아서 하라고 퉁명스럽게 내뱉었을 때, 아내는 어린애처럼 기뻐했다. 아내는 그날 밤 첫날밤에 온천에서 입던 네글리제를 꺼내 입고 내 품 안으로 온몸을 날개 꺾인 새처럼 격렬하게 파고 들어왔다. 아내는 아버지의 승낙이 힘겨운 결정이었다는 것을 알고 있는 것일까. 나는 아내의 격렬한 애무에 혼곤하게 빠져들면서도 그만큼 속이 편한 것은 아니었다.

아버지의 그 승낙은 정말 마지못한 결정이었을 것이었다. 사람에게는 간간 그 자신 기억하고 싶지 않은 순간들이 견비통처럼 찝찝하게 박혀있는 경우가 더러 있다. 어렸던 내 기억에도 그 광경은 거울처럼 선명하게 박혀 있었다. 인민군들이 물러간 뒤 냉장고처럼 생긴 창고 문을 열었을 때 여느 때 같았으면 쥐똥 냄새, 두엄 냄새 같은 것으로 울컥 이는 역겨움을 꾹 참아야만 했으련만, 나는 그날 진한 피비린내로 인하여 며칠 동안 자리에서 일어나지 못하는 고통을 겪어야만 했던 것이었다.

아이들은 일찍 서둘러 할아버지를 끌어내어 대공원으로 데리고 간 모양이었다. 우울한 노년이란 말이 있던가. 냉장고를 들여놓던 날 잠자리에서 아내가 아버님이 좀 이상한 것 같다면서 무엇 때문에 그러는지 좀 알아보라고 했을 때 나는 순간 속이 철렁 내려앉는 것을 느꼈다. 이즈음 냉장고 때문에 나와 아내가 티격태격 하는 것을 눈치챘던지 아버지가 나를 조용히 불러 냉장고를 들여놓자고 했을 때 나는 당신의 뜻밖의 결심에 어안이 벙벙해지지 않을 수 없었다. 평소 스스로 뚝심과 배짱 만만한 지리산 사람으로 자처해왔던 당신답지 않은 모습에 나는 오히려 불안해지는 것이었다.

내가 아버지의 심기를 좀 바꾸어 볼 양으로 어제 저녁 이즈음 할아버지께서 심기가 좋지 않은 것 같으니 할아버지 방에 함부로 드나들지 말라고 큰애에게 말했을 때, 간밤 책상 앞에 앉아서 작은애와 함께 자기들끼리 쑥덕쑥덕 거려대더니 무슨 약속이 돼 있었던 모양이었다. 아이들은 아침이 되자 부리나케 할아버지를 끌어내 대공원으로 데리고 갔다.

아버지가 이상한 것은 이뿐만이 아니었다. 이즈음 아버지는 어머님 생각을 너무 자주 하셨다. 나이가 연로하신 때문이거니 하고 지나치기에는 무슨 예감이 짚이는 것만 같아서 나는 좀처럼 마음을 놓을 수가 없었다.

아침 조간을 집어든 나는 한 면을 대문짝만 하게 장식하고 있는 대도 조세형 사건을 보며 '결국 잡히고 말았군' 하고 속으로 중얼거렸다. 강북에 살고 있는 나는 강남이 너무 멀리 떨어져 있어서 그런지 신문의 활자 크기만큼 실감이 와 닿지 않았다. 이 며칠간 신문의 1면을 떠들썩하게 하며 장안을 들끓게 하였던 조세형(趙世衡)이 한 경찰관이 쏜 총에 맞고 대도(大盜) 운운하던 그의 생에 종지부를 찍은 것이었다. 수갑 찬 잘 생긴 그의 모습이 나를 슬프게 했다.

나는 대충 큰 글자만을 읽으며 시간에 쫓기는 성급한 샐러리맨 같이 신문을 하나하나 열어나갔다. 그러다가 나는 갑자기 내 눈을 화끈하게 데우는 낯익은 이름을 발견하고는 갑자기 가슴이 뭉클 내려앉는 것을 느꼈다. 나는 한대 얻어맞는 권투 선수처럼 순간 휘청거렸다. 나는 눈을 고쳐 뜨고 다시 그 이름을 확인했다.

'대낮 연쇄 아파트 강도범인, 전과 4범 정○○.'

조세형에 밀려 조그맣게 박혀져 있는 글자들을 다시 확인하는 순간 나는 가슴이 아찔할 정도로 휘청거렸다. 가슴은 동굴 앞에 선 허클베리핀처럼 마냥 쉴 새 없이 콩닥거렸다. 가슴 속 깊이 숨기고만 있던 내 비밀이 손바닥에 우두둑 여문 밤이 떨어지듯 적나라하게 표출되어지는 것을 느꼈다. 나는 한순간 잊었던 내 왼쪽 등의 신경통이 다시 미끈거리는 불쾌감을 느꼈다. 찝찝하고 불쾌한 기억이었다.

　　어머니를 개머리판으로 후려치던 소년병의 겁먹은 얼굴과 그를 사주하던 주위의 고참병들의 모습이 내 뇌리에 꽈악 박혀왔다. 엄마의 찢어지는 비명과 함께 머리에서 콸콸 분수처럼 솟구쳐 오르던 피, 그래서 소년병은 더욱 떨고 있었다. 소년병은 고참병의 사주를 받아 이성을 잃고 어머니를 개머리판으로 내리치긴 하였지만 벌어진 그 엄청난 사태에 어찌할 바를 몰라 우습게도 울면서 나를 바라보았다. 그때 나는 그의 얼굴에 선명하게 그려졌던 울지도 어쩌지도 못하는 모습과 그의 가슴에 박혀 있던 정ㅇㅇ라는 이름 석 자를 문득 보아버리고 만 것이었다. 그는 자신이 사람을 죽였다는 사실에 끔찍이도 자책감과 두려움으로 몹시 떨고 있었다. 나는 어머니가 그 소년병의 개머리판에 맞아 분수처럼 피를 쏟아도 어찌할 줄을 모르고 그대로 소도구 구실밖에 못하고 있는 소년이었을 뿐이었다. 그 뒤 그는 오발로 자해상을 입었다고도 했다. 정말 총마저 옳게 쏠 줄 모르는 풋내기였다. 더구나 우리가 그 소년병의 시체를 그 늘 어둠이 내려 어린 우리들 감정을 어눌하게 만들었던 냉장고 같은 창고 건물에서 발견했을 때 나는 이 참혹한 광경을 그대로 내 기억 속에 곱게 묻어둘 수가 없었다. 나는 몇 날 밤을 악몽에 시달렸으며 그 창고의 가늠할 수 없는 무한의 늪에 빠져 늘 뻗정다리를 하다가 다리에 쥐가 내려서 잠을 깨곤 했다.

그 뒤 소년병의 그 겁먹은 얼굴과 어머니가 피를 질펀하게 쏟으며 쓰러지던 것은 두고두고 내 트라우마가 되어 심심할 때면 신경통처럼 되살아나고는 했다.

나는 신문을 뒤적거려 다른 데로 신경을 돌리려고 했지만 찝찝하게도 그 강도의 이름이 내 머릿속에서 떠나지 않았다. 게다가 소년병의 이름의 등장으로 기억하고 싶지 않은 일들이 꼬리를 물고 핵분열처럼 연쇄반응을 일으켜 심란했다. 더욱이 아버지가 이즈음 어머님 생각에 상심하고 있는 것과 때맞춰 그의 이름의 등장은 썩 기분 좋은 일은 아니었다.

아내는 여전히 아버지와 내게 달갑잖은 존재일 수밖에 없는 냉장고를 흡족한 눈으로 바라보며 시간이 넘게 닦아내고 있었다. 아내는 행복한 모양이었다. 1남 1녀의 단란한 엄마에다 남들이 말하는 소위 출세(?)한 남편의 아내인 그녀는 자양분이 잘 공급된 온실에서 곱게 길러낸 화초 같은 여자였다.

오전 중에 나는 아내의 요청에 따라 냉장고를 부엌방으로 옮겼다. 아내는 낑낑대며 겨우겨우 한 치씩 옮겨내는 냉장고와 나를 번갈아가며 보며 또 웃음을 흘렸다. 아내는 행복한 모양이었다. 별 용기도 자신도 없는 나를 그래도 남편이랍시고 곁에 두고 부리는 것이 행복한 모양이었다. 내가 낑낑대며 겨우겨우 옮겨내는 모습을 보고 혼자서 감추며 흘리는 미소를 엿보며 철없는 아내라고 나는 다시 속으로 면박을 주었다.

일이 끝나자 아내는 일부러 냉장고 속에다 맥주를 넣어두었다가 꺼내주었다. 저 깍쟁이가 오늘은 웬일인가 싶었지만 생활의 여유를 가지며 사는 이런 소시민 근성이 싫지는 않았다.

아침에 할아버지와 함께 대공원에 갔던 아이들은 오후를 반도 넘기지 못하고 돌아왔다. 표정으로 보아 아이들은 그들이 모처럼 마련했던 기회가 별 재미가 없었던 모양이었다. 큰아이는 오자마자 온다간다는 말도 없이 그냥 횅하니 나가버렸고, 작은딸 아이도 자기 반 친구를 만나러 간다며 역시 나가버렸다. 아버지 역시 당신의 방으로 건너가서는 나올 생각을 하지 않았다. 아버지의 심기는 이즈음 눈에 띄게 쇠미해 있었다. 어쩌면 아내에게 냉장고를 들여놓아도 좋다는 허락을 내렸을 때 아버지는 이미 자신의 고비를 예감하셨던 것이었는지도 몰랐다.

결혼한 후 10여 년을 여름이면 아내와 미지근한 갈등을 축적해 왔던 그 냉장고를 자신의 완강한 주장을 꺾고 아내더러 덜컥 들여놓아도 좋다는 허락을 한 배후에는 아버지의 심경에 무슨 변화가 있었음에 틀림없었을 것이었다. 더욱이 이즈음 세월이 연로함에 따라 어머니에 대한 생각이 더욱 간절한 때에 냉장고에 대한 아버지의 허락은 두고두고 여간 숙고한 생각이 아니었을 것이었다.

저녁 텔레비전에서는 역시 대도 조세형 사진을 크게 드러내고 있었다. 사건 뒤에 숨은 그렇고 그런 사람들 중에 그의 얼굴은 크게 클로즈업 되어 텔레비전 화면을 꽈악 메웠다. 그러나 다음 순간 나는 그 대도에 가려 1단 기사처럼 간단히 처리하고 넘어가는 소년병의 이름 석 자와 또다시 만나고 말았다. 그 순간 왼쪽 등의 숨어버렸던 신경통이 다시 찜찜해 오면서 문득 잊혔던 사갈스런 기억들이 떠올랐다. 나는 애써 소년병에 대한 생각을 거두며 화면에 내 신경을 붙잡아 매어 두려고 노력하였다. 그러나 내 머릿속은 이런 내 의지와는 달리 그때의 소년병 정ㅇㅇ의 생각으로 혼란스러웠다. 나는 다시 머리를 몇 번이고 흔들며 그때의 생각을 지우려고 노력했다. 그러나 그러면 그럴수록 고참병의 사주를 받아 개머리판으로 어머니를 내려치는 그 소년병의 얼굴과 소년병의 개머리판을 맞고 쓰러지던 어머니의 모습이 내 머릿속에 깊이 박혀 끔찍한 소름을 만들었다.

나는 소년 시절을 지리산 줄기 타고 뻗어 내린 한 구릉의 작은 마을에서 자랐다. 골짝치고는 제법 널찍한 들판이 거북 등처럼 굽어있고 깎아 세운 산 밑으로 내가 그림처럼 흐르는 동화 속의 마을, 나는 이 작은 면에서 초등학교를 마칠 때까지 자랐다.

내가 전쟁을 만난 것은 4학년 여름방학을 며칠 앞둔 무렵이었다. 그때 우리는 전쟁과 함께 빈 일식 목조교사의 우중충한 골마루를 운동장처럼 성큼 성큼 뛰며 놀았다. 싫증나면 우리는 '왼손잡이, 왼손잡이' 하고 고래고래 소리를 질렀다. 왼손잡이는 우리의 은폐된 암호였고 밉고 무서운 꼬장(?) 선생님이 왼손잡이였기 때문에 우리는 더욱 바락바락 악을 써가며 외쳐대었다. 우리가 교실의 유리창과 학교의 수목들을 늘 상처를 낼 때마다 꼬장선생님은 잎 넓은 나무의 가지를 하나 꺾어 우리의 머리통을 사정없이 내리쳤다. 어찌나 아프던지 그걸 한 대 맞고 한참 울다 보면 맞은 자리에서 김이 모락모락 나면서 고구마만 한 혹이 붙어 있고는 했다. 심심하면 우리는 책 보따리를 팽개치고 송사리를 잡았다. 학교까지 가는 길은 제법 차가 다닐 정도로 넓은 길과 개울이 심심찮게 따라 붙어 있어서 길을 따라가다 보면 개울이 보였다가 안보였다가 했다. 우리는 고무신발을 벗어서 송사리를 잡다가 햇볕에 단 바위에다 잔인하게 말려 죽이는 쾌감을 맛보고는 했다.

좀 더, 좀 더, 송사리가 진한 햇볕에 지느러미를 바들바들 떨 때마다 우리는 괜히 쾌감에 젖어서 벌컥 벌컥 짭조름한 코를 빨고는 했다.

어디선가 물소리, 바람소리가 솔솔 익어왔다. 오줌싸개 체액 같은 끈끈한 땀이 후끈거리며 관자노리를 타고 흘러내렸다. 그러면 우리의 질펀한 흥분은 송사리 떼의 바둥거림만큼이나 흥건해져 갔고 우리는 무당벌레처럼 몸을 동그랗게 웅크린 채 송사리가 좀 더 바둥거려주기를 원했다. 그러다보면 학교는 언제나 뒷전이었다. 그래도 선생님은 우리들 -조금 거칠고 난폭한, 다른 아이들을 곧잘 괴롭히는- 을 미워하지 않고 공평하게 자신을 쪼개주었다. 교장선생님의 회초리에 맞아 동그랗게 부푼 머리통도 이상하게 선생님의 손이 한번 쓰윽 지나가면 기똥차게 아픔이 싸악 가셔지고는 했다.

그날도 우리는 송사리 떼를 잔인하게 말려 죽이며 개선장군처럼 의기양양하게 학교로 향하고 있었다. 우리는 우리가 어떻게 해야 할지 다음 행동에 대해서 너무나 잘 알고 있었다.

그러나 우리가 다음 고개를 드는 순간 우리는 우리를 에워싸고 멧돼지 같이 웃고 있는 인민군을 보아야만 하였다. 그들은 턱 부리가 턱없이 붉고 얼굴은 까맣게 익어 있었다. 그들의 어깨에 멘 따발총이 실로 우리를 경악케 했다. 우리들은 아무 말도 할 수 없었다. 시간이 점점 흐를수록 끈적거리고 불안감이 씹혀오고 오줌이 마려오고 있었다. 계급이 가장 높은 사람과 마주 서 있는 나는 숫제 오줌을 찔끔찔끔 싸고 있었다.

"야, 여기가 어드메 마을이가?"

나와 마주 보고 섰던 인민군이 피로한 음성으로 우리에게 말을 물어왔다. 우리는 순간 절박한 심정이 되어 우습게도 똑같이 주위를 휘둘러 서로의 얼굴을 바라보았다.

서로가 겁에 질려 있는 우리는 서로가 먼저 말해줄 것을 바라고 서 있는 군중심리의 공포에 가득 사로잡혀 있었다. 그런 지루함은 이 뙤약볕에 저들의 신경을 돋우기에 충분하였다.

"야, 여기가 어드메냐고 묻지 않았어, 쌍."

"지나리 아입니꺼."

얼떨결에 내 입에서 말이 툭 튀어나왔다. 그들은 일제히 내게 눈동자를 굴리면서 다그쳐 물었다.

"지나리가 어디가?"

"초동아입니꺼. 초동면 지나리……"

"국방군이레 여기 오디 않았음메?"

"국방군이 뭐입니꺼?"

그러나 그들은 물음에 대답을 않고 내 얼굴을 한 번씩 훑어보다가 걸음을 빨리 해 아침 안개처럼 가버렸다.

그런데 우리가 학교에 도착했을 때는 모든 것은 너무도 빨리 변해져 있었다. 의당 학교에 먼저 나와 늘 우리를 기다리던 선생님이 오늘따라 보이지 않았다. 우리는 어제 여름 밤 하늘의 별자리에 대해서 공부했다. '흡사 새가 날개 한쪽을 꺾고 나는 것처럼 보이는 저 남쪽하늘의 끝에 살짝 걸쳐 있는 것이 백조자리'라고 선생님은 머리 나쁜 내게 몇 번씩이나 얘기해 주었다. 고집불통 영감탱이, 왼손잡이라고 놀려대던 교장선생님마저도 오늘따라 보이지 않았다. 학교 교실과 교무실은 일요일의 아침처럼 텅 비어 있었고 우리는 걷기를 잃어버린 사람처럼 한참동안 학교를 바라보며 우두커니 서 있었다.

선생님은 언젠가 전쟁이 났다며 학교수업을 오늘부터 그만 두고 가정 실습에 들어간다고 말했지만 그래도 그 무엇이 아쉬운지 우리가 학교에 나오면 선생님은 언제나 먼저 나와 교무실에 앉아서 글을 쓰고 계셨고 우리를 보면 반갑게 맞아 공부를 가르쳐주고는 했는데……

그러나 오늘은 교무실마저 꽁꽁 잠긴 채 학교는 개미 새끼 한 마리 보이지 않는 것이었다. 조금은 의아스러웠지만, 선생님이 보이지 않는 것이 우리의 작은 가슴을 콩콩거리게 했지만 그러나 더위가 사기그릇처럼 하얗게 반사하며 속살까지 익히려 들던 그 무더움 때문에 우리는 푸들푸들 경련이 이는 몸뚱어리를 주체지 못해 그 광활한 지리산의 무대 속으로 우리를 내던져버렸다.

이튿날부터 마을은 일찍이 한 민족의 이동에서부터 이 마을에 붙박여 살게 되었을 때까지 그런 변화가 없을 정도로 왈칵 뒤집혀져 있었다. 부락 집집마다에는 어디에 숨어 있었던지 인민군 부상병들이 속속 들어와 방을 한 칸씩 차지하고 있었고, 그들의 신음으로 우리는 매일같이 설익은 잠을 자야 하는 고통이 시작되었다. 우리 집에는 큰 방 전체를 인민군 부상병 다섯 사람이 들어와 차지하고 있었다. 누이의 책가방과 내 가방은 어느새 작은 방으로 옮겨와 있었고 우리 집 네 식구는 전부 작은 방에서 새우처럼 웅크리고 자야 했다.

마을 여자들은 매일같이 이 부상병들의 뒤치닥거리에 제대로 집안일을 돌볼 수가 없는 지경이 되어버렸다. 매일같이 공회당 앞에 모여 밥을 짓고 국을 끓여야 했다. 남자들은 죽어 나가는 부상병들의 시체를 가져다 산에 묻어야 했다. 집에 있는 양식이 남아나지 않았다. 씨 암탉들이 매일같이 목이 따져 나갔다. 마을에는 낮게 낮게 진득한 공포와 불안이 여름이 가져다 준 끈적함과 함께 희번덕하게 번졌다.

우리 집에 있는 부상병들 중에는 나이가 들어 보이는 인민군이 하나 있었다. 그는 짙고 긴 눈썹이 퍽 인상적인 모습이었는데 언제나 우울을 얼굴에다 그리고 있었다. 그는 다리를 몹시 다쳐 살이 썩어나가

냉장고

고 있었지만 그 어떤 처방도 받지 못하고 있었다. 큰방에서는 부상병들이 여러 날 세수를 못해 여름에 익어 나가는 냄새로 코가 얼얼했지만 그는 다른 부상병과는 달리 언제나 내게 세숫대야에 물을 달래어 자신의 얼굴과 몸을 곱게 씻었다. 변소에 갈 때에도 그는 나를 지팡이 삼아 한 발로 걸으며 갔다 왔고 큰 것을 볼 때에도 결코 어머니의 뒤를 받아내는 고통을 지우려 들지 않았다. 그의 마음 씀씀이가 고마워서 불교 신자였던 어머니는 '나무아미타불 관세음보살'을 내가 구구단을 외듯 외웠다. 나는 그와 친했다.

내가 그의 심부름을 하나씩 해주면 그는 내게 그가 가진 물건을 하나씩 주었는데 게 중에는 그가 끼고 있던 반지와 시계, 허리띠, 용머리 바클, 알록달록한 옥 단추 등 값나가는 것이 더러 있었다. 그는 내게 늘 그가 가진 것을 주고 싶어 했고 내게 줄 것이 없을 때는 산수책을 가져오라고 해서 공부를 가르쳐 주었다. 시골의 그렇고 그런 소년이었던 나는 이상하게 그가 가르쳐줄 때면 그렇게 어렵던 문제들도 속속 귀에 들어와 박히는 것이었다.

불안과 공포의 늪에서 허우적거리던 마을이 더욱 깊숙하게 빠져들어갔던 것은 마을에서 가공스런 총소리가 들려오고부터였다. 나는 처음엔 그 금속성에 사기 들려 딸꾹질을 요란하게 해대었는데 신경성처럼 참으려 들면 더욱 요란하게 딸꾹질이 났다. 부상병들은 나의 그런 모습을 보고 웃었다. 알고 보니 마을의 미친개들을 때려잡는 소리였다.

부상병들이 미친 듯 내리 퍼붓는 더위와 함께 상처가 악화되어 점점 죽어 나가는 사람이 많게 되자 마을 사람들은 그들을 야산에 아무렇게나 얕게 묻어버리는 경우가 많았다. 한번은 마을의 개들이 그 얕게 묻어버린 시체의 송장을 파내어 팔과 다리, 몸통을 따로따로 떼어내 마을의 한복판에 음선하게 늘어놓았다. 마을사람들이 질겁했다. 개들도 굶주리다보니 성격이 포악해지고 아무나 보면 물려고 하였다. 주둥이에는 어디서 묻혔는지 검붉은 장미 같은 피가 진득진득하게 묻어 있어 이 여름날에도 소름을 뚝뚝 돋게 하였다.

공포의 총성은 바로 그 개들을 학살하는 소리였다. 그러나 원인이야 어떻든 마을의 총성은 우리에게 공포가 아닐 수가 없었다. 사람들은 그만큼 경악감에 사로잡혔다. 그들은 개를 잡아서는 여름을 타는데 좋다며 불구덩이에 집어넣고 구워먹었다. 개 살타는 냄새가 온 마을을 얼얼하게 만들었다. 무지막지한 야만스런 모습이었다. 이들의 만행은 그것뿐만이 아니었다. 그들은 심심하면 잡기처럼 아무 집이나 들어가서 닭을 잡아다가 그들의 무료하고 심심한 입을 즐겼다.

그때 초등학교 4학년이었던 내가 하는 일은 우리 큰방에 누워있는 부상병들의 식사를 타오거나 내가는 일이었다.

8월 중순 무렵에는 인민군들은 식량이 떨어졌는지 집집마다 돌아다니면서 식량을 강제로 앗아갔다. 그들에게 감히 반항하는 일은 있을 수가 없었다. 그들은 그들의 행위에 조금도 거슬린다 싶으면 무차별하게 총대로 내리치거나 반동으로 몰아 숙청했다. 어머니가 소를 뺏기지 않으려다가 소년병의 총대에 맞아 돌아가신 것은 두고두고 애통한 일이었다.

그날따라 집에는 나와 어머니밖에는 남아 있지 않았다. 누이는 둔덕으로 풀을 뜯으러 나갔고 아버지는 논에다 물꼬를 대러나갔다. 집에는 엄마와 내가 남아 부상병들의 시중을 들고 있었다. 인민군들이 들이닥친 것은 고통을 참던 해가 서산으로 쑥 빠져들며 진한 여운을 남기던 무렵이었다. 네 명의 인민군들이 외양간에서 넝굴이를 끌어낸 것은 순식간의 일이었다. 어머니는 그들이 소를 끌어내는 것을 보자 부엌에서 부리나케 달려나가 넝굴이의 고삐를 꼬나 잡고 그들의 눈꼬리를 노려보며 죽을 둥, 살 둥 그들을 막아섰다. 뒤란 우물에서 손을 씻던 나는 순간 어머니의 격앙된 목소리를 듣고 달려 나갔다.

"나를 죽이기 전에는 우리 넝굴이를 끌고 한 치도 갈 수 없어. 이 미친놈들아, 이게 어떻게 마련한 소라고."

어머니는 살기등등해서 인민군들을 노려보며 두 손으로는 넝굴이의 고삐를 꽈악 움켜쥐고 있었다. 넝굴이는 그 광경을 그 순하디 순한 눈으로 다만 내려다보고 있을 뿐이었다.

부상병들이 어머니의 격앙된 소리를 듣고 일제히 이쪽을 내다보고 있었다. 마을 사람들도 무슨 일인가 싶어 몰려들었다. 어머니를 빙 둘러싼 인민군들은 어머니의 의외의 저항으로 사태가 확대되자 가부간에 결정을 지어야 할 판이었다. 그러나 그들의 결정은 모든 것이 원칙이 있는 듯 의외로 쉽게 끝나는 듯했다. 나는 이내 그들 중 제일 앳되어 보이는 소년병이 겁에 질려 바들바들 떠는 모습을 바라보았다. 놀랍게도 그는 아직 애티가 가시지 않은 나보다 대여섯 살 더 먹어 보였을까 싶은 소년병에 지나지 않아 보였다. 그는 일사병 환자처럼 땀을 뻘뻘 흘리며 창백한 시선으로 그들 고참병들을 바라보았다. 그가 머뭇거리자 둘러선 인민군들은 가혹한 눈초리로 그를 재촉하고 있었다. 그럴수록 소년병은 땀을 뻘뻘 흘리며 뒷걸음질 치고 있었다. 그러나 고참병들은 틈을 주지 않고 묵시의 위협을 점점 좁히고 있었고 둘러선 사람들 역시 땀을 흘리며 이 숨 막힌 광경을 지켜보고 있었다. 고참병들은 증오에 이글이글 타오르는 눈길로 소년병을 사주하며 재촉하고 있었고 그것은 어느덧 소년병에 대한 증오로 변하고 있었다.

그러나 다음 순간 어떤 일이 일어났는지는 너무나 순간적인 일이어서 자세히 알 수 없었다. 어머니의 외마디 비명과 함께 나는 그 충격으로 쓰러졌다. 내가 깨어났던 것은 하루가 지난 다음날이었다. 내가 마지막으로 보았던 것은 어머니를 개머리판으로 후려치던 소년병의 울 듯한 얼굴과 이미 소년병은 어머니를 보지 않고 있었다는 것이었다. 어머니의 시체는 냉장고처럼 생긴 마을 창고 안에서 발견되었다.

이 창고 안의 우악스런 광경을 맨 처음 목격한 사람은 아버지였다. 아버지는 모두가 피비린내로 외면하며 선뜻 들어가기를 망설이는 사람들을 제치고 수건으로 코를 틀어막은 채 곡괭이 한 자루를 을러메고 비척대며 앞으로 나아갔다.

창고 안에는 부상당한 인민군들과 그들이 말하는 반동분자들, 이들을 따라간 마을 사람들이 엎어지고 코가 깨지고 턱주가리가 부셔진 채 엉겨 붙어 있었다. 나는 그 비참한 광경과 역겨운 피비린내를 맡고는 몇 날 밤을 헛소리를 질러대며 잠을 이루지 못했다.

전쟁이 끝나고 나서도 아버지는 어머니를 잃은 고통을 잊을 수 없는지 두고두고 애통해 했다. 소침한 채 거의 하루 종일을 방 속에서만 보내는가 하면 때때로 고향을 떠야 한다는 알 수 없는 소리를 중얼거리고는 했다. 아버지는 어머니를 묻은 고향에 대해 애착을 가지지 못하는 것 같았다. 그러던 어느 날 아버지는 정말 우리 남매를 데리고 그 자신의 피와 땀과 눈물의 체액이 흐르는 논밭을 수월한 값으로 팔아치우고 서울로 무작정 상경해버린 것이었다. 아버지는 쓰라리고 상처뿐인 이 고향에 더 이상 미련을 가지지 못하는 것 같았다. 서울에서 아버지는 이만한 재산과 집을 늘리게 되기까지 손마디와 등이 휘도록 억척스럽게 노력했다. 무식하고 배운 것 없는 아버지가 할 수 있었던 것은 밑바닥 노동판의 막일꾼 잡부 역이었다. 밤에는 시간을 쪼개어 채소를 내다 팔며 오로지 돈을 모아야겠다는 목표 하나로 아버지는 그의 상한 속의 공동(空洞)을 메꾸어 보려 하는 것 같았다. 아버지는 고향을 끝없이 저주했다. 그때는 돈을 모으느라 바쁨에 고향을 생각할 겨를이 없었지만 어느 정도 성가를 한 후에도 아버지는 고향에 대한 이야기는 꺼내지도 못하게 했다. 나는 점점 고향을 잊어갔다.

무식했기에 노동으로 품을 팔 수밖에 없었지만 그래서 나만큼은 대학을 나와야 한다는 지상의 명제를 갖고 나의 성공을 학수고대하는 것으로 아버지는 자신의 불운을 보상을 받으려고 했던 것 같았다. 누이가 50년대 맹위를 떨치던 호열자로 죽고 말았을 때에도 아버지는 결코 울지 않았다. 가마때기에 둘둘 말아 망우리 공동묘지 아래 수월하게 묻어버릴 때에도 눈물 한 방울 흘리지 않았다. 아버지는 내 얼굴을 한 번 바라보는 것으로 그 슬픔을 대신하고 말았던 것이었다.

그의 유일한 희망은 '부디 너만은 좋은 세상 만나 아비 같은 불행을 겪지 말고 아들 딸 낳고 집안을 일으켜 세워서 한 세상 행복하게 살다 가라'는 것이었다. 나의 행복을 원하느니만큼 아버지는 나의 결혼에도 당신께선 간섭 않고 오로지 내 의지에다 당신의 의지를 포개었다. 내가 결혼을 해서도 좋은 시아버지가 되도록 혼신의 힘을 다해 자신의 처세를 조심했던 것이었다. 그러나 아버지는 여전히 수십 년의 세월이 흐른 다음에도 결코 그 악몽에서만은 깨어날 수 없었던지 며느리에게 좋은 일이라면 그 자신에게 좋은 일인 것처럼 기꺼이 자기에게 불편한 일일지라도 발 벗고 일을 서둘러 주었지만 냉장고를 사는 일에서만큼은 자신의 의지를 굽히려들지 않았던 것이었다.

그러던 어느 날 아버지가 무슨 생각에서인지 그렇게 외면만 하고 철저하게 고향을 잃어버린 사람으로서 자처하기를 원했음에도 출근하려는 내게 고향에 한번 다녀오고 싶다는 말을 했을 때 나는 한 순간 어안이 벙벙해지지 않을 수 없었다.

너무도 뜻밖이었으므로 나는 한참 동안 그 자리에 서서 생각해보지 않으면 안 되었다. 웬 셈일까. 나는 어깨가 많이 굽어진 연로한 아버지의 뒷모습을 보고 예전에는 고향이라는 얘기만 나와도 고개를 설레설레 흔들며 숫제 고향을 그의 머릿속에서 깡그리 추방하려 들던 아버지의 돌연한 행동에 여간 심란함을 느끼지 않을 수 없었다.

아내가 아이들을 배웅하러 나오며 왜 멍청하게 서 있느냐며 핀잔을 줄 때까지도 나는 아버지의 돌연한 행동을 이해할 수가 없었다. 나는 다만 그 자리에 서서 한동안 아버지의 생각에서 벗어날 수 없었다. 아이들이 '아빠, 안녕' 하고 말했을 때도 나는 내처 그렇게 서 있었을 뿐이었다. 이즈음 불편한 심기 탓에 혹시 시쳇말로 노망이라도 하신 건 아닌가, 실성하기라도 한 것은 아닌가 하는 생각마저도 들었다.

아버지는 고향에 대해 한이 많은 사람이었다. 고향 이야기만 나와도 치를 떨며 저주했다. 어느 정도였는가 하면, 아버지는 행여 고향에 대한 생각이 꿈속에라도 떠오를까 자리에 누울 때에도 고향 쪽을 보지 않았다. 아버지에게는 쓰라린 고향이었고 기억하고 싶지 않은 악몽의 고향이었기 때문이었다. 어쩌다 소식을 듣고 찾아 온 고향 사람들에게도 박절하게 대했던 것이었다. 그러던 아버지였으니만치 삼십여 년이 지나도록 아무 말이 없다가 오늘 아침 불쑥 고향에 다녀와야겠다는 얘기를 들었을 때 나는 여간 심란한 것이 아니었다. 혹시 죽음의 신에 대한 어떤 영감이 아버지에게도 온 것이 아닐까 싶은 생각 때문에 나는 그날 회사에 나가서도 여간 신경이 쓰이는 것이 아니었다. 나는 여름휴가를 내리 앞당겨 아버지를 모시고 고향에 한 번 다녀올 것을 결심하였다.

고향으로 가는 길은 예나 지금이나 조금도 변함이 없었다. 깎아지른 절벽 밑으로는 지리산 골짝에서 흘러내리는 내가 칼날처럼 날카롭게 흐르고 있었고 시낡은 버스는 위태위태하게 숫제 걷고 있었다. 돌부리에 채일 때마다 버스 안은 요란스럽게 굴렀고 그 흔들림 때문에 나는 아버지가 차멀미라도 하지 않을까 노심초사하며 읍내에서 택시로 올 것을 잘못했다고 거듭거듭 후회했다.

아버지는 먼저 어머니 산소부터 찾으셨다. 무성하게 자라 여기가 거긴 것 같고 거기가 여긴 것 같아 도무지 종잡을 수 없건만 아버지는 감히 어떻게 잊을 수 있느냐며 허리까지 자란 잡풀들 사이로 빼곡빼곡 돋아난 묏등들을 하나씩 눈여겨 나가고 있었다. 온 전신은 땀으로 번들거려 찰싹 달라붙은 속옷들은 불쾌하기 짝이 없었고 바람 한 점 없는 날씨는 속살까지 익히려 들었다.

하도 어렸을 적의 일이 되어서 찾기 어렵다는 생각은 했지만 그래도 어찌 핏빛처럼 선명했던 그 기억을 잊을 수가 있을까. 그러나 듬성듬성 구덩이마다 전부 그게 그것인 것만 같아 보여서 나는 밑에서부터 하나하나 더듬어 올라가지 않으면 아니 되었다. 그동안에 무덤이 많이 들어서 있었다.

나이에 어울리지 않게 아버지는 어머니의 무덤 찾는 일에 정열적이셨다. 그러나 아버지의 무덤 찾는 열성만큼 무덤은 쉽게 찾아지지 않았다.

더위에 지쳐 한참 허둥대다가 쉬려는 찰나에 아버지가 소리 지르는 바람에 나는 그쪽으로 고개를 돌리지 않으면 안 되었다.

"찾았다. 찾았어!"

아버지가 찾았다며 풀을 헤치는 순간 그곳에는 비바람에 뜯긴 작은 봉분이 풀덤불에 파묻혀 초라하게 조개껍데기처럼 누워 있었다.

순간 나는 어디선가 하늘에서 빗줄기가 후두둑 듣는 듯한 소름을 맛보았다. 불현듯 비탈에 섰던 그 옛날들이 손바닥에 현란하게 올려지면서 나는 그 자리에서 움직일 수가 없었다. 감히 숨조차 쉴 수가 없었다. 그 옛날엔 몰랐던 밤 냄새가 숲을 진하게 메우고 있었고 나는 그 밤 냄새로 숨을 꺽꺽 내쉬면서 그 자리에 나도 모르게 풀썩 주저앉았다. 아버지는 이내 그 무덤을 온 가슴 깊이 끌어안고 발버둥치며 속에 깊숙이 감추어 두었던 통곡을 하였다. 그것은 숫제 처절한 오열이었다. 아버지의 울음은 그것만으로도 이미 하나의 이 세상에서 가장 아름다운 열부곡이 되고 있었다.

아버지는 여름의 그 길고 고적한 해가 질 때까지 어머니의 무덤 곁에 앉아 떠날 줄을 몰랐다. 해가 쑥 빠지자 아버지는 급히 읍내로 나갈 차비를 서둘렀다. 고향 사람들에게 당신께서 생면부지로 대했기 때문에 그 자신 관대함을 받지 못할 것을 알고 아버지는 고향 사람들의 신세를 지느니 차라리 읍내의 여관을 생각하셨던 것이었다.

산등성이를 급하게 내려오면서 나는 문득 고향 집을 내려다보았다. 아버지가 전답과 고향집을 수월하게 팔아버리고 상경할 때 나와 누이는 몇 번이고 영마루를 넘을 때까지 그 집을 돌아보고 또 돌아다보았다. 그 집은 여전히 초가가 기와로 바뀐 것 말고는 그때 그 모습이었다. 나는 저 깊은 속에서 끓어오르는 오열을 순간 참을 수가 없었다.

그러나 아버지는 당신의 생각과는 달리 200여 호 남짓한 이제나 그

제나 그만큼 나오면 그만큼 들어가는 마을의 큰길까지 내려오자 격해오는 감정을 참을 수 없었던지 당시 이장을 비롯해 여지껏 죽지 않고 살아있는 그때 그 사람들을 일일이 찾아 다녔다. 대개는 내게는 낯설었지만 아버지에게는 낯설지 않은, 더러는 내게도 낯설지 않은 많은 사람들을 만났다. 그때나 이제나 변해진 것은 없었다. 있다면 그때의 초가지붕이 울긋불긋한 슬레이트 지붕으로 바뀌어 있는 것일 뿐 마을은 지리산 줄기에 깊게 파묻혀 있어서 좀처럼 변화를 허락하지 않고 있었다.

아버지와 나는 나와 초등학교 동기이던 이장의 사랑에 머물렀다. 아버지는 오랜만에 만난 친구들을 보자 누를 수 없는 반가움 때문인지 마음을 툭 터놓고 그들과 함께 호탕하고 방만한 웃음을 연신 주고받았다. 사랑방은 아버지를 둘러싼 그때 그 나이 또래의 사람들로 흥건하고 질탕해졌다.

이튿날 아침, 나는 그 어느 날이던가 잠을 깨고 뜨락으로 나오던 내 앞에 성큼 다가오며 유년기를 밀어내던 지리산을 바라보았다. 불현듯 꼴뫼로 올라가 천왕봉을 올려다보았다. 산은 언제나 보아도 늘 거기에 있었지만 천왕봉을 본 내 가슴은 두근거리고 있었다. 놀라웠다. 언제까지나 나와 함께 있을 것만 같다고 여긴 산이 일시에 먹구름처럼 몰려와 장엄하게 나를 위협하며 서 있는 것이 아닌가. 어렸을 적 저녁놀에 비긴 그것은 내게 가장 장려한 신비스러운 꿈의 세계로 와 닿고는 했다.

오전 중에 친구인 이장을 따라 나는 이 지나리에 곧 들어서게 될 중학교의 부지 증명을 떼러 면사무소에 내를 따라 이루어진 큰길을 걸어 다녀왔다. 친구는 1면 1중학교의 정부 시책에 따라 곧 들어서게 될 중학교의 설립추진 위원직을 아울러 맡고 있었다. 예전 몸과 마음이 모두 작았을 때 그렇게 넓고 크게 보였던 면사무소였건만 지금의 내 눈에는 한 손에 쥐면 잡힐 듯이 작게 보였다. 그러다가 돌아오는 길에 나는 전혀 예상 못한 뜻밖의 사실과 조우하고 말았다. 내가 가는 앞으로 성큼 그 어린 시절 위악과 두려움으로 어린 가슴을 두들겨 놓았던 냉장고 같은 창고를 문득 보아버리고 만 것이었다. 창고의 문은 굳건히 잠겨 있었지만 지붕이 폭격 맞은 자리처럼 뻥 뚫려 있어 보는 이로 하여금 적막감을 느끼게 하고 있었다. 창고를 잡아먹고 있는 빈 터에 쌓아둔 모래와 자갈과 벽돌로 보아서는 곧 수리할 계획으로 있는 건물인 것 같았다.

순간 나는 어디선가 몰려오는 현란한 비명에 후다닥 내 뒤를 돌아다보았다. 이장이 그런 나를 쳐다보며 의아하다는 듯 눈을 동그랗게 만들었다. 나는 애써 친구인 이장에게 아무것도 아니라는 듯 태연한 얼굴을 지었지만 내 속은 소리가 날 정도로 아래 위가 온통 뒤틀리고 있었다. 새소리, 풀 매미 소리, 풀벌레 소리를 한꺼번에 거둬들인 짜릿한 여름의 그 소리가 내 귀를 참혹하게 질타하고 있었다.

나는 창고 앞에서 잠시 멈칫하다가 태연한 척 지나쳤다. 우리가 상경해 온 이후에도 마을은 조용한 날이 없었다. 아군에 쫓겼던 인민군들이 숨었던 곳은 그 광활하고 시원의 소리가 자욱한 지리산 속이었다. 마을은 밤낮으로 바뀌는 세상으로부터 철저히 자기를 보호하지 않으면 아니 되었다. 그 때문에 마을에서는 불신의 구름이 흐린 날처럼 늘 낮게 드리워 있었고 살아남기 위해서는 서로가 서로를 비방하지 않으면 아니 되었다.

우리는 거기서 이틀을 머무르다가 상경해왔다. 아버지는 그에게 깊은 정신적인 외상을 준 고향을 철저하게 외면해 온 실향민 아닌 실향 민이었지만 아버지에게 그 고향에서의 이틀은 그의 고난으로 점철된 인생길에서 무척 행복한 날들의 한 토막이었던 모양이었다. 아버지는 기차를 타고 서울에 도착하기까지 줄곧 그 고향 사람들의 순박한 인심 과 따뜻하게 대해주는 고향 사람들과 그리고 오랜만에 밟아보는 고향 땅과 하늘, 흙, 내에 대해서 별스레 너스레를 떨었다. 그것은 마치 알 사탕을 하나 입에 문 소년의 천진스런 표정 같았다.

그러나 서울역의 플랫폼을 밟고 있는 순간부터 아버지의 무구한 표 정은 싹 가셔지고 말았다. 그것은 나 역시 마찬가지였다. 우선 우라지 게 와 닿는 서울 공기의 감각부터 고향의 그것이 아니었다. 현미경으 로 들여다본 박테리아의 우글거림 같은 많은 사람들의 풍경, 울긋불 긋한 빛의 홍수, 자동차가 흐르는 거대한 강, 숨 막힐 것만 같은 매연 도, 빌딩들도 고향 속의 본질과는 다른 이질적인 것이었고 내 온몸은 그런 불가용해의 가역반응으로 후들후들 떨리고 있었다.

올 여름은 장마가 오래 계속되어 아내가 벼르고 별러서 산 냉장고 도 별 효과도 보지 못하고 여름을 넘기고 말았다. 알 수 없는 것은 아 버지의 극도의 의기소침이 고향을 다녀오고부터도 계속되는 것이었 다. 아내와 나는 어머님 없이 삼십여 년을 살아오신 분이라 외로움 탓 이거니 여겨 새로 어머님을 모시자는 의견까지 나왔지만 그 말을 아버 지에게 여쭙기까지 여간 먼 거리가 아닌 것을 잘 알고 있었다. 아버지 의 성질을 잘 아는 나는 그 결론이 절망적이라는 것도 너무나 잘 알고 있었기 때문이었다.

나 역시 마찬가지였다. 고향에 다녀온 이후 나는 아주 한쪽에 꿰다 놓은 보릿자루 모양 미움을 받고 있는 냉장고를 볼 때마다 그 냉장고 같이 생겨먹은 참혹한 상황이 내 머리를 떠나지 않았다. 그 창고 속에서 벌어졌을 아비규환의 참상과 내게 산수책을 가지고 오라고 해 셈을 가르쳐주던 나이 많던 인민군 부상병 얼굴과 어머니를 개머리판으로 내리치던 그 소년병의 울명한 얼굴이 확대된 영상처럼 내 앞을 가득 맴도는 것이었다. 그런 연상은 아내와 함께 잠자리에 들었을 때도 아내의 적극적인 애무를 받으면서도 회사에 나가서도 내 머리를 좀처럼 떠나지 않았다. 휑뎅그렁하게 한쪽 부엌 끝에 놓여 있는 냉장고를 볼 때마다 그런 연상은 더욱 떠나지 않았다.

아버지의 두문불출, 의기소침, 게다가 또 나마저 비 맞은 생쥐 꼴을 하고 있는 것을 보고 아내는 꼭 자기 때문인 것 같다고 괜히 심드렁해서 샐쭉거렸지만 그런다고 집안에 낮게 가라앉아 있는 침울을 거두어 갈 수는 없었다.

길게 끌던 장마가 9월과 함께 무너지면서 다시 예년의 날씨를 되찾고 있었다. 관상대에서는 앞으로 더 심한 더위는 없을 것이라고 누구나 다 할 수 있는 씨도 먹히지 않는 소리를 씨부리고 있었다. 어느새 끔찍한 여름이 가고 있었던 것이었다.

아내는 장마 때문인지 식구에게 별 환영을 받지 못했던 냉장고를 장마가 끝나자 제대로 써보지 못한 것이 아쉬운 듯 잔뜩 물건을 사다 재여 놓았다. 그 때문일까 자주 냉장고가 소리를 내었다. 우우, 소리를 내면서 돌아가는 냉장고 소리는 우리가 땅따먹기를 하다가 심심하면 땅바닥에 엎드려 귀 기울이면 들려오는 질화로 공장의 풍로 소리와 영락없이 닮아 있었다.

아내가 냉장고에 물건을 잔뜩 들여놓던 날 밤 나는 계속 울어대는 냉장고 소리 때문에 잠을 이룰 수가 없었다. 아내는 가볍게 코마저 골

207   냉장고

면서 세상모르게 자건만 나는 신경이 예민해질 뿐이었다. 우우우, 소년병의 얼굴이 툭툭 튀어나왔다. 냉장고 같은 창고가 튀어나왔다. 눈을 뜬 채로 죽어있는 소년병과 마을 사람들이 쇠사슬에 묶여 보냉차의 허연 살덩이처럼 눕혀져 있는 모습과 얼굴이 날아올랐다. 그들이 일제히 살아나서 원통하게 떠도는 혼백을 진정시켜 달라고 외치고 있었다. 낫을 든 사람, 괭이를 든 사람, 삽을 든 사람 할 것 없이 모두 소년병을 향해 '죽여라' 하고 소리치고 있었다.

건넌방에서 바튼 기침 소리가 나는 것으로 보아 아버지 역시 냉장고 소리 때문에 잠을 못 주무시고 계시는 것 같았다. 더군다나 냉장고는 아버지 방 가까이 있었기 때문에 더욱 소리가 클 것이었다. 우우우우, 우우우우, 잡아라, 죽여라.

나는 불현듯 일어나 신경질적으로 냉장고 플러그를 빼버리고 말았다. 이제야 잠이 좀 들 것 같았다.

이즈음 이상한 일은 이뿐만이 아니었다. 아이들이 덥다고 냉장고 문을 열어놓고 그 앞에 쪼그리고 앉아 있다가 갑자기 혼쭐나게 앓기 시작하는 것이었다. 큰아이는 뚜렷한 병명도 없이 일주일 이상을 앓았다. 그런데 큰애가 낫자 이번에는 또 작은애가 학교를 갔다 오더니 머리가 아프다며 자리에 누운 것이 내처 일주일을 꼬박 앓았다.

딸아이가 몸이 풀려 회복기의 아침을 맞던 어느 휴일 아침, 아내는 딸아이를 위해 푸짐한 아침상을 마련했다. 아내는 그녀의 출신과 답게 소질을 맘껏 표현해 놓았다. 입 까다롭기로 두 번째 가라면 서러워할 나에게 음식에 관한 한 입 다물게 한 솜씨였으니 그녀의 음식 솜씨만큼은 알아주어야 했다. 아내는 나와 아버지가 좋아하는 감자튀김과 시원한 열무 국물김치를 마련해 가져다주었는데 내 식성을 닮은 아이들 역시 서로 먼저 먹으려고 젓가락을 요란스럽게 움직였다. 나는 아버지의 눈치를 살피며 아이들에게 눈총을 주었다. 토옹 입맛을 잃고 있던 당신께서 유난히 감자만을 많이 잡수셨던 일들을 머리에 떠올렸다. 당신께서는 이 감자를 매년 당신께서 일구어 놓은 뒷산의 한 구릉에다 심고는 여름이면 입맛을 곧잘 잃던 우리에게 여름 내내 간식으로 물려주었다. 감자가 잘 받지 않는 척박한 땅이었지만 당신께서는 잘 받지 않는 땅을 정성으로 대신했다. 그래서 나는 어린 시절 감자만큼은 모자라지 않게 먹을 수 있었다. 그런데 말썽은 아내의 조심성 없는 행동에서 뜻밖의 사태가 벌어지고 말았다. 그토록 냉장고를 아버지와 아이들이 보는 앞에서 사용치말라고 신신당부를 했건만 아내는 기어코 무얼 꺼내 먹을 것이 있다고 냉장고 문을 벌컥 잡아당기고 만 것이었다. 철없는 아내 같으니라고.

갑자기 큰아이가 숟가락을 떨어뜨렸다. 아버지는 속이 상한지 수저를 놓았다. 갑자기 소년병의 커다란 눈이 확대된 영화처럼 내 앞에 성큼 내비치고 있었다. 나는 큰아이를 일으켜 세우면서 당장 냉장고를 없애버려야겠다고 생각했다. 아내는 또 아내대로 아버지를 방으로 부축해 가면서 연신 알 수 없다는 듯 의아해 했다.

그는 길을 가다가 손으로 쏟아지는 햇살을 가렸다. 그 사이로 간밤의 일이 다시 떠올랐다.

'그, 그럴 수가, 그럴 수가?'

아, 아, 그는 비틀거리기조차 했다. 그는 자신이 금 밖으로 밀려 나가있는 타인 같다는 생각이 들었다.

간밤의 일이었다. 저녁을 먹고 아내와 딸아이가 옆집에 텔레비전을 보러 간다고 나가고 집에는 그와 대학에 다니는 아들만이 남아 있었다. 그는 방에서 신문을 보고 있었다. 그런데 어느새 들어왔는지 아들이 작심한 듯 대뜸 그를 향해 비난하기 시작하는 것이었다.

"무능해요, 수십여 년을 성실로 버틴 대가가 고작…… 말하기조차 부끄러워요. 남들 같으면 그 성실, 그 연륜이라면 벌써 뭐가 되고도 남았을 텐데, 엄마가 불쌍해요. 책임을 지셔요. 가족에 대한 책임은 둘째치고라도 아버지 자신 인생에 대한 책임을 지셔요."

그밖에도 아들은 다른 말을 더한 것 같았지만 앞이 캄캄해질 뿐 더 이상 어떤 말을 했는지 기억에 없었다.

'그, 그럴 수가, 정말 그럴 수가?'

갑자기 앞이 캄캄해지면서 다리가 후들거렸다. 얼굴에는 땀마저 촉촉이 배어났다. 아닌 게 아니라 그는 오늘 따라 무언가 빠트리고 온 것처럼 허전했다.

그는 문득 주변을 둘러보았다. 왼쪽 윗 호주머니에 만년필과 多星産業이라는 노란 실이 박혀있고 왼 손에는 서류 봉투가…… 그리고, 그제야 그는 도시락을 갖고 나오지 않았다는 것을 알았다. 그는 멈추어서며 문득 집을 올려다보았다. 초라한 판잣집들 사이로 그 못지않은 낡은 집이 검은 이끼가 핀 슬레이트를 힘겹게 이고 있었다. 그는 올라갈까 말까 한동안 망설이다가 도로 아래를 향해 걸었다.

아스팔트길까지 내려오자 얼굴엔 구슬땀이 송글송글 맺혔다. 그는 건너편으로 가기 위해 건널목에서 신호를 받을 때까지 기다렸다. 그러다가 그는 한순간 속이 철렁하고 말았다.

또다시 그것과 마주치고 말았기 때문이었다. 흠, 순간 그는 힘이 쑥 빠지면서 가벼운 현기증을 느꼈다. 길가 한 허름한 양복점 유리에 며칠 전부터 초등학교나 겨우 졸업했을까 말까 한 솜씨로 붉게 '폐업' 하고 쓴 낡은 종잇조각이 오가는 사람들의 시선을 끌지 못한 채 붙어 있었다. 그는 잠시 멈칫 하다가 그대로 지나쳤다. 그러나 가슴 속에서는 오래 전부터 미루어왔던 무언가가 불끈 솟구쳐 올라 가슴을 마구 쿵쿵 울리고 있었다.

그는 정류소에서 잠시 기다리다가 서울역행 버스를 불현듯 올라탔다. 다행히 사람들이 많지 않아 그는 빈 곳으로 가 앉았다.

한 떼의 사람들이 김일성 규탄 플래카드를 들고 쏟아져 나오는 모습이 차창 너머로 들어왔다. 시야를 가로막는 물결을 무심코 바라보다가 그는 그 폐업하는 우중충한 양복점과 또다시 마주하고 말았다.

윈도우 사이로 비친 물건이 어제나 오늘이나 다르지 않았다. 그 앞으로 '폐업'이라고 써 붙인 종이가 또다시 조그맣게 그의 시야에 들어오자 그는 얼른 외면을 해버렸다. 마치 못 볼 것을 보기나 한 듯, 그런 새로 간밤의 그 일이 또 떠올랐다.

'그럴 수가, 정말 그럴 수가?'

그는 등에서 식은땀이 흐르는 것을 느꼈다. 갑자기 출발하는 버스가 한꺼번에 그의 생각들을 앗아 달아났다.

그는 버스를 타고 가는 것이 아니라 자신이 실려 간다고 느끼며 사람과 사물들이 차창 너머로 물결같이 흐르는 거리의 모습을 무심히 바라보았다. 그러다가 갑자기 가슴 한쪽이 답답해지는 것을 느꼈다. 둘째 딸애의 공납금이 생각났기 때문이었다. 벌써 달포 전부터 선생님으로부터 독촉을 받던 공납금을 딸애는 집에 뻔히 돈이 없는 것을 알고 말을 못하고 있는 것을 그는 알고 있었다. 선생님이 오죽하면 회사로 연락했을려구…… 이번 월급을 타면 꼭 해주어야겠다고 그는 생각했다. 그렇지만 월급날까지는 아직 닷새는 더 있어야 했다.

갑자기 그의 앞으로 막내애만 해 보이는 아이가 자기보다 큰 모자를 눌러쓰고 밀려 그 앞에까지 왔다. 그는 아이의 가방을 들어 그의 무릎에다 올려놓았다. 시큰한 김치 냄새가 뭉클 났다. 그는 문득 아이를 바라보았다. 아이가 부끄러운지 귀 밑을 발갛게 물들였다. 모자 밑으로 송글송글 땀이 맺혀 있었다. 코끝에도 김이 서려 있었다.

"고맙습니다."

아이가 무안감을 감추려는지 그런 그에게 때늦게 인사했다. 그는 미소를 지어보였다. 아이는 경기고등학교 앞에서 내렸다. 그러자 어느 틈에 아이가 있던 자리를 이번에는 키 큰 남자가 채웠다. 그는 그를 아이에게 했던 것처럼 쳐다보았다. 순간 그는 갑자기 오금이 저려 왔다. 목이 칼칼해지면서 목이 뻣뻣해졌다.

'검은 안경, 검은 안경.'

그는 속으로 중얼거리며 고개를 설레설레 저었다. 그 저림은 그가 내릴 곳에 다 왔을 때까지도 계속되었다.

그는 버스에서 내리면서 다시 한번 그쪽으로 고개를 돌렸다. 그 순간 또다시 버스에서 이쪽을 바라보고 있는 청년의 검은 안경과 마주쳤다.

'검은 안경, 검은 안경.'

그는 악감에 사로잡혀 씹듯이 중얼거렸다. 그때 일이 생생했다.

그날따라 눈앞이 유별나게 갑갑했다. 눈 하나만큼은 자신 있었는데……. 그래서 그는 오후의 일거리를 대신 다음날로 미루는 일이 많았다. 그날도 그는 월보(月報)를 내일로 미룰 생각을 하며 돋보기를 만지작거리면서 닦고 있었다. 그런데 그날따라 중역 회의에 갔다 온 젊은 과장은 급한 듯 그에게 월보를 오늘 중으로 작성하라고 지시하는 것이었다. 사장 딸과 약혼한 사이라는 과장은 어느 사이 비워 둔 회전의자를 차지하고 있었다. 과장은 중역 회의에 보고할 것이라고 하면서 그에게 거듭 독촉을 하였다.

그는 할 수 없이 밤늦게까지 답답한 눈길을 비벼가며 아직 나흘이나 남아 있는 그 달을 마감하여 월보를 작성해내었다. 그리고 그는 작성한 월보를 과장 책상 앞에 놓아두고 퇴근을 한 것이었다.

그런데 다음날이었다. 그는 전날 과로한 것이 부담이 되어 자리에서 뒤척이다가 여느 날보다 조금 늦게 출근하였다. 그가 사무실로 들어서자 그는 사무실 분위기가 심상치 않다는 것을 느꼈다. 모두들 그를 경원하려 하고 있었다. 그를 보는 눈치가 달랐다. 이윽고 검은 선글라스를 한 젊은 과장이 들어왔다. 과장은 그를 보자 대뜸 그의 면전에서 월보를 들이대며 심히 듣기에 거북할 만큼 핀잔을 퍼붓는 것이었다. 실지 장부와의 숫자가 일치하지 않는데 이것을 중역 회의에 그대로 보고했으면 어찌 될 뻔 했겠느냐고 젊은 과장은 그에게 삿대질마저 해대면서 격한 감정을 숨기지 않았다. 그는 순간 그렇게 면박을 하고 있는 과장의 검은 안경 뒤에서 춤추듯 이글거리고 있는 눈을 보았다. 어제 가물가물한 눈이 기어이 장부의 숫자를 잘못 읽은 모양이었다. 수치 그 자체가 그렇게 중요한 것은 아니었지만 출세 가도를 달리고 있는 그는 모든 것에 신경을 써야 할 것이었다.

'검은 눈, 검은 안경, 검은 송아지.'

순간 그는 엉뚱하게도 그 옛날 검은 안경으로 눈을 가린 끔찍한 소경 무당이 떠올랐다. 그는 강 건너 매화마을(梅里)에 살고 있었다. 그는 점도 잘 보았지만 특히 살풀이굿을 잘 하였다. 그에게 살풀이를 배우러 오는 애기 무당도 있다고 했다. 그가 한 날은 우리 마을로 와서 강 부자 집 굿을 했다. 막내아들이 병에 걸려 죽어간다고 했다. 병원에 갈 생각은 않고 굿을 하다니…… 그의 굿은 좀 독특했다. 칼춤에서 시작해서 칼춤으로 끝났다. 사라센 제국의 칼 같은 언월형(偃月形)의 칼이 흔들릴 때마다 소름이 돋았다. 뜨락 한쪽에는 이제 태어난 지 얼마 되지 않은 검은 송아지가 한 마리 묶여있었다. 제물로 바쳐야 한다는 것이었다.

굿은 저녁 무렵까지 계속되었다. 그는 숨이 가쁘지도 않은지 최 부자 댁의 그 넓은 뜨락을 종횡무진으로 후벼 팠다. 칼을 들고 길길이 날뛰며 찌르는 흉내도 냈고 망나니처럼 입에 물을 품었다가 칼날에 내

뽐기도 했다. 날카로운 칼끝이 달빛에 하얗게 번득거렸다고 생각한 순간은 세워둔 짚단들이 어느새 동가리가 나 바닥에 떨어져 있었다. 그러나 우리를 더욱 놀라게 한 것은 정작 그 다음이었다. 그의 날카로운 칼이 앞에서 본 것처럼 다만 하늘을 찔렀다고 생각했는데 송아지가 갑자기 비명을 한번 크게 지르더니 그 큰 몸뚱어리를 맥없이 꿇었다. 송아지의 목은 거의 떨어져나가 핏줄만이 대롱대롱 달려 있었다. 피가 콸콸 솟았다. 그것은 소경이 할 수 있는 일이 아니었다. 거기 모인 사람 모두가 외면했다. 소경 무당만이 회심의 미소를 짓고 있었다.

그는 그때 일을 생각하며 고개를 설레설레 저었다. 그는 경황없이 한동안 정신 나간 사람처럼 그 자리에 서 있다가 회사로 걸음을 옮겼다.

"안녕하셨수?"

그가 우중충한 건물로 휘청거리며 들어가자 수위 영감이 나와 있다가 그에게 인사를 하였다.

"예, 안녕하셨습니까?"

그는 얼굴에 검버섯이 돋은 그를 멀뚱히 바라보다가 생각난 듯이 걸음을 옮겼다. 몇 개 안 되는 책상이 있는 곳으로 들어가자 아이가 청소를 막 끝내고 있다가 그를 보자 인사를 했다.

"음, 수고하는구만."

그는 건성으로 대답하고 그의 자리로 가 앉았다. 그는 서랍 속을 뒤적거렸다. 어제 못다 한 수입지출 보고서를 마저 해치울 생각이었다. 어제 오후는 눈앞이 감감거려 도저히 더 이상 앉아 일 할 수가 없어 그는 그대로 퇴근을 해버린 것이었다. 그때 무리를 한 후로 그는 오후만 되면 더욱 눈앞이 흐려 갑갑했다.

조금 있자 몇몇 사람들이 무리지어 들어왔다. 그는 그들을 바라보며 그들이 전해주는 인사를 인형처럼 고개를 끄덕거리며 받았다. 모두들 한결같이 명랑한 표정들이었다. 그러다가 한 순간 그는 목 잘린 검은 송아지를 본 것처럼 반사적으로 고개를 움츠렸다. 그들 사이로 자신만만하게 웃으며 들어오는 과장의 검은 안경과 마주쳤기 때문이었다.

그는 한동안 벌레 씹은 듯한 악감에 사로잡혀 있다가 고개를 들었다. 그런 사이에 과장의 눈길과 또다시 마주치고 말았다. 그는 다시 고개를 숙였다. 개미가 기어가는 것 같은 숫자가 그의 형편없는 시력에 부옇게 와 닿았다. 그는 한동안 글자에 초점을 맞추려고 애를 썼다.

"이덕만 씨, 이리 좀 오시오."

갑자기 그를 부르는 소리에 그는 놀란 수탉처럼 고개를 들었다. 그의 바로 맞은편 책상에서 과장이 그를 쳐다보고 있었다.

순간 그는 갑자기 불안해졌다. 감추어 둔 속 한 구석이 만천하에 드러나는 것 같았다. 그는 잠시 가슴을 졸이다가 과장 앞으로 갔다. 과장의 검은 안경에 대한 트라우마가 떠오르면서 괜히 헛기침이 나왔다.

"오늘 우리 과에서 출장이 있는데 이 선생께서 좀 수고하셔야겠습니다."

과장이 그에게 말하였다. 순간 그는 까닭 없이 누르는 알 수 없는 압박감에서 벗어나는 것 같은 느낌을 받았다. 그는 안도의 한숨을 내쉬었다.

"몇 시간 걸리지 않을 것이니 오후에 잠깐 다녀오도록 하세요."

과장은 그를 보지 않고 말하였다. 그는 과장의 검은 안경을 바라보자 목이 칼칼해지는 것을 느꼈다.

"알겠네."

그는 기어들어가는 음성으로 겨우 말하고는 도로 자리에 가 앉았다. 뭇시선이 그를 조소하고 있다고 느꼈다. 그는 감원이 아닌 것만이라도 다행이라는 생각에 그다지 그들의 시선이 아프지 않았다.

그는 자리에 앉아 헛기침을 한번 했다. 안도감에 담배를 꺼내 물고 연거푸 빨아 당겼다가 내뱉었다. 옆에 있는 미스 김이 문득 그에게 경멸에 가까운 시선을 보냈다. 그는 그것을 느꼈지만 모른 척 하였다. 그러다가 예의 그 일이 생각하자 분노가 머리끝까지 치솟았다. 그러나 나이 탓일까. 솟구쳤던 분노는 이내 파도처럼 부서졌다. 그날따라 유독 바빴다. 그는 눈이 가물가물하기도 해서 계산하는 일을 김양에게 부탁했다. 월말이라 바쁜 것을 그녀도 알고 있었다. 그러나 그녀는 그를 본 체 만 체 했다. 그는 딸 같은 그녀에게 조금은 상한 소리를 내었다. 그러자 그녀는 그를 향해 앙칼지게 대들었다.

'망할 계집애' 그는 담배를 껐다. 자괴감이 솟구쳤다. 어느덧 딸 같은 그녀에게조차 경멸당할 만큼 무기력한 인간으로 변했단 말인가. '아냐, 아냐' 이내 그는 세차게 도리질을 하였다. 그는 젊은 날에도 자신이 그렇게 능력 있는 인간이 아니었다고 반추했다.

'이 허약한 인간' 그는 속으로 중얼거렸다. 젊은 날 사범학교를 우등으로 졸업하고 발령을 받으면서부터 그는 1급지 학교에서 2급지 학교로, 다시 변두리 학교로 줄곧 밀려다니기만 하였다. 어딜 가나 능력 있고 힘 있는 사람들이 좋은 자리를 차지하기 마련이었다.

"이덕만 씨, 수고스럽지만 이것 좀 보아주시겠수?"

그가 한참동안 무슨 출장일까 골몰해 있는데 갑자기 사장의 친척이라는 또 다른 실세 김 군이 그에게 보고서를 내밀었다. 그리고는 그의 눈치를 세세하게 살폈다. 한 눈에 지저분하였다. 다시 써달라는 속셈이 뻔히 내보였다. 그의 달필을 탐내는 것이 분명하였다.

'망할 자식' 그는 한동안 그것을 물끄러미 들여다보다가

"두고 가게."

하고 말하였다. 거절 못하는 것이 아니라 그의 깊은 내부에서 솟아오르는 말 못하는 이유가 있었기 때문이었다. '나같이 나이 많은 게 성깔을 부리면 비웃겠지' 그는 애써 자위했다. 언제부턴가 그는 자신의 무능을 나이 탓으로 돌리고 있었다.

그는 한동안 김 군이 놓고 간 그것과 씨름하였다. 그러다가 어느 순간 보고서에 퇴직수당이 유난히 높게 기재되어 있는 것을 발견하고는 갑자기 의혹이 되살아나는 것을 느꼈다. 그렇다면? 설마설마 하던 것이 정말 사실이란 말인가?

그는 눈을 비벼가며 의혹 속에 그것을 다시 들여다보았다. 살갑지 못한 환상들이 그의 머릿속에서 어지럽게 돌아가고 있었다. 그런 의혹 속에 잠깐 갇혀 있는 사이 일 하는 아이가 다가와서 그에게 말했다.

"박 선생님, 상무님께서 오시래요."

"음."

신음인지 대답인지 자기도 모르게 소리를 내었다. 그는 한동안 멈칫하다가 아이를 따라 중역실까지 갔다. 갑자기 불안한 예감이 들면서 다리가 후줄그레함을 느꼈다. 이마에는 식은 땀마저 내배었다.

"들어가셔요."

머뭇거리고 있는 그에게 아이가 문을 열어주며 말하였다. 그는 잠시 눈을 비비다가 안으로 들어갔다. 안에는 상무가 과장과 앉아 이야기를 하고 있다가 그가 들어서는 것을 보고는 그에게 앉으라고 권하였다.

낮달

그는 좌불안석이 되어 앉았다. 그 사이 과장의 얼굴과 마주치자 그는 또다시 검은 안경, 검은 송아지, 소경 무당이, 그리고 간밤의 일이 한꺼번에 파노라마처럼 떠올랐다. '이 무능력자' 그것은 어느덧 딸애의 마음 쓰는 것에까지 이르자 그는 자신이 더 이상 앉아 있을 수 없는 지경조차 되어버렸다. 스스로 미물이라고도 여겨졌다. 소리 없이 한숨을 내쉬었다.

"오시라 해서 미안해요. 이덕만 씨."

상무가 그를 바라보며 말하였다. 상무는 담배를 길게 빨아들였다가 크게 내밀며 담배를 그에게 권했다.

"감사합니다."

그는 상무가 내미는 대로 순순히 담배를 물었다. 젊은 과장은 그를 비난할 때와는 달리 아주 부드러웠다.

"전직이 교사였다지요."

상무가 담배 연기를 길게 뱉으며 물었다. 순간 그는 온신경이 곤두서는 것을 느꼈다.

'교사, 네까짓 게 교사, 파면당한 네까짓 게 교사' 불현듯 춘섭이가 떠올랐다. 잘 있는지? 회사는 잘 다니고 있는지? 밥은 굶지나 않고 있는지? 결혼은 했는지? 춘섭이는 그가 교사로서 보람을 가지게 하는 유일한 학생이었다. 가난했다. 점심을 싸가지고 오지 못했다. 점심시간만 되면 집으로 갔다. 밥 먹으로 간다고 했다. 그러나 그것은 다 거짓말이었다. 점심을 먹는 친구들을 피해 몰래 숨어 있는 것이었다. 한 날은 춘섭이가 오만 가지 인상을 하고 캑캑거리고 있었다. 알고 보니 아이들이 장난을 친 것이었다. 맛있다고 하면서 점심을 먹지 않는 춘섭이에게 마이신 캡슐의 그 쓴 가루를 입에다 넣어 준 것이었다. 곯고 있는 배에 그 쓰디쓴 것이 들어갔으니 속이 얼마나 환장했겠는가. 춘섭이는 괴로워하고 있었다. 춘섭이 아버지가 넝마주의였다는 것은 그만이 알고 있는 일이기도 했다. 그는 춘섭이를 숙직실로 데려다가 마침 어머니가 싸주신 김밥을 함께 나누어 먹었다. 그 뒤 어머니에게 부탁하여 도시락을 하나 더 싸달라고 해서 그가 졸업할 때까지 점심을 굶지 않게 했다.

그는 악감에 사로잡혀 있다가 거기서 벗어나려고 고개를 들었다.

"예, 부끄럽습니다."

한참만에 그는 대답을 하였다.

"말을 들어보니 오늘 인천에 출장이 있다고 하는 모양이던데……."

"……."

"실은 사로서는 심각한 일이 아닐 수 없어요."

상무는 말을 하다 말고 다시 연기를 크게 내밀었다.

"짐작하고는 있었겠지만 이번 불황으로 감원이 불가피하게 되었다오. 인천 공장의 일부 라인을 폐쇄하겠다는 것이 중역 회의에서 결정되었어요. 그러나 아무래도 그쪽에서 반발이 보통 심할 것이 아닐 것은 뻔한 일입니다. 그래서 박 선생의 도움을 청하고 싶은 것이라오."

"네?"

그는 순간 깜짝 놀랐다. 그는 혹시 자기가 잘못 들은 것은 아닐까 싶었다. 그는 상사가 자기에게 도움을 청한 적은 이제껏 없다고 여겼다. 그가 교사로 있을 때나 그리고 지금 회사의 말단 사원으로 근무하면서도 그에게 결코 상사가 의논을 하거나 도움을 요청하는 일은 없었다. 그는 그때도 유능한 교사가 아니었지만 지금의 회사에서도 결코 능력 있는 직원이 아니었다.

그는 순간 하늘이 노래짐을 느꼈다. 비로소 오늘 과장이 왜 그렇게 그에게 친절하게 굴었는지 알 것 같았다.

'이 허약한 인간.'

그는 속으로 다시 중얼거렸다. 매사에 그는 이런 식이라고 생각하였다.

그러나 다음 순간, 간밤의 일이 떠오르면서 그는 만일 이번 일만 잘 처리될 수 있다면 어쩌면 아들의 비난 화살을 딴 곳으로 돌리게 할 수 있을지도 모른다고 생각하였다. 그러나 곧 그는 고개를 버릇처럼 설레설레 저었다. 아니야, 아니야. 그는 학교에서 쫓겨나와 집에서 몇 달간을 직장 없이 지냈던 때를 떠올렸다. 그때의 그 고통, 그 상심, 그는 머리를 흔들었다. 그는 한동안을 허수아비처럼 아무 말도 하지 않고 그냥 그렇게 앉아 있었다.

"그 반발을 무마하고자 하는 것이 바로 이 선생이 해야 할 일입니다. 아시다시피 이런 문제는 섣불리 해명할 수 없는 일이라서 또 이 선생 아니면 할 사람이 없을 것 같아서 특별히 부탁하는 것입니다."

과장이 있다가 그가 마땅치 않은지 짜증스럽게 뱉았다. 그는 순간 충동이 왈칵 치밀었다. 그런 문제를 어떻게 일개 사원인 나에게? 그는 가까스로 충동을 참았다. 나이가 가져다준 학습이었다.

사실 따지고 보면 그는 상무의 부탁을 거절해야 할 하등의 이유가 없었다. 상무는 그에게 그의 식구들이 굶지 않고 살아갈 수 있게 해준 고마운 사람이었다.

그가 실직을 하고 있는 동안 그는 거리를 걷고 있다가 우연히 그가 가르쳤던 아이를 만나게 되었다. 그와 같이 이야기를 하다가 그는 자신이 학교를 나와 실직 상태라는 이야기를 하게 되었고 그를 딱하게 여겼던 제자가 힘써 어찌어찌 소개시켜 준 곳이 지금 회사의 총무과였던 것이다. 지금 그 앞의 상무는 바로 그 제자의 먼 친척이었다. 그때 그는 제자 앞에서 눈물을 흘릴 정도로 감지덕지했다.

"어떻게 묘안이 없겠소."

"회사의 비밀을 이 선생과 함께 의논하는 것이니만큼 말해보아요. 서슴치 말고."

과장이 다시 말했다.

"……"

"인천 공장에서 연락이 왔는데 전부가 회사를 설립할 때부터 함께했던 사람들이라……"

상무는 그가 아무런 말이 없자 신경질적인 음성으로 말했다. 그는 다만 어서 빨리 이 불안한 자리를 피하고만 싶었다. 그는 이렇게 좌불안석이 되어 앉아 있는 자신이 짜증스럽기까지 했다. 그는 매사에 자기는 이런 식이라고 생각했다. '매사에 이런 식이야, 이런 식' 그는 자신이 한없이 작아져서 마침내는 종결문 속의 마침표로 변해있는 것을 느꼈다.

"이것은 회사의 운명과도 직결되는 문제이니만치 그런 책임감을 갖고 일할 사람이 아니면 곤란한데."

"그렇지요. 그런 점에서도 이 선생이 아마 적격일 것입니다."

젊은 과장이 받았다. 자기가 하기 싫은 일을 억지로 떠밀려는 속이 훤히 들여다보였다. 그때 왜 마주하기 싫은 기억이 떠올랐는지 몰랐다. 젊은 과장의 입에 발린 수사(修辭)가 역겨웠기 때문일까.

그가 교직에 선 지 수년 여가 지나 제법 교사로서 관록이 붙은 때였다. 혁명 직전이었으므로 사회가 혼란하여 모든 것이 안면으로 이루어지던 때였다. 그가 교원노조에 가입하게 된 것은 무슨 뚜렷한 이유가 있어서가 아니었다. 다만 당시 그 학교 선생님들의 분위기가 노조 운동에 찬동하는 분위기였고 또 안면 상 무시할 수 없는 선배가 내민 노조 가입 신청서에 도장을 찍지 않을 수도 없는 형편이어서 그는 다른 선생님들과 함께 아무런 생각 없이 가입하게 된 것이었다. 그러나 교원 노조에 가입한지 얼마 되지 않아 반공을 국시로 하는 혁명이 일어났다. 혁명정부는 교원 노조에 가입한 사람을 가려내기 시작했다. 누군가의 희생이 필요했다. 그것이 하필 그였을 게 뭐람. 경찰서에서 출두하라고 했을 때, 그도 가지 않고 버티었으면 되었을 것이었다. 그런데 고지식했던 그는 경찰서로 출두했고 가서 보니 그 혼자만이 와 있다는 것을 알았다. 결국 그는 희생양으로 학교를 떠나지 않으면 안되었다.

그는 늘 자신이 이런 식, 이런 우유부단함의 연속이었다고 생각했다. 정당한 희생의 대가로 그가 해직당한 것이라면 그는 오히려 고마워했을지도 몰랐을 것이다.

그는 그렇게 한동안 상무와 앉아 있다가 내려왔다. 내려오자마자 습관처럼 또다시 세면장으로 가서 푸푸 물을 뒤집어썼다. 한결 앞이 트이는 것을 느꼈다. 거울을 쳐다보았다. 초라하고 볼품없는 마른 사내가 그를 보고 있었다. 그는 한동안 서서 물끄러미 거울에 비쳐진 자신을 바라보다가 사무실로 돌아왔다.

사무실에는 점심을 먹기 위해 사람들이 하나, 둘 빠져나가고 있었다. 텅 빈 사무실에서 그는 깊숙이 담배를 빨아 당겼다. 그 연기 속에 난해함이 묻어나왔다. 그가 실직을 한 그 몇 달 동안 그는 처음엔 아내가 무얼 하는지 몰랐다. 그냥 아내가 용케 돈을 벌어오니 그저 얹혀 살았던 것이었다. 그러나 아내가 미군 부대에서 청소하는 아줌마들로부터 미제화장품을 받아다 파는 것을 알았을 때는 그는 자신이 싫다 못해 혐오스러워지기까지 하였다. 그러고서 그는 국산품을 애용하라고 아이들에게 입이 닳도록 말하지 않았던가?

그때 일하는 아이가 와서 그에게 출장비라며 봉투를 건네주었다. 안에는 십만 원짜리 수표와 인천까지의 왕복 차표가 들어있었다. 그는 직감적으로 상무가 보낸 것임을 알았다. 그는 총총히 사라져가는 아이의 단발머리와 그 봉투를 번갈아 바라보며 무기력한 심정으로 서 있었다.

'어쩐다?'

그런 새 또다시 간밤의 일이 바람개비처럼 날아올랐다.

'무능해요. 책임을 지셔요. 아니 아버지 인생에 대해서 책임을 지셔요.'

그는 자식에게마저도 이제는 자기 같은 것은 별 볼 일 없는 사람이 되어가고 있다고 생각했다. 그는 갑자기 시장기를 느꼈다. 도시락을 갖고 오지 않은 것이 후회스러웠다. 그는 난감한 심정이 되어 문득 창밖을 바라보았다. 시원(始原)의 푸름 속에 한 입 베어 먹다 만 국화빵 같은 낮달이 창백하게 숨어 있었다. 그는 문득 희미한 낮달이 자기 같다고 생각했다.

그가 잠시 낮달에 빠져 있는 사이 아이가 와서 다시 상무가 오란다는 전갈을 전해주었다.

'왜 또?'

상무실에는 담배 연기로 가득 차 있었다.

"무슨 좋은 생각이라도 떠올랐소?"

그가 가자 상무가 굼벵이 눈을 하고 있다가 말했다.

낮달

"……."

"이거 낭팬데. 그럼 우리가 계획한 대로 해봐요. 지금 인천은 벌집을 쑤셔놓은 것 같다니까 우선 공장장과 그들 대표를 만나서 회사의 형편을 말하고 퇴직금과 한 달 치 임금을 위로금으로 지급하겠다는 것이 회사의 입장이라고 전하세요. 그들이 받아들이지 않을 것은 자명할 거예요. 그러니까 우리가 이 선생을 특별히 출장시키는 거라는 것을 알아주셨으면 좋겠어요. 다음은 이 선생 수단껏 해봐요."

상무는 더 할 말이 없다는 듯 다시 굼벵이 눈을 하고 담배를 깊숙이 당겼다가 놓았다.

그는 한동안 그렇게 마주 앉은 상무를 초점 없는 시선으로 바라보다가 불현듯 나와 버렸다. 그러나 그의 머릿속에는 아까보다도 더 불안한 생각들로 요동을 치고 있었다.

그는 사무실에서 오늘 일을 대충 마무리하고 밖으로 나왔다. 오후가 건조했다. 그렇지만 그는 감기 걸린 사람처럼 이 여름 오히려 오한을 느꼈다. 그는 늘 그랬듯이 수위실에서 한번 힐끗 회사 건물을 바라보다가 시외버스터미널로 걸음을 옮겼다. 걸으면서 그는 마치 조현병에 걸린 사람처럼 연신 빈정거렸다. 실성한 사람처럼 혼자 종알거렸고 키들키들 웃기도 했다.

'무능해요. 책임을 지셔요. 배짱이 없어요. 적당히 융통성을 부려보세요.'

또다시 앞이 캄캄해지는 것을 느꼈다. 이제껏 그가 쌓아왔던 신념의 탑이 와르르 무너지는 것을 느꼈다. 다리에 힘이 빠지면서 쓰러질 것 같은 극심한 현기증을 느꼈다. 그는 중압감에 사로잡혀 걷고 있다가 자신이 어느새 터미널 앞까지 와 있는 것을 알았다. 차는 두 시에 있었다. 가뜩이나 속이 허전한데 시계를 보자 그는 더욱 시장기가 몰려왔다. 그제야 그는 점심을 아직까지 먹지 않았다는 것을 알았다. 머리도 좀 아프다. 머리가 아프니까 허기마저 더 심한 것 같다. 어디 가서 요기나 할까, 아직 두 시까지는 반 시간 가량 남아 있다. 그러자 그는 또다시 도시락을 갖고 나오지 않은 것이 후회스러웠다. 그러는 사이 간밤의 일이 다시 생각났고 우중충한 건물에 '폐업' 하고 써 붙인 쇼윈도가 눈앞에 보였다. 그는 아무래도 벌써 몇 달 전부터 그를 압박하던 그 무엇을 이제는 더 이상 피할 수 없을 것 같은 생각이 들었다.

'그래 피할 수 없어. 이제 더 이상은 피할 수가 없을 것 같아.'

아내의 얼굴이 생각났고 딸애의 얼굴이 생각났다. 그를 비난하는 아들이 생각났다. 십만 원짜리 자기앞 수표가 생각났고 딸애의 공납금이 생각났다. 차에 올라타면 한번 잘 생각해 보아야겠다고 생각했다. 그러나 버스에 올라타도 별로 뾰족한 수가 없다는 것을 그는 이미 잘 알고 있었다. 차를 타고 가면서도 그는 내내 그 생각으로 우울했다. 인천이 다 돼갈수록 그는 가슴이 마구 쿵쾅거려지면서 자신이 끝이 없는 나락 속으로 빠져드는 것을 보았다. 저기 공장으로 가는 길이 한없이 멀어 자신이 한평생 이런 문제를 풀지 않고 갔으면 좋겠다.

그가 인천 공장에 도착했던 것은 오후 4시가 다 되어서였다. 공장의 문은 굳게 닫혀 있었고 뜨락은 한바탕 태풍이 지나간 듯 지저분했다. 그는 사태가 심상치 않다는 것을 느꼈다. 그는 어떻게 하겠다는 생각도 없이 안으로 향했다. 공장 안은 더했다. 술병이 너절하게 널려 있었고 여기저기 공장 사람들이 쓰러져 자고 있었다. 밤낮을 가리지 않고 농성을 했던 것을 알 수 있었다. 그는 참 기계실이 대단하다고 생각했다. 그 조그만 기계실에서 기계를 돌리지 못하자 그 큰 공장 전체가 꼼짝을 못하고 있는 것이었다. 책상에 엎드려 자고 있던 사람들이 그가 들어서자 깨어나며 그를 부옇게 뜬 눈으로 바라보았다.

그는 그들을 보자 주춤했다. 전신에 맥이 풀리는 것을 느꼈다. 그리고 아무리 그래보았자 그들이 이 공장을 떠나야만 할 것을 생각하니 속이 시렸다. 자신이 지난 날 실직해 아내에 얹혀 살아가던 일이 생각나서 그는 더 들어갈 용기도 나지 않았다.

'어떻게 한다지?'

그는 순간 망설였다. 그는 낭패한 심정이 되었다. 위에서 무언가가 그를 내리누르는 것만 같았다. 차츰 그는 등에 땀이 났고 자신이 압살당하고 있는 것 같은 느낌을 받았다. 막아서는 그들을 뚫고 어떻게 공장장실로 들어갔는지 몰랐다. 눈을 떠보니 공장장실이었고 그 앞에는 공장장과 간부직원들이 모여 앉아 있었다. 공장장과 간부직원들은 그를 보자 실망의 빛을 금치 못하는 눈치였다. 그들은 본사에서 책임 있는 사람이 내려올 것을 기대한 모양이었다. 이들의 시선마저 그러하자 그는 자신에 대한 혐오감을 더욱 견디기 어려웠다. 다만,

"사에서 내려왔습니다."

하고 말했던 것 같았다. 그는 공장장에게서 저간(這間)의 이야기를 대충 들었다. 그도 본사에서 알 만큼 알고 왔다고 말했다. 공장장은 그에게 사원들은 퇴직금이 없어도 좋으니 그냥 붙어 있기만 했으면 좋겠다는 것이 의견이라고 전했다. 그는 시간이 갈수록 자신이 지금 절망의 도가니 속으로 빠져가고 있다고 생각했다.

"퇴직금에다 한 달 치 임금을 위로금으로 지급하겠는 것이 사의 방침입니다."

그가 한 소리를 듣기라도 했음일까. 그가 채 말을 맺기도 전에 갑자

기 농성을 벌이던 사람들이 뛰어 들어와 공장장의 멱살을 잡고 같이 죽자고 소리쳤다. 그는 그들 중에 나이 어린 공원들마저 끼어 있는 것을 보자 자신의 오늘 출장이 잘못되어도 한참 잘못된 것임을 알았다. 그는 그들의 표정에서 이글이글 타는 원망을 보았다. 이제껏 충성해온 직장에서 개 쫓듯 내쫓고 있는 기업의 비정함을 보았다. 그는 누구보다 이들의 고통을 알면서도 어떻게 해줄 수 없다는 무력감에 절망했다. 밤새도록 잠을 자지 못한 것 같은 그들의 눈은 붉게 충혈되어 있었고 어떻게든 실직만은 면해보려는 노력은 가히 필사적이었다. 어딜 가나 노사문제는 우격다짐이 예사이고 또 그는 자기도 따귀 몇 대를 맞을 것을 각오하고 내려왔지만 어린 그들을 보자 그는 더 이상 이 자리가 자기가 있을 자리가 아니라고 생각했다.

그는 자신을 원망의 시선으로 바라보고 있는 그들 앞으로 걸어 나갔다.

"어쩔 수 없는 일이었습니다. 사에서는 이 불황에 더 이상 적자를 보며 견딘다는 것이 무리라는 판단 아래 공장의 일부 라인을 폐쇄할 수밖에 없다는 것이 결론이었습니다. 그 이상 여러분들에게 어떤 말을 더 해줄 수 없는 것이 유감스럽습니다."

그는 공장장에게 가방과 서류 봉투를 넘겨주고 돌아섰다. 그의 돌연한 행동에 아무도 입을 열지 못하고 있었다. 그는 재빨리 공장 밖으로 걸음을 옮겼다. 어느새 하늘이 어둡게 내려와 있었고 그의 마음은 그런 하늘만큼이나 무거웠다. 그는 허기지다 못해 속이 쓰렸다. 그는 어디로 가서 요기라도 할까 싶었다. 그러나 그는 이내 다른 생각으로 골몰하고 있었다.

'그래, 피할 수 없어. 정말 피할 수 없어. 오늘은 정말 피할 수가 없

을 것 같아.'

그런 새 폐업하는 가게가 떠올랐고 공납금을 달라고 말하지 못하는 딸아이의 얼굴이 떠올랐다. 공장의 나이 어린 공원들이 그를 원망하듯이 바라보던 얼굴이 떠올랐다. 그는 우울했다. 오늘 아침 무언가 허전한 것이 우울했고 우울한 문제를 떠맡은 것이 우울했고 우울하게 돌아서야 하는 것이 우울했고 그런 우울 속을 걸어가는 자신이 우울하였다. 그런 사이 또다시 간밤의 일이 생각했다. 그는 또다시 절망하듯 머리를 설레설레 젓고 말았다.

'그, 그럴 수가, 그럴 수가?'

그는 그가 믿고 있는 신념이, 희망이 일시에 와르르 무너지는 것을 보았다. 등에서 식은땀은 여전했고 무언가 돌연 피할 수 없는 사태가 몰려올 것만 같았다.

바로 그때였다. 그가 마치 자신이 벌레가 되어 엉금엉금 기어간다는 착각을 느낀 것과 한 떼의 나이 어린 공원들이 공장에서 몰려나온 것은 거의 동시의 일이었다. 그는 갑자기 시야에 와 닿는 사태에 생각할 겨를도 없이 순간적으로 몸을 날려 차도로 뛰어들었고 그와 함께 나이 어린 공원을 밖으로 내던졌다.

그는 정신 차리지 못하게 압박하고 있는 육중한 무게를 느꼈다. 그러나 오늘도 어제도 아닌 벌써 오래전부터 청산하지 못하고 그를 압박하고 있는 그보다 더한 무게가 홀가분하게 벗겨지는 것을 보았다. 꺼져가는 의식 속에서 그는 딸애의 공납금이 생각났고 아들이 그를 비난하던 간밤의 일이 떠올랐다.

어머니의 강

　나지막하고 텅 빈 겨울 야산은 마른 쭉정이를 연상하게 할 정도로 쓸쓸하고 허전했다. 어딜 둘러보아도 성깃성깃 눈자락이 쌓여 싸늘하게만 와 닿을 뿐 따스한 기운이라고는 느껴지지 않았다. 바람이 불 때마다 미처 지지 못한 참나무 잎새들이 여기저기서 스산하게 소리 내며 떨어졌다.

　그다지 추운 날씨는 아니었지만 차가운 바람의 횡행(橫行)으로 얼굴은 시리다 못해 따갑기조차 했다. 산길은 오래전부터 사람의 발길이 끊어진 듯 지워져 있었고, 머리칼 같은 숱이 많은 풀들이 길을 덮고 있어서 산문 생활에 적지 않게 익숙해져 있는 나도 쉽게 길이 헤쳐지지 않았다.

　"저기여."

　어곡리(魚谷里) 야산의 한 능선을 굽어들자 앞서 걷던 송 씨(宋氏)가 뒤를 돌아다보며 손짓을 했다. 나는 손짓에 따라 빠르게 걸었다. 어렸을 적 산성에 토끼몰이를 하러 몇 번인가 와 보았던 눈에 익은 골짜기였다.

　"저긴 산성인데 하필이면."

231

그도 그럴 것이 산성은 전쟁 때 인민군이 들어와 무자비하게 양민의 학살을 자행했던 곳이었기 때문이었다. 내가 다소 상심한 듯 고개를 갸우뚱거리자 송 씨가 빨리 오라고 다시 더 크게 손짓을 했다.

"저기 산성 너머로 민둥산이 보이잖어, 바로 거기여."

나는 비로소 알 것 같았다. 숯을 구워내는 가마가 떼를 입힌 무덤처럼 벙싯해 있고 주변으로는 밭이 경계 짓던, 방학 때면 놀러 와서 설익은 으름과 밤을 따던 곳이었다. 산성의 이끼 핀 돌들이 잇새가 빠진 채 허물어져 있었다. 개목련 같은 두꺼운 잎을 가진 나무들이 겨울 햇살에 파르르 떨고 있었다.

누렇게 변한 풀들이 머리카락을 풀어놓은 것처럼 길을 지워놓았지만 송 씨는 그 나이에도 걸음걸이가 조금도 어색하지 않았다. 산성을 돌아서자 갑자기 마른 햇살이 두 눈을 찔러왔다. 나는 나도 모르게 빛에 대한 공포감으로 움칫했다. 감옥에서도 그랬다. 선고를 앞둔 날 아침, 문득 창문을 바라보았을 때, 작은 틈새로 살벌하게 비추던 한 가닥 햇살, 생소했다. 그 감방의 어두움에 비겨 그것은 살벌하기조차 했다. 높게 달린 감방 창문으로 조금 비치다 마는 것이었지만 그때마다 나는 알 수 없는 공포감으로 온몸을 사시나무 떨 듯 격렬하게 떨었다. 밝기만 하고 희망의 상징으로만 여겨지던 햇살이 공포스러울 수도 있다는 것을 나는 그때 깨달았다.

겨울 야산은 울고 싶도록 적막에 잠겨 있었다. 잿빛 하늘에 눌려 구부정하게 누워있는 밋밋한 산등성이는 단순화시킨 구성 같았다. 걸을 때마다 밟힌 낙엽더미에서 소리가 났다. 산성을 돌아가자 나는 잠시 멈추어 서서 올라온 길을 뒤돌아다보았다. 산길이 뱀처럼 뒤척이며 기어가고 있었다. 산길 모퉁이를 굽이칠 때마다 끊어졌다가 이어지곤

했다. 속을 시리게 하는 추위는 계절 탓만도 아니었다.

나는 시선을 거두어 가까이 다가온 누이를 바라보았다. 누이는 내 시선을 느끼자 얼핏 눈길을 내리깔았다. 일종의 죄책감 같은 것이 누이의 얼굴을 어둡게 하고 있었다. 나는 내 시선을 외면하는 누이를 피해 성벽이 무너져 만들어진 돌길을 조심스럽게 걸었다. 기억이 났다. 초등학교 4학년 때던가 유난히 햇살이 따사롭고 맑아 야트막한 산들이 빛살에 살갑게 가까이 다가와 있던 날, 이 산성으로 소풍을 온 적이 있었다. 나는 아이들과 어울리지 못하고 항상 겉돌기만 하였다. 아이들은 불리하다싶으면 나를 빨갱이 자식이라고 놀렸다. 그때면 나는 기가 죽어 아이들의 심부름을 하거나 가방을 대신 들어주어야 했다.

송 씨는 내가 잠깐 뒤돌아보는 사이, 산성을 저만치 앞서서 걸었다. 멧돼지가 출현하기라도 하는지 1년 내내 서 있었을 것 같은 허수아비가 밀짚 벙거지를 눌러 쓴 채 외로웠다. 그 옆 햇빛이 가려진 곳에는 아직 흰 눈껍이 희끗희끗 남아 있었다. 이 높은 곳에 밭이 있다니⋯⋯ 어곡리에 살고 있으면서도 한 번도 와보지 못했던 곳이었다.

우리가 가는 곳으로 거북 등 같은 작은 밭이 쭈욱 이어졌다. 밭은 산등성이를 꼭 껴안은 채 버려져 있었지만 그러나 웬걸, 그냥 씨를 뿌려 거두었을 것으로 밖에 보이지 않는 밭은 그래도 사람의 손이 갔는지 간간 갈아놓은 구덩이에 흰 눈이 쌓여 있었다.

멀리 공단의 크고 작은 굴뚝이 들쑥날쑥 거렸다. 공단 바람에 조금 커진 마을이 겨울 해를 받아 흔들거리다가 커다란 산그늘에 묻혀 버렸다. 우리가 가는 길섶에 숨겨진 무덤 두 어 개가 오래도록 내 시선을 끌었다.

'어머니.'

무덤을 보자 나는 나도 모르게 탄식이 새어나왔다. 당신께서 걸어왔을 한스런 세상도 올라온 길만큼이나 굽이를 이루었을 것이었다. 자식 덕 하나 보겠다고 살아온 당신의 시련의 세월이 주저리주저리 눈앞에서 아른거렸다. 눈물이 핑 돌았다. 고개를 올라서자 바람에 맞서 산이 매섭게 울었다. 밀생한 숲이 눈앞을 막아섰다. 그러다가 곧 산비탈을 개간하여 만든 밭이 기다랗게 이어졌다.

"흙이란 참 묘한 것이구나, 사람들처럼 속이지를 않으니 말이다. 그뿐이냐, 그냥 내가 돌아가야 할 곳도 바로 흙이여."

빨갱이 새끼라는 등쌀에 못 이겨 나와 누이가 이곳 마을을 떠나자고 했을 때, 어머니는 한사코 이곳을 떠나려 들지 않았다. 아버지가 저질러 놓은 그 엄청난 과거 때문에 남은 가족들이 당해야만 하는 고통이 이만저만이 아니었건만 어머니는 한사코 고향 뜨기를 마다하셨다.

그러나 내가 하나밖에 없는 읍내 고등학교를 졸업하자 어머니는 아버지 때문에 빨갱이 자식이라고 손가락질 받는 것을 염려해서인지 나를 서울로 보내면서 말했다.

"그렇지 않더냐. 에미구, 형제구 인연을 끊어버리면 되잖겠냐. 내가 죽기 전까지는 이 땅에 나타날 생각하지 말아라."

어머니는 군(郡)에서도 몇 안 되는 서울로 나를 유학 보내면서도 다른 집 같았으면 동네가 떠들썩한 잔치를 벌였겠지만 아무런 내색도 않다가 날을 골라 내게 새벽 열차를 타게 했다. 죽기 전까지는 다시 고향에 나타나지 않겠다는 다짐을 받으면서. 어머니는 당신께 편지조차 하지 말라고 했다. 일단 상경한 이상 서울 사람이 되어야지 고향에 미련을 두면 두구두구 네 자식마저 빨갱이라는 누명을 씻기 어렵다고 했다.

어머니가 돈과 김밥이 든 가방을 들고 정거장까지 따라 나오면서 당신이 겪었던 빨갱이라는 소리를 자식에게는 넘겨줄 수 없다는 통한에 찬 한숨과 함께 다시는 고향에 돌아올 생각을 하지 말라고 하셨을 때 그러나 나는 운명처럼 내가 빨갱이라는 꼬리표를 떼지 못할 것 같은 느낌을 받았다.

불쌍한 어머니의 고난은 그것으로 끝난 것이 아니었다. 내가 긴급조치 위반으로 별다른 재판도 없이 도매금으로 친구 몇몇과 함께 감방이라는 곳을 경험하게 되었을 때, 어머니는 불편한 몸을 이끌고 그 먼 곳에서 나를 찾아 왔다. 생각하기에 따라서는 시국은 암담하지 않을 수도 있다는 것을 나는 밤마다 떠오르는 어머니의 환영을 보면서 자책했다. 대학에 들어오면서 가졌던 시대의 아픔이나 이 시대가 갖는 역사적 의미 따위에 대한 자긍이 한 때 대학의 낭만이었을 뿐일지도 모른다는 생각을 한 것이었다.

그 무렵 어머니는 아픈 몸을 이끌고 초췌한 내 몰골을 보기 위해 그 먼 길을 달려왔다.

"에구, 이 자슥아, 이게 뭐꼬?"

어머니는 그녀의 기대만큼 어긋나버린 내 모습을 보고는 하염없이 통곡을 했다. 곱게만 자라주기를 바랐을 당신의 자식이 당신의 지아비가 저질렀던 일을 반복하고 있는 것을 보면서 당신은 어쩌면 당신의 기구한 팔자를 보고 운명이거니 체념하고 있었을지도 모를 일이었다. 자랄 대로 자라있는 수염과 초췌한 얼굴을 당신의 시들어버린 두 손으로 붙잡고 당신은 또 한 번 울었다.

"어머니, 저 괜찮아요."

나는 면회실의 조그만 구멍이 여러 개 뚫린 투명 창을 마주하고 흐

느끼는 당신 앞에서 마주 흐느끼며 그런 말밖에 할 수가 없었다. 그때 만일 이 창살 밖으로 나갈 수 있는 길이 있다면 나는 죽음도 서슴지 않았을 것이었다.

고개를 넘어서자 바람에 맞서 산이 울었다. 밀생한 참나무 숲에 이어 우뚝한 산허리가 뎅강 잘라져 나간 산비탈을 개간하여 만든 작은 밭이 다시 나타났다. 산허리에 말려 돌아온 길이 굽이굽이 이어진 묏길을 바라보자 나는 문득 그처럼 쉽지 않았을 어머니의 지난날이 떠올라서 급히 몸을 떨었다.

어머니가 용케 소문을 듣고 해인사(海印寺)의 한 암자에 은거하고 있는 나를 찾아왔을 때 어머니를 쫓아 보냈던 일이 새삼 마음속에 아려왔다.

"어머니 돌아가셔요. 저는 이미 속가의 사람이 아닙니다. 속가와의 인연을 끊지 않고서는 번뇌를 해탈할 수가 없습니다."

찾아온 어머니와 누이를 쫓아내기라도 하듯 나는 승방의 문을 닫았다.

"그래도 여기까지 왔는데……."

매몰찬 내 태도에 당신은 울지도 못했다. 누이는 원망서린 눈으로 나를 바라보았다. 산문에서의 내 생활이란 것이 도시 어느 한 곳에 마음을 두지 못했다. 도반 생활에 익숙해 있다고는 하나 산문에 기대면 나는 늘 속가의 생각을 하였다. 한 발은 속가에, 한 발은 산문에 두어 어정쩡한 상태였다. 게다가 이런 내 모습을 생각하며 나는 내 자신이 참으로 별 볼 일 없는 놈이라는 자학까지 겹쳐져 그야말로 수도라는 말을 부끄럽게 했다.

어머니를 다시 만났던 것은 강원을 졸업하고 쌍계사(雙溪寺)의 한

236

암자에 기거할 때였다. 그때는 어지간히 도반 생활에 익숙해져 있을 때여서 웬만한 속가의 소식으로도 마음이 흔들리지 않았다. 들리는 소문으로는 어머니는 누이와 함께 지내고 있다고 했다. 누이는 그때 전문학교를 나와 유치원에 나가고 있었다. 우연히 사람들로부터 쌍계사에 있다는 내 소문을 들었던 모양이었다.

그날 아침에 발갛게 감이 익은 나무에 까치가 와서 울고 갔었다. 한동안 하루살이 떼처럼 몰려와 소란스럽게 굴던 관광객들도 뜸한지 오래였다. 점심 공양을 마치고 뜨락으로 내려섰을 때, 나는 갑자기 가슴이 무너져 내리는 듯한 현기증을 느꼈다. 뜸한 관광객들 중에 너무도 선명한 얼굴들과 마주쳤기 때문이었다. 누이도, 어머니도 뜻밖이었는지 우리는 한동안 무어라고 말을 하지 못한 채 서 있었다.

"오빠."

"얘야."

누이와 어머니가 동시에 나를 부르는 소리가 아득히 꿈속에서 부르는 소리처럼 들려왔다. 나는 순간 비틀거렸다. 비틀거리는 나를 누이와 어머니가 양쪽에서 동시에 잡았다. 나는 보다 어머니의 얼굴을 가까이서 볼 수가 있었다. 늙었구나, 갑자기 속이 철렁 내려앉으면서 세상 모두가 선염(渲染)된 것처럼 몽롱해지기 시작하였다. 나는 전처럼 누이와 어머니를 쉽게 뿌리칠 수가 없었다.

"많이 늙으셨군요."

나는 애써 흐르는 눈물을 감추며 덥썩 어머니의 두 손을 잡았다.

"그래 산에서의 생활은 불편한 것이 없구?"

"늙으셨군요, 이 주름……"

"주름 서는 거야 나이 들면 당연한 거구. 왜 빤히 쳐다보누?"

누이는 옆에서 하염없이 눈물을 흘리고 있었다.

"너를 봤으니 됐구나. 니가 건강한 모습을 보았으니 내사 원이 없구나."

내가 해인사(海印寺)의 말사에 은거할 때 자식에게 당했던 수모를 생각했음일까. 어머니는 그 말만 하고 이내 돌아서려 했다. 그런 어머니를 이번에는 내가 황급히 잡았다.

"가심 안 됩니다. 여긴 객사도 있고 형편도 괜찮은데 며칠 묵었다 가세요?"

"싫다, 에미 싫어 떠난 자식의 밥을 내가 무슨 낯으로 먹겠니?"

떠나려 하는 어머니를 간신히 누이가 돌려 세웠다. 나는 누이로부터 어머니가 지금 심장병을 앓고 있다는 것과 거동이 불편해 혼자 있지 못하고 자기와 함께 있다는 말을 들었다. 그 말을 듣자 나는 속가와의 인연으로 흘리지 않을 거라 작정했던 눈물을 또다시 흘렸다. 누이는 만일 자기가 김 군(金君)과 같이 결혼하게 되면 어머니를 모실 일이 영영 꿈만 같다는 이야기를 해 나를 마구 뒤흔들어 놓았다. 누이는 내 상처만을 끄집어내어 콕콕 찔렀다.

이튿날, 누이는 어머니를 주차장까지 배웅해 드리는 내 의도를 알자 냉정하게 돌아섰다. 돌아서서 말하는 어머니의 말이 또 내 가슴을 시리게 했다.

"내 희망인 너를 이렇게 쉽게 앗기다니. 부처님도 너무하시지."

어머니의 작은 어깨가 몹시 흔들렸는가 싶었는데, 내 시야는 해무(海霧)가 잔뜩 낀 바다에 선 것처럼 앞이 불투명하게 흔들리면서 하늘이 노래졌다.

그러저러 어머니와 누이가 돌아간 지 한 달쯤 되던 어느 날 오후 무렵이었다. 선방에서 잡히지 않는 화두를 안고 혼절 속을 오락가락하다가 나는 꿈결에서인 듯, 잠결에서인 듯 어떤 소리를 들었다. 그것은 처음에는 어머니의 울음소리였다가 나중엔 누이의 통곡 소리가 되어 내 귀를 절절하게 울리는 것이었다. 꿈속에서 어머니가 그 한 많은 세상을 버렸던 것이었다.

불현듯 이상한 예감이 들었으나 나는 그런 생각을 차마 더 이상 지속할 수가 없었다. 두려운 예감이나 불안 따위 같은 것들보다 그렇게 생각함으로써 속가와의 인연을 끊지 못하고 환속할 것만 같은 내 나약한 의지가 두려웠기 때문이었다. 그러나 한편으로는 죽음에 대한 문제를 계속 화두에 끄집어 올릴만한 자신이 없었기 때문이기도 했다.

그로 또 해가 바뀌고 나는 여전히 풀리지 않는 내 자신의 문제를 갖고 끙끙거렸다. 매사 속 시원히 풀리는 것이 없었다. 하루하루가 경직된 율문의 수레바퀴 속에서 피동적으로 끌려가는 나날의 연속이었다. 수도는커녕 나는 속가와의 인연을 끊는 문제 하나를 두고도 거의 모든 세월을 허비하고 있는 지경이었다.

송 씨와 나는 앞서서 그리고 누이는 좀 뒤쳐져서 걸었다. 가는 길 옆 가시덤불 양지 쪽의 눈이 햇살을 받아 녹으면서 길을 미끄럽게 했다. 이런 때는 길을 만들어가야 한다는 것을 산에서의 생활로 알고 있었다. 내가 앞장을 서서 미끄러운 길을 피해 풀이 남아 있는 곳을 골라 밟아 가면서 길을 만들었다. 어지간히 마을에서 떨어진 곳이었다. 이런 곳에 묘를 써달라고 할 특별한 이유가 있었던 것일까? 갑자기 개활된 산이 나타나자 골바람의 소나기가 온몸으로 달려들었다. 이 험악한 겨울이 무엇이 좋은지 이름을 알 수 없는 새 떼들이 작은 나뭇가지 사이를 오락가락하며 노래를 불렀다. 오히려 추워서 행복한, 그런 날갯짓들이었다.

산자락을 감아 도는 완만한 오솔길로 접어들었다. 갈수록 길의 폭은 점점 줄어들고 좁아졌다. 어렸을 때는 그렇게 높이 보이던 뒷산의 봉우리가 성큼 다가와 있었다. 겨울 빛이 잦아들면서 봄이 멀지 않음을 예고해주기라도 하려는 듯 바위 틈 양지 바른 곳에서 이끼 같은 초록빛이 조금 움돋고 있었다. 마른 몸피의 참나무, 오리나무들이 쇠액 쎅 소리를 내며 골바람에 떨고 있었다.

오솔길은 눈이 벙싯 쌓인 무덤이 있는 근처를 경계로 해서 아래 위더 깊은 오솔길로 갈라졌다. 바른 편 빽빽하게 서있는 참나무 숲이 끝나는 무렵엔 낮은 둔덕이 있었고, 그 둔덕엔 아카시아 나무 따위의 숲덤불이 제멋대로 무리져 있어 가는 길을 틈틈이 막았다. 그 사이로 또다시 몇 개의 무덤이 추운 듯 떨고 있었다.

"다 왔어. 바로 저기여."

송 씨는 나를 외면한 채 말했다. 내가 어머니의 부음 소식을 듣고도 수도를 계속 정진할 수 있는 자신을 갖지 못해 어머니의 장례에 참여할 것인가 말 것인가 고민하다가 그대로 산에서 머물며 내려오지 않자 마을에서는 천하의 죽일 놈이니, 호로자식이니, 애비 없이 자란 놈이 별 수 있겠느냐며 말이 많았던 모양이었다. 내가 공양을 핑계 삼아 산문을 떠나 송 씨를 찾아 어머니의 산소를 다녀오고 싶다는 말을 했을 때, 송 씨는 나와 아예 상종하려고조차 하지 않았다. 가까스로 누이편으로 송 씨를 만나게 되면서 몇 마디 트게 되었을 때, 송 씨는 그때까지도 숫제 외면을 하며 말끝마다 호로자식이란 말을 놓지 않았다.

"죽을 때도 와보지 않던 놈이 무슨 생각이 나서 찾아온 거여."

내가 완곡히 참회의 빛을 보이자 송 씨는 좀 누그러지며 말했다.

"뭘 그리 급해 날이나 따뜻해지걸랑 그때나 가보지."

쌓은 지 얼마 되지 않아서인지 어머니의 산소는 비교적 주위의 무덤들보다도 정갈하게 다듬어져 있었고, 작은 묘비도 마련되어 있었다. 한글로 된 글씨가 선명했다.

'능감(能甘) 스님 어머니의 묘.'

내 법명이 능감이라는 것을 어떻게 알았을까? 그리고 구태여 자랑스럽지도 못한 나의 법명을 찾아 굳이 나의 어머니라는 것을 강조했던 것은 무엇 때문일까? 나조차 사랑할 수 없어 저주스럽기조차 했던 내가 어머니에게는 그렇게도 자랑스러웠던 아들이었을까? 저 글씨는 어머니가 유언으로 남겼기 때문이리라.

"무덤 자리도, 비석도, 장례비용도 모두 네 어미가 남겼어. 우린 그저 쓰인 대로 했을 뿐이야."

송 씨는 힐끗 누이와 내 얼굴을 한번 쳐다보고는 내던지듯 한 말투로 말했다. 그러고 보니 언젠가 어머니가 나를 데리고 한 번 이리로 온 것도 같았다.

봄이었다. 어머니는 무슨 생각에서인지 그녀의 가장 소중한 재산인 나와 누이를 데리고 이 산으로 올랐다. 숨어 핀 들꽃들이 하나, 둘 살아오면서 산 내음이 코에 받혔다. 어린 눈으로 보아도 산은 좋은 산이 못되었다. 물이 흐르지도 않았고 나무가 많은 것도 아니었다. 그저 흔히 있는 야산에 불과할 뿐이었다. 그러면서도 돌은 왜 그리 많은지? 산 전체가 돌로 이루어진 것 같았다. 만일 우리나라 산 전체가 이렇게 험악하게만 생겼다면 아아, 얼마나 삭막한 나라가 될 뻔했을까 싶을 정도로 산은 한 마디로 볼품이 없었다. 어머니는 이 길을 걸어본 듯 익숙하게 앞장 서 산을 올라갔다. 산을 다 오를 때까지도 어머니는 아무 말이 없었다. 그래서 나는 어머니가 그날은 좀 이상하다고 생각했다.

산에서 내려다본 들판은 온통 황금색으로 출렁이고 있었다. 하늘엔 털 비로 쓴 것 같은 구름이 솔솔 강물지고 있었다. 눈이 부셨다. 그 바람에 나는 눈을 비볐다.

숨어 있는 무덤들이 하나 둘 드러나는 좀 평평한 길로 들어서자 그때서야 한 번도 돌아보지 않던 어머니가 무슨 생각에서인지 뒤를 돌아다보았다. 누이는 한참이나 뒤쳐져서 올라오고 있었다. 어머니와 나는 누이를 바라보았다. 누이는 두 손에 들꽃이 한 아름씩 들려 있었다. 자랑스러운지 손을 연신 흔들어 보이면서 이를 하얗게 드러내었다. 산 위에서 내려다본 성의 일각을 이룬 공동묘지는 마을의 집 수효만큼이나 많았다.

"게 앉거라."

어머니는 앞이 뚝 끊어진 산마루 끝까지 오자 가까이 다가온 나와 누이를 양옆에 각각 앉도록 배려해 주며 말했다.

"자, 저길 봐라 강이 보이지. 바로 낙동강이야."

어머니는 그녀의 두 소생을 각각 좌우 옆에 앉히고 매리(梅里) 쪽을 가리키며 말했다. 아닌 게 아니라 강이 보였다. 소풍을 경감암(鏡鑑庵)으로 갔을 때 거기서 바라보던 것과 꼭 같은 모습의 강이 이 산자락에서도 보이고 있는 것이었다. 평지에서는 보이지 않던 강을 가로지른 다리도, 도시의 그만그만 높은 집들도 한 눈에 다 보였다. 강은 은비늘 같은 그의 얼굴을 도도하게 매달면서 도시로 흐르고 있었다.

"여기서 강이 보이는 게 아무래도 신기하게만 느껴지네."

나는 흥분되어 그렇게 말했다.

"그래 너도 그렇게 생각드니?"

벌써 이런 감정을 많이 느꼈다는 듯 어머니는 한껏 목소리를 낮추어서 말했다.

"이 몇 년 전에 정말 우연히 이곳에 올랐다가 저길 보게 되었다. 강 말이야, 강."

"그러셔요."

"그 뒤로 저 유유하게 굽이 도는 강이 왠지 잊혀지지가 않았어. 그 뒤로 두어 번 더 올라왔는데 그때도 역시 마찬가지였어."

"어머니한테 무슨 일이 있었던 게로군요."

나는 중학생답지 않게 조숙했다. 어머니가 놀란 눈으로 홀깃 나를 쳐다보았다.

"그래, 네 말이 맞는지도 모르지. 그때 자칫 너희들을 집안 사람들한테 앗길지도 모르는 상황이었어."

나는 어머니가 한 번도 아버지와 그쪽 사정에 대해 말씀하시는 것을 들어본 적이 없었다. 그러나 그 후 나를 둘러싼 주변 정황으로 미루어볼 때, 나는 적출(嫡出)이 아니라는 사실이었고, 어머니는 나의 이런 어색하고 불편한 입장을 거두느라고 그렇게 집안 사람들의 도움을 받지 않고 일생을 쫓기듯 황망스럽게 사신 것이었는지도 모른다는 생각을 하였다. 어머니가 읍내 저자 거리의 한 구석에서 쫓기듯 좌판을 벌여놓고 있을 때의 일이었다. 내가 한 번 엄마를 찾아 시장에 가자 어머니는 얼른 하던 장사를 벗어내고 다급하게 주변을 살피더니 얼른 나를 다방으로 데리고 들어갔다.

"시장 바닥엔 무엇이 있다고 개새끼처럼 싸대고 다니노?"

"숙제 다했다 아입니꺼?"

"숙제만 다 하믄 제일이가? 예습을 해야지. 앞으로는 시장 바닥엔 얼씬거리지 말그라. 니 친구들은 어메가 장사한다고 생각하지 않을 것 아이가?"

나는 그때를 생각하며 어머니 얼굴을 빤히 바라보았다. 어머니는 그날따라 지나치게 솔직했다. 평소에는 우리에게 아파도 '아파?' 하고 물으면 '아니' '어머니 더 잡수셔요' 그래도 '아니' 하고 곧잘 사양하던 어머니가 그날은 유난히 자신의 속을 담백하게 만드는 것이었다.

어머니는 그 이야기를 하고 우리의 손을 꼭 잡았다.

"오늘도 그럼 무슨 일이 있으신 게로군요."

"아니, 오늘은 그냥 올라와 보고 싶었어. 키 큰 네 모습을 보고 싶었어."

어머니는 내 얼굴을 빤히 바라보았다. 나는 어머니를 와락 껴안았다.

나는 더럭 나도 모르게 무릎을 꿇고 북받쳐 오르는 설움에 얼굴을 묻은 채 한참 동안이나 울었다. 지난 수년간의 수도가 이 어머니의 죽음 앞에서는 모두 부질없고 덧없는 것만 같아 또 이렇게 밖에 할 수 없는 내 자신이 미워서 쉽게 일어설 수 없었다. 한참이나 승복에 물이 드는 것도 모르고 울던 내 모습을 보고 송 씨는 그만큼 외면했다.

누이로부터 정작 어머니의 부음을 확인하던 순간까지도 덤덤했던 내가 어머니의 죽음이 실감되어 왔던 것은 선방으로 들던 순간이었다. 선방으로 들면서 나는 '억' 하는 외마디 신음과 함께 마치 설해목이 넘어가듯 꽁하고 그 자리에서 넘어지고 말았는데 그때의 경황은 메마름 바로 그것이었다. 목은 메어서 울어지지 않았다. 감정은 마비된 채 나는 다만 고통으로 온 사지를 버둥댈 뿐이었다. 주위의 도반들이 놀라 나를 가운데 두고 법석을 떨었다. 나는 너무도 생생하게 울려오는 어머니에 대한 슬픔으로 몇 날을 가슴 아파했다.

이후로 혼절 속에서 이쪽과 저쪽의 세계를 오락가락하는 날들이 계속되었다. 무언가 속에서 내려 누르는 이상한 울화로 머리는 늘 찌부덩했고 의식의 저편 아스라한 끝에서 폭우를 동반한 열대성 저기압이 지나가곤 했다.

쉽게 들고 쉽게 깨어지는 의식의 혼잡은 꿈인지 현실인지 알 수 없었고 가끔 의식이 돌아와 눈을 떠보면 무섭도록 고요한 정적만이 나를 휩싸고 있었다. 그러다가는 또다시 눈이 감겨지고 또 눈을 떠보면 피하고만 싶은 어머니의 환영이 떠올라 속을 시리게 했다. 나는 걷잡을 수 없는 나락 속으로 빠져 들어갔다. 이제껏 배운 수련의 깊이를 가지고는 도저히 이 감정을 접고 헤어 나오기가 어려웠다.

또 다시 얼마만한 길이로 시간이 흘러갔는지도 몰랐다. 날이 갈수록 가을의 쌀쌀한 해가 우중충한 방으로 조금씩 발을 내어 밀고 있었다. 어느새 계절은 뜨락을 지나 선방 안까지 쳐들어와 있었다. 차도가 좀 있던 날, 나는 무너져 내리는 현기증을 간신히 몰아내고 벽에 기대 앉아 어머니의 죽음이 내게 무엇을 의미하는지 생각해 보았다. 화두에 올리기조차 저어했던 죽음이란 문제가 지금처럼 마땅히 와 닿은 적이 없었다. 죽음이 얼마만한 깊이를 가지고 있는 것인지도 몰랐다. 내가 거동도 못할 만큼 어머니의 죽음은 큰 것이었다. 그렇다면 어머니의 죽음은 내게 있어서 무엇이란 말인가? 한참을 생각하다가 보면 이것이 그것 같고 또 그것이 이것 같아서 머릿속은 혼돈을 지나 먹먹하기만 했다. 눈을 감으면 생전 어머니의 모습이 선명히 떠올라 나는 가슴이 시려 가만히 있을 수가 없었다. 어디고 간에 막 내 몸을 부딪쳐 산산조각을 내어야 할 것 같았다.

번민은 그해가 다 가도록 끊이지 않았다. 어머니에 대한 환영은 끊임없이 내 주위를 맴돌며 기웃거렸다. 모정이 무엇이기에 이토록 그리워하며 애통해하는가? 그때 나는 불현듯 미루고 미루었던 어머니의 무덤을 가보아야겠다는 생각이 들었고 순간 그것은 피할 수 없다고 여겨졌다.

나는 물끄러미 서서 누이가 진설하고 있는 모습을 바라보았다. 송 씨는 아예 외면 한 채였다. 어머니 묘 앞에 진설을 마친 누이가 나를 눈물 머금은 눈으로 바라다보았다.

"아니 무얼 멍청하게 서 있는 거여. 어여 절하지 않구."

송 씨가 정신 나간 사람처럼 멍청히 서 있는 나를 재촉했다. 나는 송 씨가 내준 술잔을 받아들고 단에 올리며 그 앞에서 힘없이 두 번을 허물어졌다. 두 번째 허물어져 내렸을 때 기어코 울음을 참지 못하고 또다시 울음을 터뜨렸다. 나는 언 땅에 두 손을 받치고 머릴 치며 통곡을 했다. 송 씨가 외면을 했다. 누이의 오열이 함께 산야에 흐트러졌다.

"고만 울어."

한참 동안 울음을 그치지 않고 울고 있던 나를 향해 송 씨가 신경질적으로 내질렀다. 송 씨의 그런 말을 듣고도 나는 한참이나 울었다. 속이 비어 허전해지도록 울었다.

"그래 실컷 울어. 울어서 한이 풀린다면 더 울어, 실컷 울어."

내가 울음을 그치지 않자 송 씨는 그럴 리가 없겠지만 비웃는 듯한 목소리로 다시 내질렀다. 눈물이 하염없이 홍수 되어 흘러내렸다. 내 자신이 왠지 모르게 서글퍼져서 눈물이 나왔고 돌아가신 어머니가 가엾어서 눈물이 나왔다.

"그만 일어나, 운다고 죽은 사람이 살아 돌아오는 것도 아니고."

송 씨가 한참 있다가 다시 말했다. 나는 송 씨의 말에 처음 초등학교에 입학하는 아이들처럼 고분고분 따랐다. 송 씨가 나에게 술잔을 건넸다. 나는 쓰고 신 술을 억지로 들이켰다. 그리고 송 씨에게로 잔을 건넸다. 송 씨는 술을 많이 마셔본 사람처럼 천천히 술잔을 입에 대었다. 오래간만에 입에 대는 술잔이었다. 입이 썼다.

어머니의 산소를 다녀오고 나서 그 충격 때문인지 또 다시 오한이 바늘이 되어 온몸을 찌르는 고통의 날이 계속되었다. 한결 길어진 햇살이 이마 끝을 간질이는 한낮에도 의식은 오락가락했고 그러다가 깨어나면 언제나 끝닿은 곳은 깊은 나락 속으로 떨어지는 칠흑의 어둠이었다. 보살들은 번갈아가며 나의 병구완을 하느라 옆에서 떠나지 않고 있었다. 간단없이 두통을 동반한 오한이 찾아왔다. 이불 속으로, 이불 속으로 파고 들어도 추운 기운은 사라지지 않았다. 어쩌다가 눈이라도 떠지면 날 버린 서러움이 어머니의 얼굴과 함께 가득 묻어나와 속이 시리고 아팠다. 그때면 힘없는 기침이 새어 나왔다. 그러다가 잠이 들고 또 깨어나면 속이 철렁 내려앉고 들고 나는 오한으로 나는 계절이 다하도록 고통스러웠다.

죽음이란 무엇인가? 왜 인간은 죽으면 슬퍼지는 것일까? 인간은 결국 죽고 마는 존재인 것이다. 그것은 불변의 진리인 동시에 의심할 수 없는 명제인 것이다. 거기에는 자신의 의지나 타인의 의지가 개입할 수도 없는 분명한 우주적인 사실인 것이다. 그런데 나는 이 명제를 받아들일 수가 없는 것이었다.

나를 번민케 하는 것은 이뿐만이 아니었다. 수도에 대한 마땅함이 없는 것도 나를 외롭게 하는 일 중의 하나였다. 수도승이 화두를 잡고 혼신의 힘을 다해 부딪쳐 뚫고 나가야 하는 것이거늘 나는 좌선 중에도 문득문득 어머니를 생각했고 여염의 평범함을 꿈꾸었다. 지금 나는 무엇일까? 무엇을 향해 이런 무모한 망상에 사로잡혀 있는 것일까? 답이 없었다. 이런 미궁에서 헤어나지 못하는 내 자신이 까닭 모르게 미웠고 슬펐다. 그럴 때마다 이 먹빛 장삼을 벗어던지고 싶은 유혹이 불끈 불끈 솟구쳤다. 한 때는 열망했던, 얼마쯤은 사람들에게서 떨어져 혼자가 된 홀가분함을 남몰래 즐기고 싶어 했던 것은 감상인지도 몰랐다는 생각이 들었다.

병이 좀 차도가 있던 날 주지 스님이 찾아오셨다. 내 핼쑥해진 얼굴과 파리해진 손목을 한참동안 잡고 염불을 해주었다. 내 정진과 앞날을 인도해주셨던 분이었다. 그분께 죄를 짓는 것만 같아서 눈물이 흘러내렸다. 어서 일어나 수도에 정진해야 할 텐데…… 그러나 마음만 앞설 뿐 몸은 여전히 따로 놀았다. 더욱이 등나무 두 개를 가로 지른 시렁과 그 위의 잿빛 사물 더미를 보자 모든 것들이 견딜 수 없다는 생각이 들었고 이런 내가 나도 싫었다. 싫다. 정갈하게 손질이 되어 있는 이 작은 세계가 싫다. 싫다. 때때로 꿈결에선지 잠결에선지 어머니가 시장에서 난전을 열고 있던 모습이 나타나 내 속을 시리게 했다. 그때면 나는 돌이킬 수 없는 후회와 자책으로 가만히 누워 있을 수 없는 지경이 되어 버렸다.

기운이 좀 돌던 어느 날, 나는 다시 문기둥을 잡고 일어섰다. 내 앞으로 수 없는 별들이 난무했다가 사라졌다. 세상은 내가 내내 그 겨울의 동면 속에 잠기어 있는 동안 몰라보게 변해 있었다. 산, 나무, 뜨락이 모두가 새롭고 경이로운 모습으로 단장되어 있었다. 나는 산문 밖으로 나왔다. 보살이 걱정스런 눈빛으로 바라보는 것도 모른 척 개울에서 물 떨어지는 소리가 내 귀를 때릴 때까지 걸었다. 코에 흠뻑 받혀지는 산의 향기가 속까지 깨끗하게 씻어주는 것 같았다. 마을이 바라다 보이는 곳까지 내려오자 멀리 자동차가 먼지를 보얗게 일구며 지나가는 것이 보였다. 인근 밭으로는 꽤나 늙은 허수아비가 남아 있었다. 왠지 허수아비가 다정하게 느껴졌다.

조금 걸으니 오히려 방 안에 누워있을 때보다도 바깥 날씨가 포근했다. 무리해서는 안 된다는 생각이 들면서도 내 발걸음은 나도 모르게 봄의 정취에 이끌려갔다. 걷는 옆으로 쭈욱 산비탈을 개간하여 만든 밭이 이어졌다. 화창했다. 산의 푸름이 햇빛에 반사되어 눈부시게 빛났다. 무언가 기척을 느껴 돌아보니 등산객이 금오산(金烏山)을 내려오고 있었다. 원색의 등산 파커를 입은 여자가 나를 뚜렷이 바라보았다. 미인이라는 생각이 들면서 갑자기 가슴이 두근거리기 시작했다. 저만큼 내려가다가 여자가 나를 다시 바라보았다. 그리고 상큼 웃었다. 나는 고개를 밑으로 떨구면서 외면했다. 아직도 여염의 미소 하나로 흔들리다니…… 아직도 무엇을 버리지 못했단 말인가?

지난 겨울, 앓은 것이 여실한지 걸을 때마다 다리가 휘청대며 흐느적거렸다. 그러나 나는 마치 걷기에 주린 사람처럼 계속해서 걷고 또 걸었다. 쉴 새 없이 걸어야만 나로부터 벗어날 수가 있을 것 같았다. 개울이 나타났다. 나는 돌을 들어 개울을 향해 힘껏 내던졌다. 이즈음 내게 물어오는 이 가늠할 수 없는 수많은 질문들에 분풀이라도 하듯 나는 돌을 집어 던졌다. 사문에 몸을 담고 있으면서도 물위에 뜬 기름마냥 언제나 겉돌고만 있는 것은 또 무엇이란 말인가? 갈수록 알 수 없게 가슴을 내리누르는 불안 같은 것의 정체도 알 수 없긴 마찬가지였다.

내가 거동을 했다는 소식이 들리자 밤에 여러 사형들이 찾아와 위로를 해주었다. 좀 더 이들과 같이 있고 싶었지만 모두 수행 중인 스님들이었으므로 시간이 되자 모두들 제자리로 돌아갔다. 나는 혼자 있는 밤이 무서웠다. 끝없이 내리누르는 생각의 무게가 나를 불면으로 몰아넣을 거라는 생각을 하니 혼자 있는 밤이 두려웠다. 죽음이 생각났다. 사람이 죽음의 문제만 해결할 수 있다면 그만큼 세상을 더 쉽게 살아갈 수가 있을 것이었다. 죽음에 대해서 걱정을 하지 않아도 될 것이었다. 아니 한술 더 떠 죽음이 건전지 같은 것이었다면 좋겠다. 다 쓰면 갈아치우고 다 쓰면 갈아치우고……

청명과 한식이 멀지 않던 날, 나는 날이 풀린 날을 기다려 낫을 들고 어머니 산소의 웃자란 봉분의 잔디를 치려고 하산했다. 저자의 아낙들이 나를 알아보고 수군거렸다. 그들은 모두 내가 알 만한 사람들이었고 이 우중충한 승복만 아니었더라면, 그리고 머리에 쓴 갓만 아니었더라면 그냥 손을 맞잡고 같이 웃고 떠들었을 사람들이었다. 나는 그냥 모른 척 지나쳤다. 그러다가 내가 뭔가 심상치 않다는 것을 눈치챘던 것은 동네 모퉁이를 지나 자전거포를 지날 무렵이었다. 무심코 지나치는 나를 자전거포의 김 씨(金氏)가 알아보고 불러 세우는 것이었다. 이런 저런 이야기 끝에 뭔가 그가 나를 숨기는 것 같았다. 나는 어머니에 대한 미심 때문에 그와 더 이야기하지 않으면 안 되었다.

"말이 난 김에 얘기네만 자네가 몰라서 그렇지. 어머니가 돌아가셨을 때 말이 많았구만. 결국은 자살이라고 결론을 내렸지만 말이야."

"네?"

나는 그 소리를 듣자 명치 끝 게가 당기면서 망치에라도 한 대 얻어맞은 듯 휘청거렸다. 아, 아, 비틀거리는 나를 김 씨가 놀라 붙잡았다.

"아 아니, 왜 이런가?"

내가 자전거포의 한쪽 구석에 앉아 정신을 차리자 김 씨 아줌마가 사이다를 한 컵 가지고 왔다. 김 씨는 자꾸 멈칫대며 내 시선을 피하려는 눈치였다. 나는 그 얘기를 마저 들려달라고 했다.

"그래, 사람 한평생 별 거 있는가? 어머니는 자기 손으로 스스로 지운 거야. 집에는 가보았는가? 왜 헛간 안 있어. 헛간이 불이 타고 없어진 것을 보지 못했남. 하긴 마을 사람들이 흉하다고 깔끔히 치워놓기는 했다만, 어머니가 그 안에서 자진하고 함께 타버린 거여. 헛간 밖으로 문이 잠겨 있어서 처음엔 누가 고의적으로 한 것이라 생각했지. 그러나 그게 아니었어. 어머닌 목숨을 지우기 위해 치밀한 계획을 세웠던 거였어. 그것도 남들 다 자는 캄캄한 밤중이었으니 알게 뭐람."

나는 더 이상 김 씨의 말을 듣고 앉아 있을 경황이 없었다. 숫제 그 말을 듣지 않느니만 못했다. 오면서 나를 알아보았던 사람들이 수근대던 이유를 알 것 같았다. 누이 역시 내게 그런 이야기를 하지 않았다.

나는 모든 것이 한꺼번에 밀려와 벼랑에 부딪치는 것 같은 충격을 느꼈다. 나는 김 씨 앞에서 고개를 숙이며 아미타불을 염불하는 것으로 이 믿기지 않을 모든 사실을 시인했다. 나는 비로소 어머니의 죽음이 왜 이다지 나를 떠나지 못하고 있는 것인지, 어머니와 나 사이에 얽혀 있는 끈이 왜 그렇게 질긴 것이었는지 이해할 것 같았다. 어머니는 죽어서도 나를 두고는 쉽게 죽을 수 없는 것이었다. 나와 누이에게 부담을 주지 않으려는, 오직 자식들에 희망을 걸며 주저리 주저리 얽힌 한을 속으로 삼키며 살아왔던 어머니는 죽음마저도 자식에게 희망과 용기를 주고 싶었던 것이었다.

나는 낫을 들어 봉분 주위를 치기 시작했다. 얼마나 되었다고 새로

251

지은 무덤에 떼를 칠 것까지야 있겠느냐만, 게다가 다듬을 잔디가 있는 것도 아니건만 나는 꼭 그래야만 하는 것처럼 얼기설기 몸을 움직여 잔디의 고르지 못한 놈들을 하나 둘 끊어냈다. 끊임없이 속에서는 어머니와의 대화가 봉분의 잔디가 피듯 새어 나왔다. 조합에서 해물을 떠다 시장에 좌판을 벌여 놓고 파는 당신의 선한 모습이 눈앞을 축축하게 했다. 나는 나도 모르게 발악적으로 잔디를 쓸어내렸다.

공주장날

생원은 지팡이 끝으로 시장통 길목을 몇 번 더듬었다. 언제부턴가 생원은 앞이 시원치 않았던 것이다. 생선 비린내가 확 끼쳤다. 그 순간

"아니 이 영감탱이가 죽고 싶어 환장했나?"

상자를 잔뜩 실은 생선 장수가 자전거를 급히 몰아세우며 욕지거리를 해대었다. 태양열이 오죽이나 덥다. 생원의 흐릿한 눈으로 사람들이 더위 속에 복닥복닥하게 오가는 모습들이 보였다. 저마다 머리에 광주리를 이고 있거나 등에 봇짐을 지고 있었다. 생원은 그늘을 찾아 빨리 황아를 늘어놓고 싶었다. 그러나 발을 옮겨 놓을 수가 없을 정도로 시장통 주변은 차들과 사람들로 혼잡했다. 아, 붐비기도 하다. 공주장날.

생원은 이런 장날은 처음이라고 생각하였다. 그러다가 이내 '참, 안성(安城) 장도이랬지.' 하고 정정한다. 간신히 발을 옮겨 생원은 건물에 가려 반쯤 그늘이 진 주차장 쪽으로 나왔다.

"신발 떨어진 것이나 항아리 깨진 것이나 타이야 빵구 난 데, 질화로로 깨지거나 항아리 뚝배기 소반 깨진 것 있다면 그냥 두지 마시고 여기 금성 공업사에서 나온 이 척척 접착제를 이렇게 연탄이나 숯불에다

253

잘 녹인 다음에 깨진 곳이나 빵구난 데 바르면 고대로 새것같이 된다, 이말이우다. 아니 이보 처녀 총각님네들, 예부터 남녀칠세부동석이라고 했는데 거긴 언제부터 남녀칠세 지남철이 되었수까?"

"이 양반들아, 나는 뭐 물만 먹고 사는 줄 알어? 요 요 입에서 자밌는 야그가 나오려면 그래도 먹고살만크롬시롬만 약을 사줘야 술술 나오는 게 아니겄어. 자 설사 이질 요통 복통에 오가비린, 만병통치약 오가비린……"

"작년에 왔던 각설이 죽지도 않고 또 왔어유, 또 왔어. 구리무장사 장사 또 왔어유."

"허허, 거참."

생원은 거침없이 돌아가는 말들이 신기했다. 생원도 이런 말을 구사하던 때가 있었다. 그러니까 생원이 할멈을 찾아 나서기 시작한 이후부터 생원은 줄곧 황아봇짐 장수로, 때때로 약장수와 인삼장수도 하면서 전국방방곡곡을 돌아다녔던 것이었다. 이 장에서 저 장으로 떠돌아 다니다보니 느는 것이 저런 약을 파는 일이었다.

그늘이 있는 주차장 쪽은 사람은 좀 뜸했지만 땡볕을 가려주어 좋았다. 그늘을 쏘이니 가물거리던 눈이 한결 시원하게 트이는 것 같았다. 요 앞에 바로 보이는 것이 공산성, 건너 보이는 것이 상주 집, 근방이 한 눈에 쏙 들어왔다. 속을 비적거렸다. 꽁초를 찾으려는 것이다. 한 대 아니하고 배길소냐.

생원은 한 구석에다 황아보따리를 풀어놓았다. 값도 안 되는 것이 꽤나 무거웠다. 어깨와 관자노리가 뻑적찌끈하였다. 왼쪽부터 차례로 늘어놓았다. 붓, 끈목, 나후다링, 참빗, 고무줄, 바늘, 실, 돋보기, 브롯지, 담배쌈지…… 모두 때가 끼었다.

"만장에 모이신 여러분, 여러분들의 뱃속에 30센티미터도 더 넘는 회충이란 놈이 장에 착 달라 붙어가지고 여러분들의 피를 빨아 먹고 있다면 여러분들은 곧이 믿으시겠수까? 보시우. 지금부터 십여 년 전에 학교를 갔다 오던 한 아이가 논두렁에 누워 죽어있는데 왜 죽었을까 싶어 배를 갈라보니 이따만한 회충이란 놈들이 뱀처럼 또아리를 틀고 간과 장을 갉아먹고 있는 것이 아니겠수까. 이 신문에 난 기사를 보시우. 우리 ○○회사에서는……"

"강냉이 사시우, 강냉이."

"신발 때우소, 양산 기우소."

"골라잡아 백 원 때려잡아 삼백 원 시중 양품점에 가면 이런 것을 어디 삼백 원에 사겠수까. 제발 얼마냐고 묻자 마우다래. 신식 월남치마가 몽땅 떨이 몽땅 떨이, 백 원 삼백 원."

"핀, 고무줄, 마라톤 실, 브룻지 있어유, 머리카락 사유."

시장 주변은 잡상인들과 물건을 사려는 사람들로 박시글거렸다. 생원은 그들 중에 보따리를 머리에 이고 조선치마를 입은 사람들만을 유심히 살펴보았다. 어느새 해는 오정을 넘어 때만큼 기울어져 있었다. 부여(夫餘)에서 여기까지 오느라 너무 시간을 앗긴 것이다. 오늘도 허탕치려나. 황아들을 거두어 들였다. 시장 안을 한 바퀴 돌 생각이다. 할멈도 자기를 찾고 있을지 몰랐다.

옛날 할멈이 생각났다. 그것은 확실히 생원에겐 행운이었다. 마을에서 손꼽히는 미인인 할멈을 떠돌이였던 생원이 어떻게 아내로 맞이하게 된 것일까. 하등 내세울 것 없는 자신이, 하다못해 몰골이라도 잘 생겼나 재산이라도 있나 그럼에도 마을에서 으뜸으로 치는 김 규수를 아내로 맞이한 것이었다. 그것도 생원은 언감생심(焉敢生心) 생각도 않고 있는데 먼저 김 규수가 자기를 택한 것이었다. 당시 어떤 특별한 계기가 있었던 것도 아니었다. 있다면 당시 김 규수 네는 집안 형편이 좋지 않아 김 규수를 부자 집 후처로 들인다는 소문이 돌고 있긴 했지만 어디 그게 말이라도 될 법한 소리란 말인가. 생원은 같은 마을에 사는 김 규수를 알고는 있었지만 처지 상 한 번도 김 규수와 이야기를 나누어 본 적은 없었다. 생원도 그렇지만 생원의 집도 김 규수 댁과는 거래가 없을 정도로 김 규수 댁과 생원의 집안은 격차가 컸고 낯설었다.

양 집안에서 모두 말렸지만 규수의 뜻이 워낙 강해 생원은 그럭저럭 할멈과 정말 예라 할 것도 없는 간단히 식을 올리고 함께 살게 되었던 것이었다. 그것은 지금 생각해도 생원이 도저히 이해 못할 부분이었다. 같은 처지의 장돌뱅이 사주쟁이 김 처사가 하는 이야기로는 자신의 사주가 여자 복이 많은 사주라고 하는 것이었다. 그것밖에는 생원도 자신이 할멈을 취할 수 있는 이유가 따로 없다고 생각하고 있었다. 할멈은 여자의 도리를 다하는 여자였다. 생원이 징용에 끌려갔을 때에는 비록 많은 부분을 삭제당하였지만 일주일이 멀다않고 편지를 보내주었다.

찾아야 하였다. 찾아야 하였다. 그래서 여기 아껴 쌈지에 싸두었던 돈으로 그 낡아빠진 조선 무명치마를 벗겨버리고 비단 치마를 입혀야 했다. 그것은 생원의 의무이기도 했다. 찾자, 찾자. 땀이 비 오듯 했다. 미끈거렸다. 오늘 같은 날 소나기나 좌악 내렸으면…… 어깨에 힘을 더 주었다. 이까짓 더위, 이까짓 태양, 사람들의 분망함을 뚫고 생원은 큰 길로 나왔다. 후우, 사람들 많기도 하다. 더위 소름을 느꼈다. 한길에는 버스가 지나가고 자전거와 오토바이가 쉴 새 없이 오갔다. 길 건너편으로 잔뜩 쌀가마니를 실은 우마차가 가고 있었다. 시장 통으로 이어진 포목상 골목길로 들어갔다. 비단, 베, 무명들이 줄 쌓인 포목상이 근방으로 둘러 있었다. 생원의 꼴을 보자 젊은 여인네가 파리를 쫓고 있다가 눈살을 찌푸렸다.

그때가 언제였더라. 예산(禮山) 장날이라고 생각되었다. 웬 전문학교 교수에게 별 쓸모없는 옛날 연적을 비싼 값으로 판 적이 있었다. 그때 생원은 그 돈으로 할멈의 비단 치마저고리를 사주어야겠다는 생각을 한 적이 있었다. 지금 높다랗게 쌓여있는 저 포목들을 보자 생원은 그때가 갑자기 생각났다. 허리 아래 매어둔 쌈지에 손이 저절로 갔다. 불룩했다. 꼬투리가 해진 잠뱅이 아래로 앙상한 생원의 정강이가 드러났다. 작년까지만 해도 다리가 걸리고 시큰한 것이 남의 소리 같더니만 어느새 생원의 이야기가 되어버리고 만 것이었다.

"동정있세유. 나후다링, 핀이나 고무줄 사시우."

"포도, 사과나 배."

"냄비 때우소, 카알 가소."

잡상인들이 포목점을 돌아다니며 물건을 팔고 있었다. 생원은 남들이 잘 다니는 곳을 피해 한 옆에 기대앉았다. 아침에 있었던 일 때문인지 오늘 따라 유난히 다리가 더 아픈 것 같고 머리도 욱신거렸다.

간밤 읍에서 좀 떨어진 시골집에서 하룻밤을 얻어 자고 공주 장을 가기 위해 기다리는데 부여(扶餘)에서 오는 버스마다 만원을 이루고 있었다. 게다가 그나마 시간마다 다니는 버스가 평소에는 그렇게 잘 다니던 것이 오늘 따라 고장이 났는지 한참을 기다려도 오지 않고 있는 것이었다. 그나마 시간여를 기다려 차가 오긴 했지만 생원의 황아 봇짐 때문에 생원은 차장과 한바탕 실랑이를 해야 했다. 그놈의 차장 에미나이 어찌나 매섭게 굴던지 떨어진다고 아우성치며 올라탄 생원의 멱살을 잡고 밀어 내리는데 눈물이 찔끔 났다. 이 모든 게 늙고 돈 없는 탓이었다. 그나마 있던 아버지의 가산은 생원이 징용에 끌려가자 형수인 할멈을 무시하고 고스란히 동생이 챙겨 줄행랑을 쳤다.

생원이 가는 왼 편으로 기다란 낙서들이 그려져 있었다. 그리고 보니 요 근방이 어째 이상하다. 여관이 둘씩이나 있었다. 얼핏 여자 분내도 나는 것 같다. 여관에서는 대낮에도 붉은 등을 켜놓고 있었다. 뒤를 돌아다보았다. 젊은 남자가 여자를 데리고 여관으로 들어가고 있었다. 순간 생원은 못볼 것을 보기라도 한 듯

"퉤퉤."

하고 침을 뱉었다.

생원은 얼른 그곳을 벗어났다. 옷가게가 나왔다. 신발가게가 나왔다. 생원이 지고 있는 황아봇짐이 야트막한 차양 줄에 자주 걸려 성가셨다. 그때마다 등 잔등이가 밤 가시에 찔린 것처럼 따끔따끔했다. 땀띠가 생기는 모양이었다.

시장 안은 시장통보다 조용하고 덜 복잡하였다. 생원은 되도록이면 천천히 걸었다. 고급 옷감, 신발, 화장품, 핸드백…… 이런 것은 안중에 없었다. 할멈을 찾아야 했다. 찾아서 이 불룩한 쌈지 주머니를 쥐어 주고 싶었다. 아직껏 조선 무명치마를 입은 사람은 보이지 않았다. 해장국 집을 지났다. 냉면집을 지났다. 구수한 냄새가 코를 찔렀다. 흠흠 코를 벌름거렸다. 분명 보신탕 냄새 같은데……. 아침을 굶었다는 생각을 하였다. 공복 때문인지 머리도 지끈지끈 아팠다. 먹다 남은 떡을 봇짐에서 꺼냈다.

그저께 신도안(新都內)에서 계룡(鷄龍)으로 올 때 신도안의 한 신흥 교주로 있는 할매가 생원의 무운장구를 빌며 해준 떡이었다. 나이가

예순을 넘으면서 생원은 이런 절이나 효험이 있다는 무당을 찾아가 할멈을 죽기 전에 만나게 해달라고 비는 경우가 많았다. 신도안의 신흥 교인 영생교가 효험이 영특하다고 하여 생원은 신도안을 들렀던 것이다. 여기서 생원은 작지 않은 돈을 아낌없이 바쳤다. 그렇잖아도 공주장에 가려던 참이었는데 그 할매 교주가 공주 땅에 가보라고 하여 생원은 다소는 고무 받은 터이었다. 신문지에 접혀 들고 온 것이 쉬지나 않았는지 모르겠다. 맛있고 없고는 상관없는 일이었다. 먹어서 배만 고프지 않으면 된다.

"떠억."

"순대."

생원이 가는 곳으로 쭈욱 그런 좌판들이 늘어서 있었다. 몇몇 나이 든 사람들이 그 주위를 침을 꼴깍하며 앉아 있었다. 이런 상인들은 으레 시장초입이나 끝에 있기 마련이었다. 할멈도 이런 곳에 있을 것이라는 생각이 자꾸만 들었다. 바람을 쏘이지 않으니 또 다시 앞이 가물가물하였다. 문득 안질에 걸렸던 일이 생각났다.

처음엔 다래끼인 줄 알고 가만히 둔 것이 화근이었다. 점점 눈물이 질질 나고 코뚜렁까지 고름이 흘러내렸다. 앞이 한 치도 보이지 않는 것이었다. 고름이 흐믈댈 때마다 소금물을 풀어서 고름을 씻어 내었던 것이 그나마 그게 들었던 모양이었다. 그 일이 있고부터 잘 보이지 않던 게 지금껏 풀리지 않고 있었다. 어떤 때는 전혀 앞이 보이지 않았다. 어느새 지게막대기를 들고 반봉사 노릇을 하게 되었는지도 몰랐다.

"아즈마이요, 그게 얼마입네까?"

고구마를 비롯해 작은 먹거리를 팔고 있는 사람들이 쭈욱 앉아있는 곳에서 생원은 수박을 가리키며 물었다.

"백원이우."

물건 주인은 생원이 물건을 살만한 사람이 못 된다는 듯 일부러 값을 올려 퉁명스럽게 대꾸했다. 생원을 보는 눈길이 매우 차다. 생원은 사고 싶었지만 그냥 팔아주지 않았다. 한두 번 당한 일이 아니라 마음에 남는 응어리는 없었다. 다만 같은 장돌뱅이끼리 멸시하는 것 같아 서러울 뿐이었다. 가만 있자, 오늘이 일요일이군. 어쩐지 사람이 많다고 했지. 산성공원 주변으로 올라가는 골목길은 장터 못지않게 사람이 몽기작렸다. 아 참 붐빈다. 많이 변했구나. 사변 통에 이곳 공주를 지나칠 때엔 그렇게 크지 않았다. 할멈을 놓쳤을 때가 바로 이 공주에서였다. 여기서는 보이지 않지만 조금 저쪽으로 가면 금강 다리가 보일 것이었다. 금강 다리를 건널 때 사람들이 한꺼번에 몰리는 바람에 그만 꼭 잡았던 손을 놓쳤던 것이다. 다리를 다 건너오고 종일을 기다렸지만 할멈은 끝내 보이지 않았다. 그 놈의 전쟁이 원수였다. 그 놈의 전쟁만 아니었다면 생원이 행상으로 이렇게 전국을 떠도는 일도 없었을 것이었다. 괴뢰군은 공주를 점령하고도 부여 방면으로 계속해서 진격해왔다. 할멈을 찾을 겨를도 없이 생원은 또 전라도 방면으로 피해가지 않으면 안 되었다. 전주, 김제, 광주, 여수, 진주, 마산까지 사뭇 생원은 피난민을 따라 전전긍긍하였던 것이었다. 전쟁이 끝났을 때 생원은 한 때 기관사 보조로 철도청에 근무한 적이 있었다. 그러나 할멈을 찾겠다는 생각으로 그만 두고서는 줄곧 행상을 하였던 것이었다. 전국 방방곡곡을 돌아다니며 찾았지만 할멈을 여지껏 찾지 못하고 있었다. 그때의 공주와 지금은 판이하게 달랐다.

친애하는 공주읍민 여러분 이번 달은 ○○회계년도 전반기 세금을 납부하는 달입니다. 아직도 납부하지 않은 가정이나 상점은 납세고지서를 가지고 우체국이나 은행에 가셔서 납부해주시기 바랍니다. 기한 내에 내지 못하면 세금에 가산세를 부과하오니 유념해주기 바랍니다. 친애하는 공주 읍민 여러분…….

시장 안에서 샌드위치맨이 마이크를 대고 세금을 내라고 외치고 있었다. 아참, 아까 부여에서 올 때 씨부리고 있던 차도 세금을 독촉하던 차였구나. 난리 통엔 저런 것도 없었다. 사이렌 한 번 불어주지 않더니, 세금 내라는 덴 우째 저리 설쳐댈까. 그 꼴이 꼭 난리 통에 비행기에서 쏘아대는 기관총 같았다. 그놈의 비행기가 위에서 콩 볶듯 하는데 제 아무리 날랜 사람이라 할지라도 피하는 도리가 없었다. 그리고 보면 생원은 용케도 살아남은 셈이었다. 바로 앞에 가던 사람이 괴뢰군의 따발총에 죽어가도 생원은 총알을 용케도 피할 수가 있었다. 아니 그가 피해 간 건지 총알이 그를 피해가는 건지 알 수가 없었다.

해가 뉘엿뉘엿 서산으로 이울고 있었다. 아직 한창인데 몇몇 성급한 장돌뱅이들은 보따리를 챙겨들고 버스 주차장으로 나오기 시작하였다. 공주에서 조치원, 대전, 청양, 부여, 탄천, 장항, 예산, 홍성, 보령, 서천, 천안……. 가지 못하는 곳이 없었다.

생원은 행여 발에 걸릴까 싶어 지팡이로 찌꺼기 쌓아둔 곳을 지팡이로 쿡쿡 쳤다. 썩은 내가 훅 끼쳤다, 토할 것 같았다. 하필 길가에 던져놓을 게 뭐람 다시 발로 모아 놓았다. 아까보다도 저자거리가 더 복닥거렸다.

"자 떨이요 떨이 막판이요 막판. 아니 이보 살라면 사고 안 사려만 말 것이지 차기는 왜 차?"

"니가 교수 마느래라면 마느랬지 교수 마느래는 보이는 게 없어. 이게 어따 대고 반말이야?"

"과자요 과자. 한 가마니에 오십 원, 두 가마니에 백 원."

"사과요 수박."

여러 소리가 한 데 모여 시장은 왁자지껄했다. 게다가 쇳소리, 풀무질 소리, 싸우는 소리, 경적소리마저 어울려 정신을 못 차릴 지경이었다. 어물전이 나왔다. 질펀거렸다. 사려는 사람들이 가리킬 때마다 넓적한 가자미, 뱅어 등에 날카로운 꼬챙이가 꽂혔다. 고기 맛을 못 본지도 오래다 여기서도 쓰레기가 길 복판에 널려 있었다. 비린내까지겹쳐 썩은 내가 진동하고 있었다. 태양의 열기를 받아 더하였다.

이 많은 사람 중에 조선 무명치마를 입은 사람이 없다니? 모시적삼 저고리를 할멈이 즐겨 입었는데 혹 할멈이 모시적삼 저고리를 입었는지 모르겠다. 그래 모시 적삼 저고리를 입은 사람들을 찾아보자. 사람들은 모두 바쁘게 오갔다. 모두가 붉게 충혈된 눈들이었다. 무엇을 잡아먹지 못해 저 모양일까. 그들에 비해 비록 돈은 없지만 자기가 훨씬 행복한 것 같았다. 그런 일만 빼놓고는.

청양(靑陽) 장에서 물건을 펼쳐 놓고 팔던 무렵이었다. 뙤약볕에다 황아들을 퍼놓고 있는데 웬 나이 많은 중년부인과 정장을 한 남자가 브롯지와 화장품을 팔아 주면서 주고받는 말이 생원에게는 그렇게도 부러울 수가 없었다.

"좀 더 좋은 것으로 사시구레."

"뭐 이거면 됐지. 당신두 하나 사구레."

"글시, 브롯지나 하나 살까유."

그 순간 생원은 할멈이 생각나서 견딜 수가 없었다. 이들이 사라져 가는 곳을 보이지 않을 때까지 바라보았다. 할멈을 꼭 찾아야겠다고 다짐했다.

그런 일을 **빼놓고는** 생원은 비록 자신이 장돌뱅이지만 다른 사람보다 못하다고 생각지 않았다. 막판 시장은 오히려 이제 막 벌어진 잔치집 같았다.

막다른 골목으로 접어들었다. 장터에 연한 집에서 느지막하게 상여가 나가고 있었다.

오호야 데야 오너리 넘차 데헤야
어이할가 어이할가 꽃나비 같던 내 친구
오호야 데야 오너리 넘차 데헤야
고대광실 꽃각시 두고 북망산천 넘어가네
오호야 데야 오너리 넘차 데헤야

저런 상여를 볼라치면 생원의 이마에서 식은땀이 죽죽 흘렀다. 병이 있는 것도 아니었다. 언젠가 생원과 같이 황아봇짐을 둘러메고 방방곡곡을 헤매던 정 씨(鄭氏)가 객사를 했다는 말을 듣고는 얼마나 애석해했는지 몰랐다. 이즈음 와서 느끼는 회한은 더한 것이었다.

상여는 복잡한 시장을 지나 제민천(濟民川) 다리로 나오더니 한참동안 떠날 생각을 아니하였다. 요령잡이가 다 요령을 잡는 모양이었다. 주위에 있는 상가 사람들이 돈을 찔러 넣어주지 않았더라면 하루 종일 그 자리에 있을 것 같았다. 요령 소리가 기운을 더해갔다.

이 다리는 웬 다린가 이 다리는 웬 다린가
오호야 데야 오너리 넘차 데헤야
이 다리를 건너가면 이젠 다시 못올텐데

오호야 데야 오너리 넘차 데헤야
애닳고도 설운지고 애닳고도 설운지고
오호야 데야 오너리 넘차 데헤야

멈췄다가 또 한 소리가 끝나면 가고 상여는 마치 물결을 이루듯 나아갔다. 시장이 다한 곳에서 또 한 차례 요령잡이가 구성지게 토해내었다.

북망산천 멀다 하나 걷고 걸으니 예로세
오호야 데야 오너리 넘차 데헤야
인생이란 일장춘몽 공수래에 공수거라
오호야 데야 오너리 넘차 데헤야

생원은 안테나가 보이는 경찰서 앞에서 발걸음을 돌렸다. 할멈을 찾자. 찾자 어서 조선치마에 모시적삼을 입은 사람들을 찾자. 부럽지 않다. 그까지것 부럽지 않다. 할멈만 찾는다면. 할멈만 찾는다면. 으슥했다. 생원은 으슥한 곳이 싫었다. 으슥한 곳은 흰 것을 좋아하는 할멈이 싫어하기도 했다. 그런 점도 있고 생원이 또 싫어하는 이유가 있었다. 그것은 그런 곳일수록 무릇 장날 각다귀들이 떼를 지어 놀기 마련이었고 그들은 생원에게 괴롭기 짝이 없는 존재들이었다.

봉사, 봉사, 나팔 봉사, 잠자리 봉사, 매미 봉사, 뻐꾸기 봉사.

한쪽에서 말을 치면 다른 쪽에서 대를 치고 어떤 때는 돌이 날아와 생원의 얼굴에 생채기를 내는 경우도 있었다. 계룡(鷄龍) 장에선가는 어디서 날아온 돌인지 생원의 이마를 정통으로 때렸다. 뻘건 피가 죽죽 나는데 어찌 손을 쓸 도리가 없었다. 조맹이들은 벌써 달아나버려 보이지 않았다. 작은 마을이라 주변에 고칠만한 곳이 있을 리 만무였다. 약방도 없었다. 주변에 사람이 비잉 둘러 있어도 혀만 찰 뿐 어느 누구나 생원에게 도움의 손길을 내미는 사람이 없었다. 생원은 그때만큼 설움을 느껴본 적이 없었다. 시장 조무래기들보다 둘러싼 사람들이 더 원망스러웠다.

공주 장은 다른 곳과 달라서 반은 상설시장이고 반은 전통 5일장의 형태를 하고 있었다. 그나마 시장 바닥은 공주 읍내에 있는 사람들이 차지하고 이웃 조치원, 금산, 탄천, 부여, 심지어 장항에서 온 떠돌이 상인들은 길가나 제민천 주변으로 물러나 전을 벌여야했다. 제민천 주변에 젊은 옷장수가 많은 이유도 그랬다. 그런 데는 또 텃세인 장세를 물지 않아도 되었다.

생원은 땅을 쳐다보며 걸었다. 신발 가게까지 오자 불현듯 할멈이 유난히 흰 고무신을 좋아했던 생각이 번쩍 난 것이었다. 할멈은 유난히 흰 고무신을 좋아했다. 고무신에 조금 뻘이나 얼룩이라도 있을라치면 닦지 않고는 못 견디는 성격이었다. 그런 할멈이 죽었다? 아니었다. 그럴 리 없었다. 생원이 생전에 알았던 할멈의 성격으로 보아서는 지금 할멈은 자기처럼 행상 떠돌이를 하며 생원을 찾고 있을 지도 모를 일이었다. 괜히 오금에 용이 쓰였다. 기운이 나는 것 같았다. 봇짐 끈을 바짝 꼬아 쥐었다. 걸음을 재촉하였다. 이러구 있다간 오늘도 할멈 찾긴 글렀다. 서두르자. 그렇다고 어떻게 찾겠다는 또렷한 생각이 있는 것도 아니었다. 그저 사람이 자주 다니는 곳마다 한참씩 전봇대

마냥 서 있으면 되는 것이었다.

장터에 연한 미전(米塵)이 보였다. 트럭에 쌀가마니가 산더미같이 쌓여 있었다. 앞에서 두 세 사람이 흥정을 벌이고 있었다. 종묘상 앞에서는 장꾼들끼리 싸움판이 벌어졌다.

"뭐라구, 이 새끼? 내가 니 새끼가? 이런 요물단지 보갔나?"

"손님, 마 그만하시우."

"그만 하긴 뭘 그만 혀, 그래 신랑이 공무원이었다매, 떼먹긴 뭘 떼먹어, 이 바닥에서 벌어먹을려면 계산 똑바로 해."

"떨이, 떨이."

"한 푼 줍소."

"단기 4283년에 6·25 동란이 일어났고 내 그때 군번이 11354였는데 당신보다 빨라."

"그래 어쨌다는 거야? 미친놈의 자식 지금이 어느 땐데 단기야."

그 복잡한 가운데에서도 시장통 구멍가게 앞에는 뺑뺑이 돌리는 꼬마들로 붐볐다. 서로 자랑하기라도 하듯 허리 밑으로 내려오면 아이들은 더 세게 돌렸다. 그러면 아슬아슬했던 뺑뺑이가 다시 허리까지 올라와 제자리에서 돌고 있는 것이었다.

애꾸 사나이에다 다리는 절뚝, 게다가 한 손엔 술병을 들었다. 오동 추야 달이 밝아, 엇 또 풍개가 오줌 누네.

싸움하는 사람, 말리는 사람, 팔뚝이 까지고 머리에서 피가 나고 시장 안은 한바탕 전쟁이 일어난 것 같았다.

시장 밖으로 나왔다. 아까와는 반대쪽이었다. 느티나무가 있었다. 앞이 툭 트이니 살 것 같았다. 털썩 소리가 나게 주저앉았다.

"시중에 갈 것 같으면 어린 아그 옷도 천 원 이상을 주어야만 살 것인디 하물며 어른들 옷이야 말해 무엇하겠소. 본 방울표 화섬에서는 본사 제품을 많이 애용해달라는 방침 아래……"

"니가 무엇을 먹으랴느냐? 니가 무엇을 먹으랴느냐? 둥글 둥글 수박 웃봉지 떼뜨리고, 강릉 백청을 따르르르 부어, 씰랑 발라 버리고, 붉은 점 움벅 떠 반간 진수로 먹으랴느냐. 아니 그것도 나는 싫소. 그러면 무엇을 먹으랴느냐? 니가 무엇을 먹으랴느냐? 당동지지루지허니 외가지 당참외 먹으랴느냐? 자, 30원, 30원, 춘향전, 홍계월전, 장화홍련전…… 30원, 30원."

"자, 원숭아, 우리 재주 넘으면서 담배 한 대 먹어 볼래 깡총 깡총 뛰면서 어디로 가느냐 요놈 봐라."

휙, 회초리가 날아갔다. 원숭이가 겁에 질린 눈으로 부들부들 떨었다.

"옳지 말 잘 들어 안 들으면 죽어."

약장수는 회초리를 흔들며 원숭이를 노려보았다. 그 모습이 우수꽝스러웠다. 생원은 느티나무에 등을 기댄 채 희멀겋게 그들을 바라보았다. 그러다가 저편 금강이 흐르고 있는 쪽을 바라보았다. 시원한 금강 물에 몸이나 담갔다가 나오면 싶었다. 그러나 귀찮다. 머리가 닝닝한 것이 더 이상 걷고 싶지도 않다. 다리도 시큰둥하다. 황금빛 태양은 속살까지 익히려 들었다.

다섯 시가 되었다고 소리치면서 그만 가자고 짐을 싸는 축도 있었다. 그러나 대부분의 축들은 남아 조금이라도 더 팔아보려고 그 소리를 귀에 담는 것 같지 않았다. 그야말로 해지기 한참이었다.

생원은 다시 걸었다. 할멈을 찾아야 했다. 생원이 걸어가는 저만치에서 팔리지 못한 염소가 생원을 보고 있었다. 늙은 놈이었다. 생원은 자기와 닮았다는 생각에 혼자 킥킥거렸다. 그럴듯했다. 오리똥 냄새,

닭똥 냄새, 염소똥 냄새, 요 근방은 어째 그런 놈들만 몰려 있는 곳이다. 좋은 놈들은 다 팔려 나가고 지지리배기만 남았다. 선택받지 못한 종자들, 측은해졌다. 눈물이 울컥 솟아났다. 노망 들었나. 애써 참았다. 그렇게 생각해서 그런 것일까 날이 기우는 만큼 후덥지근한 열기도 서서히 식어가는 것 같았다.

생원은 좌판대에서 순대를 팔고 있는 아줌마로부터 순대를 사서 먹었다. 떨이판이었다. 남은 것을 생원에게 다 주었다. 떡까지 주어서 먹었다. 배가 불렀다. 별반 대수롭지 않은 양이건만 생원에게는 뱃가죽이 그만큼 얇아진 것이었다. 이즈음 부쩍 자신이 오래 살지 못할 것 같다는 생각이 들 때도 있었다. 그때마다 생원은 좀 더 벌어놓지 못한 것이 아쉬웠다.

생각할수록 아들 내외가 괘씸했다. 할멈을 잃고 생원은 아들 하나 딸린 과부와 잠시나마 살림을 차린 적이 있었다. 할멈 때문에 찜찜하기는 했지만 혼자 사는 것이 쉽지가 않아 정안(正安)의 한 주막에서 아들 하나 딸린 과부와 같이 몇 년을 살게 된 것이었다. 몸은 같이 살고 있지만 생원은 항상 할멈을 찾을 생각을 놓지 않았다. 행상을 놓지 않은 것도 그 이유였다. 같이 살면서 아들 결혼도 시켰다. 과수댁과의 인연은 그리 오래가지 못했다. 과수댁이 급작스럽게 심근경색으로 세상을 떠난 것이었다. 시골에서 어떻게 손 쓸 겨를도 없었다.

과수댁 아들 내외와의 인연도 거기까지였다. 어느 날, 생원은 자기가 가지고 있는 재산 거의 전부를 아들에게 내어주며 집을 나왔다. 그리고 나서 할멈을 다시 찾았다. 할멈을 찾아야 하였다. 할멈을 찾아서 할멈을 행복하게 해주어야 하였다. 그것은 자기의 임무이고 책임이었다. 그런데 이 아들은 그 후에도 가끔씩 생원을 찾아와 돈을 요구하였다. 한번은 생원이 없는 틈을 타 생원이 모아두었던 돈을 몽땅 가지고 도망쳤다. 그 이후로 아들은 다시 나타나지 않았다. 할멈을 찾으면 노후에 쓸 요량으로 아끼고 절약하며 모아둔 돈이었다. 처음엔 속이 상하고 용서할 수 없을 것 같더니 자식이 없는 탓일까, 나이 탓일까 세월이 가자 미움도 점점 엷어져 버렸다. 그러나 할멈을 생각하면 아들 내외가 괘씸해서 견딜 수가 없었다. 할멈을 찾아야 하였다. 할멈을 만나 호강시켜야 했다. 그러구 저러구 할멈을 찾아 헤맨 지가 벌써 십수 년이나 되었는데 아직껏 찾지를 못했으니 할멈은 과연 살아 있는 것일까? 죽은 것일까?

사람들이 바쁘게 오가는 길목 옆에서 생원은 열심히 조선 치마를 입은 사람들을 살폈다. 모시 적삼저고리를 입은 사람들만을 유심히 보았다. 옥같이 흰 신발을 찾았다. 번번이 허탕이었다. 큰 길로 나왔다. 아직도 환한데 불빛이 반짝거렸다. 성급한 네온사인이 하나둘 불을 켰다. 빈 공터에서는 아직까지 집을 짓고 있었다. 비료상회가 나타났다. 오른쪽으로 꺾어들었다. 제법 번화했다. 성당의 종소리가 들렸다. 생원의 눈엔 어느덧 성모마리아가 나타났다. 언젠가는 생원과 할멈만이 있는데 어떤 수녀 단체가 찾아와 성모님을 믿으라고 했던 것을 일언지하에 거절하였던 일이 기억났다. 안 믿는다. 안 믿어. 그러나 지금은 누구에게라도 기대고 싶은 심정이었다. 어느덧 다다른 곳이 예배당이었다.

"베드로야, 내가 진실로 네게 이르노니 오늘 밤 닭 울기 전에 네가 세 번 나를 부인하리라."

"내가 주와 함께 죽을지언정 주를 부인하지 않겠나이다."

연극 연습을 하는지 교회 안에서 남자의 낭랑한 목소리가 흘러나

왔다.

생원은 피곤했다. 아무 곳에서나 쓰러져 자고 싶었다. 생원이 한창
때도 아닌 다음에야 한나절을 걸었으니 피곤하지 않을 리 없었다. 번
화하지 않은 곳을 찾아 위로 자꾸만 올라갔다. 공장 기계 소리가 들려
왔다. 직조 공장 기계 소리였다. 학교 건물이 보였다. 번화한 곳은 싫
다. 더 조용한 곳으로, 더 구석진 곳으로 걸어갔다. 번화한 곳은 그만
큼 사람들 인심이 고약했다. 오늘은 따끈한 밥을 얻어 먹어볼 수 있으
려나. 봉황동(鳳凰洞)을 지났다. 고등학교가 나타났다. 대학교도 나타
났다.

"아유, 학생 우리 집에 한 달만 있어 봐유. 좋은가 나쁜가 그때 가
서 판단하믄 되잖여유. 달에 쌀 한 말이여유."

생원이 가는 바로 앞으로 웬 여자가 대학생인 듯한 남자를 붙잡고
애원 겸 흥정을 하고 있었다.

"글쎄 이 팔 놔요. 이 집에서 하숙 안한다니까요."

"학생, 내가 잘해 줄게유. 우리 집에 예쁜 학생 각시도 하숙하고 있
어유."

"……"

그 말이 솔깃한지 완강하던 학생이 순간 멈칫했다. 공주에 학생이
많은 것은 예나 지금이나 같았다. 생원은 걸음을 재촉했다. 제민천이
제법 소리까지 내며 흐르고 있었다. 올라라. 올라라. 주욱 올라라. 전
깃불이 많아 보이지 않는 곳까지 올라갔다. 오늘은 잠을 재워줄 집을
찾을 수 있으려나.

아까 버스를 타고 오면서 보았던 금학동(金鶴洞)까지 올라왔다. 탄천
(灘川), 부여에서 오는 사람들은 대개 공주 읍까지 쌀을 싣고 가는 것이

아니라 금학동 양조장 앞에서 팔아버린다. 읍내하고 여기는 꽤나 멀다. 아이들이 옹기종기 모여 한 손에 풀때기 과자를 들고 있는 집으로 들어갔다. 혹시 잠이라도 재워주면 고급 참빗 한 개를 줄 양이었다. 그러나 생원은 잠잘 집을 찾지 못하고 다시 시장통으로 내려왔다.

주차장을 지나, 시장을 지나 생원은 다시 제민천 주변으로 나왔다. 둑길에는 아까 없던 수박껍질, 닭털, 오리털 같은 너절한 쓰레기들이 초상 끝난 집처럼 널려 있었다. 그 복닥대던 장사 패들이 다들 어디 갔는지 공동묘지처럼 한 사람도 없었다. 그 앞으로 마을 똥개들 너 댓 마리 수박껍질을 놓고 몰려 있었다.

해가 완전히 넘어갔다. 공산성 아래 굴뚝 있는 집에서 연기가 솟아올랐다. 생원은 윗길로 걸음을 옮겼다. 아무래도 어제 부여 장에서 얼핏 본 그 할멈이 꼭 할멈인 것만 같은 생각이 들었다. 내일은 호계(虎溪)장이었다. 호계는 다리를 건너야만 한다. 가다가 늦밥이라도 얻어먹었으면…… 요즘은 참으로 각박한 세상이 되어서 그런지 예전처럼 잠자리 얻기가 쉽지 않았다.

제민천을 따라 걸었다. 건너편에 허름한 집들이 옹기종기 모여 있었다. 금강 둑으로 가는 한길에서 아이들이 구멍가게에서처럼 뺑뺑이를 돌리고 있었다. 가까이 갔다. 귀여웠다. 아이들은 그것을 돌리느라고 생원이 구경하는 것도 모르고 열중해 있었다. 이윽고 한 아이가 지치자 몇몇 아이도 같이 지치다 못해 웃으면서 쓰러졌다. 그러나 다음 순간, 생원을 보자 아이들은 슬금슬금 서로 얼굴을 쳐다보다가 한 아이가 도망치며 외쳤다.

봉사, 봉사 다래끼봉사 백내장이 봉사 녹내장이 봉사 황반변이 봉사 그 소리는 이윽고 합창이 되어 버렸다.

"에잇 몹쓸 것들."

그러나 생원은 도시 말한 것과는 달리 그들이 밉지 않았다. 그곳을 훨씬 벗어나고서도 아이들은 생원의 뒤를 따라가며 놀렸다. 순간 생원은 얼른 자기 몸을 쳐다보았다. 혹시 자신이 거지로 변하여 있는 것이 아닐까. 거지라는 것이 따로 있는 것이 아니었다. 거지같은 행색을 했으면 거지인 것이다. 생원은 그것이 싫었다. 싫다, 싫다. 할멈이 그걸 알면 역정을 낼 것이다. 저만치에 금강 다리가 보였다. 별들이 하나둘 살아나기 시작하였다. 산성공원 밑을 지났다. 생원이 공원 밑을 지날 때는 어둠이 완전 내려 있었다. 가로등 불빛이 마악 켜지고 있었다. 갑자기 부드러운 손길이 생원의 팔을 힘껏 잡았다. 분내가 나면서 부드러웠다.

"아이 자고 가셔요. 오늘 밤 서비스 잘해드릴게."

홱 돌아다보았다. 여자가 기겁을 했다. 생원은 봇짐 진 어깨에다 힘을 주었다. 다리를 건넜다.

그해 여름의 이상했던 경험

그날 배를 타고 섬으로 갔을 때까지만 해도 하늘에서 별다른 이상을 발견하지는 못했다. 그러나 섬에 도착해 막 텐트를 치려고 하자 갑자기 쏟아지기 시작한 비는 종내는 폭우로 변하는 것이었다. 마땅히 피할 곳도 없었기 때문에 그대로 비를 맞아가며 텐트를 치지 않으면 안 되었다. 갑자기 몰아치는 비바람과 천둥번개에 나는 내심 당황하고 덜컥 겁이 나기도 했지만 그만큼 황망해 하거나 섬을 빠져나가야 하거니 하는 생각은 하지 않았다. 흔히 있는 소나기려니 생각했을 뿐이었다.

그런데 다음날 처음엔 물길이 뱀의 혓바닥 같이 섬의 자라목 끝을 몇 번 들락날락거리는 것 같더니 어느 틈엔가 자라목이 어디 있는지조차 모르게 사라져 버렸다. 근처의 갈대만이 빠른 물살에 머리만 조금 내놓고 마치 오리가 헤엄을 치는 것처럼 끄덕거리는 것만이 보였을 뿐이었다. 그리고 얼마쯤 지나자 이제는 갑자기 불어난 물이 온 갯벌을 들쑤시며 흘러 주변이 소란했다. 강 비린내도 아니고 바다 비린내도 아닌 좀 이상한 냄새가 속을 울컥 뒤집어 놓았지만 그것도 그러려니 했다. 새들은 홍수에 가장 민감했다. 그 많던 새들이 그 새 어디로 갔는지 보이지 않았다. 삼촌은 별일 아니라는 듯 담배를 꼬나문 채 라디오를 들으며 누워 있었다. 텐트 안이 연기로 가득 찼다. 저럴 때 보면 삼촌은 꼭 괴도 루팡 같았다.

그런가 싶었는데 웬걸, 잠깐 눈을 붙였다가 다시 깨어보니 어느 틈에 멀게만 느껴졌던 시뻘건 강물이 눈앞에서 출렁거리고 있는 것이었다. 삼촌의 보물 제1호인 작은 트랜지스터 라디오에서는 연신 집 전파몇 채, 침수 몇 채 등 피해를 알렸지만 우리는 '미친 자식들'이라고 보이지 않는 여자 아나운서와 남자 아나운서를 향해 쑥떡을 먹였다. 강건너 시내 쪽 벼랑길에서 갑자기 불어난 물을 문쥐 떼처럼 서서 바라보는 어지간히 할 일 없는 사람들을 향해서도 두 팔을 크게 꺾고 쑥떡을 먹였다. '세상의 먹물들아, 니기미 씨팔이다.' 삼촌은 무엇이 억울한지 세상의 모든 살아있는 것들이 온통 그의 원망의 표적인 양 내뱉었다. 나도 삼촌을 따라서 똑같이 했다. '세상의 먹물들아, 니기미 씨팔이다.' 갈매기 한 마리가 빗줄기를 썰며 먹이를 찾으려는 듯 강 위를 낮게 선회하고 있었다.

텐트 안은 후텁지근하기만 했다. 비가 왔지만 우리는 텐트를 열어두었다. 텐트를 두드리는 빗소리가 자장가처럼 들렸다. 그 바람에 나는 그 두드리는 소리를 헤며 좀 더 많은 생각을 하게 되었다. 비는 왜오는 것일까? 바닷물이 증발되어 수증기로 되었다가 이것이 모여 구름이 되고 이것이 그 무게를 못 이겨 아래로 내려오는 것이 비이다. 삼각주란 무엇일까? 강과 바다가 합쳐지는 어귀에 강물이 운반하여온 모래와 흙이 쌓여서 이루어진 대체로 삼각형 모양의 평평한 지형을 말한다. 학교에서 배운 대로라면 삼각주는 바로 지금 내가 있는 이곳이다. 내가 묻고 내가 스스로 답하며 감탄하고 시멋내기도 전에 나는 먹구름처럼 몰려오는 졸음을 차마 쫓을 수가 없었다.

섬은 새들의 천국이었다. 평소 때 보게 되면 새들이 만들어 놓은 그 무수한 발자국들이 모래 위에 화석처럼 박혀 있었다. 그리고 해마다 상류에서 밀려온 모래가 켜를 이루고 쌓여 있었다. 그러나 지금은 평소의 그 얌전한 섬이 아니었다. 성난 수소처럼 무자비하게 돌진해오는 강물은 무섭고 위협적이었다. 그것을 바라보며 나는 괜히 억울하다는 생각을 하였다. 도시에 살지 못하는 것이 억울했고 가기 싫은 학교에 다니는 것이 억울했다. 학교에 가 보았자 나는 별 볼 일 없는 아이였고 아이들도 공부 못하는 나를 좋아하지 않았다.

라디오에서는 축대가 무너지고 집이 물에 잠기고 가축이 물에 떠내려가고 수해를 입은 사람들이 인근 초등학교 건물로 대피했다는 방송이 연이어졌다. 그러나 우리는 급박함을 느끼지는 못했다. 여기는 서울이 아니었기 때문이었다.

비는 잠시 그쳤지만 시퍼렇게 날이 선 하늘은 막 화를 낼 것 같은 엄마 얼굴 닮았다. 시커먼 하늘은 번개를 성냥불처럼 탁탁 그어대었지만 천둥소리는 나처럼 좀 둔했다. 한참 만에 소리가 들렸다.

우리는 비가 새는 텐트의 한쪽을 짚으로 틀어막았다. 비를 맞았기 때문에 나는 옷을 벗어서 꾹 짜서 입었다. 텐트 속의 훈훈함이 열을 앗긴 내 몸을 덥혀 주었다. 우리는 밥을 하기 위해 배낭 밑에 숨겨 둔 버너를 꺼냈다. 쌀을 씻지도 않은 채 냄비에 탈탈 털어놓고 성냥을 찾았다. 성냥이 젖어 있었다.

"제기랄."

영락없이 저녁은 굶을 판이었다. 어제는 텐트 안에서나마 밥을 해 먹을 수는 있었는데…… 가져온 빵도 비가 먹어서 진득진득하였다.

그해 여름의 이상했던 경험

아무거나 빵 봉지를 꺼내서 입 속에다 틀어넣었다. 삼촌도 마찬가지로 입에다 그것을 넣고 이 없는 할멈처럼 오물거렸다. 그는 늘 내 곁가까이 있었지만 언제나 내겐 신비한 존재였다. 그는 오로지 세상을 원망하기 위해 태어난 사람처럼 그의 입은 언제나 이 세상에 대한 분노와 원망으로 가득 차 있었다. 삼촌은 무언가 억울해 하였고 그런 억울함을 견딜 수 없을 때면 줄곧 이런 섬에 와서 섬 밖의 세상을 향해 죽어라 욕을 해댐으로써 자신의 속을 풀었다. 삼촌식의 울화 해소방법이었다.

삼촌은 걸핏하면 나를 데리고 이 무인도나 마찬가지인 섬에 왔다. 삼촌과 함께 다니는 것을 엄마는 싫어하였지만 나는 삼촌의 그 알 수 없는 힘에 이끌려 누렁이와 함께 자주 섬으로 오고는 했다. 삼촌은 이 섬에 오면 실컷 '욱실한 놈의 세상'에서부터 시작해서 맨 마지막 '니기미 씨팔 잘 먹고 잘 살아라'까지 줄줄 염불하듯 세상에 대한 원망을 한바탕 쏟아내었다. 원 세상에, 무슨 원망이 그렇게 많은지 그는 날 빼놓고는 이 세상 모든 사람들이, 모든 사물들이 모두 원망의 대상인 것 같았다.

삼촌은 그런 자기가 신경쇠약 때문이라고 엄살 부렸다. 신경쇠약은 무슨 놈의 얼어 죽을 신경쇠약이람, 그런 사치스런 고급 병이 아빠 말마따나 우리 같이 모래나 파먹고 사는 처지의 사람들에게는 웃기는 이야기일 뿐이었다.

나에게 삼촌은 둘이 있었다. 하나는 엄마의 동생이고 또 하나는 아버지의 동생이었다. 엄마 동생은 똑똑하고 공부를 잘했다. 외삼촌네는 상동면(上東面) 매리(梅里)에 살고 있었다. 매리는 군내(郡內)에서도 가장 깊이 들어가 있는 오지 마을이었다. 외삼촌은 일대에서 그야말로 전설적인 인물이었다. 엄마는 이 시골 군(郡)에서 서울대학을 졸업하고 또 그 대학에서 학위를 받아 대학 선생님을 하고 있는 것은 외삼촌이 처음이자 그리고 마지막이라고 아주 자랑스럽게 말했다. 뜻이 곧았고 불의를 보면 숨지 않았다. 일정한 직업 없이 빈둥대기만 하는 삼촌을 엄마가 못마땅하게 여기고 있는 것은 어떻게 보면 당연한 일이기도 했다. 삼촌은 그런 외삼촌에 비교되는 것이 싫은지 집에 붙어 있는 경우가 거의 없었다. 엄마는 욕할 때면 나를 보고 '삼촌 같은 놈'이라고 했다. 물론 삼촌이 없을 때 하는 말이었다.

삼촌은 좀 이상했다. 그 나이가 되도록 장가 들지 않고 있는 것도 그랬다. 사람들은 그런 삼촌을 고자(鼓子)라고 했다. 그러나 삼촌은 자기가 고자가 아니라고 했다. 삼촌은 사람들이 고자라고 놀릴 때면 자기가 정력이 강해서 견딜 여자가 없다고 했다. 나는 정력이 어떤 것인지 몰랐지만 하여튼 삼촌이 결혼을 않고 있는 것은 정력이 강했기 때문이라고 여기게 되었다.

언젠가 나는 삼촌이 그보다 훨씬 아래인 마을 형들에게 돌림을 당하는 것을 본 적이 있었다. 삼촌이 마을 처녀인 윤숙이 누나와 흘레붙었다는 것이었다. 윤숙이 누나는 아저씨뻘인 인철이 형과 그렇고 그런 사이였다. 삼촌이 햇볕이 쨍쨍 내리는 모래밭에서 마을 형들에게 비잉 둘러 싸여 있었다. 마을의 형들이 삼촌을 가운데 세워놓고 돌아가면서 심한 욕설과 함께 침을 뱉었다. 삼촌보다 나이가 많아 삼촌이 자주 형님이라고 불렀던, 그 역시 그 나이에 결혼을 못하고 있던 덕두(德斗)의 김 씨 아저씨는 삼촌의 머리를 쥐어박기도 했다. 그런 돌림은 거의 한 시간이나 계속 되었다. 나는 어쩌지 못하고 그 광경을 둑 밑에서 숨어 엿보았다. 나는 삼촌이 윤숙이 누나 말고도 마을의 남편이

그해 여름의 이상했던 경험

없는 과부 아줌마들과도 흘레붙는 것을 본 적이 있었다.

모였던 마을 청년들이 떠나가고 이제는 삼촌만이 그 자리에 덩그렇게 서 있었다. 뜨거운 여름 햇볕 아래에 땀을 흘리고 외롭게 서있는 삼촌의 모습이 그 여름을 썰렁하게 만들고 있었다. 나는 그런 삼촌이 물건 같다고 생각했다. 그냥 거기에 놓여있는 물건일 뿐이었다. 평소 싸움을 잘 하는 것으로 알았던 나는 삼촌이 아무런 반항도 못하고 당하고만 있는 것을 보자 실망이 컸고 뛰쳐나가서 삼촌을 위해 싸워주고 싶었지만 그게 마을의 아저씨뻘 되는 형들 앞에서는 마음대로 되는 것이 아니었다.

우리는 쌀을 으깨서 먹었다. 꼬들꼬들하고 이가 아팠다. 날대로 쌀을 먹으면 채독에 걸린다는 엄마 말이 생각났지만 지금은 그런 걸 따질 때가 아니었다. 배가 고팠다. 바람이 세차게 몰아쳤다. 텐트가 풀럭대며 괜시리 겁을 주었다. 입구의 지퍼를 꼭 잠가버렸다. 밖을 볼 때보다 재크를 닫아버린 안은 훨씬 아늑했다. 다시 실실 눈꼬리가 감겨왔다. 어느새 삼촌은 골아 떨어졌다. 나도 덩달아 눈꼬리가 잠겨왔다.

꿈을 꾸었다. 그 찝찝했던 기억이 또다시 나타났다. 나는 싫다고 마구 도리질 쳤다. 그래도 마을 사람들은 피해 도망가는 나를 끝까지 따라오며 집요하게 설명해주었다. 네가 태어날 때 쌍둥이 누나가 있었어. 의사 선생님이 하나밖에 건질 수 없다고 했어. 엄마는 딸 대신 아들인 너를 선택했어. 그 누나를 죽이고 대신 아들인 네가 태어난 거야. 마을 사람들이 아무렇지도 않게 내뱉는 그런 이야기를 들을 때마다 나는 주눅이 들어 머리를 마구 쥐어뜯었다. 죽고 싶도록 누나 대신 태어난 내가 미웠다. 내가 화를 내면 사람들은 약 올리듯이 더 입에 올렸다. 나는 밤마다 가위에 눌려 비명을 지르다가 깨어나고는 했다.

그런 다음이면 어김없이 목에 멍울이 잡혔다. 내가 깨어나자 삼촌은 내가 가위에 눌려 비명을 지르고 있는 것이 흔히 있는 일이라고 생각했는지 별다른 반응을 보이지 않았다. 그렇지만 나는 기분이 좋지 않았다. 악몽을 꾸고 나면 갖는 축축함이었다. 아닌 게 아니라 나는 반사적으로 손을 들어 목을 만져보았다. 어김없이 멍울이 잡혔다.

삼촌은 가끔 주문이 오면 섬의 모래를 캐어 배에 실어 내다 팔았다. 모래 파는 일을 하지 않을 때는 섬에서 하루 종일 삼각주의 그 황량한 모래와 갈대밭을 로댕의 생각하는 사람이 되어 걸었다. 삼촌은 이 듬성듬성 널려 있는 낙동강(洛東江) 하구의 크고 작은 삼각주를 철새 떼만큼이나 정확하게 알고 있었다. 그는 어디에 가면 무엇이 있고 그 무엇이 얼마만큼이나 있고 황포돛배, 주막, 객주집 같은 지금은 없어진 낙동강의 옛 모습에 대해서도 살아있는 사전처럼 말해주었다. 금곡(金谷)에는 공창나루가, 대동(大東)에는 문둥이 마을이, 물금(勿禁)에는 철광산이 있다는 것까지 정확하게 알려주었다. 그래서 그런지 섬에는 때때로 문둥이들이 먹는다는 디디에프나 매치오나마이드 같은 약병들이 모래밭에 반쯤 묻힌 채 햇빛에 빛날 때도 있었다.

그는 또 삼각주의 크기와 노랑부리저어새, 솔개, 잿빛개구리, 맹꽁이, 황조롱이, 말똥가리, 무자치 등 섬에 살고 있는 생물에 대해서도 우리 마을에 한 사람 밖에 없는 일제 강점기에 전문대학을 나온 사람처럼 해박하게 설명해주었다. 갈대밭 속에는 지난해에 남자와 여자가 와서 꼭 껴안고 자살한 시체가 아직도 남아 있다는 둥 무섭고 으스스한 이야기도 들려주었다. 그는 언제나 배짱이 든든했고 낙동강에 관한한 천재였다.

그러나 다음날 새벽 우리가 빗물이 새는 낡은 갑바 텐트 속에서 하면(夏眠)하는 동물처럼 움츠렸다가 다시 깨어났을 때 우리는 텐트를 좀 더 높은 곳으로 옮기지 않으면 안 되었다. 위에서 쏠려오는 강물은 황급하게 불어나 있었고 텐트는 넘쳐오는 엄청난 물로 금방이라도 휩쓸릴 것 같았기 때문이었다. 누렁이가 내 배꼽을 물어뜯던 일이 이제 알 것 같았다. 다행히 밖은 바람만 불 뿐 비는 멎어 있었다. 바람을 맞자 몸이 으스스 시려왔다. 불어난 물 때문에 오도 가도 못하고 섬에 갇혀버린 신세가 되어버리고 말았다.

평평한 것처럼만 보이던 삼각주도 물이 차고 보니까 높고 낮은 곳이 뚜렷이 구분되어졌다. 우리는 점점 섬 가운데로 옮겨가며 물줄기를 피했다. 그래도 우리는 낙동강물이 설마 이곳까지 차오를까 싶었다. 그러나 우리 생각과는 달리 강물은 계속 불어났고 하늘은 시간이 지나도 마를 줄 몰랐다. 이제 강줄기는 저편 하단(下端)쪽 나루와 이쪽 명지(鳴旨)쪽 나루 끝이 보이지 않을 만큼 넓고 길게 변해 버렸다. 섬 한쪽에 땅을 물고 서 있던 통나무로 얼기설기 엮은 나루터 집은 이미 물길에 잠겨 버렸는지 휩쓸려 가버린 것인지 아침까지만 해도 지붕 끝이 보였는데 이제는 보이지 않았다. 주변은 온통 하나의 거대한 붉은 기둥으로만 보였다. 바다 쪽을 바라보니 바다는 과연 바다였다. 그 많은 강물을 받아들이고도 변한 것이 없어 보였다.

다시 주위가 어두워졌다. 몸이 덜덜 떨리고 이도 닥닥 맞부딪쳐 졌다. 아무리 여름이라도 계속 내리는 비와 바람을 맞고 있노라면 온몸이 시리고 추위를 느끼기 마련이었다. 삼촌은 간간 하늘을 한번 쳐다보고 걷히지 않는 검은 구름을 보며 의혹의 눈길을 던지기도 했고 비에 젖은 모래를 툭툭 차보기도 했다. 그것은 낙동강에 관한한 지식이 천재 같은 삼촌에게 어울리지 않는 행동이었다. 그런 삼촌의 모습을 보자 나는 괜히 심란해졌다.

불안한 긴 밤이 지나고 다시 아침이 왔지만 비는 계속 번개와 천둥을 동반한 채 앞을 캄캄하게 했다. 바람마저 텐트가 들썩거릴 정도로 거세게 불었고 시뻘건 강물은 더 넓어진 것 같았다. 섬 자락을 훤히 알고 있다고 여겼던 내 판단은 섬이 시뻘건 강물로 주위에 갇혀 버리자 무용지물이었다. 도무지 어디가 어딘지를 분간할 수가 없었다. 불과 이틀 새에 악마로 변해버린 낙동강의 엄청난 변화는 내가 알고 있는 낙동강에 대한 지식을 송두리째 앗아가 버리고 만 것이었다.

우리는 비가 잠시 멎은 틈을 타 텐트를 아예 높은 곳으로 옮겼다. 우리는 젖은 옷을 벗어서 몇 번씩 짜내며 물이 빠지기를 기다렸지만 그것은 비오는 날 빨래 마르기를 기다리는 것과 같았다. 둘러보니 어느새 길쭉하게 이어진 섬은 뱅 둘러 물속에 갇혀 있어 우리는 마치 우리 발자국 보다 조금 더 큰 무인도에 와있는 느낌이었다.

텐트 안은 쭈그리고 앉아야만 할 정도로 낮고 축축해 나는 자주 기어 나와서 다리 운동을 했다. 보통 때 같으면 나는 햇빛이 쨍쨍 내리쬐는 태양 아래에서 가릴 것도 없이 짝이 진 불알을 내놓고 대꼬챙이로 툭툭 모래밭을 헤집으며 놀았을 것이다. 배가 고프면 섬 위쪽으로 나가 갈대에 걸려있는 수박이나 참외 같은 것들을 건져다가 먹기도 했을 것이다. 더위에 지쳐 땀을 흘리면 강물에 한바탕 빨래 삼듯 푹 담갔다가 나오기도 했을 것이었다. 외톨이라는 비참한 생각이 들면 나 혼자 공상 속에 빠져 위로를 찾기도 했을 것이었다.

섬을 한 바퀴 돌려면 서 너 시간은 걸려야 했다. 나는 자라목은 자라가 많이 살아서 자라목이 아니고 자라목처럼 생긴 곳이라서 불린 이름(내가 붙였다)이라는 것과 섬 아래에는 대마등, 백합등, 도요등 등의

　　　　그해 여름의 이상했던 경험

모래섬 그리고 장자도, 신우도, 진우도 등 풀과 나무가 자랄 수 있는 섬이 있다는 것, 물이 빠지고 난 다음의 건조함과 반짝반짝 빛나는 사금(砂金)에 대해서 라던가 겨울날 이 낙동 강변을 찾아드는 수천, 수만 마리의 철새들의 이름과 또…… 나는 섬에 관한한 그 모든 것을 마치 선생님이 되어 아이들 앞에서 말하는 것을 떠올리고는 빙그레 입을 벌렸다. 그럴 때면 현실에서 이룰 수 없는 내 욕망이 풀어졌다.

나는 그런 즐거운 공상을 하다가 갑자기 꿈속의 일이 떠올랐다. 꿈속에서 마을 사람들이 도망가는 나를 집요하게 쫓아오며 놀렸다. '너는 쌍둥이 누나를 죽이고 태어난 살모사 같은 놈이야.' 나는 머리를 쥐어뜯었다. 눈을 뜨고서도 가위 눌려 허둥대는 내 꼴이 훤히 보였는데도 나는 어쩌지 못하고 가위눌리고 있었다. 모래를 한 움큼 집어 던지고는 고개를 무릎 사이로 파묻어 버렸다. 목에 사라진 멍울이 다시 집혔다. 문득 새철이가 생각났다. 새철이는 이럴 때 어떻게 할까? 늘 내게 얻어터지는 녀석이었지만 그래도 피하지 않고 유일하게 내게 다정히 대해주는 녀석이었다. 녀석은 나를 끝까지 교회에 나오라고 달랬다. 그때면 녀석은 자신이 보았던 예수님 이야기를 했다. 무슨 얼어죽을 놈의 예수님이람? 나는 예수쟁이들은 별 희한한 종자들이라고 생각하였다.

크리스마스 전 날 밤이었다. 으레 그렇듯이 우리들은 교회로 달려갔다. 교회에 가면 빵과 눈깔사탕을 먹는 기쁨이 있었기 때문이었다. 그 한편으로는 나는 또 다른 즐거움이 있었다. 바로 청년 예수로 분장한 새철이의 모습을 보는 것이었다. 수 십 세기를 건너뛰어 다시 재림한 예수로 분장한 새철이의 모습은 누가 보아도 그날 교회에서 가장 밝고 주목받는 주인공이었다.

새철이 녀석은 늘 입버릇처럼 신이 하는 일은 도무지 알 수가 없다고 했다. 해마다 하는 익숙한 대사이건만 그해만큼은 이상하게 대사가 생각나지 않았다고 했다. 교회는 뜨락 낙엽처럼 빈 자리를 찾을 수 없을 정도로 사람들로 꽈악 들어차 있었다. 사람들은 감동에 차서 청년 예수를 바라보고 있었다. 새철이가 말할 차례였다. 말해야 했다. 그러나 아무리해도 그렇게 술술 외던 대사가 그 중요한 순간에 미처 떠오르지 않았다. 앞이 캄캄해지고 머리가 하얗게 비어졌다고 했다. 가슴은 마냥 방망이질을 하고 있었다고 했다. 너무 당황한 나머지 바지에다 오줌을 찔끔 싸기도 했다고 했다. 그런데 다음 순간 갑자기 그 앞에 기적과 같은 일이 일어났다고 했다. 바로 자기와 같이 고난의 십자가를 지고 골고다 언덕을 오르는 예수님의 환영이 바로 앞에 나타난 것이 아닌가? 그리고 예수님이 그 고통의 울명한 눈을 들어 자기를 바라보는 것이 아닌가? 순간 새철이는 벼락같이 잊었던 대사가 생각났다고 했다. 그런 체험을 하고 나서 녀석은 무사히 연극을 마칠 수 있었다고 했다. 목사가 되길 결심한 것은 그때의 그 작은 신앙적 체험을 하고 나서부터라고 했다. 나는 또래였지만 어린 녀석이 별말도 다한다 싶었다.

그러나 저러나 하나님은 무슨 물을 어떻게 들이켰기에 저토록 쉬지도 않고 오줌을 내지르는 것이란 말인가? 하나님의 오줌통은 크기도 해서 숫제 드럼통으로 물을 들이 붓는 것 같았다. 시간이 지날수록 불어나는 물은 점점 섬을 침몰시키고 있었고 우리는 이 섬을 빠져나갈 엄두를 내지 못하고 있었다. 우리가 타고 온 쪽배도 물살에 쓸려가 버린 것인지 보이지 않았다. 강과 바다에는 배라고는 보이지 않았다. 삼랑진(三浪津) 뒷기미에서 보았던 큰물 따위와는 비교도 되지 않았다.

283

그렇지만 결코 초조하거나 불안하지는 않았다. 삼촌을 믿고 있었기 때문이었다. 낙동강에 관한한 삼촌의 지식과 자신감은 그 누구 비할 데가 없었다.

따지고 보면 내가 이렇게 된 것은 그 만화경이 원인이었다. 그날도 삼촌은 그의 말대로 죽지 못해(?) 모래를 파고 있었다. 삼촌은 모래를 파내는 일을 사람으로서는 천하의 못할 짓이라고 했다. 그러면서도 그는 쉽게 그 일을 그만 두지 못했다. 그날 삼촌은 어디서 구했는지 길쭉하고 반듯한 유리 세 개를 가져와서는 검은 종이로 둘둘 말아 만화경이란 것을 만들었다. 색종이를 조각조각 썰어 만화경 속에 집어 넣기도 하였고 나비 날개를 찢어 집어넣기도 하였다. 만화경 속은 눈을 감고 바라보는 그 무수한 세계보다도 더 이상한 세계였다. 기형적이고 엽기적인 모양이 만화경 속에서 그려지고 있었다. 남자와 여자가 입을 맞추는 모양이라는 둥, 여자의 그 안에 남자의 그것이 들어가 있는 모양이라는 둥 삼촌은 이상한 그림이 나올 때마다 내 눈에다 만화경을 바싹 당겨주며 말했다. 삼촌은 그 만화경을 무기로 나를 슬금슬금 이 넓고 황량한 모래밭으로 유혹했던 것이다. 그날따라 밤바람은 여름인데도 서늘했다. 아니 으스스했다. 모험을 하기에 딱 좋은 시간이었다. 우리는 둑까지 와서 아무렇게나 널려져 있는 많은 나룻배 중 아무거나 훔쳐 타고 삼각주 아무 곳에나 가서 배를 내팽겨 쳐 버렸다. 삼촌이 늘 모래를 실어 나르던 통통배는 섬 저쪽 하단 쪽에 매여 있을 것이었다.

낙동강의 황급한 물줄기 위로 간간 날개를 활짝 편 갈매기가 그 긴 날개로 빗속을 부질없이 드나들며 하늘을 희롱하고 있었다. 내 몸은 더욱 으스스 떨려왔다. 밥을 먹지 않아서 그런 것인지 진한 갯내음이 받혀지면서 토할 것 같은 생각이 들었다. 출렁거리는 강물이 나를 어지럽게 했다. 나는 세차게 불어오는 비바람으로 크게 몸을 떨었다.

　잠시 밝아졌던 주변이 다시 어둑어둑해졌다. 다시 비가 내릴 모양이었다. 어쩌면 오늘밤 비는 더욱 세차게 내려서 강물은 내 키만큼을 더 불어날지도 몰랐다. 나는 하릴없이 사람 살리라고 외쳐보았다. 그러나 그 소리는 비명의 끝처럼 공허하게 사라졌다. 고개를 들어 명지(鳴旨) 쪽을 바라보았다. 빗줄기를 뚫고 우산을 든 사람들이 몇몇 보였지만 그들은 우리를 보지 못하는 것 같았다. 비는 멎었지만 언제든지 생각나면 내릴 기세였다.

　간간 먹구름을 가르고 밤하늘에 별빛이 총총하게 드러날 때가 있었다. 어두워서 더욱 밝았다. 삼촌은 이 와중에도 담배를 피우지 못해 안달이었다. 삼촌은 꽁초를 태우다가 수십 번씩이나 입술을 태웠다고 했다. 그래서 그의 입술은 늘 언청이처럼 벌어져 잇몸이 드러나 보였다. 그가 조금 입을 벌리자 그의 이가 어둠 속에 사기처럼 하얗게 빛났다. 저럴 때 삼촌의 모습을 보면 그의 성격이 왜 원망장이가 되었는지 이해가 될 것 같았다. 세상이 그를 원망하게 한 것이 아니라 그의 얼굴이 세상을 원망하게 만든 것 같았다. 삼촌은 그래도 두려워하는 기색은 없어 보였다. 하긴 이 상황에 두려워한들 무슨 뾰족한 수라도 있는 것은 아니었지만 삼촌의 그런 모습을 보니 적이 안심이 되기는 하였다. 그러나 나는 속으로는 두려움이 가득 차 누가 조금만 건드려도 쓰러질 것 같았다.

　그러구러 얼마를 더 기다려야 비가 그치려는 것인지, 우리가 할 수 있는 일은 비가 그치고 물이 빠지기를 기다리는 것이었다. 낙동강의 물이란 것이 일시에 불었다가도 하루만이라도 빛이 쨍쨍 내리기라도 하면 의외로 쉽게 물이 빠지는 경우가 많았다.

오락가락하던 비가 기어코 다시 쏟아지기 시작했다. 온 전신이 오들오들 떨리고 머리가 쪼개질 것처럼 아팠다. 입술과 가슴이 소리가 날 정도로 덜덜거렸다. 하늘 도화지에다 오로지 빈틈없이 좍좍 그어지고 있는 선, 선, 떨려오는 몸, 쏟아지는 잠, 문득 최악의 상황에도 긍정적인 생각을 하라는 선생님 말씀이 생각났다. 흐린 밤에도 총총한 별을 볼 수 있다는 은혜가 있다는 것은 얼마나 축복인가. 그러나 지금은 별이 없다. 암흑의 하늘에서 사정없이 내리는 비만이 있을 뿐이다.

배도 고팠다. 생쌀을 씹었던 것이 어제 아침이었다. 그리고는 아무것도 먹지 못했다. 평소 같으면 울며 왜 밥이 없느냐며 여간 떼를 쓰지 않았을 텐데. 그래보았자 별 수 없다는 지금 이 상황의 깨달음은 나를 어른스럽게 하고 있었다. 그렇지만 무서웠다. 설마 이 섬이 홍수에 잠기기야 하지는 않겠지. 그리고 요 윗머리 일웅도(日雄島)에는 사람이 사는 몇몇 집들도 있었다. 그들이야말로 이 섬이 홍수에 잠기지 않는다는 것을 잘 말해주는 증명이었다. 그러나 그것도 사방에서 미친개처럼 내지르는 시뻘건 물에 갇히고 보니 더럭 겁이 날 뿐 확신을 주지 못하였다.

나는 하릴없이 눈을 꼬옥 감아보았다. 내가 할 수 있는 것이 그것밖에는 아무것도 없었다. 노란 별이 떠올랐다. 더욱 눈을 꼬옥 감았다. 이번에는 그 노란 별들이 여러 개의 불꽃 모양을 그리면서 밤하늘을 아름답게 수놓고 있었다. 그 너머 무한의 공간에 낯익은 얼굴들이 있었다.

교회 목사님이 보였다. 선생님도 보였다. 선생님은 항상 말썽을 부리는 내게도 고루 사랑을 나누어주셨다. 그나마 이렇게까지 학교에 다닐 수 있었던 것은 새철이와 선생님 때문이었다. 선생님은 언젠가 내가 심히 장난을 쳐 교실 화분을 깨뜨렸을 때에도 너무 바빠 화를 낼 겨를이 없다면서 에둘러 아이들 모르게 용서를 해준 적이 있었다.

정 씨(鄭氏)아저씨도 떠올랐다. 말을 더듬었던 그 아저씨가 언젠가 우리 집에 와서 같이 모래를 캐는 일을 하며 먹고 살고 싶다고 했지만 불과 하루를 견디지 못하고 그만두려고 했던 일이 떠올랐다. 정 씨는 그 후 부산 세관에 취직이 되어 틈이 날 때마다 이곳 섬에 낚시를 와서는 나에게 먹을 것을 사주고는 했다. 삼촌과도 더러 주막집에 들러 같이 막걸리도 나누었지만 삼촌은 정 씨에게 그렇게 모래 파는 일이 세상에 못할 짓이라고 하면서도 취직을 부탁하는 것 같지는 않았다. 그러다가 나는 더럭 저런 삼촌은 어떤 정신세계를 가졌기에 이런 위급함에도 아무런 동요를 느끼지 않는 것일까 하는 생각이 들었다. 연이어 지난달에 돌아가신 태호 형의 아버지인 김 씨(金氏) 영감(마을 사람들이 그렇게 불렀다. 나이가 얼마 되지 않았는데 그의 몰골은 영감을 방불케 했다)도 떠올랐다.

나는 평소 친구가 없었기 때문에 삼촌과 함께 아니면 거의 혼자 이 섬에 와서 들쥐처럼 온 구석을 들쑤시며 혼자 노는 경우가 많았다. 섬으로 가려면 꼭 등구(登龜) 마을을 지나야 했는데, 등구 마을 초입에는 김 씨 영감이 살고 있어서 그를 좋으나 싫으나 보아야 했다. 내가 그 집 앞을 지날 때면 그는 하루 종일 그의 집 마당에서 무슨 말을 하는지 알 수 없는 이상한 말을 허공에다 대고 그것도 화를 내듯 지껄였다.

나는 그 말이 너무도 궁금했기 때문에 김 씨 영감의 아들인 태호 형에게 아버지가 하는 말이 무슨 말인지 물어보았다. 그러나 태호 형은 자기도 아버지가 무슨 말을 하고 있는 것인지 알지 못한다고 했다. 아버지가 징용을 다녀오고부터 저런 병이 생겼다고 했다. 마을 사람들은 김 씨 영감이 징용을 가서 무척 많이 맞아 그 후유증으로 정신이 이상해져버린 것이라고 말하기도 했다. 나보다 나이가 일곱 살이나 많은 태호 형이었지만 나와는 잘 통하였다. 이발 기술을 배운다면서 내 머리는 온통 그의 실험 대상이었다. 그러나 그것이 반가운 것만은 아니었다. 공짜가 아니라 동네 이발관 시다로 있으면서 하는 일이었기 때문에 받을 돈은 다 챙기면서도 이발해 놓은 것을 보면 여기저기 듬성듬성 까치집을 만들어 놓았기 때문이었다.

어쨌든 그 김 씨 영감은 식사를 하는 때를 제외하고는 허구한 날 마당에 나와서 허공에다 대고 지껄이는 것이 그의 일과였다. 그는 그만의 방법으로 세상과 소통하는 것 같았다. 그러나 정작 비약된 생각을 했던 것은 그 다음이었다. 갑자기 나는 우리와 다른 김 씨 영감의 정신세계는 도대체 어떤 것일까 하는 생각이 든 것이었다.

사람이 미쳤다는 것은 정신을 이루고 있는 요소들이 풍선 모양의 균형된 모습을 하고 있다가 그 균형이 깨지면서 어느 한쪽이 들어가고 대신 다른 어느 쪽이 툭 삐져나왔기 때문이라는 것을 들은 적이 있다. 그렇다면 김 씨는 어느 부분이 들어가고 어느 부분이 튀어나온 것일까? 선생님은 사람은 정신과 육체로 이루어져 있다고 했다. 육체는 죽으면 썩기 때문에 그만이지만 정신은 죽어서도 살아있다고도 했다. 건강한 신체에 건강한 정신이 깃든다고 말씀하시면서 체육 시간은 빠지지 않고 하셨다. 신체가 먼저인지 정신이 먼저인지 알 수 없지만 여하튼 신체와 정신은 밀접한 관계를 가지고 있는 것만은 틀림없는 것 같았다. 김 씨 영감의 정신세계는 어떤 모양일까? 그러다가 나는 내가 생각하기에도 절묘한 생각을 했는데 김 씨 영감이 왜 저렇게 하루 종일 미친 듯 입씨름을 하는 것인지, 미친 세계가 어떤 것인지 알고 싶으면 내가 그 속으로 들어가 보면 될 것이 아닌가 하는 생각이 문득 든 것이었다. 삼촌의 경우도 마찬가지였다. 내가 삼촌의 정신세계가 어떤 것인지 알고 싶으면 내가 삼촌이 되어 삼촌의 정신세계로 들어가 보면 될 것이 아닌가. 더욱이 삼촌은 무언가 속이 불만으로 가득 찼고 줄곧 이 섬으로 와서는 섬 밖의 세상을 향해 죽어라 욕을 해댐으로써 자신의 속을 풀었다. 그 속을 알려면 내가 삼촌의 정신세계 속으로 들어가 그의 세계를 헤집고 다니면 될 것이 아닌가? 나는 위급함과는 달리 내 발상의 탁월함에 빙그레 입술을 놀렸다. 그 쉬운 것을 왜 몰랐을까?

그러나 나는 곧 나의 이 기막힌 추리에 감탄하면서도 실망하고 말았다. 김 씨 영감의 미친 세계로 내가 어떻게 들어갈 수가 있을까? 삼촌의 정신세계로 내가 어떻게 들어갈 수가 있을까? 하는 실제적인 문제에 부딪혔기 때문이었다. 육체와 영혼이 하나가 아니라 분리된 것이라면 어쩌면 쉽게 영혼세계로 들어갈 수도 있을 것 같은데…… 그러다가 나는 언젠가 영희네 할아버지가 돌아가셨을 때 지붕에다 할아버지가 입던 흰 바지저고리를 올려놓고 영희가 '할아버지!' 하고 울면서 부르던 것을 기억해내었다. 또 영희네 할아버지와 가장 친한 권 씨 할아버지도 '영훈이!' 하면서 하늘에다 대고 부르는 것도 기억해내었다. 그런가하면 영희 아버지도 '아버니임!, 아버니임!, 아버니임!' 세 번 연거푸 부르면서 울부짖는 것도 선명히 떠올렸다.

사람들은 그것을 육체를 떠난 영희네 할아버지의 혼을 부르는 소리라고 했다. 허공에서 길을 잃고 헤매는 영희네 할아버지의 영혼을 불

　그해 여름의 이상했던 경험

러 제 자리에다 갖다 놓으려는 의식이라고 했다. 끝내 영희네 할아버지의 혼은 공중에서 길을 잃고 돌아오지 못했다. 아무리 불러도 허공 중에 길을 잃고 떠돌고 있는 영희네 할아버지의 영혼을 찾을 길은 없었던 것이었다.

그런 한편 나는 생각을 더욱 비약하게 되었는데 지금까지와는 전혀 다른 생각이 든 것이었다. 설령 내가 삼촌이나 김 씨 영감의 정신세계 속으로 들어가서 내가 삼촌의 정신세계나 김 씨 영감의 미친 세계를 안다고 해도, 만일 내가 영희네 할아버지처럼 허공중에서 길을 잃어 다시 돌아오지 못한다면 무슨 소용이 있을까? 하는 생각이 갑자기 든 것이었다. 그렇게 된다면 엄마 아버지는 물론 삼촌도 내 이름을 부르며 울부짖을 것이 아닌가? 그런 생각을 하자 나는 갑자기 온몸이 소름이 돋기 시작했다. 동생이 홍역으로 죽은 것도 영희네 할아버지가 노환으로 죽은 것도 사람의 혼이 길을 잃었기 때문이 아닌가?

우리는 실제로 길을 잃고 헤맨 적이 얼마나 많은가? 길을 잃는 것이 그렇게 흔한 일이라면 영혼이 허공 속을 떠돌다 제자리를 찾지 못하고 헤매는 경우도 그 얼마나 많겠는가? 이토록 간단한 것을 그동안 나는 왜 몰랐을까? 사람의 영혼이 허공 속을 떠돌다가 길을 잃어버리면 모든 것이 그만인데, 사람들은 왜 그렇게 싸우는 것일까? 엄마도 영혼이 길을 잃을 수도 있다는 것을 안다면 삼촌을 그렇게 미워할 필요가 없을 텐데……

나는 내가 김 씨 영감의 정신세계를 알기 위해 김 씨 영감의 혼 속으로 들어갔다가 길을 잃고 헤매고 있는 모습을 생각하자 온몸이 부들부들 사시나무 떨듯 떨렸다. 무서웠다. 이렇게 무서울 수가 있을까? 그것은 세상을 살아오면서 내가 느껴본 어느 두려움보다도 큰 것이었다. 지금 내 옆에서 빠르게 흐르고 있는 낙동강 물보다도 봉하(烽下)마을의 사자바위 낭떠러지 앞에 설 때보다도 더한 무서움이었다. 죽음이란 무엇일까? 육체를 떠난 영혼이 허공 속에서 길을 잃는 것이 죽음이라면 길을 잃은 영혼이 다시 길을 찾을 길은 전혀 없는 것일까? 그런 것을 아는 사람은 없을까? 있다면 내가 찾아가서 이것 저것 물어볼 텐데……

갑자기 아빠의 호주머니를 뒤졌던 일(겨우 이백 원이 있었을 뿐이었다), 여자 아이들의 젖가슴을 만지며 달아났던 일, 교회에서 신발 감추었던 일, 우물물에 침 뱉었던 일, 여자 아이들의 고무줄 끊어 놓고 달아났던 일, 변소 문틈 사이로 여학생 궁둥이를 훔쳐보았던 일, 이 못되고 추악한 놀부 같던 내 모습이 이 순간 홍수처럼 떠올랐다. 담배 먹고 어른 흉내를 내고 약국집 아들을 묵사발 만들고 청소시간에 도망치는 것은 밥 먹는 것과 다르지 않았다. 나뭇가지를 꺾었다고 그 나뭇가지로 내 대갈통을 사정없이 내리치던 꼬장꼬장한 교장 선생님이 미워 변소에다 '꼬장 선생, 개새끼'라고 써놓았다. 고무신 숨겨 놓고 여학생 고무줄 끊어놓고 공부 잘하는 녀석들을 괴롭히고 한 그것들이, 그 난폭한 짓들이 이 한 순간 생각났다.

나는 한참동안 무서움에 떨고 있다가 그만 나도 모르게 잠을 잤다. 잠을 자면서 나는 또 내가 누나를 죽이고 단지 아들이라는 이유 때문에 태어났다는 마을 사람들의 손가락질을 피해 도망 다니고 있는 꿈을 꾸었다. 그렇지만 이번에는 가위눌리지 않았다. 내가 허공중에 길을 잃고 헤매고 있다는 두려움이 더 깊이 내 온몸을 짓누르고 있었기 때문이었다.

내가 깨어났던 것은 그 다음이었다. 두려움 속에 자다가 삼촌이 깨우는 다급한 소리에 나는 눈을 떴는데 깜짝 놀랐다. 발밑을 살큼살큼 적시는 물살이 오줌통까지 적시려 들고 있었던 것이었다. 거친 물살이 텐트까지 차오른 것이었다. 그러나 나는 쉽게 일어날 수가 없었다. 아니 아예 일어나기를 잊어버린 사람처럼 오히려 정신과 육체가 일치하지 않았다. 어떻게 된 셈인지 눈앞이 핑 돌았다. 숨어서 담배를 피울 때만큼이나 어지러웠다. 어깨 힘마저 뚝 떨어지고 탈력감이 왔다. 그냥 이대로 물속에서 편안하게 쉬고 싶다는 생각만이 들었다.

갑자기 텐트를 받치고 있던 장대가 무너지면서 내 머리를 때렸다. 삼촌이 재빨리 나를 감싸 안았다. 그리고 이내 내 머리를 움켜잡았다. 어지러웠다. 잠이 왔다. 나는 흡사 마약을 복용한 사람처럼 온몸이 나른해지고 솜처럼 몸이 풀리면서 일어날 수 없다는 생각이 들었다.

"자면 안 돼. 잠자면 죽어. 종수야, 깨어나, 깨어있지 않으면 죽어."

삼촌이 내 머리칼을 휘어잡고 정신 차리라고 악을 썼다. 그러나 나는 아무 것도 할 수가 없었다. 홍수처럼 쏟아져오는 잠을 도저히 견디어 낼 수 없었다. 점점 눈은 감겨오고 나는 몇 번 물속에다 얼굴을 쳐박다가 화닥닥 깨어났다. 또 머리가 잡혔다.

"종수야, 정신 차려. 졸면 죽어, 죽고 싶어. 이 새끼야, 눈 떠. 정신 차리란 말이야."

삼촌은 또다시 악을 쓰며 말했다. 그러나 나는 머리만 멍해질 뿐 나는 도무지 정신을 차릴 수가 없었다. 춥고 배고프고 머리가 어지러워 서 있을 수가 없었다. 밀려오는 물살이 사정없이 얼굴을 후벼 팠다. 처음에는 따가웠지만 그나마 이제는 그것마저 감각이 없었다. 자고 싶다는 생각만이 들 뿐 나는 내 온 육신을 그저 물길에다 이리저리 흔들리도록 내놓았다. 나는 이것이 지금 내 혼이 내 육신을 떠나 허공으로 나가는 모습이라고 생각했다. 이제 조금 더 지나면 이 혼이 육신을 떠나 허공으로 날아가겠지. 날아가서는 길을 잃고 허공 속을 헤매고 다니겠지. 삼촌은 비틀거리는 나를 바로 세우기 위해 내 머리카락을 다시 다 잡았다. 그러나 나는 전혀 아픔을 느끼지 못했다. 섬에 대해서는 천재 같은 삼촌이었지만 사람의 죽음에 대해서는 잘 모르는 것 같았다. 내가 지금 죽어가고 있다는 것을 저 삼촌은 알고 있기나 한 것일까. 눈이 자꾸만 감겨 왔다. 나는 나도 모르게 모든 것을 놓아버렸다.

그런 가운데 누군가 나를 물길 속에서 끌고 간다는 생각이 들었다. 내 정신 끄트머리 조금 남은 곳에서 그것이 삼촌이라는 생각이 들었다. 나는 그냥 삼촌 손에 머리가 잡혀 내 몸을 맡겼다. 물속에 얼굴이 묻힐 때마다 물을 먹어 캑캑거리다가 고개를 들었다. 그때마다 숨이 막혔다가 풀어졌다. 그러나 의외로 다운당한 권투선수처럼 속은 편했다. 삼촌이 내 머리칼을 잡고 시뻘건 물살을 헤치고 버티고 있는 것 같았다. 얼마쯤 지났을까. 아득한 저편 어딘가에서 마왕이 들려주는 달콤한 소리가 들려왔다. 마왕의 소리를 듣다가 나는 정신을 완전 잃고 말았다. 편안했다. 더 이상 아무것도 생각나지 않았다.

이상했다. 나는 무언가 뜨거운 가운데 눈을 떴다. 햇빛이 내 눈을 뜨겁게 달구고 있었다. 가만히 생각해보니 삼촌이 나를 억지로 끌며 물살을 버티어 낸 것임을 알았다. 정신 차리지 못하고 있는 나를 좀 더 높은 곳으로 끌어낸 것이었다. 태양은 이글이글 타오르고 있었다. 간밤 저리 내리던 비가 그치고 이번에는 아예 폭염이었다. 섬의 물길은 순식간에 빠져나가고 있었다. 너무 순식간에 그런 일이 일어나서 나는 마치 내가 꿈을 꾼 것 같은 느낌을 받았다. 우리가 하루 더 지나 물이 빠지자 강을 건넜던 것은 순식간의 일이었다.

그해 여름의 이상했던 경험

집으로 오자 엄마와 아빠는 난리가 났다. 어디 갔다가 이제 왔느냐며 그동안 걱정을 했던 푸념을 한꺼번에 늘어놓았다. 나를 붙들고 울기조차 했다. 그러나 나는 삼촌처럼 아무런 일도 없었던 것처럼 그렇게 행동했다. 만일 내가 지금껏 일어난 일을 낱낱이 말한다면 엄마와 아빠는 그들이 속상한 만큼 나를 사정없이 두들겨 팰 것이다. 그리고 삼촌도 극심한 잔소리를 들을 것이다. 어쩌면 엄마는 더 이상 삼촌과는 못 산다고 내쫓을지도 모른다. 그러나 나는 아주 태연하게 평소대로 아무런 일도 없었다는 듯, 마치 잠깐 마실 다녀온 듯 그렇게 처신을 했다. 엄마와 아빠는 하루쯤 잔소리를 하더니 이내 평온을 찾았다. 그러나 나는 그 여름이 끝나도록 방구석에 틀어박혀 나오지 않았다. 무서웠기 때문이었다. 아, 죽음이란 무엇인가? 그 여름은 그렇게 내게 이상한 경험을 주고 가버렸다.

후기

　이 보잘 것 없고 부끄럽기만 한 글이 외로움과 고독에 떠는 그 누군가에게 조금이나마 위안과 희망이 된다면 저는 또 다시 힘을 내어 글을 쓸 것입니다.